JN329760

Hot Dish
by Connie Brockway

恋のディナーへ ようこそ

コニー・ブロックウェイ
琴葉かいら［訳］

ライムブックス

HOT DISH
by Connie Brockway

Copyright ©Connie Brockway,2006
All rights reserved including the right
of reproduction in whole or in part in any form.
This edition published by arrangement
with NAL Signet,
a member of Penguin Group(USA)Inc.
throuh Tuttle-Mori Agency, Inc., Tokyo

恋のディナーへ　ようこそ

主要登場人物

ジェン・リンド（ジェニファー・ハレスビー）……ライフスタイル・コーディネーター
スティーブ・ジャークス……世界的な彫刻家
キャッシュ・ハレスビー……ジェンの父親
ニーナ・ハレスビー……ジェンの母親
ハイディ・オルムステッド……ジェンの親友。犬ぞりレーサー
ケン・ホルムバーグ……フォーン・クリークの有力者
ポール・ルデュック……フォーン・クリークの町長
ヒルダ・ソダーバーグ……ジェンの料理の師匠
ネッド・ソダーバーグ……ヒルダの孫
ジミー・ターヴォルド（ターヴ）……ネッドの幼なじみ
エリック・エリクソン……ネッドの幼なじみ
ダンク・ダンコヴィッチ……詐欺師

プロローグ

二〇〇五年一二月
ミネソタ州フォーン・クリークから北東二五キロ
ブルー・レイク居留地内〈ブルー・レイク・カジノ〉

こんな町、大嫌い。

ジェン・リンドはベルベットのロープの後ろに控える観客から目をそらし、ラップアラウンド型のサングラス越しに、緑のラシャ張りのテーブルの上のトランプを見つめた。ポリエステルの黒髪のかつらの毛束が口に入り、ぺっと吐き出す。

「ミズ・ユーリ、チップを出してください」ディーラーが言った。偽名を告げたときはこれでいいと思ったのだが、今思えばいまいちだ。

「ええ、わかってるわ」見間違いかもしれないという期待を込め、二枚のトランプの角を持ち上げてのぞき込む。だが、そうではなかった。ため息をつく。ああ、どうすればいいの？

さらに下を向き、ポリエステルの黒髪を垂らして顔を隠した。昨日の朝まで〈パーマイダ〉（小規模な町にチェーン展開しているディスカウントストア）の安売りワゴンで〝魔女のかつら〟として売られていたものだ。

「ミズ・ユーリ？」またもせかされる。

「今、考えてるの！」このぶんだと、ディーラーは声がかれるまでせかしてきそうだ。本当なら、考えるのに時間制限はないはず。それに、今ジェンが下そうとしているのは重大な決断なのだ。

いったい何が悲しくて、田舎町の有力者、ケン・ホルムバーグとポーカートーナメントのテーブルで顔を突き合わせているのだろう？　〝蚊――ミネソタの州鳥〟という文字の入った帽子をかぶった中年男との勝負の行方に、優勝賞金一〇万ドルと町の運命がかかっているなんて。ジェンはこの町のことなど好きでも何でもないし、そもそもギャンブラーですらない。

確かに、ギャンブルが原因で一家が落ちぶれる前は、ジェンも家族でポーカーをしていた。ポーカーはハレスビー家のいちばんの娯楽で、レベルも高かった。ジェンも八歳にして神童ぶりを見せつけていたものだ。けれど、家族の娯楽好きがたたって、それまでのように生活ができなくなったことで、ジェンは真実を悟った。ポーカーは愚か者のゲームだ。トランプをめくった瞬間に一家の全財産を失った父親を持つ身としては当然の結論だし、ジェンは愚か者ではない。

それなら、ここでいったい何をしているのだろう？

ジェンは記憶をたどり、何か神さまの機嫌を損ねるようなことをしただろうかと考えたが、心当たりはなかった。フォーン・クリーク創立一五〇周年祭に、パレードの主賓として参加してほしいという申し出を受け入れただけだ。ずば抜けて執念深いギリシャの神にさえ、言いがかりをつけられる余地はないだろう。ただし、ここはミネソタで、この地に君臨する北欧の神々はきっと女の好みにうるさいのだ。

どうしてこんなことになってしまったのだろう？　ジェンがこの町に来たのはただ、〈雪塊《スノー・パック》パレード〉の先頭を務めるためだった。全地形対応車《ATV》に乗り、バターの頭と並んで……。

バターの頭。

ああ、そうだ。

あれこそ、諸悪の根源なのだ。

1

一九八四年八月二七日（月）
午前一一時五〇分
ミネソタ州博覧会《ステートフェア》、競技場

「……こうして、乳製品はわたしの人生を変えたのです」一七歳のミス・フォーン・クリーク、ジェニファー・ハレスピーことジェンはスピーチを締めくくった。背後には農業青年クラブ《4H》の受賞乳牛、ダディ・オルソンの飼い牛ポーシャがいて、同じフォーン・クリークの代表としてモーと鳴いた。

「ありがとう、ミス・ハレスピー」司会者が言った。「次は、ミス・デラノです」

ジェンが軽くひざを曲げておじぎをすると、ミネソタ酪農連盟の唯一の女性審査員がウィンクし、口だけ動かした。〝よかったわ〟

ジェンはすべるような足どりで〈バターカップ〉出場者たちが座っているプラスチックの芝生用チェアのもとに向かったが、その道のりはなかなか険しかった。それぞれのプリンセスの後ろに控える受賞牛たちの置き土産が、芝生に点々と残されていたのだ。

どうか固めた前髪が垂れてきませんように。ジェンは天に祈りながら椅子に座り、ピンクのサテンのスカートのしわを伸ばした。派手に立てた前髪には三回もスプレーをしていた。競技場は比較的涼しかったが、何と言っても今は八月で湿度が高い。ジェルもつけておけばよかった。

ミス・デラノがコンテストの最終部門であるスピーチを始めると、ジェンは観客席を見上げた。広々とした会場に三六列ある観客席のうち埋まっているのは五列だけで、ほとんどが出場者の家族や友人だ。中には熱心なミスコンマニアや、午後の暑さから逃れるため、コンテストにはさほど興味もないまま迷い込んできたステートフェアの客もいた。揃いの色のTシャツを着た集団があちこちで、誇り高き故郷の名前が染め抜かれた垂れ幕を激しく振っている。

その中に、フォーン・クリークの名前はなかった。

こんなひどい話があるだろうか。誰か一人くらい応援がいてもいいはずなのに。ジェンは町の代表なのだ。優勝すれば町の名前が呼ばれるのだから、それを聞くためだけにでも来るのがふつうだろう。まったくわけがわからない。

それを言うなら、一年六カ月前にウォークインクローゼットの中に両親が入ってきたときから、わけのわからないことばかりだ。あのときジェンは〝恵まれない人たち〟に送る服を選り分けていた。まさか数分後には自分もその仲間入りをするとは思ってもいなかった。

「ジェン、とても言いにくいんだが」父は言った。「わが家は数年前から借金があって、会社も破産申請をしていたんだ」

「え？」

「それなのに、お母さんとわたしはラスベガスにいる間に〝とことん勝負してやろう〟という気になって、そこに最高の手が来たものだから……聞いて驚け、ストレートフラッシュだ！　賭けてしまったんだ。すべてを」

いったい何の話？

「無謀な賭けだった。まあ、要するに、全財産を失ったってことだ」

最悪。それって、次の冬休みにテスとコスメル島に遊びに行くときは、ファーストクラスじゃなくてエコノミーに乗らなきゃいけないってこと？

「残ったのは、ミネソタにあるおじいちゃんの狩猟用ロッジだけだ」父は説明を続けた。「だから、月末にはローリーからそこに引っ越すことになる」

ジェンはぽかんと父の顔を見ていた。何一つ理解できなかった。父の口が動き、声が発せられる。その表情は真剣だ。なのに、どうして言っていることの意味がわからないのだろう？　どうやら、ミネソタに引っ越さなければならないようだ。でも、そんなばかなことはありえない。ミネソタは寒い。それに雪も降る。

「そんなのだめ」ようやくジェンは返事をした。「わたしの車、白のコンバーチブルなんだから」

まさか二人とも忘れたわけじゃないわよね？　一六歳の誕生日に、両親は白のBMWのコンバーチブルを買ってくれた。たった二、三週間前のことだ。「ミネソタで白のコンバーチブルに乗ってる人なんていないわよ」

「ジェン、もう白のコンバーチブルには乗れないわ」母が言った。「しばらくはいろんなことを我慢しなきゃいけないの。でも、少しの間だけよ。夏が終わるまで」

あれから一年八カ月が経った。最初の夏が来て終わり、〝酪農こそわが人生〟と審査員に訴えかけるミス・デラノの声をぼんやり聞いているうちに、二度目の夏も終わろうとしている。

観客席の中ほどの列で何かが動き、ジェンはそちらを見た。どうやら、完全に見捨てられたわけではなかったらしい。

妙な取り合わせの二人組のうち、若いほうが赤いバンダナを振っている。ジェンの同級生の女生徒、ハイディ・オルムステッドだ。ジェンと同じくはみ出し者で人間よりも動物と仲がよく、町中のどんな男性よりも男らしい。隣にいる白髪頭のヒルダ・ソダーバーグははみ出し者というよりも、ルーテル教会の地下にある台所のまぎれもない支配者で、ジェンの北欧料理の知識はすべて彼女から盗み取ったものだ。といっても、ジェンもまったくの初心者だったわけではない。もともと料理は好きだった。

ミス・デラノが席に戻ると、司会者はマイクをこつこつとたたいた。ジェンは背筋を伸ばした。「皆さま、いよいよ優勝者の発表です！」

お願い、お願い、お願い、お願い。

〈バターカップ〉に優勝して奨学金がもらえれば、ミネソタを出てチャペル・ヒルの大学に行き、ローリー時代の友達と再会できる。ただ、テスには会えない。半年前に死んだから。ジェンも行くはずだった冬休みの旅行から帰ってすぐに。

ジェンが旅行に行かなかったのは、両親が旅費を工面してくれなかったからではない。そもそも現地に着いてからの費用は、テスの両親が出すと言ってくれていたのだ。だが、ジェンは飛行機代としてもらうお金をミスコンテストの地区大会の参加費と、スパンコールのついたサテンのドレス代にあてることにした。現実的な決断をしたつもりだったが、テスは怒った。ビーチで一〇日間過ごすお金でチャペル・ヒルの大学に四年間通えるなら安いものだと主張しても、聞く耳を持たなかった。電話にも出てくれず、ジェンは友達の将来のことも考えてくれないテスの度量の狭さに腹を立て、二度と連絡しなかった。

それから一カ月半後、テスは交通事故で死んだ。だから、ジェンの気持ちをわかってもらうことはもうできない。

考えてもつらくなるばかりなので、物思いにふけるのはやめ、将来のことに意識を集中させた。このコンテストに優勝すれば、来年度の終わりには仲間のところに帰れるし、フォーン・クリーク高校での残り一年間も過ごしやすくなる。月曜の朝、自習室で小耳にはさんだのだが、バターカップ・クイーンに選ばれれば各種行事に参加することになるらしい。いくつかのパーティに出席し、〝街〟に買い物に行かせてもらえるとか。今のジェンなら、ディベートチームに入れと言われても喜んでついていくところだ。

友達がほとんどできないのは、ジェン自身にも原因があるのだろう。まわりに〝合わせる〟努力をほとんどしてこなかったのだ。でも、その必要があるとは思えなかった。なぜなら、ここは通過点にすぎないから。それに、テスが死んだ直後はむしょうに腹が立っていて、誰に何と思われようと気にも留めなかった。だが最近、二、三カ月ほど前から、友達という存在を恋しく思うようになっていた。

何時間も続く夜中の電話。元の持ち主がわからなくなるくらい、交換に交換を重ねたジーンズや靴。くだらないことで繰り広げられる熱いバトル。重なり合うようにしてテレビの前に集まる女の子たち。そして、テス……。

それに、男の子！　デートなんてもう一年以上していない。男の子特有のかっこつけた態度も、下品な冗談も、からいばりも、気のあるそぶりも、すべてが恋しい。ディープキスも、息でくもる車のウィンドウも、ガールフレンドに隠れて向けてくる熱いまなざしも。

映画館にもしばらく縁がない。ショッピングモールも、ビーチパーティも、一目置かれた存在としてどこかのグループに属することも。自分が何を言おうと、人からどう思われようと気にせずにいられることも。都会や南部の雰囲気を出しすぎないよう、たえずびくびくせずにいられることも。

まるで、ある晩、家に忍び込んだ意地悪な魔術師に人生を丸ごと盗まれてしまったかのようだ。気がつけばここミネソタにいて、見知らぬ人々に囲まれている。でも、方法を見つけたのだ。ここから抜け出す、いや、元の場所に戻る方法を……。

「さて、それでは！」司会者が言った。「初代バターカップ・クイーンを発表したいと思います。その前に、ここにいる九名のプリンセス誰もにクイーンになる資格があるという考えには、ご賛同いただけるでしょうか？　賛同される方は、大きな拍手を！」

観客は拍手喝采し、垂れ幕が揺れた。

「ご存じのとおり、バターカップ・クイーンだけでなくプリンセス全員のバターの頭像が、今後一週間かけて〈デパート館〉で彫られることになります」

観客は再び拍手をした。

田舎っぽい企画だとは思いながらも、ジェンはこの〝バターの頭像〟に胸躍るものを感じていた。一七歳の女の子が五〇キロものバターの塊から頭像を彫ってもらい、大勢の人々の目に触れるところに飾ってもらえるという機会は、そうない。それに、もしバターカップ・クイーンになれれば——お願い！　お願い！——頭像は特別に設計されたガラス張りの冷蔵庫に入れられ、ステートフェアの入口に展示されるのだ。訪れた人はまず、にっこり笑ったジェンのバターの顔を目にし、ジェンの声で流れるアナウンスを聞く。〝ミネソタ酪農連盟主催、ミネソタ・ステートフェアへようこそ！〟と。なかなかいい感じではないか。

「皆さんもぜひご覧になってください」司会者は続けた。「さて、いよいよお待ちかねの結果発表です！」

キンポウゲ《バターカップ》の造花ブーケの下で、ジェンは人差し指に中指を重ねて幸運を祈った。

「第三位は……ミス・シーフ・リバー・フォールズ、ティファニー・ギルダークライスト！」

ティファニーは椅子から跳び上がり、派手にスキップしながら女性審査員の前に進み出て、頬にキスをしてもらった。

「第二位は……ミス・ヤング・アメリカ、カレン・ウェクスラー！」

どうしよう。ジェンの心臓はどきどきと音を立てた。わたしが優勝だわ！　さっき所作部門の点数表がちらりと見えたのだが、ジェンが一位だった。五年間、舞踏会に参加してきた経験が幸いしたのだろう。それに、さっきの女性審査員のウィンクも意味深長に思える。

「さて、ご来場の皆さま……」

ジェンのドレスに飾られた大きなピンクの薔薇がぶるぶる震えた。唇の感覚がなくなってくる。ほほ笑んで、神さま！　お願い、ほほ笑んで！

「一九八四年度バターカップ・クイーンは、ミス・フォ……え？」審査員の一人が司会者のジャケットの袖を引っ張り、何やら鋭くささやいた。

ここにいるプリンセスたちの町の名前に、〝フォ〟から始まるものはほかにない。フォーン・クリークだけだ。司会者は〝フォーン・クリーク〟と言うつもりなのだ！

ジェンは足を地面につけ、立ち上がろうとした。これですべてがうまくいく。今この瞬間から、元どおりの道筋で将来に向かうことができるのだ。〝テス、この賞をあなたに捧げます……〟

「ええと……少々お待ちください」司会者は手でマイクを覆った。

どこからか現れた格子縞の半袖シャツの男性が、審査員たちの肩越しに身を乗り出し、興奮したように何やら話している。女性審査員が紙に走り書きして司会者に渡すと、彼は目をしばたたき、マイクを覆っていた手を離した。

「皆さま、いよいよ発表です。ミネソタ酪農連盟の初代バターカップ・クイーンは……ミス・トレントン・ミルズ、キンバリー・ドーン・リングウォルド！」

立ち上がりかけていたジェンはぴたりと動きを止め、キンバリー・ドーンは椅子から跳び上がり、喜びの声をあげた。女性審査員が歩いてきてキンバリー・ドーンの頭にラインストーンの王冠をのせ、腕の中にシルク製のキンポウゲの巨大なブーケを押し込む。

観客は大いに盛り上がった。プリンセスたちはいっせいに椅子から立ち上がると、跳びはね、叫び声をあげながらキンバリー・ドーンのまわりに群がった。キンバリー・ドーンは顔の前に差し出されたマイクに向かって、何やらわめき立てている。ジェンも何とか立ち上がり、まわりに合わせて数回ぴょんぴょん跳んだ。

司会者は〝フォーン・クリーク〟と言おうとしていたはずなのに。絶対そうなのに！

「何か一言――」

キンバリー・ドーンは司会者からマイクを奪い取り、すすり泣いた。「ありがとうございます！　最高の気分です！　本当にありがとう！　まだ信じられません！」

信じられない？　それはこっちのせりふだ。

2

午後一二時一五分
競技場の地下通路入口

プリンセスたちは肩を落として一列になり、競技場を出る地下通路に向かった。ドアに着くと列はばらばらになった。トレントン・ミルズの住民が歓声をあげながらキンバリー・ドーンのまわりに群がり、それよりは人数も歓声も控えめな集団がそれぞれのプリンセスを連れ去ると、ジェンは通路に一人取り残された。

いったい何があったの？

あと一息でバターカップ・クイーンになれるというところで、日に焼けたいかにも農夫らしい男性が現れて何事かささやいたとたん、ポン！　すべてが消えた。この日のための努力も水の泡になった。長い時間をかけてルーテル教会の地下の台所で北欧料理の技術――いや、あれはむしろ芸術と呼ぶべきものだ――を学んだ日々は報われず、チャペル・ヒルの大学に進学する奨学金ももらえない。今年は社交的な生活が送れるかもしれないという望みも断たれた。

「あんたが優勝する見込みはこれっぽっちもなかったんだよ」物思いに沈んでいたジェンの耳に、聞き慣れた声が飛び込んできた。

半世紀近くも年の離れた二人の女性が、こちらに向かって歩いてくる。彼女たちがフォーン・クリークでのジェンの交友関係のすべてだった。

小柄なほう、ミセス・ソダーバーグは、オレンジ色のバドワイザーのサンバイザーで、くすんだピンク色の顔にかかる赤茶色の巻き毛を押し上げている。ジェンが何よりも幸せな――いや、〝何よりも幸せ〟というのは、〝ふつうに幸せ〟な時間もあるということで、ジェンにはそんなものはない――ジェンが何よりも充実した時間を過ごせるのは、グッド・シェパード教会の地下の台所で、ミセス・ソダーバーグがクリスマス用バイキング料理《ユールボード》に使うバターと卵と牛乳をかき混ぜているのを見ているときや、鹿肉の塩漬けに入れるねずの実の数をはじき出す神秘の計算方法を解明しようとしているとき、逆に彼女に黙って見守られながら、自分がそれらのレシピをまねて料理を作っているときだった。

ミセス・ソダーバーグの沈黙はどこか心地よく、無言で責めているときも、無言でほめているときも、傍目からはほとんど同じに見えた。混乱したこの世界の中で、いつも変わらない彼女の寡黙さが心強かった。

隣にいるハイディ・オルムステッドは、どこに行くときも鮮やかな色のTシャツにオーバーオールを重ね、茶色の髪をきつく縛って小さなポニーテールにして、角張った顔をむき出しにしている。ジェンとハイディに共通点はまったくなかったが、友達になったのは自然のなりゆきだった。皮肉屋で内気、痛々しいほどに一人を好むハイディは、ジェンと同じくフォーン・クリークの永遠のはみ出し者という不名誉にあずかっていたのだ。ただ、ジェンがはみ出し者なのは状況による部分が大きかったが、ハイディの場合は性格が原因だった。

「でも、もともと決勝に残る見込みすらこれっぽっちもなかったんだから、ここまで来られただけでよしとしなくちゃね」その言葉とともに、ミセス・ソダーバーグはジェンの隣にたどり着いた。

「どういうこと？」ジェンはたずねた。

「ちょっと思っただけ。気にすることないよ」ミセス・ソダーバーグは言った。「ネッドを探しに行ってくる。何かばかなことをしでかす前につかまえないと」

ネッドはミセス・ソダーバーグの孫で、娘のミッシーが夏のバカンスに訪れたフロリダで仕込んできた子供だ。その後、ミッシーは行方をくらましてしまい、残されたネッドはミセス・ソダーバーグが一人で育てている。彼女が比較的よそ者に寛大なのは、それが理由かもしれない。フォーン・クリークの基準から見れば受け入れがたいものでも、受け入れる術を身につけているのだ。ジェンのことも友人とまでは思っていないのだろうが、料理の腕には公平な評価をしてくれている。

「待って。お願い！」ジェンが手首をつかむと、ミセス・ソダーバーグはじろりとこちらを見た。

ミネソタ州民は人前で体を触れ合わせることをしない。結婚を控えたカップルは別だが、その場合も不必要な行為と軽蔑されることが多く、どんなに感情が高ぶっても握手に留めておくのがよいとされている。

ジェンが手を離すと、ミセス・ソダーバーグは罠から解放された猫のようにすばやく走り去った。

「わたしに優勝の見込みはなかったって、どうしてあんなにはっきり言えるのかしら？」遠ざかるミセス・ソダーバーグの後ろ姿を羨ましそうに見つめるハイディに、ジェンはたずねた。ハイディはいかにもミネソタ州民らしく〝面倒〟が嫌いだ。幅広の顔をゆがめたところを見ると、このあとの会話は〝面倒〟どころではすまないと思っているようだ。

「まあ、わたしには関係ないんだけど」ハイディは覚悟を決めたように口を開いたが、つらそうな顔をしている。「二位と三位の人が発表されているとき、キャロル・エッケルスタールが格子縞のシャツを着た人に話しかけているのを見ちゃったんだ」

ジェンは続きを待った。ハイディは何も言わない。

「それで？」ジェンは先をうながした。

「それで？　あの人の娘のカリンは、あなたに負けてミス・フォーン・クリークになれなかったんじゃなかった？」

「え？　それってまさか、ミセス・エッケルスタールが……」かわいそうなハイディは長い間、一家で買っている何匹もの犬以外にほとんど友達のいない暮らしをしてきたせいで、感覚がずれてしまい、こんな突飛なことを言うのだろう。「ねえ、もしミセス・エッケルスタールがわたしの優勝を阻止したいと思ったところで、酪農連盟の審査員に対してそこまでの影響力があるかしら?」

ハイディは肩をすくめた。「例えばの話だよ。でも、もしあの人があなたを蹴落とそうと思えば、とことんやるだろうね」

「どうしてミセス・エッケルスタールは、そこまでわたしのことを目の仇にするの?」ジェンはさっぱり理解できず、驚くばかりだった。

「どうしてって、ジェン」ハイディは頭の回転の遅い相手に対するように、ゆっくり言った。「娘のカリンのものだと思っていたものを、町に来たばかりのあなたに持っていかれちゃったんだよ。ミス・フォーン・クリークという称号を」

「そんなばかな話、聞いたことないわ」

ジェンが以前、湖の氷は夏中ずっと張っているのかとたずねたときと同じように、ハイディは深いため息をついた。「ジェン、フォーン・クリークは田舎町なのよ」

そんなのわかってる!

「田舎町の人間というのは、よそ者、特に都会から来た人たちはみんな、自分たちをばかにしていると思い込んでる。それに、田舎町の人がそう思ってしまうには、根深い理由があるんだよ」

「さっぱりわからないわ」

ハイディの険しい顔にいらだちが広がった。「ジェン、いい？　このあたりの子たちは親が裕福じゃないから、ホッケー選手として活躍するか、奨学金をもらうかしないと、大学には行けない。特に女の子はね。女の子のほとんどは――」いぶかしげなジェンの目を見つめ返す。「いつかミス・フォーン・クリークになることを夢見てる。その気持ちは、娘を持つ母親のほうが強いかもしれない。そこにあなたが現れた。都会から来た、しかもミネソタ州民ですらないよそ者で、『セブンティーン』に載っているような服を持っていて、この町の人にはないあかぬけた雰囲気がある女の子。町の人を〝バンクス松の田舎者〟なんて呼ぶ前から、町の人にミス・フォーン・クリークと呼ばれてしまうような子が」

「でも、おかしいじゃない。フォーン・クリーク出身の子が優勝するべきだってみんなが思ってるなら、どうして審査員はわたしを選んだの？　わたしに弱みを握られているわけでもないのに」

「審査員は男だから」ハイディはそっけなく言った。「男にはまた別の思惑があるの。ケン・ホルムバーグがいい例。あなたを一目見た瞬間、カリン・エッケルスタールよりもバターカップ・クイーンになれる見込みが高いと踏んだんだろうね。もしあなたがクイーンになれば、酪農連盟は地区会議の開催地にフォーン・クリークを選んでくれるかもしれないでしょ」

なるほど。ジェンはフォーン・クリークが酪農界の大舞台に立つための切符だったというわけだ。「そこまでわかってるなら、言ってくれればよかったのに」

ハイディは肩をすくめた。「わたしには関係ないことだから」

「じゃあ、どうして今になって教えてくれるの？」

「あなたにきかれたから。それに、あなたは人間関係のことになるとあまり勘がいいほうじゃないし、教えてあげないと自分では気づかないと思ったから。少なくとも、田舎町の人間のこと、というか、田舎町の社会のことはわかってない。あなたは……」ハイディは言いよどみ、考え込むような顔をした。犬とたわむれていないときは、新進気鋭の社会学者を気取っているようだ。

「だから、教えてあげたの」ハイディは急に顔をほころばせ、ミネソタ州民特有の唐突な笑みを浮かべた。楽しくて笑っているわけではない。条件反射なのだ。〝親切なミネソタ人《ネタソタ・ナイス》〟という幻想がはびこっているのも、一つにはこの表情のせいだろう。にっこり笑って真意はぼかす、というわけだ。

「まあ、そういうことだから。わたしは警察犬のコーナーを見に行くけど」ハイディは言った。「あなたも来る？」

「やめておく」ジェンは言った。

「そう、わかった。じゃあ、またあとでね」ハイディは明るく言うと、がらんとした建物にジェン一人を残して出ていった。

ジェンはのろのろと歩いた。不愉快な気分のまま、自分に言い聞かせる。罪悪感を覚える必要はない、むしろ怒るべきなのだ。もしハイディの言うとおりなのだとしても、自分が社会のしきたりを破ったなんて思ってもみなかった。それに、どんなに地元びいきの人間が見ても、ジェンがほかのミス・フォーン・クリークの出場者と桁違いなのは明らかだろう。

外に出たとたん、まぶしい太陽の光が目を刺し、汗まみれのサウナのタオルのような空気が体にまとわりついた。騒音が襲いかかってくる。二万人の群れを前に、ジェンは立ちつくした。〝ミネソタ州民大集会〟に訪れた客たちはもみくちゃになりながら、何かを飲み食いし、汗だくになって不快なにおいを放っていた。人々は叫び、売り子は声を張り上げ、子供は嬉しそうにはしゃぐか、不機嫌そうに泣き声をあげるかのどちらかだ。盛り上がりに拍車をかけているのが、通りのあちこちにあるラジオ局のブースから流れるロックミュージックで、催事会場の中央に設けられたアトラクションの乗客の歓声がそこにかぶさる。

「ジェン！　スイートハート！」ジェンの母親は人ごみの中から現れたというよりは、人ごみの上を飛んできたように見えた。『オズの魔法使い』のグリンダのようだ。このような場所でも、ニーナ・ハレスビーは優雅で女らしい雰囲気をまとっていた。とび色の髪にべっこうのサングラスをのせ、耳たぶには結び目の形をした小さな金のピアスがきらめいている。

「あなたは自慢の娘だわ」

「本当に？」ジェンは疑わしげにニーナを見つめた。母はジェンの〈バターカップ〉出場に対して、最初はいぶかるような顔をし（「本当にバターコンテストなんかに出たいの？」）、次に熱心に応援するふりをした（「あなたならすてきなバターボール・クイーンになれるわよ！」と言うものだから、「ぽっちゃり娘《バターボール》じゃないわ、お母さん。バターカップよ！」と返すしかなかった）以外、ほとんど何も言ってこなかった。「でも、優勝できなかったわ」

「知ってる」ニーナはジェンの肩をぽんとたたいた。「見てたもの」

ジェンは驚いた。会場にいたとは気づかなかったし、そもそも母らしくない行動だ。ニーナは学校の講堂で七年生の劇を見ているよりも、〈モンテカルロ・カジノ・チャリティ・ナイト〉と銘打ったラクロス競技場設立の資金集めパーティ（ギャンブルはニーナがいちばん好きなチャリティ活動で、成果も上げていた）を主催しているほうがしっくりくる。両親はかつて、ラスベガスで〈ベラージオ〉の最上階を貸し切りにしたり、〈シーザーズ・パレス〉の最前列を買い占めたりするほどの道楽者だった。それが今はぼろぼろの狩猟用ロッジに住み、〝無駄のない健康的な生活〟を送っているのだと思い込もうとしている。

「なんとかミルの子が優勝したのは、何か政治的な理由があったからに決まってるわ。あなたが優勝できなかったのは残念だけど、これで人生終わりってわけじゃないんだから」

違う、とジェンは思った。わたしの人生はすでに終わっている。お母さんたちがわたしを前の学校から引きずり出したときに。親友たちとの高校生活を奪い、こんな場所に連れてきた瞬間に。こんな……ジャック・ロンドンの妄想のような世界に。

「そんなむっつりした顔しないの」ニーナは言った。「わが家の今の状況は一時的なものだって、何度言ったらわかるの？　お父さんは事業を再開する前に、少しばかり休暇を取っているだけ――」

「もう一年以上も休んでるじゃない」柄にもなく声を荒らげたことにニーナが驚いているの

がわかったが、口からあふれ出した言葉は止めようがなかった。「お父さんが休んでいる間に、わたしの人生はめちゃくちゃになってるの！　こんなわけのわからない人たちと一緒に、あと一年も過ごすなんて耐えられない。無理よ！　早くここから出ていかないと、頭がおかしくなっちゃう」

ニーナは傷ついたような顔でジェンを見つめた。「あなたは〈ロッジ〉が好きなんだと思ってたわ」

「好きだったわよ！　九歳のときに行った〈ちびっこ探検隊の森林キャンプ〉も好きだった。でも、あそこだって住みたいわけじゃない」

「ねえ、ジェン。今はフォーン・クリークでの暮らしが最低に思えるのも仕方がないわ。でも、あとになって振り返れば、〝夜を越えなければ夜明けを迎えることはできない〟と気づくはずよ」

ジェンは目を丸くした。「どこでそんな言葉を仕入れてきたのよ？」

「大学生のときに持っていた、詩人のカリール・ジブランのポスターに書いてあったわ」ニーナは平然と答えた。

こんな会話、続けていても意味がない。「お父さんは？」

「〈機械の丘〉とかいうところでトラクターを見ているわ」

何それ、冗談？

「あなたのコンテストが終わったら、〈家禽デパート〉で待ち合わせることになってるの」

ニーナはぱっと顔を輝かせた。「ロシアの陸軍将校みたいな、とってもかわいいにわとりさんがいるのよ。ほら、毛がふさふさついた背の高い帽子をかぶってるような」

ジェンはまたも目を丸くすることしかできなかった。

「プログラムには、正午に優勝者が発表されると書いてあったわ。にわとり用の小さな王冠が用意されているのかしら」ニーナはくすくす笑ったが、ジェンの表情に気づいて舌打ちした。「まあ、ジェン、冗談よ。あなた、そんなに冗談の通じない子だったかしら？　ねえ、楽しそうでしょ？　行きましょうよ」

「わたしのコンテストはまだ終わってないの。バターで頭像を彫ってもらったあと、ローカル番組に出るんだから」

「バターの頭像？」ニーナはまたもくすくす笑ったが、途中でジェンが冗談を言っているのではないとわかり、急に真顔になった。「ああ、そうなの。じゃあ、あとで車で会いましょう。それでいい？　じゃあね！」

ニーナはすばやく手を振り、縁石から下りた。晴れやかな表情をしている。お母さんはステートフェアが好きなんだ、とジェンは気づいた。それに、お父さんは〈機械の丘〉にいる？　トラクターを見てるって？　ばかばかしいにもほどがある。両親は本気で頭がどうかしてしまったのだ。

もし本当にそうなら、何とも寂しい限りだが、二人は楽しみを見つけたということだ。ジェンも楽しみが欲しかった。本当なら、もう少しで手に入るはずだったのに……。

通りの向こうで、フォーン・クリークの町会議員、ケン・ホルムバーグが年老いたスウェーデン人（スウェーデン人だとわかったのは、〝キスしないで。わたしはスウェーデン人です〟というTシャツを着ていたからで、そんなものを着るのはスウェーデン人以外にありえない）と握手しているのが見えた。

ケンはせいぜい三五歳くらいのはずだが、年の割にずいぶん老けて見える。北欧のおとぎ話の絵本に出てくるノーム（老人の姿をした小さな精霊）に似ているのだ。ずんぐり体型で、のっぺりした顔の真ん中に上下が逆になったような奇妙な鼻がついていて、ぺったりとなでつけられた茶色の髪の間からピンク色の頭皮がのぞいている。フォーン・クリーク町議会がジェンの〈バターカップ〉出場を支援してくれたのは、ミス・フォーン・クリークの審査員で、ホッケースティック工場という町の有力企業の経営者であるケンの口添えがあったからだ。といっても、ジェンのことを気に入っているわけではなく、むしろその逆なのだから、きっと……。ケンに関しては、ハイディの言い分は当たっているのだろう。でも、キャロル・エッケルスタールの陰謀説は的外れもいいところだ。

確かにミネソタ州民は結束が固いが、道徳観念の高さにも誇りを持っている。特に素朴で単純な美徳、例えば正直さや誠実さといった白黒はっきりつけられる観念を大事にする。もちろん、一日の漁獲制限を超えたり、法を無視して畑に排水タイルを張ったりすることはあるだろう。けれど、絶対に許されない行為というのは存在する。町のミスコンテストで不正を働くというのは、その基本中の基本に位置しているはずだ。

ジェンはピンクのサテンのスカートを持ち上げ、人ごみをかき分けて通りを渡り、ケンの肩をたたいた。彼は政治家らしい笑みを貼りつけたまま振り返ったが、ジェンを見たとたん真顔になった。「ジェン、今回のことは本当に残念だったね」

「そうなんです、ミスター・ホルムバーグ」ジェンは熱っぽくうなずいた。「そこで思ったんですけど……もしかしたら……あの……」はっきり言うのよ！　「審査員の点数表の集計をやり直してもらって、いちおう確認を……誰がいちばん得点が高いのかを。あの……つまり――」

「ジェン、審査に間違いはなかった。きみは負けたんだよ」ケンはそっけなく言った。「わたしなら、参加資格がなかったことを公表されなかっただけでありがたく思うけどね」

「どういうことでしょうか？」

「ああ、まったくなんてことだ、ジェン」ケンは舌打ちした。「きみは酪農場には住んでいないらしいじゃないか」

「酪農場？」

「きみが記入した参加申込書にははっきりと、コンテストの出場資格が書かれていただろう？　酪農場を住居としている、経営しているなど、家族が実質的に酪農業にかかわっている一七歳から二一歳の女性、と」

「でも……わたしの両親は牧草地を酪農家に貸しています」まったく話が見えてこない。

「それでいいんでしょう？」

「いや」ケンはゆっくり言葉を発し、ジェンの顔をまじまじと見た。どうしてそんなに物わかりが悪いのだと言わんばかりだ。「それじゃだめなんだ」

「でも、そんなの……わかるはずないでしょう！　わたしは農家の出身じゃない。都会から来たんです！　あの牧草地にはいつも牛がいる。それは間違いありません。どうしてそれが〝実質的に酪農業にかかわっている〟ことにならないんですか？　理解できないわ！」

「まあ、わからなかったかもしれないね。それなら、誰かにきけばよかったんだ」

誰に？　この町にわたしが相談できる相手なんている？　ハイディの助言さえ耳にするのが遅すぎて、つらい思いをしただけなのに。ジェンは今にも泣きだしそうになりながら、呆然とケンを見つめた。わたしはコンテストに出てはいけなかったんだ。優勝を目指す資格なんかなかった。そんなことはわかっていて当然。知っていて当然だったんだ。

ほかの星から来たわけでもないのに、どうしてこんなによそ者扱いされるんだろう？それに、わたしが優勝できなかったのは、牛の糞をかき分けながらスクールバスに乗りに行っていないからだっていうの？　しかも、それを告げ口することが、キリスト教徒の義務だと思った人がいるわけ？

「幸い」ケンは強調するように身を乗り出した。「マスコミに気づかれる前に、審査員が話を聞きつけてくれた。間一髪でスキャンダルから逃れられたというわけだ」

わたしの将来が危機に瀕しているというのに、この人はスキャンダルの心配なんかしてるの？「そんなの、どこに載るっていうんですか？『季刊　牛』とか？」

ケンはピンクの頭皮を真っ赤に染め、ぴしゃりと言い返した。「この大会のことを、きみは面白半分にしか考えていないんだろう。どうせ、われわれのことも面白半分に見ているんだ。優勝しなくてよかったのかもしれないな。ミネソタ酪農連盟の第一回のミスコンテストを、いんちきと……ひやかしで汚されるのはごめんだ！」

唇がぶるぶる震え始め、ジェンは何とか抑えようとした。

「ジェン、頼むから――」ケンはいらだったように言った。ミネソタ州民は感情をあらわにされることを嫌う。〝ミネソタ・ナイス〟という幻想を作り上げ、よそ者の調子を狂わせようとするのだ。「泣かないでくれ。がっかりしたのはきみだけじゃないんだ。わたしもきみなら余裕で勝てると思った。若い頃のインガー・スティーブンスのような容姿をしているし、うちのひいじいさんのオルソンだって、きみのじゃがいもパン《レフサ》を食べるためなら墓から這い出してくるだろう」

ジェンのレフサ。円形の鉄板で真ん丸に焼き上げた、このうえなく薄くて柔らかい、きつね色のじゃがいも料理。「あのレシピを完成させるまで、じゃがいもを一八キロ使ったわ」

ジェンはぼそりと言った。特技部門で、ほかの出場者はミスコンテストらしくバトントワリングや歌を披露したが、ジェンはテーブルいっぱいに本物のバイキング料理《スモーガスボード》を並べた。ぽっちゃり体型の女性審査員は、それを見て目にうっすら涙を浮かべていたほどだ。

「きみの料理の腕は否定しないよ」ケンはいらいらと言った。「だがジェン、問題はきみが嘘をついたということだ。きみは自分で言ったとおりの人間ではない。つまり自分で言ったとおりの存在ではないんだ」

そう、そのとおり。ジェンはインガー・スティーブンスではないし、ケンのおばあさんでもない。そもそも北欧系ですらない。料理の基礎を教えてくれたのは、ジャマイカ人の家政婦、ティナだ。その先は、ルーテル教会の結婚式や記念祭、葬式で出される北欧の伝統料理から技を盗んだ。フォーン・クリークで生まれたわけではないし、この一〇年間母親から、学校の勉強をまじめにしてチョコレートを控えていれば、いつかミス・フォーン・クリークになれると言い聞かされて育ったわけでもない。いや、母親からは別のハッピーエンドを備えた別の物語を聞かされていたが、そのうちの何一つかなっていない！

でも、それが何だというのだ。いずれにしても、ジェンがこの州で誰よりもバターカップ・クイーンにふさわしい資質を備えていることに変わりはないし、この大会のために多くのものを、あまりに多くのものを犠牲にしてきた。なのに、最後は聖人ぶった田舎の俗物集団に裏切られて終わったのだ。ジェンはその理不尽さにいらだち、激昂した。

「わかったわよ！」頭からラインストーンのティアラをもぎ取り、ケンの胸に押しつける。「ミス・フォーン・クリークの栄誉はあなたにあげるわ。わたしはいらない！」

ケンは受け取らなかった。「いや、きみはもうその地位に就いてしまったんだ。約束は約束だ。来年度はフォーン・クリークの代表として活動するという文書に署名しただろう？」

そんなの知ったことではない。こんな町、出ていってやる！ チャペル・ヒルは無理だとしても、とりあえずどこかに行って、二度とフォーン・クリークには戻らない。「〝スキャンダル〟はどうなるの？」

「ミス・フォーン・クリークには、農場に住んでいなければいけないという規定はない。あれはバターカップ・クイーンの話だ」

「そう……じゃあ……もしわたしがいやだと言ったら？」ジェンの声は徐々にせっぱつまった調子を帯びてきた。

「その場合、本当に残念だが、きみのご家族を訴えて、町がきみに支援したぶんをすべて取り戻すことになるだろうな。ジェン、ご家族は訴訟の費用を出せるのか？」ケンはたずねた。

「今着ているそのピンクのドレスだけでも、四〇〇ドルかかっている。いいか？」怒りを抑え、理性を保とうとしているような口調だ。「来年度のきみのスケジュールはすでに決まっている。毎月第一土曜には、〈ヴァーン農機具店〉に行ってもらう。〈スーパースマート・フードストア〉の二店舗の開店記念イベントに出る契約もしているし、ウィスコンシンのカーファアートで開かれる酪農連盟の地区会議でビンゴ玉を出す役もやってもらう。たいしたことじゃない。週末にちょっと行けば終わる。それに、きみのような都会の子にやってもらうことはあまりないから、ほとんどの週末は空いているはずだ」

それでも、さっき言った週末には仕事が入るということだ。それだけあればミネソタを出ることはできない。ジェンは負けを悟った。ケンが本当に両親を訴えるかどうかはわからない。でも、いずれにせよ、そんな危険を冒すわけにはいかなかった。

ジェンはぼんやりとケンを見つめた。これからの五二週間が、地平線に向かって延々と続くとうもろこしの畑のように目の前に延びていく。奨学金はもらえない。チャペル・ヒルには行けない。穏やかな二月の風も、ブーゲンビリアも、海辺のパーティともさよなら。友達もいない。あとはただ、フォーン・クリークとミネソタ酪農連盟のしもべとして、田舎から田舎へとバスで運ばれ、バターと乳を称える日々が一年も続くのだ。

この半年間の努力はいったい何だったのだろう。ダイエットをした。乳製品についてひたすら勉強した。何かに取りつかれたように、ルーテル教会の地下をうろついた。地区大会に出場するため、ローリーに遊びに行くこともあきらめた。テスと休暇を過ごす最後のチャンスをふいにした……。

「よし、やっとわかってくれたようだね」ケンは言い、ジェンに背を向けようとした。

「待って！」

ケンは動きを止め、いらだった表情に戻ってジェンのほうに向き直った。

「教えてください。わたしが農場に住んでいないって、誰が審査員に言ったんですか？」

ケンは一瞬ためらったあと、ジャケットの内ポケットに手を入れ、折りたたまれた紙を取り出した。それをジェンに渡し、歩み去る。その紙にはこう書かれていた。

審査員の皆さま

まことに不本意ではありますが、フォーン・クリーク高校の生徒会長として、わたくしカリン・エッケルスタールは生徒会役員の同意のもと、以下のことを皆さまにお伝えしようと思います。この大会の出場者の中に――

やはりハイディの言うとおりだった。ジェンを売ったのはフォーン・クリーク高校の生徒会だった。でも、きっと全校生徒が同じ考えなのだろう。

こんな町、大嫌い。

でもそれ以上に、わたしはこの町に嫌われている。

3

午後一二時半
〈ドイツ風ビアホール《ビアシュトゥーベ》〉

スティーブ・ジャークスの彫刻作品はいずれ『フォーチュン』誌の企業ランキングに名を連ねる八つの企業の美術コレクションに収蔵されることになるが、今の彼は逃走中で、その状態に満足していた。逃走中の身でもなければ、ミネソタ・ステートフェアきっての人気スポット、〈ビアシュトゥーベ〉のはげかけた外壁にもたれて、人々が檻のようなロープウェイのゴンドラにつめ込まれ、催事会場の上空に張られたケーブルに沿って飛行するさまを眺める体験はできない。

自分も空を飛んでいるような気分だったスティーブは、その光景にも満足していた。目の前のべとついたテーブルの上には、五杯目——いや、六杯目？——の〈ライネンクーゲル〉が置かれ、彼はそれをちびちび大事に飲んでいた。おかわりを買う金は持ち合わせていない。カップはもう半分空になっていた。いや、〝まだ半分残っている〟だろうか、と哲学的なことを考えてみる。いずれにせよ、そのプラスチックのカップには、運命との逢瀬までの時間をやりすごせるほどの量は入っていなかった。運命は五〇キロの凍ったバターの塊の姿をしている。

そこでスティーブは珍しく節制することにして、小さなぴかぴかの鍵で握ったこぶしの上をなぞり、自分の抜け目のなさにうっとりした。この鍵にも満足していたが、見ているとどこか甘いような物悲しさに襲われる。この鍵のために一人の男が死んだ……。いや、正確には違うのだが、スティーブの知り合い（知り合ったのは数カ月前だが）で、好感を持っていた（一〇時間一緒にいた程度で持てる好感にすぎないが）男が、どこか（場所は重要ではない）で、この鍵を送ったあとに死んだのだ。

スティーブは鍵をもてあそびながら、互いに共通点などいっさいなかろうと何の支障もない、酔っぱらい特有の愛情を込めて同志を見回した。こいつらが好きだ、いや、愛している。ここにいるやつら全員を。ぴちぴちのジーンズをはき、ガムでぱちんと音を立てている一〇代の女の子たち。海洋生物学者が鮫に撒き餌を与えるかのような慎重さで、むずかる赤ん坊にフライドポテトを食べさせているタトゥーの入った大男。今、太った女性の尻ポケットから財布を抜き取った、黄色のラコステのシャツを着たお坊ちゃん風の男。女性は自分と同じくらい太った夫に向かって、凝乳を買ってきてと叫んでいる。そして何と言っても、ピンクの舞踏会用ドレスを着た若い女だ。くるくる巻いた前髪が額の上や横に大量に突き出し、日本の木版画に描かれた津波のようになっている。

彼女はビールを注いでいる男に、自分は二一歳だが身分証を入れた何かを家に置いてきたのだと訴えかけていた。何を置いてきたって？　ガラスの靴か？

スティーブは鼻を鳴らし、そのはずみで鍵が落ちた。急いで拾おうとする。足元の土の中から鍵を掘り出したときには、フライドポテトを食べさせられていた赤ん坊は泣き叫び、ドレスの娘は消えていた。

スティーブは体を起こした。この鍵をどうするかはまだはっきりと決めていないが、どうにかしなければならないのは確かだ。いつまでも逃げ続けるわけにはいかないのだから、できるだけ急いで行動を起こしたほうがいい。鍵には手紙が添えられ、この一カ月半の間スティーブを追って国中を旅したあと、二日前に私書箱に届いていた。手紙は短かった。

任務完了。彫像はぶじ……いいか、しっかり座ってろよ、笑いすぎて椅子から転げ落ちるかもしれないからな。ぶじに霊廟の地下墓室に隠してある。彼女を取り戻すには、この鍵を鍵穴に差し込めばいい。注意事項。墓室はあんたの奥さんの名義で借りている。ファビュローサじゃなく、パスポートに載っているほうの名前だ。本人には何も知らせていないよ！　あんたもそのほうがいいと思ってね。

もちろん、鍵をなくしたら、墓場の管理人に奥さん本人であることを証明しなきゃ新しい鍵は作れないから、絶対になくさないでくれ。

おれと連絡を取ろうとしなくていい。しばらくは行方をくらますつもりだ。きっとあんたも同じだろうな。この手紙を受け取れば、あとは問題ない。奥さんがあんたと彫像を探すために雇ってる連中にも、手出しはできないさ。
安心してくれ。

それから数日経った今日、また別の手紙が届いた。こちらはもっと短い。

どなたかは存じませんが、ティム・グリアの財布にあなたの名前と住所のメモがあったのでお知らせしておきます。ティムは亡くなりました。盲腸の破裂です。葬儀は終わりました。

手紙に署名はなかった。かわいそうなティム。これまで友達になった中で最高の泥棒だった。それに、ファビュローサの本名で墓室を借りてくれたって？　最高だ。

今はファビュローサが住む家に盗みに入る報酬として受け取った金を、ティムが使う暇はあったのだろうか？　最高の食事か、最高のセックスか、最高の酒か、あるいはその三つともでハイになっているときに、死神に捕まったのならいいのだが。

ティムが好きだ、とスティーブは思った。少し感傷的になっているようだが、構うものか。愛するティムのおかげで、離婚裁判でどんな判決が下されようと、ファビュローサのかぎづめにつつき回されずにすむものが一つ確保できたのだ。もはや自分の手元にはない財産を、人に与えるわけにはいかないのだから。

ニューヨークの美術評論家は一人残らず、『ミューズ参上』はスティーブ・ジャークスの原点となった作品だと言っている。〝アメリカのネオリアリズム彫刻の先駆的作品〟とまで評する者もいた。離婚裁判でまたもファビュローサと寝ている判事に当たらない限り、あの冷酷非道な女がモデルを務めたからという理由だけで〝先駆的作品〟を渡せとは言われないはずだ。あれを彼女にやるくらいなら、腕を切り落としてくれてやる。まあ、できれば左腕にしてほしいが、それでも腕は腕だ。

結局、この鍵をどうするかが問題になってくる。ニューヨーク市警は保釈中に逃亡した彫刻家の行方を追うほど暇ではないと思うが、もしファビュローサが私立探偵に捜索を依頼しているのなら、そのうち見つかってしまうだろう。ファビュローサは腕利きの人間しか雇わない。それに、スティーブから財産をぶんどるつもりなのだから、資金もじゅうぶんにある。

「ねえ、お兄さん、一杯おごるからビールを買いに行ってくれないかな」

目を上げると、そわそわした表情のにきびづらの少年が三人いた。スティーブには知るよしもなかったが、名前をエリック・エリクソン、ジミー・ターヴォルド、ネッド・ソダーバーグという。

「あきらめろ」スティーブは優しい口調で言った。

「お願いだよ、お兄さん」ずんぐりした赤毛の少年が言った。「ただで一杯飲みたくないかい？」

ああ、そうだな。飲みたいよ、もちろん。「きみたち、何歳だ？」スティーブはたずねた。

「じゅうよ……いや、一七歳だ」

一三歳ということだろう。「そうか。じゃあ家に帰って、親父さんの酒棚からくすねてきたらどうだ？」

「ジャークス！　ジャークス、飲んでる場合じゃないだろう！」

顔を上げると、首のないはげかかった男が激怒し、二サイズも小さいポリエステル製の紺のスポーツジャケットの中でゆだっているのが見えた。少年たちはこそこそと逃げていった。

「よう、カール」

「酔ってるのか？」

「いや」

「酔ってるじゃないか。何を考えてるんだ。だからおれは実行委員会に、こんなやつはやめておけって言ったのに」カールは言った。「あんたが誰も聞いたことのない美術雑誌を持ってきて、そこに載ってるスティーブ・ジャークスっていう彫刻家の記事を見せて、それが自分だって言うもんだから、ルース・ダルクイストは有名な芸術家がバターを彫りたがっているると思い込んだんだ。うちも酪農協会みたいにバターを彫ってくれるボランティアを募るという手もあったが、同じことをやってちゃ連中には勝てないからな。でも、なんで一日二〇〇ドルしかもらえないってのに、ニューヨークの彫刻家がミネソタ・ステートフェアでバターを彫りたがっているのか、ルースは少しでも考えたのか？　ああ、考えてないに決まってる。でも、おれは考えた。答えはいくつか出たが、気に入らないものばかりだ」

「答えが出たのか？」スティーブは興味を引かれてたずねた。謎だらけのこの世界で、答えが出せる人間がいるとは。このカールというやつも好きになれそうだ。「すごい。教えてくれよ」

カールは左のこぶしを振り上げた。太い人差し指が突き出される。「その一、あんたは酒に溺れて落ち目になっている」

「ありそうな話だ」スティーブはうなずき、先をうながした。

「その二」カールは人差し指の隣に中指を突き出した。「あんたはそもそもティーブ・ジャークスではない。あの記事にあった写真はかなりぼやけていたしな。これはステートフェアだし、どんな駄作を作ろうと誰もわからないと思ったんだ。だが言っておくけどな、おれたちはだまされないぞ」

「バターのことを真剣に考えているんだね」スティーブは真剣な口調で言った。

「あったりまえだ。正直なところ、仕事さえちゃんとしてくれれば、あんたが誰だろうと構わない。でも、バターの頭が女の子たちに似てなかったら、一セントも払わないし、出るところに出てやるからな。もちろんその前に、あんたをぼこぼこにする」

それを聞いて、スティーブの中で眠っていた小さなプライドのかけらが頭をもたげ、自分の芸術性を疑われたことへの怒りが湧き上がった。だが、言い返そうと背筋を伸ばしかけたとき、これはしょせんバターを彫る仕事なのだと思い直した。肩の力が抜ける。これまでやってきたけんかはいつも、〝痛っ〟と声をあげて終わるか、それよりひどいありさまになるのがオチだった。スティーブは椅子の上で姿勢を崩した。

「なんでおれみたいな人間がこんな仕事を引き受けたのかって話だけど、答えはほかにもあるのか？」興味深げにたずねる。

「ああ」カールは手を下ろした。「自分を追っている相手とできるだけ距離を置くためだ。誰に追われているのか知らないが、ここで追いつかれるんじゃなければ、おれにはどうでもいいことだけどな」

「いい答えだ」

カールはぼってりした尻にこぶしを置いた。「どれが正解か教えてくれるのか？」

教えても差し支えないだろう。少なくとも、大まかなところは。「破産したんだ。もうすぐ前妻になる女は、離婚裁判でおれから最後の一滴までしぼり取るつもりだ。だからニューヨークから出たかった。ステートフェアは好きだ。仕事は短期で終わる。おれにできる仕事だ。それに、まじめな話、面白そうじゃないか」

最後にあからさまに嘘とわかる一言を言うと、にぶそうなカールでさえにやりとした。

「わかったよ」カールは鼻を鳴らした。「ここを出てコーヒーでも飲んできな。二〇分後には、一人目の女の子が冷凍室の中であんたにや、っ、て、もらうのを待ってるよ」

女の子が冷凍室の中でおれにやってもらうのを待ってるのか、と思いながら、スティーブは立ち上がった。世界はなんと謎と不思議に満ちていることか。

4

午後一二時三五分

五メートル先

ウォルター・〝ダンク〟・ダンコヴィッチは、その後スティーブ・ジャークスと拘置所で同室になるのだが、今はぶかぶかのチノパンをはいた男が、少年たちにビールを買ってきてくれとねだられているのを見ていた。かわいそうな不良少年どもに、時間の無駄だと教えてやってもよかった。あの男は酔っぱらっているのだ。けれど、ダンクにはもっといい考えがあった。

ダンクはマリーゴールド色のラコステのシャツ——それなりの格好をしておいたほうが、失業手当の申請も通りやすい——の襟を直し、三人に声をかけた。「おい、おまえら！　こっちに来いよ」

三人はあたりを見回し、まともそうな外見の男に目を留めた。大学の仲間と待ち合わせをしているか、トイレに行っている恋人の帰りを待っているように見える。三人は肩をすくめ、だらだらと近づいていった。

「何だ?」ネッドは警戒するようにたずねた。

「あの男のところにいるのを見てたんだ。失敗しただろ?」答えを待たず、ダンクは続けた。「おれもちょっと前まではおまえらみたいなものだったからな」

「あ、まじで?」がりがりに痩せた少年がたずねた。「あんたもちっぽけな田舎町に住んで、町中にばかにされてたのか?」

「そうだ」ダンクは作り笑いを浮かべた。「でも、町を出た。おまえらもいつか出るんだろうけどな」いや、無理だろう。「どうだ? 二〇ドルくれれば、ビールを買ってきてやるよ」

ダンクが手を差し出すと、がりがりの少年はためらいもせずに二〇ドル札を押しつけてきた。「ありがとう、お兄さん」

「いいか?」ダンクは言った。「面倒はごめんだから、離れたところにいてくれないか? 五分後にロープウェイの脇で待ち合わせしよう。どうだ?」

「いいね、そうするよ」

少年たちはコンクリートの車庫の裏に回り、ダンクは金をポケットに入れ、反対方向にぶらぶら歩いて人ごみに姿を消した。カモというのはどこにでもいるし、時には群れをなしてやってくる。

5

午後三時四〇分
〈デパート館〉

「バターの頭が見たい！　バターの頭を見せてくれるって言ったもん！　約束したもん！」

冷凍室が揺れた。虫がフォルクスワーゲンのフロントガラスにぶつかるように、ぽっちゃりした小さな頰がアクリル樹脂のウィンドウに突進してきたのだ。汗とシロップと日焼け止めクリームにまみれた頰がぴたりとくっつく。少し上で、自由なほうの目がヤモリのようにぐるりと動き、中にある五〇キロの頭型のバターの塊をとらえた。汚れた手がアクリル樹脂を這い上がり、大勢の観客が残したぬるぬるの鼻と指の痕の隣に、新たにべたべたの汚れをつけた。

「バターの頭だ」子供はつぶやいた。

冷凍室の中でどんよりとモデル用のスツールに座っていたジェンは、興味を失った子供をちらりと見て、〈エディ・バウアー〉のパーカーの中でさらに身を縮めた。

子供はジェンを見た。「ねえ！　あれはクイーンじゃない！　あんたクイーンじゃないよ！　たいしたことないね！」

生意気な顔をした子供の言葉ですら、ジェンの胸にはぐさりと刺さった。この二時間こらえていた涙が、目ににじみ始める。

「クイーンはどこ？　こんな人、見たくないよ！　あんたなんか見たくない！　あんたなんか、ただの人だ！」

どこからか手が伸びてきて、子供は連れ去られた。だが、手遅れだった。ビール三杯と血糖値の急上昇（〈トム・サム・ドーナツ〉を二袋食べれば無理もない）のせいもあり、かろうじて残っていた意地が砕け散ってしまった。ジェンはぶ厚いパーカーの袖に顔をうずめ、泣きだした。

「おい！」スティーブとかいう名の若い彫刻家が声をあげた。

ジェンは涙で濡れた顔を上げた。男は若い頃のポール・ニューマンのようなエレクトリックブルーの目に、無造作な黒っぽい髪、かなりいい体つきをしている。年はジェンとさほど離れていないようだし、じろじろ見られれば落ち着かない気分になりそうなものだが、今はどうでもよかった。ジェンは再び下を向いた。

「おい、プリンセス。どうしたんだ？　気分が悪いのか？」酔っぱらっているような声だ。

顔を上げると、スティーブがバターの塊の横に出てきて、自分を見下ろしているのがわかった。手には、バターを彫るのに使っているグレープフルーツスプーンを持っている。アイリッシュパブにいそうな雰囲気の二枚目だが、やはりジェンにはどうでもよかった。

鼻水が垂れ、目が腫れ上がり、唇が震えていることも、どうでもよかった。マスカラが流れ、一〇分かけて豪華にふくらませた前髪がぺちゃんこになっていることも。男前の芸術家に心を病んでいると思われていることも、冷凍室の外の観客がひどく気まずそうな顔をしていることも、何もかもがどうでもよかった。

なぜなら、ヤモリのような目をした子供が言っていたとおり、ジェンは〝ただの人〟だから。

クイーンではないし、〝本物の〟フォーン・クリーク代表ですらない。偽者だ。自分よりよっぽど代表の座にふさわしいライバルを押しのけた挙げ句、何の成果も出せなかった落ちこぼれなのだ。手にすることができたのは、町中の怒りと、同級生たちの敵意だけ。だが、それは今に始まったことではない。

ジェンはいっそう激しく泣きだした。

「今はやめておくか？　あとでもう一度来る？　ほかの女の子を先にしてもいいよ」

もう一度来る、ですって？　今日ステートフェアをあとにしたら、二度と来ることはないだろう。「いいの。少ししたら落ち着くわ」

冷凍室の外で、一人の男性が叫んだ。「あんた、その子に何言ったんだ？」

「何も言ってないよ！」スティーブは叫び返した。ためらいがちにジェンの肩をぽんとたたく。かんしゃく持ちの犬をなだめるように。

「ほら、元気出して。このままじゃ、おれがさっきの男にぼこぼこにされてしまいそうだ。な？」

「わたしも……頑張ってるのよ！」実を言うと、さほど頑張ってはいなかった。泣くことがあまりに気持ちがよかったのだ。今ジェンが泣いているのは、ヤモリの目をした子供のせいでも、〈バターカップ〉のせいでも、生徒会のせいでも、この一年八カ月間のせいでもなかった。とつぜん、自分がいかに孤独な人間であるかに気づいたのだ。孤独に終わりはない。だから、ジェンの涙も止まらない。たぶん永遠に。

「まったく、もう」スティーブはジェンの前でしゃがみ、両手で顔を包んで上を向かせた。「何を泣くことがある？　きみはプリンセスだろう？　きれいなお姫さまじゃないか」

ジェンは間違っていたらしい。その言葉に、涙が止まった。

顔を覆っていた指を広げ、スティーブの顔を見下ろす。どこか猟犬を思わせるが、犬ほど誠実そうには見えない。ジェンはぎょっとした。この人、わたしを子供扱いしているんだ……。

「それに、かわいいピンクのドレスも持っているじゃないか」スティーブはうなずいた。「ティアラもあるし――」

「やめて」

彼はぎくりとした。「何？　おれ、何か悪いこと言った？」

「ばかにされているような気がするのよ。その言い方、まるで……わたしがバターカップ・

クイーンなんてくだらないものになれなかったから泣いてるみたいじゃない」

かわいそうな二〇代に同情する大人を演じようとしていたスティーブは、企みをはねつけられ、少し傷ついたような顔で立ち上がった。「じゃあ、どうして泣いているんだ？」

「どうしてって、バターカップ・クイーンなんてくだらないものになれなかったからよ！」改めて涙がこみ上げ、ジェンはわっと泣きだした。

スティーブはいらだったように両手を挙げた。

「でも、それだけじゃないの！」

彼は胸の前で腕を組んだ。ジェンは下唇を震わせた。

スティーブはため息をつき、使っていないいすのこ状の台をジェンの前に引っ張ってくると、足元に座った。

「わかった」スティーブは言った。「落ち着いて話してくれないか？」

「こんな話、本当は聞きたくないんでしょう？」ジェンは言った。でも、聞いてもらいたかった。

スティーブはもう、いかにも誠実そうに目を見開くのはやめていた。同情している様子はほとんどなく、ただ興味を引かれているようだ。「いや、聞きたい。本当のことを言おう。きみが袖に顔をうずめていたら、おれも彫ることができない。だから聞かせてくれ。どうして泣いてるんだ？」

冷凍室の外の見物客は飽きてきたらしく、その場を離れ始めた。スティーブはそれに気づいていないのか、気づいていても気に留めていないようだった。本気でジェンの話を聞こうとしている。

「別に大きな悲劇とか、そういうのじゃないんだけど」わたし以外の人にとっては。「ただ……その、期待してたというか……ううん――」ジェンはいらいらと言葉を切った。「わたしはバターカップ・クイーンになれるはずだったの。司会者は確かに〝ミス・フォ〟って言ったし、ほかに〝フォ〟から始まる名前の町から来てるプリンセスはいなかった。なのに、司会者が名前を言い終える前に、誰かが嘆願書を持ってきた。フォーン・クリーク高校の生徒会全員の署名入りで、わたしは参加申込書に嘘を書いているからバターカップ・クイーンにはなれないって。その瞬間、わたしは落とされたの」

スティーブは驚いたようだった。「うわっ、それはひどいな。でも、中込書に嘘を書くなら、危ない橋を渡っていることは自覚しておかないと」

「違うわ!」ジェンは抗議した。「わたしは危ない橋なんて渡らない。ギャンブルはしないの。絶対に。自分では本当のことを書いたつもりだったのよ。よくわかっていなかったの。わたしのせいじゃないわ」

ジェンはこの言い分がどう受け取られるかはわかっていたので、スティーブの鮮やかなブルーの目から興味の色が消えても驚かなかった。

「そうか」彼は言った。「意地悪な連中のおかげでひどい目に遭ったわけだな。だけど、少なくともきみは心安らかにぐっすり眠れるだろう。でも、連中はきっと悪夢に……ちょっと待った。今、赤くなったな？　赤くなってる。どうしてだ？　きみは心安らかにぐっすり眠れるんじゃないのか？」

ジェンは口ごもった。

スティーブは立ち上がった。「違うんだな。何か事情があるんだ。何だ？　おい、聞かせてくれよ。おれは〝あそこも行った、これもやった、あんなことやらなきゃよかった〟の帝王なんだ」

「くだらないことだもの」

「たいていのことはくだらないものさ。全部吐き出すんだ。楽になるよ」

スティーブは親しみやすい端整な顔に、熱のこもった真剣な表情を浮かべている。ジェンは話し始めた。

両親がギャンブルですべてを失ったこと。華やかな暮らしを送っていた都会を離れ、地味な田舎に移り住んだこと。孤独を感じていること。両親は妙に愛想よくふるまっているが、それはただ虚勢を張っているに違いないこと。だから、自分はこれ以上経済的な負担をかけまいと決意し、〈バターカップ〉の奨学金の話を聞いたとき、これだと思ったこと。そのときから頑張ってミスコンテストの地区大会で優勝を果たし、今日、最後の戦いとなる決勝に臨んだこと。ハイディに、ジェンが全校生徒に嫌われている理由（〝嫌われている〟という言葉は使わなかったが、意味していることは同じだ）を教えてもらったこと。フォーン・クリーク高校に裏切られたこと。

すべてを話した。

でも、テスのことは言わなかった。これは自分だけの問題だ。初めて会った相手に話せることではない。

スティーブは足元の台の上にしゃがんだまま、ジェンの顔から視線をそらすことなく聞いていた。こんなふうに話を誰かに話を聞いてもらうのは初めてだった。

ジェンがすべてを話し終え、言葉がとぎれると、スティーブは立ち上がってズボンの脚をたたいた。

「作業に戻るよ」

ジェンはぽかんとした顔で彼を見つめた。「それだけ？　わたしは洗いざらいぶちまけたっていうのに、〝作業に戻るよ〟以外に言うことはないの？」

彼は肩をすくめた。「きみは泣きやんだし、きみの顔を彫る方向性が見えてきたし――」

「話なんて聞いてなかったのね？」ジェンは責めるように言った。驚き、傷ついていた。

「ただ、わたしの顔を観察していただけなんだわ」

「違う！」スティーブは否定した。「いや、違いはしない。確かにきみの顔も観察していた。仕方がないんだ。条件反射みたいなものだよ。例えば、一〇代の男がグラビア雑誌を見ると――」自分が言おうとしていることに気づいて言葉を切る。「とにかく、自然な反応なんだ」

ジェンは冷たい視線を向けた。

「こうしよう」スティーブはバターの頭像の正面に戻りながら言った。「こっちで作業をしながら話を聞くよ。手は勝手に動くから。さっき、きみは自分こそがクイーンにふさわしいんだって言ってたよね」にっこりする。「どうして？」

機嫌をとろうとしているのが見え見えだったが、それでも構わなかった。この一年八カ月間、こんなにも親身になって話を聞いてくれた人はいなかった。それに、黙れとも出ていけとも言えたのに、彼はそのどちらも口にしなかった。

「それはね」ジェンは言った。「つまり、わたしならバターカップ・クイーンの役目を立派に果たせたってこと。誰もかないっこないわ。誰もかないっこないのよ」

ジェンは自分がそんな言い方をしたことに驚いた。しかも、初めて会った人の前で。「バターカップ・クイーンに求められるのは、昔ながらの主婦のような役割でしょう？　わたしならできる！　完璧にできるの。ここの焼き物・保存食《ベーキング・アンド・キャニング》コンクールのジュニア部門で五つも賞をもらったのよ。一位が二つ、二位が一つ、三位が二つ。ピルズベリー・ドウボーイ（ミネアポリスに拠点を置く製粉メーカーのキャラクター）が仲よくしてくれるのはけっこうだけど、わたしがあと三六五日間フォーン・クリークに閉じ込められるという悲運を背負ったからには……スティーブ、悲運というのは大げさでも何でもないのよ。そうなったからには、ドウボーイと同じくらい、ひげもじゃの人たちともお近づきになるってことだわ。この意味わかる？」

ジェンは身を乗り出した。「木こりよ。というより、木こりの子孫ね」

大きくため息をつき、黄色いバターの丸まった削りくずが散らばった冷凍室の床に視線を落とす。

「で、これからどうするんだ？」

ジェンは顔を上げた。スティーブはちゃんと話を聞いてくれていたのだ。

「どうするもこうするもないわ。ミス・フォーン・クリークの仕事があるから、どこかの大学の早期入学に応募することもできない。高校を卒業するまでここにいるしかないの」

「うわっ、それは楽しそうだな」スティーブは身をかがめ、彫像の後ろに隠れて見えなくなった。

「そんなはずないでしょ」楽しいわけがない。自由行きの列車を脱線させた生徒たちがいる学校に、逃げ出す術もなくとらわれるなんて地獄だ。「死んじゃうわ」

「死にはしないだろう」スティーブの声だけが聞こえた。「本気で町を出たいなら、道はあるさ。おれだってそうだ。吸血鬼みたいな女と結婚してしまったが、それでも何とか逃げ出すことができた。もう少しで」バターの頭像の上に手が飛び出し、人差し指と親指が一センチほどの隙間を作った。「おれも吸血鬼にされるところだったよ」

「吸血鬼？　あなたの血を吸うような奥さんだったの？」ジェンはたずねたが、まったくの皮肉というわけではなかった。ニューヨークならそんなこともありうるかも……。

「人間には血よりも大事なものがあるんだ。自信さ。彫刻で食っていくためには、三つのものが必要だ。ほかの人に見えないものを見る力、その光景をほかの人に見える形に置き換える才能。そして、自分がその両方を持っているという揺るぎない自信。妻はその三つすべてをおれから吸い取ってしまった。しかもそれだけでは飽き足らず、たった一つ、二人の関係から生まれたすばらしいものを持ち去ろうとした」スティーブは一瞬だけ顔を傾け、ジェンと目を合わせたが、すぐにバターの後ろに引っ込んだ。「おれが彫った像だ。妻がモデルを務めた」

「それはひどいわね」ジェンはうなずいた。「だから今、ここでバターの頭を彫っているの？」

「そんなところだ」スティーブは立ち上がると、道具入れにしている釣り具箱をかき回し、懐中電灯を取り出した。スイッチを入れ、バターの頭像を照らし出す。「おれが言いたいのは、物事は理由があって起こるってことだ。すべては必然なんだ。だからその理由を探せばいい」

「言うのは簡単だわ」

「簡単なことなんか何もないよ、ジェン」スティーブはそれまでと同じ作業を続けているが、ペースはさっきよりも加速している。「いいか？　もしファビュローサがあそこまでたちの悪い女じゃなければ、結婚生活は続いていて、おれは今もグリニッジ・ヴィレッジのバーの裏で夜な夜な吐いていたはずだ」

ファビュローサというのが妻の名前なのだろう。

「それに、もしファビュローサがあの判事と寝ることも、おれがこれまで稼いだ金を極限までしぼり取ろうとすることも、何よりもおれ自身が彫った作品を盗んだ罪でおれを訴えて留置所にぶち込むこともなければ、おれはミネソタにたどり着くことも、このバターを彫ることも……」言葉は尻すぼみになり、スティーブは小さく口を開け、懐中電灯を消した。

顔をしかめて目をぱちぱちし、再び懐中電灯のスイッチを入れる。「すごい」ささやくように言った。

「何？　どうしたの？」ジェンは言い、スティーブが何に見とれているのか確かめようと、スツールから腰を浮かせかけた。

「だめだ！」腕がぱっと上がり、ジェンを指さした。「そこでじっとしていろ！」

ジェンは動きを止めた。スティーブはまるで初めて会ったかのように、まじまじとジェンを見ている。視線はバターの頭像に落ちたかと思うと、ジェンに戻り、再び落ち、ジェンに戻り、あっちとこっち、交互に見る動きはどんどん速さを増して……。

「何なの？」ジェンはささやき声で言った。

「動くな！」

「何なのよ？」唇を動かさずに言う。

「ぴくりとも動くんじゃない。そのままじっとしていてくれ。一分でいい。あと……一……分で……」スティーブは狂ったように手を動かしてバターの塊を削り取り、足元の白いプラスチックのバケツに落としていった。

「見てくれ」懐中電灯をバターの頭像の耳に当て、スイッチを入れる。

それは耳の形をした黄色い蛍のように見えた。

「何それ？」

「〝何それ?〟」スティーブは繰り返した。「それを言うなら〝何これ!〟だろう」

　彼はぶつぶつ言いながら、熱心に作業を続けた。

「で、それがあなたのアドバイスってわけ?」ジェンはさっきの会話を中途半端に終わらせたくなかった。「〝物事は理由があって起こる。だからその理由を探せ〟って?」それなら、母やカリール・ジブランの格言のほうがよっぽどましだ。

「いや」スティーブは言い、とつぜん手を止めた。バターの頭像の横に回り込み、腰に手を当てる。「おれのアドバイスはこうだ。きみは王冠を奪われたんだな? それなら、ほかの王冠を探せばいい。そして、それを見せつけてやればいいんだ」

　その言い分は極端すぎる。「全部終わったのよ。わたしが出られるミスコンテストはもうないわ」

「誰がミスコンテストの話をしている?」スティーブはバターの頭像の前に戻った。「ティアラじゃない、王国を手に入れろと言っているんだ。これはきみにふさわしいからと、王冠をかぶせてもらえる人間なんていない。本当に大事なのは、欲しいものを手に入れるためにどこまでやれるかってことなんだ」

「え?」

「犠牲を払うってことだよ。何かを手に入れるには、何かを犠牲にしなきゃならない。自分が何かを失うこともあれば、他人が犠牲になることもある」

「そんなのひどいわ」

「きみだってバターカップ・クイーンになるために、同じ町のほかの女の子たちの希望を踏みつけにしたんじゃないのか？」

「そんなつもりはなかったの！」ジェンは言い返した。

「そうかもな。でも、自分の胸に手を当てて考えてみろ。きみが知らなかったと言っていることを、もしそのとき知っていたとしたら、きみは出場を辞退したか？　自分の野望のために酪農場の娘たちの夢を打ち砕かなかったか？」

どうだろう？　ジェンにはわからなかった。急にそんな質問をされても困る。実際、あのときは知らなかったのだ。それに、あとから〝もし……だったら〟と考えるのも好きではない。パンドラの箱を開けるような、とても危険な行為だ。もし、両親がラスベガスではなく、パームスプリングスに行っていたら？　もし、祖父のロッジがミネソタではなく、キャッツキルにあったら？　もし、冬休みにテスと一緒に旅行に行っていたら……？

とつぜん外が騒がしくなり、ジェンは冷凍室に群がる人々の右端を見た。革のライダーズベストを着た大柄な男が、人ごみをかき分けてこちらに向かっている。

「ここはくっきり彫らないと」スティーブはぶつぶつ言っている。「あと、どうにか光を入れたい。そうだな……」

ジェンはもう聞いていなかった。バイク乗りが気になって仕方がない。彼は今や人ごみをかき分けるどころか、ボウリングの球が転がるような勢いで見物客を蹴散らしている。顔には残忍な表情が浮かんでいた。

「ちょっと」ジェンはそわそわと言った。「あの人、どういうつもりかしら？」

バイク乗りは人ごみの半ばまで来ると、巨大な手を突き出し、冷凍室のウィンドウをまっすぐ指さした。「てめえはおれのもんだ！」

ジェンはぽかんと口を開け、眼球が飛び出しそうになるほど目を見張った。世間には、ミス○○や映画スターに執着する頭のおかしい男がいるという話は聞いたことがある。バイク乗りはアメリカンドッグを持った老婦人を押しのけると、安全靴で床を踏みしめ、腰の上でチェーンを揺らしながらやってきた。

「や……ば……い」ジェンはスツールから跳び上がった。「スティーブ！」

助けを求めてあたりを見回したが、スティーブは顔を上げてバイク乗りをちらりと見ただけで、冷凍室にバリケードを作ろうとするでもなく、何かに取りつかれたようにバターの頭像をやっつけにかかった。グレープフルーツスプーンでまた一すくい、バターの頭を削り取る。

スティーブの行動をいぶかしんでいる暇はなかった。ジェンは冷凍室のドアに向かった。だが、たどり着く前にドアはばたんと内側に開き、狭い室内にバイク乗りが飛び込んできた。男の口が大きくゆがみ、意地の悪い笑みが浮かぶ。冷凍室の外で誰かが叫び、別の誰かが金切り声をあげた。

「てめえはおれのもんだ！」

「どうしよう」ジェンはつぶやいた。頭がバターになった自分が、大勢の観客の前でこの男と結婚式を挙げる想像で頭がいっぱいになる。

ジェンは冷凍室の隅に向かい、彫刻刀を手に取って振り向いた。

バイク乗りはそっぽを向いていた。

彼はスティーブだけをじっと見つめていた。スティーブはいまだにバターの頭像をいじっている。どうやら削った部分をふさいでいるようだ……。

かわいそうに、頭がどうかしてしまったのだろう。黒革に身を包んだ体重一〇〇キロ超の男に〝おれのもん〟だと言われている人間にしては、平然としすぎている。ジェンの心臓は早鐘のように打ち、彫刻刀を突き出している手は震えが止まらない。冷凍室の外の人々は叫び声をあげ、こちらを指さしていた。

「賞金稼《バウンティハンター》ぎか？」スティーブはようやく振り向いて言った。

「そうだ」

バウンティハンター？

バイク乗りはスティーブの背後に近づき、手錠を取り出した。「こいつは警察より先に、バウンティハンターであるおれが捕まえた。ねえちゃん、あんたも証言してくれるよな？」パーカーの襟口に頭を引っこめようとしていたジェンに視線を向けてから、スティーブの前腕をつかみ、手首に手錠をかける。「いいだろ、ねえちゃん？」

「ああ、ええ。はい……」

「よし。おっと、ミネソタの警察も来たな。ちょうどよかった」困惑した表情の警官がドアの前で身をかがめ、銃の台尻に手をかけながら入ってきた。

「おまわりさん、スティーブ・ジャークスを市民逮捕したぜ。保釈中逃亡の罪を犯し、偉大なる――」バイク乗りは顔をしかめた。

「ニューヨーク州から逃げている男だ」スティーブが言葉を継いだ。

「どこでもいい」バウンティハンターはスティーブをミネソタの警官の手に渡した。

「いったいどうなってるんだ?」ケン・ホルムバーグがドアの前に現れ、ジェンをちらりと見てから、冷凍室の中に入ってきた。喉元に感謝の気持ちがせり上がってくる。ケンにも意外といいところがあるようだ。

「ジェン、きみは何をしているんだ?」ケンはがなりたてた。「一五分前にはテレビ局の建物に行っているはずだっただろう?」

「でも、警察が……」

「おまわりさん、この子はここにいなきゃいけないかな?」ケンは言った。「今すぐ『すてきなご近所さん』のセットに行くことになってるんだけどね」

「本当に?」警官は感心したようだった。「それなら、行ってくれていい。あとで聞きたいことがあれば、そっちに行かせてもらうよ。ミス――」

「ミス・フォーン・クリーク、ジェニファー・ハレスビーだ」ケンが答えた。ジェンの前腕をつかみ、ドアに向かって押し始める。途中で台座につまずき、不吉にもバターの頭像がぐらりと揺れた。

「気をつけてくれよ！」スティーブが叫んだ。「それは芸術作品なんだ！」

「おっと」ケンは振り向きかけた。「すまない。気をつけ……」言葉がとぎれた。ジェンは振り返った。ジェンの背後で話し声がぴたりとやんだ。ケンに腕をつかまれたまま、ジェンは振り返って一同の視線をたどり、初めて正面から頭像を見た。

一見、頭像はきれいに彫られているように見えた。愛嬌のある笑みを浮かべ、目鼻立ちも左右対称に整っている。ところがよく見ると、別のものが見えてきた。どこか傷ついた、打ちひしがれたような表情。額から突き出した前髪にまで、絶望がにじみ出ていた。

ジェンははっとした。これなのだ。これが何カ月にもわたる努力の成果のすべてなのだ。テスと過ごせるはずの数週間と引き換えに手に入れたのは、このバターの頭だけなのだ。

「これは……すばらしい」バウンティハンターがつぶやいた。

「極上の作品だ」警官が言った。

すばらしい？　極上？　昔ながらのマッチョなタイプの男性二人からそのような言葉が出てきたことに驚き、ジェンはバターの頭像に視線を戻した。だが、とてもそうは思えない。そこにあるのはただ、時間を無駄にしたという事実だけだった。それは負け犬の顔だった。でも、これからは違う。二度と負けてなるものか。

6

二一年後
九月二〇日（火）
午後一時
ニューヨーク、〈パーク・プラザ・ホテル〉

部屋は驚くほど混雑していた。無名のライフスタイル・コーディネーターを紹介する記者会見に、過労気味のニューヨークのメディアがこれほど集まるのは異例のことだが、主催者を考えてみれば無理もない。超のつく保守派で、たえず物議をかもし続ける億万長者、ドワイト・D・デイヴィス・ジュニアが開いた会見なのだ。ドワイトは自分の道徳観に凝り固まった人間で、喫煙、飲酒、ギャンブル、汚い言葉づかい、違法薬物の使用、夫婦（もちろん異性同士）以外のあらゆる種類のセックスなど、彼が認めていないものは数知れない。若い頃は自分も放蕩な暮らしをしていたことを公然と認め、その埋め合わせとして退廃的なアメリカ社会の改革に熱意を注ぐのだと言って、かつての自分が喜んで一緒にばか騒ぎをしていたような若者に心を入れ替えさせる活動をしている。

実業家としてのドワイトは、独善的な経営方針で悪名を馳せていた。多国籍企業を買収し、上層部の一〇分の一を〝直感〟だけを根拠に解雇することで知られ、この方針のせいで共和党も民主党も彼からの政治献金は受けたがらない。そんなありさまだから、ドワイトはあらゆる新聞の風刺漫画や社説で毎日のようにネタにされていた。

だが、本人はいっこうに気にしていない。死ぬまでにやらなければならないことは山ほどあるのだ。そのほとんどが何かを改革することだった。また、その結果として（むしろこっちが目的だという説もあるが）、大金を稼ぐことだ。最近のドワイトは、アメリカのテレビ視聴習慣の改革に力を入れていた。

一年前、彼は婚前交渉と麻薬と暴力をアメリカから一掃すると宣言した。そこで、経営状態の良好なケーブルネットワークを買って〈アメリカン・メディア・サービス〉と名前をつけ、視聴者に単なる娯楽ではなくサービスを提供することを強調した。そして、自分と志を同じくする者――少なくとも、志を同じくすると本人は主張し、執拗な経歴調査にもぼろを出さずにいられる者――を大勢雇って、新たなテレビ局として再建したのだ。

これが冗談で終わればいいのだが、ドワイトは愚かなわけではなく（むしろ真逆だ）、単に持論に凝り固まっているだけなのだ。やるからには何でも成功させる。口がうまいのか運がいいのか、彼をよく知る人間にも判断はつかなかったが、古きよきアメリカの再来を願う団塊世代《ベビーブーマー》と、金融資産の乏しさを補うために道徳的基盤を求めるそのジュニア世代、そしてテロを恐れる若い世代に膨大な顧客を獲得していた。

先月、ドワイトは春に〝質にこだわった〟新番組をスタートさせると発表し、〈アメリカ《A》ン・メディア《M》・サービス《S》〉は今日、この一押しプロジェクト、隔週放送のライフスタイル番組『家庭のやすらぎ』（同名の月刊誌とポッドキャストも同時にスタート）の主役、ジェン・リンドを紹介する運びとなった。ドワイト自らが監督した身元調査によると、ジェン・リンドは中西部出身で、平日の朝の番組へのレギュラー出演と、女性誌での定期連載、〈フード・ネットワーク〉の人気番組へのゲスト出演によって、地元では確固たる人気を築いているとのことだった。メディアはすでに、彼女の故郷の特質を表す〝ミネソタ・ナイス〟と、マーサ・スチュワート（アメリカでカリスマ的人気を誇ったライフスタイル・コーディネーター。インサイダー取引で服役したことで人気が下火に）を合体させ、皮肉混じりに〝マーサ・ナイス〟というあだ名をつけていた。

そういうわけで、脇のドアからAMSの社長、小柄でこざっぱりした雰囲気のロン・パテラが現れ、きびきびと演壇に向かうと、会場内の熱気はいっそう高まった。

「本日はご足労いただき、まことにありがとうございます」ロンは言った。「略歴などの資料は行きわたっていますでしょうか？　大丈夫そうですね。では、始めさせていただきます」

ロンは広げた手のひらでドアを示した。「ご紹介いたしましょう。『家庭のやすらぎ』の主役、ジェン・リンドです」

ロンが拍手をすると、淡いブルーのニットワンピースに身を包んだ背の高いブロンド女性が、適度に落ち着いた足取りで歩いてきて、彼と握手をした。ペンがいっせいに動き始める。ジェン・リンドは美貌の女性で、若いと呼べる年齢は少しばかり過ぎていたが、まだじゅうぶんに美しく、一般のテレビタレントが自らに課している基準よりはふっくらした体に、柔らかなカシミアのワンピースをふわりとまとっていた。『鳥』のティッピー・ヘドレンのような昔ながらの夜会巻きにした蜂蜜色の髪が、高い頬骨と澄んだ青灰色の目を際立たせている。

控えめなパステルカラーの服とアップにした髪型は、いかにも五〇年代後半の雰囲気だ。だが、記者たちがジェン・リンドに〝時代遅れ〟のレッテルを貼ろうとした瞬間、彼女は演壇の後ろから出てきて、〈クリスチャン・ルブタン〉の黄褐色のピンヒールを履いた美しい脚をあらわにした。脚が動くと、アンクルストラップの後ろについた小さなサテンの飾り房がちらちらと揺れた。

「はじめまして」ジェンはマイクホルダーからワイヤレスマイクを外して記者たちに近づき、ロンはAMSの上層部が居並ぶ列に戻った。彼女の口調はわずかに訛っていて、丸みを帯びた柔らかな響きがある。メープルシロップをかけたオートミールのようだ。甘くて栄養たっぷり。メモを取る記者はさらに増えた。

「何よりも」ジェンは続けた。「今この場所にいられることを大変光栄に思います。忙しいスケジュールの合間を縫ってわたしに会いに来てくださって、本当にありがとうございます」

〝わたしに会いに〟？　何の冗談だろう？　記者がここに集まっているのは、ドワイト・デイヴィスのためだ。それでも、表情を見る限り、ジェンの言葉に他意はなさそうだった。

「皆さんのほうから質問がおありでしょうから、どうぞ始めてください」

テレビタレントを泣かせることで有名な、口の悪い年配の女性記者が咳払いをした。「あなたは次世代のマーサ・スチュワートという触れ込みですけど、ただのコピーではおいやでしょうね。マーサとの違いは何ですか？」

「わたしはかぎ針編みはしません」

記者団の間に驚いたような笑い声がもれた。マーサの服役歴をほのめかすような発言（マーサは出所時にかぎ針編みのポンチョを着ていた）は意外だったが、機転が利いていて、かすかに皮肉めいた響きがあった。ドワイトが聞いたら眉をひそめるだろう。

ジェンはにっこりした。すばらしい笑顔だ。究極の〝隣の家のお嬢さん〟……いや、お嬢さんと呼ぶには年を取りすぎている。けれど、ベビーブーマーも高齢に差しかかりつつあるこの時代なら、それ以上の存在になれるかもしれない。例えば、女性にとっては、実際には作る暇のなかった隣の家に住む親友。男性にとっては、どんなに精力的な男でも関節痛には勝てない時があるとわかってくれる、成熟した後妻。

「なるほど」質問者の女性は言ったが、ほかの記者ほど面白がっている様子はない。「あなたは清廉潔白ということですね。よく覚えておきましょう。雇い主のことを考えれば、当然かもしれませんけど。でも今、ネットワークでもケーブルでも、ライフスタイル番組はあふれ返っています。同じような番組がひしめく中、あなたはどうやって視聴者を引きつけるおつもりですか?」

茶目っけのある笑顔に、考え込むような色が浮かんだ。「一〇〇ドルで部屋をリフォームするとか、ツナ缶を使ってナプキンリングを作るとか、そういったことはしません。わたしが提案するのは、快適でセンスがよく、お財布に優しい生活です。グルーガンで一五分作業するだけ、というほど簡単なことばかりではありません」

そのとき、部屋の後方のドアがばたんと開き、ドワイト・デイヴィスその人が入ってきた。とたんに部屋中の記者が背筋を伸ばした。そもそも彼を目当てに集まっているのだ。

ドワイトは大柄な男性で、胸板が厚くて脚が長く、一九〇センチの長身にあつらえの高価な濃紺のスーツをまとっていた。大きな頭ははげていて、ごつごつした大きな顔に押し込まれるように、妙にちんまりした目鼻が並んでいる。穏やかな表情を浮かべてはいるが、部屋の中を見回す小さな目は鞭のように鋭かった。彼は両手を挙げた。その手は大きく、指はソーセージのようで、小指にはダイヤモンドがちりばめられた太い金の指輪がはめられている。「ジェン、続けてくれ。じゃましてすまない」ドワイトの声は大きくない。体型はバス歌手だが、声はテノールだ。

〝わたしをなめないで〟とばかりに黒いスーツを着込んだ、マンハッタンによくいるタイプの若い女性が、注目を浴びようと声を張り上げた。「でも、一つのことに一〇時間もかけられるほど暇な人ばかりじゃありませんよね。特にここ、ニューヨークでは」

「あら」ジェンはふわりとほほ笑んだ。「ツンドラでの生活がどれだけ忙しいか、ご存じないのね」二人ほどが笑い声をあげた。若い記者は赤くなった。「確かにわたしの提案には時間がかかるものもあります。ですが、一日や週末を丸ごと使えない人のために、どれも一週間、時には一カ月をかけて少しずつ進められるようになっています」

「失礼」ドワイト・デイヴィスがジェンの隣にやってきた。「口をはさんで申し訳ないが、ミズ・リンドは視聴者の予算と技能を考慮に入れていて、提案はその条件を反映したものとなる。ジェン、そうだよな？」

「もちろんですわ、ミスター・デイヴィス」ジェンはドワイトに、カクテルパーティで旧友に会ったときのような笑顔を向けた。「わたしはつねに視聴者のことを第一に考えています」

「どうだい、すてきな女性だろう？」ドワイトは長い腕を伸ばし、親しみを込めてジェンを抱きしめた。「ほら、写真を撮ったらどうだ」

どこからともなくカメラが現れ、シャッターを切る音が射撃練習場のライフルの銃声のようにそこらじゅうに響き、きっかり四五秒間続いた。「そのへんでいいだろう。では、本題に入る。ミズ・リンドのことと、AMSの昼の番組のメインパーソナリティに抜擢した理由を説明させてもらおう。ミズ・リンドはミネソタ出身で、この八年間、中西部の人気タレントとして活躍してきた。彼女がメインを務めるようになってから、番組の視聴率はそれまでの五・八倍に跳ね上がっている。みんな、この人はスターになる。それも大スターに。わたしの全財産を賭けたっていい」ドワイトは太い毛むくじゃらの手首にはめられたロレックスを見た。「時間がないから、一つだけ質問を受けよう。いい質問にしてくれ。最前列にいるきみ」しゃべりたくてうずうずしている様子の男性記者を指さす。

「ミスター・デイヴィス、あなたはネットワークの発足に大金を注ぎ込み、無名のタレントを主役の座に据えました。これはギャンブルではないのですか？」

ドワイトはつまらなそうな顔で、蔑むようにその男性を見た。「わたしはギャンブルはやらない。きみもやめておけ。ここにいるみんなもだ。ギャンブルは愚かな人間とやくざ者がやるもので、わたしはそのどちらでもない。ジェン・リンドは間違いなく、われわれAMS全員の誇りとなる女性だ」彼は改めてジェンを軽く抱くと、公式の場で彼女を称えるという役目を終え、会場をあとにした。

数人の記者が腕時計を見た。三分。

ジェンは記者団に向き直った。「ミスター・デイヴィスにミネソタ土産のマグカップを差し上げないとね」そう言うと、数人が愛想よく笑った。

「あなたはミネソタを愛していらっしゃるのね。ミネソタの方に欠点はあるのかしら？」誰かがたずねた。

「そうですね」ジェンは答えた。「ミネソタ州民は一般的に、人前で愛情表現をしません。といっても、冷めているというわけではないのです。わたしの知り合いのスウェーデン系の老夫婦が、あるとき結婚五〇周年のディナーに出かけました。旦那さんはテーブルの向こうの奥さんを見て、その瞳に、結婚式を挙げたときのかわいらしい若い女性を、その笑顔に、四人の子供を育て上げた優しい母親を、顔に穏やかに刻まれたしわに、生活の知恵をまわりに惜しみなく提供する祖母を見ました。そして二人で積み上げてきた長い年月の重みを、二人が分かち合ってきた喜びをかみしめ、自分がどんなに深く妻を愛しているかを悟ったのです。その思いはあまりに深く、危うく口に出してしまいそうになったほどでした」

一同の間にくすくすと笑い声が起こった。

「ミス・リンド、資料にはあなたのキャリアのきっかけとなったのは、一七歳のときに昼間のローカル番組の司会のピンチヒッターを務めたことだとあります。そのときのお話をお聞かせ願えますか？」

「わかりました」ジェンは言った。「わたしは地元のミスコンテストの決勝に出たのですが、ほかの出場者とともに、ミネソタ・ステートフェアから生中継される『すてきなご近所さん』に出演することになっていました。わたしたちがセットに入ったとき、ちょうど番組の司会者であるシャロン・シバーストンが救急車に乗せられているのが見えたのです。その前の〈赤ちゃん動物ふれあい園〉でのコーナーで事故があったということでした」

「どうされたんですか？」

「子牛にかまれたのです」子牛が人間をかむのはミネソタではよくある不幸だと言わんばかりに、ジェンは小さくため息をついた。「次は料理コーナーで、プロデューサーはとつぜんできた八分間の穴をどうやって埋めようかと考えていました。わたしはちょうどベーキング・アンド・キャニング・コンクールで賞をいただいていたので、そのコーナーをやらせてほしいと言ったんです。その後まもなく、レギュラーコーナーを持たせてもらえるようになりました。数年後にシャロンが番組を降板されると――」ジェンは言葉を切り、心底悲しそうな顔をした。気の毒なことに、シャロンのかまれた鼻は元どおりにはならなかったのだ。

「わたしがあとを継ぐことになり、現在に至ります」

「あなたはミス・フォーン・クリークだったのですよね？」後方からいきなり声が聞こえた。

ジェンはきょろきょろして声の主を探した。「はい」

「故郷の方々はさぞかしご自慢に思っておられるでしょうね」

「だといいんですけど」

「お帰りになることはありますか？」

「ええ、もちろん。つねづね言っているとおり、わたしはあの町を愛しています」広報資料には、番組で使っている〝伝統〟レシピの多くは、フォーン・クリークで育った中で着想を得たと書かれている。「あそこがわたしの故郷《くに》ですから。ええ、だからしょっちゅう帰っています」なんと、上品な大人の女性が、少しのわざとらしさもなく自分の故郷のことを〝くに〟と呼ぶとは。この女性が愛されないはずがない。

「一九八四年のミス・フォーン・クリークということは、スティーブ・ジャークスがキャリアの転換点になったと言っているバターの頭像のモデルでもあるということですよね。どうでしょう？」

この発言に会場はざわめいた。ドアのほうをちらちら見ていた二人の記者も動きを止めた。

予想外の展開だ。ジェン・リンドにとっても不意打ちだったらしい。記者たちの興味はかき立てられた。

ジェンは目をしばたたき、椅子のひじかけを支えに伸び上がって、質問者をもっとよく見ようとした。「どういうことでしょうか？」

「『ヴァニティ・フェア』でアート欄を担当しています、ダン・ピカットと申します」この一言に、再びざわめきが起こった。アート欄の編集者がこんなところで何をしているのだ？しかも、このダン・ピカットという年配の黒人男性は、ふだんは小難しい芸術関係の記事しか書かない。「あなたはスティーブ・ジャークスの『バターのお告げ』のモデルですよね？」

誰かが大げさな笑い声をあげた。二一世紀が誇る有名彫刻家、スティーブ・ジャークスは、自らの個性あふれる作品群の原点は一九八四年の夏の数週間にあると言い、当時の事情を隠そうともせず、愛情を込めてその時期を自分の〝不良時代〟と呼んでいる。

長年の間に、その話はほとんど伝説の域に達していた。それによると、ジャークスは法律から、そして当時の妻、世界的なファッションモデルであるファビュローサから逃げていたとき、ミネソタ・ステートフェアに参加し、凍ったバターで酪農プリンセスたちの頭像を彫る仕事を引き受けた。その五〇キロのバターの塊を彫っている間に目の前がぱっと開け、半透明の乳脂肪を突き抜ける光の輝きに、今や彼のトレードマークとなった光ファイバーと樹脂を使った作品の基礎を見出したのだ。

中には、ジャークスの名声は作品だけでなく、彼がセレブであるという事実そのものに頼っているという批判意見もあるが、それはそれだ。ジャークスが格好のニュース素材であることに変わりはない。記者たちはペンを走らせ始めた。

「ですよね?」

「ええ、そう……です」ジェンはイヤリングを直した。「あのこと……あの像のことは……長い間忘れていました。実を言いますと、そのことをご存じの方がいらっしゃることも知らなかったんです」

「でも、わたしはそのためにうかがったんですよ」ピカットは驚いた顔をしている。「バターの彫刻のお話が聞けると思って」

ジェン・リンドはみごとな弓形の眉をぴくりと上げた。

「今朝、AMSの宣伝部からわたしのオフィスに届いたファックスによりますと、あなたは今年の一二月に行われるフォーン・クリークの一五〇周年祭に、パレードの主賓として参加されるとか」

この言葉は、ジェンにはまったくの想定外だったらしい。「ええと、わたし――」

「下のほうに黒丸つきで、スティーブ・ジャークスがミネソタ・ステートフェアで作ったバターの彫刻と並んで登場されるとありました」ピカットは一枚の紙を掲げた。

とたんにジェンは晴れやかな顔になった。「でしたら、その彫刻は複製ですわ。オリジナルはステートフェア最後の週末に溶かされて、〈ルーテル兄弟団とうもろこし試食会〉に使われたんです。プリンセスは全員、彫刻をそのイベントのために寄付したんですよ。その様子は地元のメディアでも広く報道されています。残念ですが――」

「いいえ」ピカットは強い口調で言った。「わたしはフォーン・クリークに確認を取っています。彫刻はオリジナルだと断言されていました。どうやらあなたのご両親がずっと――」

書類をめくる。「納屋の冷凍庫に入れておられたようです」

「本当に?」ジェンは少し動揺しているようだ。「それでも、その広報資料を送った方は何か勘違いをされているんだと思いますわ。わたしがフォーン・クリークのパレードの主賓というありがたいご招待を受けたというお話ですが、残念ながら今はAMSのお仕事があるのでお断りを――」

「失礼!」同僚とともに壁際に立っていたAMSの編成部長ダン・ベルカーが、孫を自慢する祖父のような満面の笑みを浮かべ、せかせかとジェンの隣に歩いてきた。片手を挙げて言う。「すべてわたしの不手際です。昨日の晩にフォーン・クリークの方が、ミスター・ジャークスのバターの彫刻が発見されたという驚きの情報をもたらしてくれました。そのときに、町がジェンをパレードの主賓として招待したというお話を聞いたのです。彼女が『家庭のやすらぎ』の撮影スケジュールを理由にお断りしたのは、当然のことだと思いました。仕事熱心な方ですから」

ダンは満足げにジェンの肩をたたいた。「ですが、わたしは少し考えてみて、ミスター・デイヴィスとも手短に相談した結果、意見が一致しました。そのように名誉ある役目を簡単に断るなんてもったいない。ジェンがフォーン・クリークを愛していて、この話を聞けば喜ぶことはわかっていたので、こちらから町に連絡して、彼女の代わりにお話をお受けしたんです。ただ、時間がなくてまだ本人には伝えていませんでした」ダンがジェンに向かってうなずくと、彼女は目を見張り、体をこわばらせていた。その表情には、驚きと……何かほかの感情が浮かんでいる。おそらく喜びだろう。たぶん。

ジェンは奇妙とも思えるほど唐突に表情をやわらげ、笑みを浮かべた。「そうですか、ありがとうございます、ミスター・ベルカー。何と申し上げていいか。感謝しますわ」

そう言うと、立ち上がった。「さて！　皆さん、このあたりでお開きにしてもよろしいかしら？　ご足労いただき、感謝しています。本当にありがとうございました」

7

午後一時五〇分
〈パーク・プラザ・ホテル〉廊下

「終盤はちょっとミネソタ訛りがきつかったんじゃないですか？」ジェンのエージェント、ナット・フィッシュマンが言った。ジェンは最後の記者との握手を終え、会議室の外の廊下に避難したところだ。「今にも〝ユー・ベッチャ〟（相手の発言に同調するときに使うミネソタ方言）と言いだすんじゃないかと思いました」

「心配しないで、かわいい皮肉屋さん」ジェンは軽くあしらった。

　身長は一五〇センチそこそこで、年は三〇代に差しかかったばかり。ストレートの黒髪をあごで切り揃え、ぺらぺらに痩せたナットには、エドワード・ゴーリーの絵本のキャラクターを思わせる不思議な雰囲気がある。あの不気味な子供たちによく似ているのだ。

「それに〝あの町を愛しています〟ですって？」ナットはジェンと並んで歩きだし、ホテルの反対端の部屋で待つＡＭＳの上層部のもとに向かった。「そんなことで夜はぐっすり眠れるんですか？」

「マットレスの中でドル札がこすれる音を聞いていたら、あっというまに眠れるわ」ジェンは明るく言った。これを聞いて笑わない人はいない。

ナットは不機嫌そうに鼻を鳴らしたが、やがてくすくす笑いだした。「フォーン・クリークのことはむしろ嫌っているくらいなのに」

「だから何？　だってこれはお見合い結婚だもの。フォーン・クリークとわたしは、チャールズとダイアナみたいなものよ。向こうにとってはわたしは望まれないお妃だし、こっちも生涯をともにしたい相手だとは思っていない。でも、それはそれ。わたしたちは利害関係で固く結びついているし、二人とも――」ジェンは言葉を切って顔をしかめた。「町と自分のことを〝二人〟と表現するのは変ね？」

ナットは肩をすくめた。ジェンも肩をすくめてから続けた。「誰もそれを台なしにするなんてばかなまねはしないわ。向こうはわたしを好きなふりをするし、わたしも向こうを好きなふりをするのよ」

「お子さんがいらっしゃらないのが幸いでしたね」ナットは冷ややかに言った。

「もう」ジェンははずんだ声で言った。一歩踏み出すごとに心が軽くなっていく。「これでうまくいっているんだから。チャールズとダイアナと同じで、別居を始めてからは特に。だからこそ、誰かさんたちと話し合って余計なことはやめてもらわないと」

これまで必死に努力してきたのだ。尻に鞭打って――比喩に〝尻〟という言葉を使ってしまったことに気づき、ジェンは心の中で言い直した――お尻に鞭打って頑張ってきた。いよいよ全国区のスターに上りつめようとしていると思うと、興奮に胸が震える。ダン・ベルカーの思いがけない先制攻撃を除けば、ジェンの人生には明るい光が降り注ぎ始めていた。AMSとの契約は、この二一年間求め続けてきた成功を約束するものだ。AMSは今のところ約束どおりに話を進めてくれているし、契約書のサインもすませてある。安心できる将来が見えてきた。

あとはただ、ダンがよかれと思って受けてくれたフォーン・クリークの主賓の仕事を断ればいい。

「誰かさんたちと話し合うときは、マットレスの中の一〇〇〇ドル札の甘い音色を忘れないようにしましょうね。あなたの高級マットレスがばらばらに壊れるところは見たくありませんから」

言われるまでもない。ジェンはAMSという船を揺さぶるようなことをするつもりはなかった。「わたし、いつからこんな女王さまになったのかしら?」

「あなたのせいじゃありません。そういうものです」ナットはいかにも口先だけで言った。「あなたほどのお金を手にすることになれば、誰だって女王さまになるでしょう。それがすでに始まっているんです」

この話題に、ジェンは思いがけず楽しい気分になった。女王、ジェン・ハレスビー。いいわ、気に入った。小柄なエージェントを見下ろしてたずねる。「最初に兆候があったのはいつ?」

「さっき、あの若い子にニューヨーカーには時間がないんだってつっかかられて、わたしはキレてるわけじゃないのよっていう態度をとったときかしら? もうすぐキレるところだったでしょう? ドワイトが割って入ってくれたからよかったものの」

ジェンは虫でも追い払うように宙で手をひらひらさせた。「違うわ。わたしはただあの子をからかっていただけ」

「そうは見えませんでしたけどね」

仕事仲間と仲よくなると、こういうときが困りものだ。ナットはジェンのことを知りすぎている。彼女の批判はこたえた。だが、批判がこたえたということは、痛いところを突かれたということだ。ミネアポリスで仕事をしているときも、本部からはもっと早く、安く、簡単にできるものをと要求されていたのだ。

「いいですか、ジェン、AMSがあなたの番組に求めているのは、平均的アメリカ女性に与えられた時間と、能力、経済力でまかなえるものです。〝手軽さ〟が肝心なんですよ」

二人はAMSのスタッフがジェンの報告を聞くために待ち構えている部屋に着いた。「じゃあ、スープの空き缶で糸電話を作って今日はおしまい、ってことでいいの?」

「ジェン、番組の成功はあなたにかかっているんですよ」

ナットの言うとおりだ。「いい子にしてるわ」

ジェンは〝乳牛のマドンナ〟らしい笑みを顔に貼りつけ、ドアを開けて中に入った。小さな黒いタグボートのように、ナットが後ろからすべり込んでくる。

部屋には全員が揃っていた。大きなウィングチェアに座って紅茶を飲んでいるのは、小柄で上品なロン・パテラ。無愛想な老人という雰囲気のダン・ベルカー。プロデューサーのボブ・レイノルズは、野心に燃える若き美男子だ。彼を見ていると落ち着かない気分になるのは、映画スター並みの外見のせいばかりではない。人になつきすぎる子犬のように見えるのだ。

「上出来だよ、ジェン」ロンは言い、カップを置いて軽く拍手をした。「よくやった。ミスター・デイヴィスが応援に来られたのもよかっただろう?」

「まったくですわ」そして願わくは、これまでのわたしの人生とキャリアには深入りしないでください。ジェンは天に向かって祈った。

「きみはあの部屋にいた全員の心をとらえていたよ。すごいじゃないか!」

「ありがとうございます」

「ほら、座ってくれ。何か持ってこようか? いい? そうか」ダンがやってきてジェンの腕を取り、ソファに連れていった。ナットは窓のそばのビュッフェテーブルに向かった。ボブ・レイノルズがあとに続く。

ダンはジェンがソファに座るのを待ってから、自分も隣に腰を下ろした。「きみはジャークスのバターの彫刻が残っていることを知らなかったんだね? 驚いていたようだったが」

驚いたなどというものではない。あのバターの頭像がこれまでずっと両親の納屋で生きながらえていたなんて、エドガー・アラン・ポーの『告げ口心臓』のようで気味が悪い。いったいどういうことか、母に説明してもらわなければ。

「ええ、まったく！」ダンご一行の上機嫌を損ねないよう、ジェンは自分も熱っぽい口調で言った。ここからさりげなく話題を……。「本当に驚きましたわ。しかも、わたしが——」

「やっぱり！」ダンが割って入り、くすくす笑って両手をこすり合わせた。「やっぱりね、知らないと思ったんだよ。そうだ。もっと面白いことがあるんだ。これを聞いたら驚くぞ、ジェン。ギネスブックが彫刻を見たいと言っているんだ。もちろん」慌ててつけ加える。「きみのことも。どうやら無傷で現存する最古のバター彫刻らしいんだ。それに、〈リプリーの信じるも信じないもあなたしだい！《リプリーズ・ビリーブ・イット・オア・ノット》〉も取り上げてくれるかもしれない」

最高。〝ライフスタイルの女王〟ではなく、〝長寿のバター彫刻〟として世間に名を知られるようになるとは。〝最も古い何か〟としてギネスブックに載るなんて、ダンが喜んでいるのと同じくらいジェンはまっぴらだった。それに、そんなことで喜ぶと思われるのも心外だ。けれど、今はダンの希望をくじいてはいけない。目の前に彼の部下がいるのだ。

何か答えないと。神経を集中するの。わたしは岩。穏やかな水の流れの中に静かに横たわる北欧の岩。岩はとつぜん、黄色の塊に変わった。

「すてきだわ、ダン」ジェンに言えたのはこれだけだった。とっさに頭に浮かんだ一言があったのだが、それはあまりに〝ジェン・リンドらしく〟なかった。最後にその言葉を使ったのがいつだったかは思い出せない。たぶん、最後にフォーン・クリークに帰ったときだろう。

あの町では誰もジェンに注意を払わないし、そもそもジェンに対して何の理想も抱いていないのだ。

なのに、あの陰険な連中は今、ジェンに注意を払っている。一五〇周年祭の主賓をさせようと裏でこそこそ動いている。努力は買うが、その手に乗るつもりはない。フォーン・クリークのせいで、この成功を台なしにするわけにはいかないのだ。

確かにジェンは高校生の頃、ミス・フォーン・クリークの仕事から逃れようと少しばかり愚かな行動に出たが、まともな神経の持ち主なら一七歳の子供の〝スタンドプレー〟など気にも留めない。現に今回ジェンの経歴調査をした人も、一〇代の頃のことは州立裁判所の記録を調べただけだ。だが、もしドワイト・デイヴィスがあの、高校最後の年の秋の学園祭のダンスパーティでのスタンドプレーのことを聞きつければ、この些細な罪をまるで重罪のように騒ぎ立てるに違いない。そうなれば、首になることもありうるのだ。

今、ジェンは本物のセレブとして、全国レベルの知名度と、揺るぎない成功を手にする一歩手前にいる。それをめちゃくちゃにするわけにはいかなかった。今度こそ失敗は許されない。申込書の注意事項を読み間違えてはいけない。友達のような顔をして、自分が罰を受けるのをひそかに待ち焦がれる人間の思いどおりにはさせない。この王冠はジェンが購入し、すでに〝売約ずみ〟の札を貼りつけてあるのだ。

「――というわけで、すべてうまくいくでしょう」ボブ・レイノルズがちょこちょことジェンのソファの前に来て、熱っぽいまなざしを向けてきた。もししっぽがあれば、ぶんぶん振っているだろう。けれど、ジェンには彼を手なずけた覚えはない。本当は大きな牙を隠し持っているのではないだろうか？「ですよね、ミズ・リンド？」

ジェンはろくに話を聞いていなかった。だが、構わなかった。そろそろフォーン・クリークに対する彼らの幻想に、一撃を食らわせてやらなければならない。

「申し訳ありませんが、『フォーン・クリーク・クライヤー』紙の一面を自分の顔で飾りたいなんていうわたしの気まぐれで、AMSの撮影スケジュールを組み直していただくことはできません。そんなのは間違っていると思うので」

「それに」ナットが窓枠から飛び降り、ハンサム・ボブの隣にやってきた。「ジェンの話だと、これは一週間かかるお仕事だそうです。半日だけスノーモービルに乗って、パレードの先頭に立てばいいというものではないんです」

　さすがナット。

「正確には、全地形対応車《ATV》です」ボブが訂正した。

「何でもいいですけど。要するに、このお仕事には一週間かかるわけです。そのようなことで、ジェンの貴重な休暇をつぶすわけにはいきません」

すごい！　これはうまいわ。ジェンは心の中で感謝した。実際にはここ何年も、休暇を休暇として使ったことなどないのだが。

「それに、ジェンを辺鄙な町に滞在させて、カーリング大会の審判だの何だのをやらせるくらいなら、その一週間をもっと有効に使ったほうがそちらのためにもなると思いますよ」ナットはボブの前に手を伸ばし、ビュッフェテーブルからクロワッサンを取って、〈ブルックス・ブラザーズ〉の白シャツの正面でにっこり笑った。ボブは顔を赤らめた。

ナットに任せておけばすべてうまくいく。

「それはそうだ」ダンは顔をしかめた。「だがさっきも言ったとおり、ジェンには仕事を兼ねた休暇として行ってもらおうと思っている。ジェンにとってはほとんど休暇、われわれにとってはほとんど仕事だ」

そんなことを、さっき言っていたの？　話はもっとよく聞いておいたほうがよさそうだ。

「お願いします」ボブはナットから顔をそむけ、自分の言い分を表明するために部屋全体を見回した。ナットは口をとがらせた。「ぼくたちはこのめったにないチャンスを利用して、クレジット用にあなたが故郷にいる映像を撮ろうと思うんです。ファーの……もちろんフェイクファーのジャケットを着込んだあなたが、昔ながらの小さな町を歩いている。これほど絵になるものがありますか？　田舎の魅力も、田舎的なものに対する人々の憧れも、ジェン・リンドという神話の一部なんだ。ぼくはこのアイデア、最高だと思うんです。心からそう思うし、皆さんにもそう思ってほしい。特にミズ・リンド、あなたには」

もしジェンが同意したら、ひざに駆け上がってきて顔をなめ回しそうな勢いだ。

事態は思いがけない方向に進んでいるようだった。

「確かにいい考えだと思いますわ」ジェンは言った。「でも、雪の映像を撮るのに、わざわざクルーの皆さんにフォーン・クリークまで行っていただく必要はないでしょう。ロケ地ならミネアポリスやセントポールにもいい場所があります。ミネハハ滝とか、ミシシッピ川の岸辺とか。大丈夫、雪はミネソタ州ならどこでも降りますから」

「でも、それは故郷の雪じゃない」ロン・パテラがウィングチェアに座ったまま、急に声を張り上げた。

「認識が甘いと言われるかもしれませんが」ジェンは言葉を選びながら続けた。「フォーン・クリークではなくミネアポリスの雪を見せられたからといって、だまされたと思う視聴者はいないんじゃないでしょうか？」

「ええ、それはそうなんですけど」ボブのすべすべの頬が再びピンクに染まった。「ミスター・デイヴィスは真実を伝えることにはかなりこだわっていらっしゃるので」

こんなの冗談に決まっている。ジェンは三人の男性を見た。誰も冗談を言っているようには見えなかった。

「冗談でしょう？」ナットがクロワッサンをほおばりながら言った。

「ミスター・デイヴィスは、その……誠実さという点に関してはやや熱心になりすぎるきらいがあるから」白髪頭のダンが議論に加わった。

ミスター・デイヴィスが熱心なのはその点だけではないし、熱心さの度合いも異常だ。「今のところ」ダンは言った。「このネットワークは彼の一押しプロジェクトだし、きみはその中で大きな役割を担っている。ミスター・デイヴィスの考えでは……もちろんわたしたちも同意見だが、民衆は自分たちの手本となるような健全な人物を求めているんだ。ちょうどきみのような。きみが若い頃に結婚して、長くもたなかったことは知っているが——」すまなそうに言う。

「二三歳のときです」ジェンは力強い口調で割って入った。「一年半で終わりました」

ジェンの短い結婚生活は、あくまでも不運な失敗にすぎない。お互いにとって。ええと……ティム——なんと、前夫の名前をすっかり忘れていた！——は当時、コンサルタントとして事業を拡大しようとしていたが、ジェンが彼の仕事の補佐役には向かないことに二人とも気づき、彼が桁外れにリスクの高い、犯罪に匹敵するほど無責任な投資をしていることをジェンが知ると、二人は出口に向かってそろそろと後ずさりしていった。お互いに恨みはなかった。調停人のオフィスを出たあと、ティムはジェンにキスをしたくらいだ。ジェンを喜ばせようとしたというより、それほど安堵したということなのだろうが、それでも……。

「友好的な離婚でした」ジェンは続けた。「それに、あなたかミスター・デイヴィスがご心配かもしれませんので、念のために申し上げておきますが、ある日誰かがわたしの〝女優の卵時代に撮らせたヌード写真のネガ〟を持って現れることもありません」

「わかってるよ」ロンは言い、きっちり折り目のついたズボンの脚を組んだ。「経歴調査はしているからね。でも、ミスター・デイヴィスは嘘をつかれるのがお嫌いだということはお忘れなく。数年前、子供向けの工作番組の女性司会者が、大学時代にストリップのバイトをしていたことが発覚したときのことは知っているかい？」

ナットがうなずいた。「かわいそうに、首になりましたね」

「ミスター・デイヴィスはふしだらな女性だとお考えになったんだ」

しばらく誰も言葉を発さなかった。ジェンはその間に、ドワイト・デイヴィスが解雇よりひどい罰を与えるとしたら、それは何だろうと考えていた。

「では」ダン・ベルカーが手をたたき、即席の追悼タイムを終わらせた。「それでいいね。ジェンは一二月に故郷に向かい、われわれは二日間ほどクルーを派遣して撮影をする、と」

「決まりですね！　こんなにすばらしい撮影チャンスはそうあるものじゃありませんよ」ボブは両手をこすり合わせた。「愛情深く見守る町の人々に、応援し励ましてくれる家族。みんな、彼女が自分たちの一員であることに誇りを持って……。まるでノーマン・ロックウェルの絵の実写版だ。しかも、容姿はもっと整っている」ジェンのほうを見る。「あなたの町の人たちは、容姿が整っているんですよね？」

ジェンは思いがけない展開に驚き、特にフォーン・クリークの町民が自分を愛情深く見守っているという幻想にあっけにとられていたので、ふさわしい返事を考える暇がなかった。

「いいえ」

ボブは笑った。「何言ってるんですか！　ミネソタの人はみんな容姿が整っているじゃないですか。北欧系で背が高くて色白金髪、すっきりした顔に丈夫な体をしているんです」

彼はダンが驚いた顔で見つめているのに気づいた。「市場調査報告書に書いてありました」

「フォーン・クリークの人は違いますよ」ジェンはだしぬけに言った。何なのこれ！　もしかするとこの人たちは、町の人々が手製の看板や垂れ幕を持ってわたしのまわりでぐるぐる回っている図を想像しているのかしら……。胃がきりきりと痛み始めた。「ごめんなさい。ひどい言い方ですね。もちろんわたしは町の人たちが大好きですけど、誤解を……AMSに誤解を与えたくないから言いますわ。実は二、三年前、アメリカ医師会が町全体を肥満のモニター集団として使ったことがあるんです」これは本当の話だ。

ボブは笑うのをやめ、ぽかんとしてジェンを見た。「え？」

「大丈夫だ」ダンが力強く言った。「もし、人間はぶさいく揃いだったとしても、松の木や、スケートをする子供たちや、教会の尖塔という頼もしい味方がいる」

「それに、雪も」ボブもうなずいた。「雪を忘れちゃいけませんよ。もし計画どおりにことが運ぶようなら、クリスマススペシャルに使ってもよさそうですね。クレジット用の映像を撮るだけじゃなく、その祭りだか何だかの間にワンコーナーやることも検討してみてはどうでしょう？」

フォーン・クリークの町長がジェンに送ってきたEメールによると、〈氷上魚突きトーナメント〉だけで七〇〇〇人の人出を見込んでいるという。自分のキャリアを台なしにする力を秘めた人間が何百人もいるのに加え、自分のことなど眼中にない人間があと七〇〇〇人ほど来るのだ。頭がくらくらしてきた。ジェンは途方に暮れてナットを見つめた。

「がっかりされると思いますよ」ジェンの目に浮かぶ絶望の色を正確に読み取って、ナットが言った。「本当に何もない田舎町なんです。ノーマン・ロックウェルというより、ホームセンターって感じですね」

「ははは！」ダンが笑ってボブのほうを向いた。「それで思い出した。例のアーティストとは連絡がついたか？　あの話は決まったのか？」

アーティスト？　アーティストって誰？　今度はいったい何の話？

「ジャークスですか？　まだです」ボブは答えた。「マネージャーに何度か手紙を送ったんですが、あいにく返事がまだなので、今日の午後にジャークスが出席するチャリティオークションに行くつもりです。そこで彼に接触して、協力してもらえるよう頼んでみます」

ボブはジェンの仰天した顔に気づいた。「ミスター・ジャークスも、もう一人の主賓として招かれているんですよ」

ミネソタ州フォーン・クリークに、スティーブ・ジャークスを呼ぶ？　ジェンは笑いだしたが、誰も笑っていないのに気づいて真顔になった。この人たちはスティーブほどの大物アーティストが小さな田舎町、しかも自分の故郷でもない田舎町の祭りの主賓の片割れを務めると、本気で思っているのだろうか？

「ダン、あの人は本当にこの番組にふさわしいんだろうか？」ロンが少し不安げに言った。「口の悪いろくでなしというもっぱらの評判だが」

スティーブ・ジャークス。彼のことを思い出すと、バターの頭のことを考えるよりもよっぽど背筋がひやりとした。カリスマ的魅力があり、セクシーで、揺るぎない自信に満ちている。それがジェンの記憶にあるスティーブだった。それに、あのエレクトリックブルーの目。彼がこんな話を受けるはずがない。

ダンはコーヒーテーブルの上に身を乗り出し、書類をフォルダに押し込んで帰り支度をしていたが、ロンの言葉に手を止めた。「そこまでひどくはない。自分の彫刻について話しているのを聞いたことがあるが、詩人のような言葉づかいもできる男だよ。ただ、元妻の何とかっていうスーパーモデルの話題を振らなければいいだけだ。それに、まずいところがあれば編集すればいい」

「引き受けてくれるだろうか?」ロンはさらに言った。

「実を言うと、断るはずがないと思っている。長年、あのわけのわからな――」ダンはジェンの視線に気づいた。「あのバターの彫刻の話ばかりしているんだからね。スティーブ・ジャークスがジェンとその彫像と並んでくれるなら、それを宣伝に利用しない手はない。すでに『トゥデイ・ショー』で取り上げてもらえるよう打診をしているし、さっきも言ったように〈リプリーズ・ビリーブ・イット・オア・ノット!〉も興味を示している」

ダンはジェンのほうを向いた。「きみのバターの頭が、現存する最古のバター彫刻だということは知っているかい?」

「ええ」ジェンは答えた。「さっきおっしゃっていましたよね」

エレベーターでナットと二人きりになった瞬間、ジェンはがっくり肩を落とした。「最悪だわ!」

ナットはジェンに冷淡な視線を向けた。「そうですか? たかが一週間かそこら、フォーン・クリークに行くだけじゃないですか。丈の長い下着を買えばいいんです。死にはしません。それに、スティーブ・ジャークスは百戦錬磨って感じでセクシーだわ。彼と仲よくしたらどうですか？　何とかなりますって」

「あの人が来るかどうかはまだわからないわ」ジェンはつぶやき、ナットの腕をつかんだ。「ナット、あなたはわかっていないのよ。AMSはわたしがフォーン・クリークの人たちに英雄の帰還みたいな歓迎を受けると思っていて、それを撮影しようとしているの。実際には、わたしが町に帰っても二人以上あいさつしてくれればいいほうなんだから」

「それは大げさですよ」ナットはそっけなく言った。「大げさなことを言うのも、女王さま気取りの一環かしら」

「違うわ！」ジェンは抗議した。「わたしが北欧の農家のインテリアの本を出して、あなたにあの町の〈パーマイダ〉の店舗でサイン会をやらされたときのことを覚えてる？　何冊の本にサインしたと思ってるの？　三冊よ。しかも、買ったのは全部わたしの母親」

ナットの冷淡な態度がやわらいだ。自分の腕をつかんでいるジェンの手をぽんぽんとたたく。「ジェン、あなたは〝中西部のマーサ〟なんですよ。あなたが行く場所には、ファンが何百人と集まるでしょう。わたしはそれをこの目で見てきたんです。あなただってわかっているはず」

「あの町は違うの」ジェンは身震いした。

「ほら、あなたも言ってたじゃないですか。この一五〇周年祭では、あの田舎町に七〇〇〇人もの旅行客が見込まれているって」

ジェンはおそるおそるうなずいた。

「それなら、あなたは人気者ですよ」ナットは言った。「だってその七〇〇〇人はフォーン・クリークの人じゃないんでしょう? ミネソタのあなたの側から来る人ばかりです。番組を見てくれている人たちですよ。あなたが〈モール・オブ・アメリカ〉のような店のオープニング式典に参加したとき、群れをなしてやってくるのと同じ人たちです。そうでしょう? そうですよね」

ジェンは気分がよくなってきた。呼吸も落ち着いた。

「みんなあなたを愛しているんだから、愛が足りないフォーン・クリーク町民もその愛の中にのみ込まれてしまうわ。町の人口は?」

「二八〇〇人」

「ほらね。微々たるものでしょう。だから心配しないで。それに、もし旅行者よりも先にAMSのクルーが着いたら、隠れていればいいんです。具合が悪いとか何とか言って撮影を延期して、愛情あふれるよそ者たちが来るのを待てばいいんですよ」

なるほど。筋が通っている。わたしはみんなに愛されている。みんなの人気者だ。その七〇〇〇人の中には、必ずファンがいるだろう。ああ、愛しのナット。ジェンは腕を伸ばして抱きしめようとしたが、ナットがあまりに小柄なため、胸で彼女の顔を押しつぶす格好になってしまった。

「はいはい」ナットは身をよじってジェンから逃れ、顔にかかった黒髪を払いのけた。「心温まる光景だこと。ほら、離れてください。さて。あとは?」

ジェンは首を横に振った。気分はかなり回復していた。

「よかった。じゃあ、どうぞ楽しんで」ナットはためらいがちに眉をひそめ、ジェンを見上げた。「そうだわ。わたしは……その……ついていったほうがいいのかしら?」

しぶしぶといった調子でその申し出を口にしたナットを見て、ジェンはつい余計なことを言いそうになった。ゴーリーのキャラクターのようなナットが、ルーテル教会の地下の台所に集う婦人会の面々をにらみつけている……。想像するだけで笑える図だ。けれど、田舎的なものがとにかく苦手なナットが自分から同行を申し出てくれたことを思い、ジェンは茶化す言葉をのみ込んだ。

ナットを笑いものにしていいはずがない。それを言うなら、ルーテル教会の地下の台所の婦人会だって笑いものにされる筋合いはない。

「ありがとう、ナット。でも、いいわ」ジェンは言った。「たいした理由もないのに、あなたを辺鄙な場所に追いやるわけにはいかないもの」

ナットは明らかにほっとしたようだった。だが、もともと彼女が心配する必要はなかったのだ。ジェンは自分の力の及ぶ限り、誰もフォーン・クリークに行かせるつもりはなかった。絶対に。これからも敬意を払ってほしい相手にはできるだけ、〝故郷〟での自分を見せないほうがいい。

あの町に、ジェン・リンドは存在しない。あの町では、ジェンはいまだにジェン・ハレスビーなのだ。

8

午後四時
ニューヨーク、ソーホー

「ロットナンバー四五、ファビュローサからの寄贈品の最後は、このアルミニウム像、『メデューサの偏頭痛』です。名高いアメリカ人アーティスト、スティーブ・ジャークスの作品です」

ルイ一五世風の布張りのひじかけ椅子に座った参加者たちは、控えめに賞賛の言葉をつぶやいた。

「入札は五万ドルから始めます」

誰もぴくりとも動かない。

「五万」参加者を見わたす競売人の顔から、自信満々の表情が消えていく。誰かが鼻をかんだ。「どなたか——五万ですね、奥さま！　ありがとうございます。六万の方は？」

「入札したのは誰だ？」中央の後列に座っているスティーブ・ジャークスは、唇の端だけ動かしてたずねた。髪はぼさぼさで目は充血気味だったが、少なくとも白のワイシャツの裾はジーンズに入っているし、チャコールグレーのモヘアのジャケットもはおっている。ジャケットは非常に高価だが、ジーンズはパーティのあとアトリエに落ちていたのを拾ったものだ。

隣の席で、〈VMギャラリーズ〉のオーナーであり、スティーブ・ジャークスの作品を一手に扱うフェリー・モイヴィッセンが身を乗り出した。グッチのベルトがぽってりしたお腹に突き刺さる。彼はふちなしめがねを鼻の上に押し上げ、目を凝らしてから姿勢を戻した。

「バトン・リプスコムだ」

「冗談だろ。どうして彼女があれを欲しがる?」

「マイアミにコテージを買ったんだ。今、飾りつけをしているところらしい」

「冗談だろ」スティーブはもう一度言った。

「五万――六万ですね。ありがとうございます。では、六万五〇〇〇の方は?」

「どこからそんな話を聞きつけてくるんだ?」スティーブはたずねた。

「ねえ、きみ。それがわたしの仕事なんだよ」

「きみの仕事は美術品を売ることで、室内装飾ではないと思ったが」

「知ってのとおり、どちらも似たようなものだ」

残念ながら、スティーブもそのことは知っていた。知らない頃は幸せだった。あの頃はただ、アトリエにこもって作品を作り、道具を握る手がしびれてくると、外に出てハンバーガーを食べ、仲間としばらく騒いだあと、再びアトリエにこもればよかった。

今では、アトリエに行くのは展覧会が目前に迫ったときのみ。それ以外はマンハッタンかパリかロンドンかプラハにいて、パーティを渡り歩く生活だ。名声を得たのがいやなわけではない。むしろ大いに楽しんでいる。ただ、バランスを保つのが難しい。人は夜中には自信喪失に陥りがちだが、スティーブもときどき、自分がうまくやれているのかどうかわからなくなることがあった。

そんなことを考えるのは好きではない。だから考えないようにしている。残念な結論が出てしまいそうな気がするのだ。例えば、自分は偽りだらけの人間だとか。

スティーブは立ち上がった。「何か飲みに行こう」部屋の奥にあるバーに向かう。バーに着くと、ウォッカギムレットを頼んだ。「フェリー、きみはどうする?」

「カンパリライムを」

バーテンダーは酒瓶を選り分け始め、スティーブはむっつりとオークションの様子を眺めた。進展はない。競売人は演壇の後ろに立ち、タキシードの胸の前で腕を組んで参加者をにらみつけている。

離婚裁判で勝ち取った元夫の作品をオークションに出すという、ファビュローサのぶら下げた餌に食いつくなんて、われながらばかげている気はした。ファビュローサは元妻たちの中でただ一人、スティーブがいまだに熱くなれる相手だ。といっても、憎しみのあまり熱くなるという意味だ。あの女に身ぐるみはがされたことを思うと、条件反射のように憎しみが湧き上がってくる。ここ二〇年以上会っておらず、このまま会わずにすめばよかったのだろうが、彼女がここに来ていて、自分の歴史が中古のネクタイのように売り飛ばされ、あのバトン・リプスコムに買われて帽子掛けに使われるのだと思うと……痛っ！

スティーブはあごをさすった。歯を食いしばりすぎていた。

「こういうところで作品を買おうとするのは、センスよりも金を持ち合わせた人間だってことは知っているだろう。いやな思いをすることはわかりきっていたんだ」フェリーはスティーブの落胆した表情を見て、その意味を正確に読み取ったようだ。「そもそも、どうしてここへ来ることにあれほどこだわっていたのか、さっぱりわからないんだが」

「きみが来ることにはこだわっていないよ。第一、誘ってもいない。勝手についてきたんじゃないか」スティーブはカウンターに身を乗り出した。

「きみのためだよ。わたしはきみの利益を守らなくちゃいけないからね。スティーブ、ここに来た理由は何だ？」

「子供たちに別れを告げようと思って」スティーブの口調にはますます悲哀がにじんできた。

「あの子たちにはもう二〇年以上会ってないし、とんでもないところに引き取られていくことになりそうなんだ。バトン・リプスコムのコテージとか、ソーホーのレストランのトイレとか。来ないわけにいかないじゃないか」

フェリーはカクテルを受け取り、スティーブに渡した。「これまで手元にあったわけでもないのに。なぜいきなり愛着が湧いたんだ？　特に傑作というわけでもないだろう」

だが、力作なのだ。今のスティーブの作品のように、洗練されている（適当に作った）わけでもなく、自然さ（いいかげんさ）があるわけでもない。当時の作品に表れているまっすぐな探求心（やけくそで何かを探していた）は、飢えた（文字どおり飢えた）若い芸術家の才能（思いつき）がまさに花開きつつあることをうかがわせる。才能。確かにあったのだ、才能が。あの頃の作品には魂がこもっていた。

スティーブはギムレットを受け取り、四分の一ほど飲んだ。「犬を安楽死させる前にも、さよならは言うだろう？」

「それはちょっと悪趣味なたとえだね」

「わかってもらおうとは思わないよ」

「六万五〇〇〇？　六万五〇〇〇ですね。ありがとうございます！」競売人は満足げに言った。

「今のは誰だ？」スティーブは後ろを振り返らずにたずねた。「見てくれ」

「どうしてわたしが、ピーター・セラーズがやる滑稽なキャラクターみたいにのぞき見しなきゃならないんだ？」フェリーはぶつぶつ言った。「きみが見ればいいだろう」

「イメージに差し支える。作品の買い手を気にしていると思われたらどうする。〝作品はアトリエから出たら、おれにとっては死んだも同然〟なのに。『ウォールストリート・ジャーナル』に載った発言だ。読んでおいてくれ」

「ひどいたわごとだ」

「そのとおり」スティーブは言い訳することなく、素直にうなずいた。今もまだ、本当と嘘の区別はつく。たいていの場合は。たぶん。「だが、〝コレクターはたわごとをランチにしている〟んだろう？『ニューヨーカー』できみはそう言っていた」

「はいはい」フェリーは議論を放棄した。「わかったよ。でも、あの入札者に見覚えはない。いい体をした若いブロンドの男だ。変だな、ジャークス作品の熱心なコレクターなら全員知っているはずなんだが」

「新規のコレクターかな？」

フェリーはスティーブをちらりと見たが、そのそっけない視線がすべてを物語っていた。若いコレクターにジャークス作品のオリジナルは落とせない。彼の作品はコレクションの一環としてか、投資目的か、税金対策として買われる場合がほとんどなのだ。

スティーブはギムレットを飲み干すと、席に戻った。椅子にどさりと座って脚を伸ばし、親指をジーンズのポケットに入れ、ゆったりとあごを引いて半開きの目を前に向ける。

フェリーは会話が不穏な方向に向かわずにすんだことにほっとし、肩の力を抜いて椅子に腰かけた。スティーブ・ジャークスの作品はまだよく売れる。パブロ・ピカソが落書きしたカクテルナプキンが売れるのと同じ原理だ。それ自体に価値があるわけではない。名声のおかげだ。そして、神に愛される男、スティーブ・ジャークスには名声がある。彼の過去の作品はすばらしかった。今の作品は……カクテルナプキンだ。世間に知れわたっていて、いかにもジャークスという特徴があり、名声に見合う価値がつく作品。

「七万。七万の声をいただきました」

「例の小柄なアジア系の男だ」スティーブがたずねるより先に、フェリーはささやいた。

「鉄道模型を大量に集めているやつだよ」

「なんてことだ」スティーブは目を閉じたままつぶやいた。「それではバトンが『メデューサ』の手に皿をくっつけて、カナッペサーバーに使うことになる」

「七万五〇〇〇。ありがとうございます、奥さま」

「おっと」フェリーが言った。

「バトンか？」

「ああ」

スティーブの目がぱちりと開いた。「くそっ。あれは好きな作品なのに」

「だめだよ、スティーブ」フェリーはスティーブの手を取ってひじかけに戻し、なぐさめるようにぽんぽんとたたいた。「やめておけ」

「八万の方は？　現在の入札価格は七万五〇〇〇ドル。七万五〇〇〇。よろしいですか……」

「どうしてだめなんだ？」

フェリーは列の前方にいる有名なコレクターと、その隣の社交欄のコラムニストに目をやった。二人ともスティーブをじっと見ている。フェリーはうなずいてにっこり笑い、どこか困ったように肩をすくめてみせた。気まぐれで気性の荒いジャークスのような人間の相手をするのは、時間も取られるし報われないことも多いが、たとえミューズの一人、エラトーの一介の侍女にすぎなくても、自分はこの役割を進んで引き受けているのですよ、という意味を込めて。

「第一に」歯を見せて笑いながら、スティーブにささやきかける。「これは著名なアーティストの作品のチャリティオークションであって、ここで著名なアーティストが一人だけ自分の作品に入札するのは、印象が悪い――」

「桁外れの大金で『メデューサ』を落としたら、印象がいいんじゃないか?」スティーブはたずねた。「いいと思うね。自分の作品をチャリティのために買うなんて、たいした聖人に見えると思うんだが」

「きみが入札してはいけない二つ目の理由はそこだよ」フェリーは優しく言った。「そんな大金がどこにある?」

スティーブは考え込んだ。悔しいが、フェリーの言うとおりだ。そのような金はない。自分のコレクションの何点かを売れば話は別だが、それはできない。絶対に。「あの女に全部持っていかれたからだ」

「きみが財産分与をした元奥さんはほかにもいるだろう」フェリーが冷静に正した。「ファビューローサのせいだけじゃない。元奥さんの中の誰か一人が悪いわけでも、二人以上が悪いわけでもない。きみは莫大な金を持っていたが、使う額も莫大だった。ついでに言えば、その過程を大いに楽しんでもいたよ」

確かにそのとおりだ。その過程は心の底から楽しかった。少なくとも、スティーブ・ジャークスのことを、芸術的苦悩にのたうち回る根暗なクズだと非難する者はいないだろう。

「落札されました！　七万五〇〇〇ドルです。奥さま、ありがとうございました！」競売人が言った。

「お気の毒に、スティーブ」フェリーの言葉には心がこもっていた。

スティーブは悲しげにうなずいた。「ありがとう」

「では、ここで休憩に入ります。一五分間です。ありがとうございました」

オークションにはもう用がないので、スティーブは立ち上がり、まだ席に着いている人々の間を縫って歩き始めた。フェリーもあとに続き、プラダの靴の爪先につまずいて足の主の女性に弱々しい笑顔を向け、一万ドル以下のものをすべて買い占めようとしているでっぷり太ったアラブ系の男をかわして進み、バトン・リプスコムの脇を通り過ぎるときハンドバッグにこっそり名刺を忍ばせた。

「今回ばかりは『ミューズ参上』が盗まれていてよかったと思うよ」フェリーは言った。

「とりあえず、バトン・リプスコムのコテージの飾りにはならなくてすむわけだから」

とたんにスティーブの顔はほころび、いつもの陽気さが戻ってきた。『ミューズ参上』のことを思い出したのは久しぶりだった。ファビュローサとの離婚で唯一よかったと思えるのは、彼女が何よりも欲しがっていた彫刻だけは渡さずにすんだことだ。少なくとも、スティーブの過去の作品のうちあれだけは売りに出されていない。そして、たぶん永久にそのままだ。

『ミューズ参上』の盗難は、シャガールの盗難やナチスの美術品略奪とともに、美術界の語り草の一つになっている。スティーブはそのことに満足していた。墓室の鍵がなくなったために実際に手で触れることはできなくても、自分はその正確な隠し場所を知っているのだと考えると、満足感は増した。とはいえ、残念に思う気持ちもあった。あれをアトリエに飾れたら、そしてファビュローサをぎゃふんと言わせられれば、どんなにいいだろう。

『ミューズ参上』を取り戻す方法を考えたこともある。ファビュローサに取りに行ってもらうわけにはいかない。人を雇って墓室に押し入らせることも考えたが、それは何というか、ちょっとばかり間違った行為だし、『ミューズ参上』が隠してあるのは全国的に見ても警備の厳しい墓地で、そこまで優秀な泥棒を雇う金はひねり出せない（ティムのような逸材はめったに現れるものではないのだ）。結局、残る方法はただ一つ。なのに、一つしかない墓室の鍵のありかは神のみぞ知るときている。

確実なのは、五〇キロのバターの塊の中に埋もれていた鍵が、ミネソタのどこかの畑で開かれた〈ルーテル兄弟団とうもろこし試食会〉で、外に出たところまでだ。二〇年以上前のローカルニュースでやっていた。ニューヨークへの移送を待つ間、ミネソタ州セントポールの刑務所で見たのだ。

だからそう、何をどう考えても、『ミューズ参上』が戻ってくることはない。

だが、少なくとも……。スティーブは改めて顔をほころばせた。少なくとも、ファビュローサの手に渡ることはないのだ。

9

午後四時二五分

『メデューサの偏頭痛』に入札していたブロンドの男性が、ドアの一メートル手前でスティーブを待ち伏せしていた。「ミスター・ジャークスですね？　お会いできて光栄です。ボブ・レイノルズと申します」

男は手を差し出した。スティーブは礼儀正しい人間は大好きだし、六万五〇〇〇ドルもの金をあのがらくた――コテージの肥やしとなった今、あれは〝がらくた〟に成り下がった――に費やそうとした相手に親切にしないわけにもいかないので、その手を取った。「やあ、ボブ」

「名前を聞いてもぴんときませんよね。当然です。手紙など一週間に一〇〇通も受け取っておられるでしょうから。ですが、ミネソタの田舎町で一五〇周年祭の主賓を務める件で、あなたを追い回している人間だと言えばおわかりかもしれません」

不思議なことに、それを聞いてぴんときた。確か、パレードと雪がどうのこうのと……ああ、思い出した！

「フェリー」スティーブが呼ぶと、どこかの社交欄のコラムニストにごまをすり終えたフェリーが近寄ってきた。「こちらはボブ。ボブ、フェリーだ。おれにミネソタに行ってスノーモービルに座ってくれって――」

「正確には、ATVです」スティーブがぽかんとすると、ボブはにっこりした。「全地形対応車ですよ」

スティーブは明るくうなずいた。「パレードの先頭でATVに乗ってくれって。二月に」

ありがたいことに、フェリーは自分の役目を心得ていた。スティーブを感じのいい人間に見せることだ。「面白そうですね。文書で詳細を送っていただけませんか？」

「詳細なら送っています！」ボブは言ってから、顔を赤らめた。「いえ、送ったのは町のほうですけど。わたしは今回、AMSの代表としてまいりました。〈アメリカン・メディア・サービス〉です。その町で番組を撮る予定なのですが、率直に申しまして、あなたがいらしてくだされればすばらしい画《え》が撮れると思いましてね」

フェリーのとがった小さな耳が、目に見えてぴくりと震えた。この世界では珍しいくらい政治的な思想のないスティーブでも、AMSとそのオーナーのドワイト・デイヴィスのことは知っている。

フェリーも知っていた。「本当に？　ミスター・デイヴィスなら、ミスター・ジャークスよりも、剝製師が作ったもののほうがよっぽどお好きな気がしますけど」

ああ、そうか。ドワイト・デイヴィスが同性愛嫌悪者なのは有名な話だ。同性愛者であるフェリーの言葉は痛烈だった。

「とはいえ、帝国も拡大したことですし、ミスター・デイヴィスも企業コレクションを始める気になられたんでしょうかね?」皮肉を言ってやったことに満足したのか、フェリーは牙を引っ込めて礼儀正しくふるまうことにしたようだ。企業コレクションはフェリー・モイヴィッセンの商売の根幹をなしている。

ハンサム・ボブは同性愛については何とも思っていないようだが、フェリーの皮肉には面食らったようで、必死でその命綱にしがみついた。「ええ、そうです! ええ。もちろんです。わたしが入札したのも……その……ミスター・デイヴィスの代理としてでした。そして、ミスター・ジャークスの作品の未来の投資者として……」その言葉に余韻を持たせてから続ける。「われわれAMSは当然、ミスター・ジャークスがフォーン・クリークの一五〇周年祭に出席されることの宣伝効果を、大いに期待しているわけです」ボブはくすくす笑った。

「その宣伝効果は田舎にも通用するのか?」スティーブはたずねた。

「ええ、もちろん。あなたの作品はとても人気がありますから」

スティーブは酔っぱらうと、偉大なるアメリカ中央部での若かりし日の冒険について語る癖があったが、実際には小さな町のことは、いや中くらいの町のことも、とにかく都会以外の場所のことはろくに知らなかった。

「よかった」スティーブは言った。

「では、来てくださるんですか?」

「いや」

「スティーブ! ねえ、きみ!」フェリーが叫び声をあげ、スティーブの前腕をつかんで、体を回転させる勢いで後ろを向かせた。「ちょっと失礼!」

彼は少し離れた場所までスティーブを引っ張っていき、ジャケットの袖のしわを伸ばしてから、大げさなくらい声を潜めて言った。「大手メディアの使いの機嫌を損ねるようなことを言うな。AMSの番組にいい形で取り上げてもらえれば、きみのキャリアの活性化にもなるんだから」

「それなら、展覧会をやればいいんじゃないかな」とげのある口調にならないよう気をつけながら、スティーブは言った。フェリーとは長い間うまくやってきている。最近どうもいらいらすることが多いが、それはフェリーのせいではない。「なあ、フェリー。この番組に宣伝効果があるのはわかるけど、実はおれ、その……創作意欲が湧いてきたんだ。わかるだろ? この感じが消えないうちに始めたいんだよ」

フェリーは下を向いた。「スティーブ――」

「本気で言ってるんだ」

フェリーは深いため息をつき、ボブのほうに向き直った。ボブは立ち聞きをしていると思われたくないのか、二人の後ろでせかせかと動き回っている。

「そうですね」フェリーはボブに言った。「詳細を送ってください。ミスター・ジャークスのスケジュールに組み込む余地があるかどうか検討させてもらいます。ただ、率直に言って、難しい気はしますけどね。展覧会の準備があるので」

「それはわかります」ボブは熱心にうなずいた。「ですが、手配はすべてわれわれのほうで行いますし、そちらにはいっさいご迷惑をおかけしないよう計らいます。ミスター・デイヴィスの自家用ジェットを使っていただいてもいいですし」

「飛行機は嫌いだ」スティーブは言い、礼儀正しくほほ笑んだ。これで話を終えたつもりだった。ところが、ボブの頭上をぼんやり眺めたとき、その視線がぴたりと止まった。

ドアの前の人だかりの中から女性が現れ、特徴的なモデル歩きでこちらに向かってきたのだ。足とヒールとヒップが小刻みに上下に揺れるさまは、妙にセクシーな削岩機といったところだ。ファビュローサだった。

その名のとおり、彼女がすばらしい《ファビュラス》ことは、スティーブも認めざるをえなかった。てらてら光りながら流れ落ちるタールの滝のような髪も、淡黄色のスリップドレス越しに突き出した建築物のような腰骨も、あの頃のままだ。肌は一点のくもりもなく真っ白で、まるで石膏の人形……あるいは、栄養不良の吸血鬼のようだった。

フェリーに目を向けると、やはりファビュローサを見ていた。彼女のほうは、顔いっぱいに猫のような笑みを浮かべている。ボブは旅の手配について嬉しそうにぺらぺらしゃべっていた……が、その言葉がとぎれた。

ファビュローサが優雅な仕草で手を突き出したのだ。見た目よりもずっと力が強いこの元スーパーモデルは、伸ばした腕でボブを脇に押しやり、スティーブの真正面に立った。マッチ棒のような一〇センチヒールの上にゆったりと乗っているため、目の高さが同じになる。スティーブはてっきり、もっと自分が反応するものだと思っていた。こぶしに力が入るとか、鳥肌が立つとか、せめて吐きそうになるとか。だが、何も感じなかった。そういうものなのか。

「スティーブ」ぽってりした唇がけだるくセクシーにゆがみ、ほほ笑みのようなものが浮かんだ。コラーゲン注射でふくらませたと思いたいところだが、この唇は間違いなく生まれつきのものだ。「ねえ、あなた」

スティーブは目を見張った。「それ、フェリーの口癖がうつったんだな！」

ファビュローサはたじろいだ。顔をしかめる。「何？　何のこと？」

彼女の訛りは以前に比べて明らかにきつくなっていた。だが、もとの東欧訛りとは違ってきている気がする。おかしな話だ。どこかで聞いたことがあるような……ちょっと待った……もう少しで出てきそうだ……。

「〝ねえ、あなた〟」スティーブは答えを探そうとしてゆっくり言った。「きみはフェリーと知り合うまでそんな言い方はしていなかったはずだ。フェリー、こいつめ」横を向き、フェリーの鼻の下で指を振る。「きみがニューヨークのお茶の間の人気者になってたとは初耳だよ」

ファビュローサのきらめく緑の目が、アイラインの縁取りの中で細められた。「いったい何の冗談よ。でも、会えて嬉しいわ。本当に久しぶり——」

わかった！「ボリス・バデノフだ」

フェリーは目をしばたたいた。

「ほら」スティーブは言った。「『ロッキー&ブルウィンクル』だよ」

「わかります！」ファビュローサの一突きでルイ一五世の椅子に追いやられていたボブが立ち上がり、話に入ってきた。「ボリスとナターシャ。ロシアのスパイですね」

『ロッキー&ブルウィンクル』が放映されていない国で育ったフェリーは顔をしかめ、ファビュローサのほうを向いた。彼女も同じ理由でボブとスティーブに向かって顔をしかめていたが、話が合った二人はにこにこと見つめ合った。

「お元気そうですね、ファビュローサ」フェリーはばかていねいに言った。

元気そう、どころではない。すらりとしていて、引き締まっていて、ゴージャスで、『エスクァイア』と『W』と『ヴォーグ』のページを渡り歩いていた二一年前とまったく同じだ。

「ありがとう」ファビュローサは満足げに言った。「あなたもね。あなたは」鬱屈した目でスティーブを見る。「その……不健康ではなさそうね」

沈黙が流れ、彼女は気まずそうな顔をした。

「酒も煙草もやめたんだ」今思い出したとでもいうふうに、スティーブは答えた。一人でうなずく。「ずっと前に」

フェリーがこっちを見た。スティーブは気がつかないふりをし、両手をポケットに入れて前後に体を揺らした。いつも無表情のファビュローサの顔に一瞬、感心したような色が浮かんだ。それをごまかすように咳をする。

「本当に？」彼女はつるつるした板のような黒髪を手で後ろに払いのけると、思わず見せてしまった賞賛の表情を引っ込め、そっけない態度をとろうとした。

だが、手遅れだった。ファビュローサはすでに感心していたし、表情の変化に敏感なスティーブはそれに気づいていた。彼女にはこの白々しい嘘が見抜けないこともよくわかっている。ファビュローサ本人は、自分のそういうところにまったく気づいていない。二人の結婚が破綻した主な原因には、金、人生における目標の違い、交友関係、嫉妬、仕事、浮気に加え、スティーブの想像力の豊かさと、ファビュローサの想像力の欠如も含まれていた。

「そう。じゃあ、あなたが健康的な生活を送っているという噂は本当だったのね。最後に会ったときよりも元気そうに見えるわ」

「二一年前に、きみの彼氏の判事のオフィスで会ったときのことか？」当時いやというほど感じていたあの怒りがこみ上げてくる。

「そんなに前だったかしら？」ファビュローサは完璧にマニキュアのほどこされた爪でスティーブの胸をつつき、口をとがらせた。「わたしに年齢を思い出させるなんてひどい人。でもそうね、そのとき以来だと思うわ」

スティーブは爪を見ないようにした。何気なく置かれたはずの爪が、いつのまにか強く食い込んできている。

「ああ。まあ、あの日は少し取り乱していたから」スティーブは肩をすくめた。「今はもっとましな気分だ。夜もよく眠れるし」

「そうなの？　でも、後ろめたいことがある人は寝つきが悪いって聞くけど」ファビュローサは得意げに言った。「例えば、泥棒は夜なかなか眠れないそうよ。あなたがその法則に当てはまらないみたいでよかったわ」

スティーブは、またも話がわからないという顔をしているボブを見た。「おれの元妻、元スーパーモデルのファビュローサは、自分が自宅で人質に取っていた彫像をおれが盗んだと思い込んでいて、おれの寝つきがいいはずがないとほのめかしているんだ。あれはおれの原点となる作品だった」

ファビュローサは五〇〇ワットの笑顔をボブに向けた。「この人がミネソタに逃げたのはそれが理由なの。結局失敗したけど」

スティーブは翻訳サービスを続けた。「元妻には、自分の手の中から抜け出す人間がいることが想像できなかったんだ。誤解しないでもらいたいんだが、今おれは〝自分の手の中から抜け出そうとする人間〟とは言わなかったよな。どうしてかというと、いくら自己愛という偽りだらけの世界に住んでいる元妻でも、さすがに大勢の人間が」言葉を切って首を傾げ、一瞬考える。「いや、ほとんどの人間が自分から逃げ出したがっていることはよくわかっているからだ。ただし、実際に逃げられる人間はめったにいない。だが、おれは逃げた。数週間という短い期間だったが」怒り狂うべきか、嘲笑すべきか決めかねてそわそわしているフアビュローサに、スティーブは笑いかけた。「そこで、遠く……元妻から遠く離れたその場所で、ついに自己に目覚め、才能を再発見して、作品の新たな方向性を見出したというわけだ」

「バターの頭ですね？」ボブがささやくように言った。

スティーブは満足げにほほ笑んだ。この男が美術好きだというのは本当のようだ。「そう。バターの頭だ」

「ラードじゃなかったかしら」ファビュローサが言った。

「いや」スティーブはくるりと振り向いた。「それはきみの——」

「スティーブはミネソタに招待されているんですよ！」フェリーが割って入った。「パレードの主賓として」

「正確には」ボブが言い添えた。「主賓の一人です」

おれがメインじゃないのか？　スティーブは少し傷ついた。

「何だって？」フェリーもむっとした声を出した。「ミスター・ジャークスが誰かと並んでスポットライトを浴びるなど——」

「並んでいただくのは、バターの頭です」

その瞬間、三人はそれぞれに衝撃を受け、言おうとしていた言葉を忘れた。

「バターの頭」スティーブはおうむ返しに言い、ボブを見た。この男はそのようなことを冗談では言わないだろうし、言えるはずもない。バターの頭、鍵、『ミューズ参上』。大試合に決着をつける最後の一点だ。

「でも、あれは……あれはとうもろこしにかけるために溶かされたと聞いたんだが」

「それが！　それがですね！」これでしっぽを生やしてぶんぶん振れば、どう見てもゴールデンレトリバーだ。ボブは爪先立ってぴょんぴょん跳びはねている。「ジェンのお母さんが保管していたんですよ」

「ジェンって？」ファビュローサが問いただした。

「ジェン・リンドです」ボブは言った。「バターの頭のモデルですよ。名前に聞き覚えはありませんか？」

三人は顔を見合わせ、いっせいに首を横に振った。

ボブは少しむっとしたようだった。「まあいいでしょう」全然よくなさそうな顔だ。「ケーブルテレビの次世代スターになる人です」

ファビュローサが笑った。「ケーブルテレビ？　スティーブ、あなた近頃はテレビショッピングで作品を売ってるの？」

フェリーはひっと息をのみ、ボブでさえ青ざめたが、スティーブは気にも留めていなかった。バターの頭。もし中から鍵を取り出すことができれば、『ミューズ参上』は戻ってくる。あれは判事が財産を分割する前に盗まれたものだ。合法的に自分のものにできるし、そしてもっと重要なことに、この女のものにしなくてすむ。

フェリーは何か暗いものに憑かれたように、呆然とスティーブを見ていた。

ファビュローサは続けた。「どうでもいいけど、行ってみれば？　ねえ、あなた！　宣伝効果を考えてごらんなさい！　未来のスターと、過去のスター。それってすごく……何て言えばいいのかしら？　均等？　いいえ、均衡がとれているわ。あなた、均衡が大事だっていつも言ってたじゃない」

ファビュローサが何を言おうと、スティーブにはどうでもよかった。聞こえてさえいなかった。耳に響くのはただ、近い将来、『ミューズ参上』を持った自分の写真を携帯メールで送ったときに聞こえるであろう、ファビュローサの悲鳴だけだった。スティーブはボブのほうを向いた。「ボブ、行くから日時と場所を教えてくれ」

ボブは目を見張った。「本当に？」

「ああ、何としても行くよ」ファビュローサを見ると体を震わせていたが、声を殺して笑っているのか、無視されたことに憤慨しているのかは不明だ。この女が考えていることなどわかるはずがない。「とにかく、久しぶりに会えてよかったよ、ファビュローサ。本当によかった。ここでのきみのチャリティ活動は……」手を振って、参加者が戻ってきつつある会場を示す。「すばらしいよ。とてもすばらしい」

フェリーは引き際を心得ていた。

「あ、アッカーマン夫妻だ！　ここ何カ月もきみに会わせてくれってうるさく言われているんだ」部屋の隅をあいまいに指さし、スティーブの腕を引っ張った。スティーブは名残惜しそうに肩をすくめ、熱心なファンのもとに連れていかれながら、声を潜めて言った。

「あんな女、大っ嫌いだ」

「わかるよ」フェリーは同情するように言った。

スティーブはにっこりした。「でも、ミネソタは大好きだ」

10

一二月六日（火）
午後四時四〇分
ミネソタ州フォーン・クリーク
フォーン・クリーク町役場

「ああ、そういえば」ケン・ホルムバーグは椅子にもたれ、ぽっこりした腹の前で両手を組んだ。「今日の午後に釣り具メーカーの人間と話をして、〈氷上魚突きトーナメント〉の優勝賞品として、新型の二つ折りの氷上釣り小屋を提供してもらえることになった」

フォーン・クリークの町長になったばかりのポール・ルデュックは、自分のオフィスの椅子にもたれた。実際のところ、魚突きトーナメントの賞品提供の件は、すでに先週ポールが話をつけている。ケンが大口をたたいているだけなのは、本人もポールもよくわかっていた。

ケンはほかの人のアイデアにいちいち首を突っ込んだうえ、自分のものにしなければ気がすまない性格だが、フォーン・クリーク一の大物である彼に文句をつける者はいない。

「そうか、それは本当によかった」言ったあと、ポールは〝本当に〟という言葉をつけたことを後悔した。大げさにほめるのはよくないとわかっていながら、いまだにこの町の人間なら使わない修飾語を使うという、よそ者ならではの間違いを犯してしまう。

このまま町議会を味方につけておくためには、言動に気をつけなければならない。フォーン・クリークでは、町議会と〈ミネソタ・ホッケー・スティックス〉のオーナーであるケン・ホルムバーグは同じものを意味している。ポールが町長に当選したのも、カナダ出身で訛りが近いことと、かつてプロアイスホッケーチーム〈ミネソタ・ノーススターズ〉でライトウィングを務めていたため、ケンに気に入られたことが主な理由だった。公約の中で何よりも効果的だったのは、当選したら男子シニアリーグでプレーするというものだった。

ポールはまだ、氷の上でも外でも結果は残していない。だが、これから一花咲かせてやるつもりだった。今、ケンとともに準備に取り組んでいる一五〇周年祭を利用して、投資対象として、老後の住まいとして、行楽地として、この町の将来性を州全体にアピールするのだ。フォーン・クリークは今、岐路に立たされている。住民は町を消滅の危機から救うべく努力するか、この地を捨てて町がさびれゆくのに任せるか、そのどちらかしかない。瀬戸際に立っているのは、ケンのホッケースティック会社も同じだった。

ケンの会社はしばらく苦しい状態が続いていた。増収を見込んで工場を拡張したものの、思ったほど利益が上がらなかったのだ。噂、というかポールの妻ドットが銀行員の妻である親友から仕入れてきた情報によると、ケンの会社は年金に使うはずの積立金を事業の拡張資金に流用してしまったため、年金の財源が不足しているとのことだった。あくまで噂だが、その不足額は九万ドルに上るという。その九万ドルのせいで〈ミネソタ・ホッケー・スティックス〉がつぶれることはないのだが、これ以上失敗や財政難が重なれば、ケンはすべてを放り捨てかねない。

ケンの会社の倒産が町の終焉を意味することは、誰の目にも明らかだった。五三人のフルタイム従業員を抱える〈ミネソタ・ホッケー・スティックス〉は、この町最大の雇用主だ。もしこの会社がつぶれてしまえば、ドミノ倒しのように町は崩壊の一途をたどるだろう。

そんな事態を許してはならない。フォーン・クリークに住んで一〇年、まだまだ新参者のポールではあったが、都会からの移住者ならではの強い気持ちでこの町を愛していた。ここでは、人々はお互いを思いやっている。支え合って生きているのだ。実を言えばかつてのポールがそうだったように、そのことの大切さを都会の人間はまるでわかっていない。自治体の長が酔っぱらいの怠け者を雇うところが、ほかにあるだろうか？　田舎町では、人々は助け合って生きているのだ。

「ジャークスってやつは、本当にわざわざニューヨークから来るのか？」ケンがたずねた。

「間違いない」断定口調で答えを返したポールに、ケンはまたも険しい目を向けてきた。ミネソタ州民にとって確かなものは、死と……いや、死だけなのだ。

「進行状況は」ポールは注意深く言った。「まあまあだ。一つ気がかりなのは、ジェン・リンドから連絡がないことだ。最初はこの話を断っていたからね。また気が変わることがなければいいんだが」

「ジェンのことは心配するな」ケンはどうでもよさそうに言った。「彼女はこの町を愛している。この町に借りがある。そのことは自分でもわかっているよ。何だかは知らないが、あいう連中が逃げ出したいと思っている何かから逃げ出すために、何度もこっちに帰ってきているんだから。たぶん今頃、両親の家に向かっているだろう」

「〈ロッジ〉だね？」それは中西部で最も客を選んでいるか、あるいは中西部で最も儲かっていない民宿だった。あそこに泊まったという人間に、ポールはいまだ会ったことがない。

「ああ、そこだ」

「そうか、それを聞いて少し安心したよ、ケン」ミネソタに一〇〇パーセントという概念はない。人は感情の振り幅の真ん中あたりにきちんと収まるように生きていて、多少はよい方向や悪い方向に振れることはあっても、どちらかに極端に偏ることはないのだ。

「よかった」二人はお互いから斜め四五度を向いて座っていた。ポールは心の中で、このあとのケンのおしゃべりを阻止する方法を考えていた。予想では、実在しない己の偉大なるホッケー人生について語り始めるはずだ。ケンは金融帝国を築き上げるのに忙しく、ホッケーなどやっていないというのに。今のポールは、そのようなほら話につき合う気分にはなれなかった。

「そうだ」ようやくいい考えが浮かび、ポールは言った。「湖に行って氷の状態を調べよう」

「別に構わないが」ケンは答えた。「どうしてそんなことを？」

「去年の春に、氷が割れてバター・シニキンが落ちたことがあっただろう？」

「だから？」ケンの口調は、バターは自業自得だと言わんばかりだった。「あれは四月だったし、バターは落ちていた岩をトラクターで引っ張っていたんだ。今は一二月だし、釣り人たちがバケツをひっくり返して座るだけのことだ」

「まあそうだが、注意するに越したことはないから」ミネソタ州民から色よい返事を引き出すためには、ミネソタ語として知られる数多くの暗号の中でも、これほど効果的なフレーズはない。なぜならこの地では、〝注意するに越したことはない〟というのは、まぎれもない事実だからだ。

ケンは素直に立ち上がり、ポールについて町役場を出て駐車場に向かった。ポールのGMのハーフトン・ピックアップトラックが待ち受けていて、車の蓄熱ヒーターと電源コンセントをつなぐ黒いコードが、凍った蛇のように地面に落ちている。

ケンが先に車に乗り込み、ポールは外に立ったままあたりを見回した。再び雪が降り始めていて、もう日は暮れているというのに、新雪に反射した照明が上空を青灰色に染めている。頭上のアーク灯のまわりを、雪片が電気虫取り器に群がる羽虫のようにびっしりと渦巻き、駐車場の端では松の防風林がざわざわと音をたてていた。正直に言えば、フォーン・クリークの景観が見ものと言える時期は一年を通じてほとんどない。けれど、今夜は間違いなく絵になる美しさだった。しかも、雪はこのあとも降り続くのだ。

美観の問題だけではない。雪が積もらない冬が三年続いたあと、記録的な豪雪となった今年は、長い間眠っていたスノーモービルが再び冬景色にエンジン音をとどろかせ、観光客相手のレンタル業者の顔にも笑みが戻るだろう。それに、雪があればスノーモービル乗りだけでなく、前装銃《マズルローダー》での鹿狩りも盛況となるし、今週の日曜の〈氷上魚突きトーナメント〉を皮切りに一五〇周年祭が始まれば、町中の食堂やスーパーのコルクボードというコルクボードに、大きな雄鹿のポラロイド写真が貼られることになる。

スノーモービルにも狩猟にも興味がない観光客は、北東へ二五キロ行けばカジノで遊べる。今週末には、今年が第一回となるアマチュアのポーカートーナメントが一晩かけて行われる予定で、これも一大イベントになりそうだった。優勝者にはポーカーでの獲得金のほかに、一〇万ドルという多額の賞金が出ることになっている。

何よりもすばらしいのは、この一週間、国内で大きな事件が起こっていないことだった。願わくは、このあとも起こらないでほしいものだ。このまま何事もなく休暇シーズンに突入してくれれば、ネットワークの記者はAP通信の記事から心温まる話題を探すだろうし、そうなればジェン・リンドと例の彫刻家が来るフォーン・クリークに興味を示してくれるかもしれない。そういえば、ミネアポリスのNBC加盟局が、今日の五時のニュースで二人の話題を取り上げることになっている。

「乗るんだろう?」トラックの中からケンのくぐもった声が聞こえた。

ポールはにっこりした。「もちろんさ《ユー・ベッチャ》」

11

午後五時二〇分
ミネソタ州プリマス
ラムジー郡立成人拘置所

ラムジー郡立成人拘置所のみすぼらしい談話室には、さらにみすぼらしいテレビが置かれ、最高にみすぼらしい悲しき負け犬の一団がそれを見ていた。革張り風のひじかけ椅子に身を沈めている〝ダンク〟・ダンコヴィッチは、不運にもこのような連中と顔を突き合わせるはめになっていた。とはいえ、そうした不運は珍しくも何ともない。

一同はテレビで流れるローカルニュースを見つめていたが、誰もが内心、そこに取り乱した自分の顔が映り、都市部一帯に自分の負け犬ぶりがさらされることを恐れていた。まるで、その事実がまだ誰にもばれていないとでも思っているように。

「大方の予想どおり、デイヴィスが局を買収したことにより、管理職の重要ポストはほとんど総替えになる見込みです」ニュースキャスターの男性が言っている。

「やっぱりな。デイヴィスは最低の男だから」フロリダで焼いてきたような肌をし、散髪に五〇ドルもかけていそうな四〇代の男が言った。自称シカゴのコンサルタントで、長期のプロジェクトでこっちに来ていたところ、寂しくなってバーに行ったらしい。どうやらしょっちゅう寂しくなるようで、飲酒運転で捕まったのはこれで三度目だ。

「なんで知ってるんだ？」別の男がたずねた。

「何年か前にやつの会社で仕事をしたことがあったんだ。直属の上司がドワイト本人だった。それが、初めて顔を合わせた瞬間に首にされてしまった。やつの秘書の前で汚い言葉を使ったっていう理由でね。〝くそっ〟って」男はせせら笑った。「〝くそっ〟って、ただそれだけで。あいつは聖人ぶった堅物で、最低の野郎だ」

「ではCMのあと、関連ニュースをお伝えします。小さな町に有名人がやってきます」

ダンクの勾留仲間たちはおしゃべりを始めた。ほとんどが飲酒運転、二人が接近禁止命令違反で捕まっていて、ダンクのように仮釈放中の違反者も何人かいた。一人残らず負け犬だった。

だが、おれは違う。ダンクは駐車場に面した真っ暗な窓ガラスに顔を映し、髪を後ろになでつけた。幸い、この〝ルックス〟は健在だ。ハイテク企業のトップセールスマンか、短大の講師のように見える。今回、拘置所にぶちこまれたのは単なる不運だ。あと一五時間もすればここから出て、ゲームに復帰することができる。

でも、何のゲームだ？　詐欺か？　ロトに細工をするか？　モールで〝モデル事務所〟との契約を餌に女子高生を引っかけるか？

ばかばかしい。このルックスだって永遠に保てるわけではない。もう五〇歳、年は取る一方だ。なのに、年金も掛けていないことが、最近気にかかっていた。何か大きなことをしなければならない。〝ダンク・ダンコヴィッチ引退計画〟の資金を調達するために。年金が欲しい……。

「――地元のスター、ジェン・リンドは、全国放送の『家庭のやすらぎ』でメインパーソナリティを務めることが決まっています」

誰かがテレビの音量を上げすぎていたようだ。汚らしい格好をした若者が椅子から立ち上がって音量を下げ、画面ではキャスターが鮫にも負けないくらい歯をむき出しにして笑っている。

「ジェンのキャリアのきっかけとなったのは、二一年前のミネソタ・ステートフェアでのミネソタ酪農連盟〈バターカップ〉ミスコンテストへの出場でした」

古びた卒業アルバムの写真が画面に映し出され、学校中のアメフト部員の妄想の種になっていたであろう、かわいいブロンド娘がほほ笑んでいる。

「このミスコンテストはもう行われていませんが、最近、五〇キロのバターの塊から彫られたジェンの頭像がご両親の納屋から発見されました。お母さまのミセス・ハレスビーがずっと冷凍庫に保管されていたようです」

ジェン・リンドそっくりの黄色い彫像を写した古い写真が画面に現れた。その写真を見て、ダンクはぴんときた。椅子の上で背筋を伸ばす。

「おい、ダンコヴィッチ、かがんでくれよ！　テレビが見えなくなったじゃねえか！」

「うるさい」ダンクは低い声で言った。

「ギネスブックはこれが現存する最古のバター彫刻であるかどうか、検討に入っています」キャスターの声が写真にかぶせられる。「ですが、ニューヨークでは古さとは別の理由で注目が集まっています。話題になっているのは、この彫像の作者が、世界的に有名な彫刻家のスティーブ・ジャークスであることです。ジャークスは今週末、フォーン・クリークの一五〇周年祭のパレードでミス・リンドとともに主賓を務め、バターの彫刻と並んで登場することになっているのです！」

カメラは白髪混じりの髪をぼさぼさに乱した、愛想のいい痩せ型の男を映し出した。大勢の記者が群がり、男の顔にマイクを突き出している。スティーブ・ジャークス？　そうだ。そういう名前だった。ダンクは身を乗り出した。男は二一年前に拘置所で同房になったときと、ほとんど変わっていないように見えた。

「ミスター・ジャークス、最新作には約四〇万ドルの値がつきましたが」

ダンクは口をぽかんと開けた。

「このバターの彫刻にはどのくらいの値をつけたいですか？」記者は冗談のつもりでたずねたようだ。ところが、ジャークスはそうは受け取らなかったらしい。考え込むように肩をすくめる。

「実際の評価額はたいしたことないだろう。バターだし、古いバターだから劣化もしているはずだ」彼は言った。「でも、今まで保管していた人たちの思い入れがつまっているだろうね。それに、ミズ・リンドは自分がモデルになっているんだから、値段はつけられないと言うはずだ。また、フォーン・クリークの町長さんも大事にしてくれている。頭像を町の一五〇周年祭の主賓の一人としているくらいだ。そんなものに、正当な根拠で値段をつけられる人がいるだろうか?」

記者たちはぼうっとした顔でうなずいていた。ジャークスにはどうも、余計なことをしゃべりすぎる癖があるらしい。

「彫刻が今も残っていると知らされたときは驚かれたでしょう」記者が言った。

「ああ、今までの人生でこんなに驚いたことはないよ。元妻で元スーパーモデルのファビュローサがバイセクシャルだと知ったときもこれほどじゃなかった。いや、あれはたいして意外でもなかったか。だから、このバターの頭のほうがずっと驚いたね。だって、パンケーキか何かのために溶かされたと聞いていたから。あっけにとられてしまったよ」

あっけにとられたんじゃない、大笑いしたはずだ。ダンクにはわかった。当時、そのニュースをジャークスの隣で見ていたのだ。彼は拘置所の同房仲間だった。

軽くたずねただけで、ジャークスはすべて事情を話してくれたが、それも無理はない。バターの頭像とその中に埋まっていた鍵は消え、とうもろこしをむさぼる一万人もの人々に踏みつけられて、田舎の畑のどこかに永遠に失われたと思ったのだ。ジャークスは自分の元妻のこと、彼女から盗んだ〝原点となる作品〟のこと、墓室のこと、鍵のこと、元妻以外で鍵を使わずに彫像を取り出せる唯一の人間が死んだことを教えてくれた。そして、笑ったのだ。

あのときダンクは、ジャークスが自分で言っているほどの大物だとは信じていなかった。だが、この記者の大群を見る限り、その自己評価は間違っていなかったようだ。例の霊廟にある彫像が、ジャークスが言っていた半分でも価値があるのなら、今ではものすごい値がつくに違いない。

「ミスター・ジャークス」一人の記者が言っている。「あなたはこれまで何度も、このバターの彫刻はキャリアの転換点となる作品で、そこから現在の樹脂と光ファイバーを使った作品様式が生まれたと発言なさっています。再会できるとわかって、さぞかしお喜びのことでしょうね」

部屋いっぱいのチーズを前にしたねずみのように、ジャークスはにんまり笑った。「ああ、きみには想像もできないくらいにね」

ダンクもにんまりした。

ジャークスがなぜそんなふうに言うのか、よくわかったからだ。

12

同時刻
フォーン・クリーク、〈居酒屋ポーシャ〉

「おい、ネッド、町はきみがダディの敷地に除雪車を停めて、午後中仲間とビールを飲むために賃金を払ってるんじゃないぞ」

エリック・エリクソンとジミー・ターヴォルドとのんきにビールを飲んでいたネッド・ソダーバーグは、町長の声にくるりと後ろを向いた。ポール・ルデュックが〈居酒屋ポーシャ〉のドアを入ったところに立っている。溶けかけた雪が、ボンバーキャップの耳当てから黒のウールの正装用コートの襟に滴っていた。

町長になったからって、テレビに出てくる弁護士みたいな格好をしてやがる。ネッドはむっつりとポールを見ながら思った。そもそも、なんでポール・ルデュックなんかが町長になったんだ？　アメリカ人でもないし、ホッケー選手としてもたいしたことはないし、あんなに口うるさいのは女でも勘弁してくれというやつもいる。

「ネッド、聞こえたか？」

「ああ、ポール。聞こえたよ」ネッドはまじめな顔でうなずき、スツールからするりと下りて気をつけの姿勢をとった。どうやらポールは車で通りかかり、駐車場に停めてある除雪車に気づいて、二、三分立ち寄ってネッドとターヴに説教するのが公民の義務だと思ったのだろう。いやな野郎だ。

まったく、このつまらない町では、静かにくつろげる場所さえなくなってしまったのか。それに、ただ同然であの除雪車を運転するなんて冗談じゃない。ポールも時給一一ドルで、凍った高速道路の上で二トンもある除雪車を動かしてみればいいのだ。

「そうか、じゃあすぐに行くんだ、ネッド。きみもだ、ターヴ」ポールの視線は物陰に隠れようとしていたターヴのもとに飛んだ。今はフォーン・クリークの町に雇われていないエリックだけは、ゆったりとビールをすすった。

「それから、町役場の前の歩道の雪もどけて、塩をまいておいてくれ。明日の朝、役所が開くまでにだ。わかったか？」ポールは言った。

「もちろんさ《ユー・ベッチャ》、町長！」ネッドはすばやく答え、防寒仕様のつなぎのファスナーを上げた。つなぎはぴちぴちで、ファスナーは大きくせり出した腹につっかえながら上がった。

ターヴもスツールから飛び下り、しゃがんで雪用ブーツの留め金をはめ始めた。顔を上げ、愛嬌のある笑みを浮かべる。「おれらは一日中やってたんだ、町長」大げさに言う。「夜明け前からね。ただちょっとあったまろうと思っただけだよ。ネッドが南に向かってるのが見えて――」

「ターヴ、そんな話はいい」ポールがさえぎった。「とにかく仕事に戻ってくれ。二人ともだ。天気予報では、深夜までにあと一〇センチ積もると言っている」ドアが開き、ポールが出ていくのと同時に雪が吹き込んできた。

「むかつくカナダ野郎だ」ターヴはつぶやき、スツールに戻った。

「あいつには一度びしっと言ってやらないとな」ネッドは言い、つなぎのファスナーをウエストまで引き下ろした。だが、怒りに任せて行動するつもりはない。祖母が家賃と食費を入れろと言い始めているし、ほかの収入源は文字どおり埋もれてしまったから、この仕事を手放すわけにはいかなかった。あのばあさんなら、家賃の支払いが遅れたら本当に孫を追い出しかねない。ヒルダ・ソダーバーグは血も涙もない女なのだ。出ていくことができればこっちもせいせいする。エリックのところにでも転がり込めばいいのだ。ただ……確かにヒルダは血も涙もないが、料理の腕は最高だった。

「おい、ダディ、ビールをお代わりだ」ネッドは〈ライネンクーゲル〉のボトルをつかみ、ダディに向かって振ってみせた。ダディはカウンターの向こう側でグラスを磨きながら、部屋の隅高くに据えつけられたテレビを見ている。友人である町長が来たことに気づいてもいないのだろう。テレビが大好きなのだ。

「先に金を払ってくれ」ダディはこっちを見もせずに言った。

金はないし、ダディはつけでは売ってくれない。それもこれも、井戸の水がかれてしまったせいだ。マリファナという井戸の。

一夏かけて、ネッドとターヴとエリックは一〇〇〇平方メートルのマリファナ畑の世話をした。湖（畑は賢明にも湖から数メートルのところに作っていた）から水をくんできて、小さな草の一つひとつをていねいに剪定し、細い茎を杭に固定したうえ、背の高い雑草がぶ厚い壁になって高速道路から隠してくれるよう気を配った。あと二、三週間で収穫というとき、ネッドとターヴが町長から連絡を受け、湖まで地ならし機とショベルローダーを運転してくるよう言われた。

ネッドは、溝掃除をさせられるものだと思っていた。

ところが湖に着くと、ポールのほかに町議会の連中が全員いて、みんなばかげた工事用のプラスチックのヘルメットをかぶっていた。彼らはそれを一日中かぶったまま指示を飛ばし、新たに駐車場にするための区画を開墾させた。一五〇周年祭の〈氷上魚突きトーナメント〉に大勢の観光客を見込んでいて、そのための駐車場を作ることになっていたのだ。

ネッドはビールの最後の一口を飲みながら、あのときのターヴの表情を思い出した。ターヴは傷心のあまり、今にも死んでしまいそうだった。重機が通過するとき、日に焼けた頰に涙が流れ落ち、泥混じりの筋をつけるのが見えた。ネッドも素直に涙を流した。恥じることなど何もない。ただ一つ恥ずべきことがあるとすれば、ばかな連中が計画している死んだ町の誕生日パーティのせいで、あのすばらしいマリファナがすべて失われてしまったことだ！

エリックとターヴとネッドの努力はどうなる？　確かに無駄になってもおかしくないよう

な、取るに足りないちっぽけな計画だったかもしれない。それでも、せっかく自ら起こした行動が半日の間に消えてしまったのだ。土の中に埋もれてしまった。きれいにならされてしまったのだ。

くそっ。ビールが欲しい。

ネッドはスツールの上で背をそらして手を伸ばし、ターヴの向こうにいるエリックの肩をつついた。「二ドル貸してくれないか?」

「おれは一文なしだ」エリックは言い、自分のボトルをつかんで近くに引き寄せた。ネッドは疑わしげに彼を見た。エリックは昨日〈ロッジ〉で仕事をしているし、ミセス・ハレスビーはいつも賃金は現金で支払ってくれる。

「ガソリンを入れなきゃいけないからな」ネッドの心を読んだのか、エリックは言い訳がましく言った。

「おれも金はないぜ」ターヴはきかれもしないうちに答えた。「葉っぱがあればな。ビールは高いよ」

「おい、見てみろ」ダディが誰ともなしに言った。「フォーン・クリークのことをやってるよ。ジェン・ハレスビーだ」

「リンドだよ。今はジェン・リンドっていうんだ、ダディ」ネッドは鼻を鳴らした。飼っている老いぼれ牛ほどの頭しかないダディ・オルソンが居酒屋を持っていて、自分は持っていないという事実がつねづね気に入らなかった。「名前を変えたんだよ、一〇〇万年も前にな。

このあたりの出身っぽく思われるような名字にしたんだ」

テレビを見上げると、ちょうどジェンの顔は消え、女性記者がどこかの男に向かって、そいつがいかにアメリカの現代美術に革命を起こしたかをまくしたてているところだった。ふん、ニューヨークから呼ばれている例のホモ芸術家だ。まあ、ホモには見えない気もするが、人は見た目ではわからない。

ネッドはスツールごとぐるりと回り、カウンターに背を向けてひじをついた。「ところで、この〝葉っぱ不足問題〟だが」その言葉の響きに気をよくしながら、ネッドは言った。MTVのリアリティ番組で使われていた言葉を拝借したのだ。「原因はすべてあのクソ町長にある。だろう？　結局、一五〇年祭のために畑をならさせたのはあいつなんだから」こぶしを作った手をぐいと引き、親指を立てて背後のテレビを指した。

「一五〇周年祭だ」ダディが言葉を補った。

「ああ、そうだな、ダディ。要するに、おれらは必死で働いてもクソみたいな金しかもらえないし、これっぽっちも感謝されないのに、テレビに出てるあの男はバターを削るだけで州を挙げての大騒ぎになるってことだ」

「それは――」ダディは言いかけた。

ネッドは構わず続けた。ダディに意見されることにはうんざりだった。「それに、ジェン・リンドだと？　あの女にどんな才能があるっていうんだ？　洗濯物のたたみ方を教えてるだけじゃないか！」その事実のあまりの理不尽さに、ネッドはむせそうになった。「そもそも、誰が洗濯物なんかたたみたいんだよ！」

「ジェンは料理もするぜ」ターヴが考え込むように言い、ビールを飲んだ。

「だから何だっていうんだ？　おれだって料理はする。でも誰も年に二〇万ドルも払っちゃくれない。あのばかげたパレードの先頭に座ってくれって頼みにくるやつもいない。こんな町、最低だ」

「確かに」ターヴは同意した。エリックもうなずいた。

「おれがいなかったらどうなると思う？」ネッドは熱くなってきた。「おれが〈パーマイダ〉の敷地から雪をどけてやってるからこそ、ケツの拭き方を伝授するジェン・リンドのDVDが入荷したとたん、みんなすぐに買うことができるんだ！　洗濯物のたたみ屋やニューヨークのバター彫刻家のホモより、おれはこの町にとってずっと価値のある人間なんだ」

「おれだって同じだ」ターヴはうっとりと、自分がショベルローダーの運転席にゆったり腰かけ、雪に埋もれた〈パーマイダ〉の駐車場への襲撃を英雄のように指揮する光景を思い浮かべた。

だが、言葉にするのはやめておいた。除雪作業のリーダーはネッドなのだ。

「そいつ、片耳にピアスをしてると思うな」ネッドが言うと、エリックと目が合った。「あの彫刻家だよ」

「ネッド、おれだって片耳にピアスをならおれもしてるよ」エリックがむっとしたように言った。

「ああ、でもおまえは五〇前じゃない。若者だ」かろうじて、ということだが。「人生でいちばんいい時だ」亀の人生なら。「このジャークスってやつはじじいだ」

エリックは疑わしげに顔をしかめた。「それを言うなら、おれだってパレードの先頭は頼まれていない。町全体の蚊の管理者なのに。もしおれが沼地に殺虫剤をまかなかったら、この町はどうなると思う？」

まさかそれが、除雪車を扱うほど難しい作業だと思っているのだろうか？「ああ、でもその仕事はパートタイムじゃないか」ネッドは言った。

「季節労働だ。雪かきと同じだろ」

「おれは溝掃除もしてる。だけど、そんなことはいい。おれが言いたいのは、クソみたいな賃金しかもらってないってことだ。おれらはクソみたいに扱われている。一年の予算の残り金しかよこさないくせに雪かきまでやらせて、あいつらは突っ立って見ているだけで残業代すら払おうとしない」

「残業代が欲しいなら、週に二〇時間は働かないと」ダディが口をはさんだ。

「あんたにはきいてないよ、ダディ」ネッドは振り向いた。「便所掃除とか、何かやることはないのか？」

答える代わりに、ダディはカウンターの下にしゃがみ、鉄の棒を手に立ち上がった。鼻歌を歌いながら、三つあるビールの注ぎ口のレバーに棒を差し込んでロックをかけ、勝手に注げないようにしてからトイレに向かう。

「あいつ、最低だな」エリックは言った。最後のかちりという音が聞こえるまで、ダディが注ぎ口をそのままにしておくのではないかという期待を抱いていたのだ。

「いや、最低なのはおれたちのほうだ」ネッドが苦々しげに否定した。「冬はこれから五カ月も続く。希望もなく、金もなく、つけも利かないまま」

カウンターの上では、ジェン・リンドのバターの頭像の古びた写真が再びテレビに映った。あれは本当にいい女だった。バターになっても。

「――最新作には約四〇万ドルの値がつきましたが。このバターの彫刻にはどのくらいの値をつけたいですか？」テレビの中で男が言っている。

「実際の評価額はたいしたことないだろう。バターだし、古いバターだから劣化もしているはずだ」彫刻家は答えた。「でも、今まで保管していた人たちの思い入れがつまっているだろうね。それに、ミズ・リンドは自分がモデルになっているんだから、値段はつけられないと言うはずだ。また、フォーン・クリークの町長さんも大事にしてくれている。頭像を町の一五〇周年祭の主賓の一人としているくらいだ。そんなものに、正当な根拠で値段をつけられる人がいるだろうか？」

「気分の悪い話だ」ターヴがうなった。「誰もおれらに残業代を払ってくれないっていうのに、町長はこのジャークスってやつが彫ったってだけで、バターの頭ごときに浮かれやがって」

ネッドの頭の片隅からアイデアがぽんと飛び出し、波止場に水揚げされたカワカマスのように、想像力という地面にどさりと落ちてきた。手のひらでばんとカウンターをたたくと、エリックの空のボトルが跳ね上がった。

「この町とクソ町長はおれらに借りがある。だから、借りを返してもらって、この町にざまあみやがれと言ってやろう！　どうだ？」

エリックとターヴは顔を見合わせた。揃って肩をすくめる。「ああ、そうだな、ネッド。いい考えだ《ユー・ベッチャ》」

13

一二月六日（木）
午後一一時二〇分
ミネソタ州フォーン・クリークから北東八キロ
湖

北部の森は美しい夜を迎えていた。柔らかな雪が降り始め、退屈な静寂を破るように、スノーモービルのエンジン音が陽気に響いている。

ダンクは上機嫌だった。初めてローカル番組がまともなニュースを伝えてくれた。スノーモービルは運転しやすく、シートが熱を持っているおかげで尻はほかほかし、ハンドルも温かく手がかじかむことはない。ヘルメットのおかげで雪は顔にかからないし、今たどっている小道は何もない広い湖面をまっすぐ横切って木に覆われた岸辺に続いている。岸に着けば目印代わりに風車のようなものが見えるらしい。ガソリンスタンドの従業員は何とははっきり言わなかったが、とにかく見ればわかると言っていた。実際、それはそこにあった！「ダンクは再び、この状況のすばらしさににんまりした。

あと四〇〇メートルほどで湖を出るから、すぐに右に曲がって本道を外れ、急勾配の土手を上って二〇〇メートルほど行けば、ハレスビー家の納屋だ。個人退職年金《IRA》よ、こんにちは。それとも、自営業者年金《キーオー・プラン》がいいだろうか？　年金の受け取りを始めるまでには納税者区分が上がっているだろうから、掛け金は先払いにしておいたほうがいい。とはいえ、ゼロからのスタートになるわけだから、現金収支も重要だ。

これから買えるようになるさまざまな金融商品の利点を比較しながら、木立に向かって小道を進んでいると、前方に二台のスノーモービルのヘッドライトが見えた。暗闇の中に立つ、酔っぱらったように傾いた建物に向かっている。ハレスビー家の納屋だ。

ということは、スノーモービルに乗っているのは、現在はバターの頭像の所有者であるが、まもなくその地位を奪われることになるハレスビー夫妻ということだ。このような片田舎には、真夜中にスノーモービルを乗り回してハイになる変人もいるのかもしれない。ダンクはスピードをゆるめ、今後の策を練った。

心配はしていなかった。道を間違えて迷ってしまい、助けを探していたのだという言い訳ならいつでもできる。それなら、向こうが先にいなくなってくれることを期待して、このまま待っていればいい。ダンクは道の脇にスノーモービルを寄せて停まったが、エンジンはかけたままにしておいた。ヘッドライトを消し、ヘルメットのバイザーを上げて待つ。太ももの間で震えるエンジンが心地よい。雪が激しくなってきたため視界は悪かったが、それはむしろ好都合だった。ハレスビー夫妻からもこっちが見えないのだから。

懐中電灯の淡い光に続いて、二つの人影が納屋に向かっているのが見えた。もう一人、誰かがスノーモービルで待っている。北部の森で3Pか？　ダンクは笑みをもらした。だが、すぐに笑みは消えた。もし本当にそうなら、しばらくは出てこないということだ。

ダンクはバイク用ミトンを外し、これまたレンタルのスノーモービルスーツのファスナーを下ろして、手探りで煙草を探した。一本取り出すと、手のひらで覆いながらジッポーで火をつけ、肺いっぱいに煙を吸って、降りしきる雪に目を凝らして納屋を見る。視界はますます悪くなっていた。ほとんど見えない……いや、見えた！　夫妻の姿があった。二人は懐中電灯を消して外に出てきて、身をかがめて何かを運んでいる。

ダンクは煙草を雪に放った。いやな予感がする。

落ち着け、と自分に言い聞かせた。ハレスビー夫妻が真夜中にスノーモービル乗りを楽しむのに、バターの頭を持ち出すだろうか？　それはない。何を持っているのかは知らないが、バターの頭ではなく塩の塊とか、丸めた干し草とか、田舎にありがちな何かに違いない。

二人はその物体を、運転手が待機していたスノーモービルの後ろに置き、ひもでくくりつけた。いやな予感がふくれ上がる。ダンクはスノーモービルスーツのファスナーを上げ、スノーモービルのギアを入れ、もっとよく見ようとシートから立ち上がった。

夫妻は作業を終え、空いていたほうのスノーモービルに乗り込んで、ゆっくり向きを変えている。ヘッドライトの半円が動けば、いずれもう一台のスノーモービルの後ろが照らされて、積んでいるものが見える……。おい、何だあれは！

気味の悪い巨大な顔が、雪の向こうからこちらをにらみつけていた。

ダンクはのけぞり、はずみでスロットルレバーから手が離れた。エンジンが止まる。巨大な顔も見えなくなった。

顔？　あれはバターの頭像じゃないか！

「泥棒！」ダンクは叫び、ヘルメットのバイザーをさっと下ろして、スロットルレバーをひねった。スノーモービルはうなり声をあげ、前に飛び出した。ダンクは一瞬落っこちそうになったが、何とか耐え、シートに座り直した。

くそっ！　おれとジャークス以外のいったい誰が、バターの頭に埋まった鍵のことを知っているというんだ？　だが、知っているやつがいるのは確かだ。それ以外の理由で、あのブツを盗む者がいるとは思えない。

幸い、前の三人組はダンクがついてきていることに気づいていないか、気づいていたとしても単に後ろから誰かが来ているだけで、自分たちが追われているとは思っていないようだ。あのだらだらした走り方を見ればわかる。ダンクはどんどん距離をつめていった。坂を勢いよく駆け上がり、てっぺんで一メートルほど宙に飛び上がってから、どしんと小道に着地し、猛スピードで前に進んだ。あいつら！　泥棒め！

ダンクが追う間、バターの頭像はあちこちに傾き、ヘッドライトに照らされたかと思うと見えなくなり、降りしきる大雪の向こうからちらちらと狂気じみた笑いを投げかけてきた。

まるで〈マジックキングダム・パーク〉が廃棄処分にした不気味なキャラクターのようだ。

バイザーの奥でダンクは歯ぎしりした。取られてたまるか。何があっても。あの墓室にあるのと似たようなジャークスの彫像には、五万ドルもの値がつくらしい。美術品の闇取引をしているという友人が教えてくれた。最低五万ドルと。

あと三〇メートル……二〇メートル……一〇メートル。バターの頭を載せたスノーモービルの運転手が、のんきそうに腕を上げて先に行くよううながした。ダンクはそいつの尻を目がけて突進した。男はヘルメットをかぶった顔をこちらに向けた。前方では、二人が乗ったスノーモービルが減速している。

ダンクはヘルメットのバイザーをぐいと上げた。とたんに雪で前が見えなくなる。目を細め、口を開けて、エンジン音に負けないようどなった。「止まれ、この野郎！」

運転手は手袋をはめた手を挙げ、中指を立てた。どうやら再燃焼装置《アフターバーナー》でもついていたらしく、バターの頭像を載せたスノーモービルは爆音をあげ、排気ガスを吐き出しながら、猛スピードですっ飛んでいった。もう一台も勢いよく遠ざかり、取り残されたダンクは、自分がまたがっているおんぼろスノーモービルを貸し出した男を罵った。

いや、だめだ！　あきらめるわけにはいかない！

はるか前方を見ると、小道は曲線を描きながら湖に下りている。ということは、森の中を突っ切って坂を下れば先に岸辺に出られる。そこでやつらにぶち当たってやればいい！　バターの頭がばらばらに砕け散ろうと、知ったことではない。破片の中に鍵さえ入っていればいいのだから。

ハンドルを切って向きを変え、下生えを突き破りながら坂を下っていく。マシンの下のスキーはすべり、引っかかりながら、ぴょんぴょん跳んで障害を乗り越えた。ダンクは前のめりになってスノーモービルにしがみつき、土手を崩しながら湖に向かった。

楽勝だ。

そのとき、スノーモービルは氷の塊につまずき、宙に投げ出された。

ダンクを道連れに。

14

一二月九日（金）
午前九時半
ミネソタ州フォーン・クリーク
メインストリート

「まだここに来てから三〇分も経ってないのに、大雪警報が出てるときに大雪時緊急道路に駐車したからって、七五ドルの違反切符を切られたわ。ねえ、ナット、今メインストリートに立ってるんだけど、まわりを見回しても三人……四人しか人がいないのよ。住民が三〇〇人足らずの町で、大雪だから道を空けろなんてよく言えると思わない？」

ジェンは最近買った携帯電話を耳から離した。カメラ機能の使い方はわかるだろうか？ネオンブルーに輝く文字のついた小さなボタンの列が、『指輪物語』の指輪に刻まれた不気味な暗号のようにぎらりと光る。無理そうだ。

「それで」携帯を耳に戻して続けた。「レンタカーを〈フード・フェア〉の駐車場に移動させたんだけど、外に出たとたんに町の除雪車が通りかかってかちかちの雪を一メートルも積み上げたものだから、車を出せなくなってしまったの。だから今は、〈フード・フェア〉の店主が、駐車場の入口の雪をどけに来てくれるのを待っているところ」

「寒さはどうです？」エージェント兼ビジネスマネージャーは、ジェンの車にまつわる災難話は無視し、やたらとはずんだ声で言った。「氷点下なんですか？　三〇秒でも外に出ると肌が凍るって本当ですか？」

「そうよ。どうして北欧の女性には肌のきれいな人が多いと思う？　ミネソタではこれがボトックス注射の代わりなのよ」ナットが何か答える前に、ジェンは陰気な声を出した。「嘘よ。わたしの肌はまったく凍ってないわ。だって、ここの気候にふさわしい格好をしてるんだもの。コートを着て、スカーフを巻いて、ミトンをはめてるの。ちゃんとしたブーツは両親の家にあるから足はちょっと寒いけど、それ以外は大丈夫。がっかりさせて申し訳ないけど」

「何言ってるんですか。あなたには健康でいてもらいたいんですよ。あなたの鼻が顔から取れずにいてくれるかどうかは、わたしにとっても死活問題ですから。人が凍っていろんな部分がちぎれる話で楽しませてくれないなら、どんなすてきなお土産を買ってきてもらえるのか教えてください」

「何もないわ」ジェンはあらかじめ言っておくことにした。「小切手帳は家に置いてきてしまったし、手元にあるのは一日二〇〇ドルしか引き出せないキャッシュカードだけ。だから、駐車違反の罰金を払ったらほとんどお金がなくなっちゃうの」

「アメリカ人らしくプラスチックで買い物をするようになれば、とってもすてきなものが買えると思いますけど。せめてデビットカードを持って、引き出し額の上限も上げればいいんです」

ナットがいつもどおりのコメントを言うので、ジェンもいつもどおりの答えで応じた。

「第一に、現金で払えないなら、それは買わなくていいってことなの。第二に、カードの引き出し額を上げる必要はないわ」ジェンは物欲しそうに〈喫茶スメルカ〉を振り返った。欲しいのはコーヒーではない。グレタ・スメルカが作るクリングルだ。柔らかいパイ状の焼き菓子で、生地はバターたっぷりの黄金色。ローストしたアーモンドがまぶされていて、つやめくグレーズがたっぷりと表面を覆っている。ジェンは太ももを見下ろしてためらった。

「わたし、ちょっとダイエットしたほうがいいかしら？」

ナットが返事をした声はとぎれ、意味のわからない音節だけになった。

「何て言ったの？」ジェンは電波状況がよくならないかと、携帯を振ってみた。こうして外の世界と連絡が取れるだけでも、ありがたいと思わなければならないのだろう。たとえぶつ切れになろうとも。「ナット！　何て言ったの？」

通りの向こうの〈ハンク金物店〉の外で、中年男性がブーツの底についた雪を払おうと足踏みしながら、ジェンを険しい目つきで見てきた。あの目には覚えがある。相手の自信を奪い、罪悪感を植えつける視線だ。ミス・フォーン・クリークの座から追放されるための過激な試みが失敗に終わったあと、高校最後の年の間ずっと、町中からあの視線を浴びていた。

「ナット、聞こえてる？　こっちは全然聞こえないんだけど！　もう一回——」

どこからともなく現れた何かが、襲いかかるコブラの勢いでジェンの背中を突いた。

「痛っ！」ジェンは転びそうになって横に飛びのいた。

振り向いたが、誰もいない。視線を落とす。

重たげな青い布のコートを着て、ぎょっとするほど赤いスキーキャップでしわしわの小さな顔のまわりをすっぽり覆った小柄な老女が、金縁のぶ厚い遠近両用めがねの奥からジェンを見上げ、骨張った人差し指を二人の間の空間に突き立てていた。ぱっちりと見開かれた目は、古くなったうがい液の水色をしている。

庭に置くトロール人形のようだ。

会ったことはないような……いや、あるのだろうか？　何とも言えなかった。

老女は無害に見えた。だが、決めつけることはできない。北欧系の女性は小柄で年老いているからといって、危険がないとは限らないのだ。現に、肩の力は強いようだ。さっきの一突きはあざになるだろう。

「ちょっと待って、ナット」ジェンは言い、携帯電話を下ろした。いぶかしむように老女を見る。「何でしょう？」

「失礼。あんた、ジェン・ハレスビーだろ？」

「そうですが」ジェンは慎重に答えた。

「やっぱりね。あたしみたいなばあさんなんて覚えてないだろうけど、ヒルダ・ソダーバーグだよ。あんたが高校生のとき、グッド・シェパード教会の婦人会で会長をやってた。あんた、葬式があるときはよく地下の台所をうろうろしてたね。変わったことをするもんだと思ってたけど、何しろ変わった子だったから。でも、料理の腕はよかったよ」

ミセス・ソダーバーグ？　わたしのミセス・ソダーバーグ？　たくさんのレシピを盗ませてもらったあの人？　中西部の何千人もの視聴者に紹介して、これからさらに何百万人もの人にお披露目することになるレシピや極意の数々を伝授してくれた人？　じゃがいもパン《レフサ》の女王、ミセス・ソダーバーグなの？

確かに、彼女はジェンのことを好きでも何でもなかったようだが、それでも料理は教えてくれた。最後に話をしたのは高校最終学年のとき、伝統的なクリスマスのワッフル、クルムカーケを大量に焼き終えたあとのことだ。ルーテル教会にある最高級のクルムカーケ焼き器をスチールウールのスポンジで洗ったせいで、こっぴどくしかられた。あれから一度も、ミセス・ソダーバーグを町で見かけたことはなかった。

「そんな、もちろん覚えてますよ、ミセス・ソダーバーグ！　忘れるはずないでしょう！」

ミセス・ソダーバーグはぴかぴかの入れ歯をむき出しにして笑った。ジェンの記憶よりもずいぶん体が小さい。それに年を取っていた。二〇年前の時点でじゅうぶん年を取っていたことを考えると、これはすごいことだ。なんと小さくしなびた手足なのだろう。

「電話をじゃまするつもりはなかったんだけど」ミセス・ソダーバーグは言った。

「ううん、気にしないでください」ジェンは応じた。「嬉しい。あなたはわたしの師匠みたいな方だったから」

「そうかい」小さな老女はかわいらしくはにかんだ。まるでアンティークのキューピー人形のようだ。「あんたの言うような人間だったかどうかはわからないけど……」

「何かわたしにお手伝いできることはありますか？」

「もしよければ、お願いしたいことがあるよ」ミセス・ソダーバーグは声をはずませた。

ジェンはにっこりした。「何でしょう？」

「あんたが番組で紹介しているようなおぞましいレシピを、本物だと言って回るのはやめておくれ！」

体を突かれたときとは比べものにならない衝撃だった。まるで実際に殴られでもしたかのように、ジェンは頭をのけぞらせた。すっかり油断していた。読みが甘かったのだ。いつの日か、全世界がジェンの足元にひれ伏そうと関係ない。そんな日が来たとしても、フォーン・クリークだけはジェンを責め続けるのだ。これまでと同じように。

「一〇分でできるスウェーデン風パンケーキ。ふん！　スティカレが」

はっきりとは覚えていないが、確か〝スティカレ〟というのは〝ばか〟のような意味だ。いや、〝大ばか〟かもしれない。ミセス・ソダーバーグの手が挙がり、こぶしから人差し指が伸びてきて……。

「痛っ！」

トロールはジェンの胸骨を突いた！

「本物のスウェーデンのパンケーキは、涼しい部屋で三日間は寝かせるんだ。じゃないと、ちゃんとした薄い生地にはならないんだよ」一突き。

「痛っ！」

「そうやって生地をなめらかにするんだ。インフォ、ル、ル、ルディ、グなミキサーを使えばいいってもんじゃない」

その言葉の意味もわかる気がした。一歩後ずさりをするごとに、ミセス・ソダーバーグもついてくる。ついに、ジェンは雪に覆われたバス停のベンチに背中から倒れ込んだ。胸骨をさすりながら、しなびた小さなトロールを恨めしそうに見る。

「三日も待てればいいけど、そんなに時間がある人はほとんどいないんです」ジェンは言いながら、完璧なパンケーキを作るために三日間も費やせるのはよっぽどの暇人だという含みが伝わればいいがと思った。

「何かをしようと思うなら――」またも〝指〟が飛んできた。ジェンはとっさに老女の手首をつかんだ。やった！　食い止めた！

「ちゃ、ん、と、やることだよ」どこからともなくもう一方の〝指〟が現れ、大きく弧を描いてジェンの胸骨に突き刺さった。

「そんなの知らないわ」

「いやな子だね」ミセス・ソダーバーグはむっつりとつぶやき、後ろを向こうとした。

ほっとしたのもつかのま、荒ぶる老女はくるりと振り返った。ジェンは後ろに飛びのき、はずみで脚の裏側をベンチにぶつけ、ベンチの真ん中に尻もちをついた。〝指〟がフェンシングの達人の剣の構えのように、ジェンの上でちらちらとうごめく。

「あんたはもっと賢い子だと思ってたよ」ミセス・ソダーバーグは言った。「頭の弱い女の子たちの中では、分別があるほうだと思ってた。でも、ミスコンテストで負けたあと、高校でくだらない騒ぎを引き起こしたときに気づくべきだったね。あんたがあの騒ぎを起こしたのは、よっぽど悔しかったから……あたしはずっとそう思ってた。だけど、今やってることはただの間違いだよ」

ジェンはほとんど聞いていなかった。〝指〟から目が離せない。

「さてと。手間を惜しむなってことはわかってくれたかい？」

「はい、はい！　よくわかりました！」

「それはよかった。いいものを作るのに、近道なんてないんだ」トロールはさっと向きを変え、てくてくと歩き去った。スキーキャップの後ろで飾り房が楽しげに揺れる。

「クリスマスケーキ《ユールカーゲ》はあなたより、フローレ・ラーソンが作るほうがおいしかったんだから」ジェンはつぶやき、哀れな胸骨をさすった。そのとき携帯電話を持ったままであることを思い出し、耳に当てた。

「ナット？」

「長かったですね」急にくっきりとナットの声が響いた。

「悪かったわ」思わず感嘆の念を覚えながらも、どこか信じられない気持ちで、ジェンは通りの突き当たりに向かうミセス・ソダーバーグを見つめた。彼女はそこでなんと、停めてあった〈ポラリス〉製の黒光りするスノーモービルに、関節をきしませながらよじ登っていった。スノーモービルの後ろには、何か大きくごつごつしたものが入った巨大な黄麻布の袋がくくりつけられている。おそらくレフサに使うじゃがいもだろう。あれだけじゃがいもがあれば、一五〇周年祭の参加者全員にレフサをふるまうことができる。ミセス・ソダーバーグは慣れた手つきでスノーモービルのエンジンをかけ、雪かきがほとんどされていない道路に楽々とすべり出た。飾り房を風になびかせながら。

「どうしたんですか？」電話の向こうでナットが甲高い声を出した。

「こんな町、大嫌い」ジェンは立ち上がってお尻についた雪を払い、ベンチに積もった雪に大きな尻型がついているのに気づいた。だめだ。クリングルを食べてはいけない。

「いつも言ってて飽きません？」

ジェンは考え込んだ。「人には存在意義っていうものがあるのよ、ナット。テスにはダーバビル家。フィリックスにはマスター・シリンダー。敵の存在がその人を定義しているの」

「そうですか。じゃあ、あなたを定義しているのは、いつ消えてもおかしくない辺鄙な田舎町ってことですね。なんてかわいそうな人なんでしょう」

「あなたはここに来もせずに、マザー・テレサ並みの思いやりと励ましを与えようとしているのね。この町にか、わたしにかは知らないけど」

「わたしは忙しいんです。仕事がありますから。クライアントはあなた一人じゃありませんからね」

「よく言うわ。わたしの故郷がシャーロットタウンだったら来るくせに。それか、サンタバーバラとか」

「そうですね。でも、実際には違うわけですから。でも、ジェン、もし本当に心の支えが欲しいのなら――」

「ありがとう。でもいいわ」ジェンは慌ててその申し出を断った。ナットにミセス・ソダーバーグとの対決を見せるわけにはいかない。かわいそうに、ナットの心臓では耐えられないだろう。大笑いするに決まっている。

「犬を飼えばどうですかって言おうとしたんです」ナットは言った。「では、用があれば連絡してください。キャッチホンが入ってますし、あなたは愚痴だらけなので」

「あ、そうなの？　ありがとう。あなたは本当に頼りに――ナット？　ナット！」電話は切れた。

ジェンは電話をぱちりと閉じてあたりを見回し、気づくと〈喫茶スメルカ〉の正面の窓の下半分を覆うカーテンの上から店内をのぞき込んでいた。壁に沿って並ぶ五つのブースには誰もいない。客といえば、ランチカウンターに座っている男性が二人だけだった。コーヒーカップを持つ手の大きさからして、農夫だろう。スツールを一つ空けて座り、顔も前を向いたままだが、唇が動いているところを見ると友人同士のようだ。

田舎町の男性は、何気ないおしゃべりの途中に目を合わせることを嫌う。ジェンはとうの昔に、それが犬の習性に似ていることに気づいていた。少しでも目が合えば、敵意の表れだと解釈するのだ。また、話をするとき、目には何も映していないのが望ましい。誰かがばかげた発言をしたとき、〝何だその目は〟と言われなくてすむからだ。

クリングルに名前を呼ばれているような気すらしてきたが、ジェンはぐっと耐えた。今からやるべきことを考えてみる。経験上、〈フード・フェア〉の店主に電話して、駐車場の入口の雪かきをせかしても無駄であることはわかっていた。そこでベンチの雪を払いのけ、座って待ちながら、四カ月前に来たときと変わったところを探すことにした。

ほとんど見当たらない。

フォーン・クリークの町並みは、時代に取り残されているようには見えない。店構えを見ても、営業さえしていれば、一昔前の雑貨店というよりは郊外の店に近い。ガソリンスタンドではロトが販売されているし、〈フード・フェア〉に並ぶ洗浄ずみサラダ用野菜も着実に売れているし（といっても、丸のままのレタスのほうがよく売れるが）、町に一つしかないレンタルビデオ店にも最新のＤＶＤが並んでいる。

確かに、〈ハースタッド・ドラッグストア〉のショーウィンドウの奥にはほこりまみれの〈ブリルクリーム〉のポスターが潜んでいるし、〈マイヤーソン百貨店〉は店主が変わっても胸のとがったジャッキー・ケネディ風の髪型のマネキンを新調しようとしないが、そんなのは取るに足りないことだ。町の男性は全員が狩猟帽をかぶっているわけではないし、町を走るピックアップトラックには一台も――ピックアップトラック自体は大量に走っているが――リアウィンドウの内側に銃器棚が取りつけられたものはない。通りを歩いていると、お気に入りの羽根布団の端を縫い合わせた上から頭を出しているのかと思うような女性もときどきいるが、そもそもどこだろうと極寒地域の極寒時期にオートクチュールを着て歩く人間はいないのだ。ミネアポリスの女性弁護士、それもロサンゼルスで暖かく華やかな生活を送る夢が捨てきれていない若い女性でさえ、ダウンタウン内をあちこちつなぐスカイウェイ、すなわち巨大なハムスターの街のように張りめぐらされた透明パイプを出て街路を歩くはめになったときは、ダウンのコートを着ている。

もちろん、フォーン・クリークにスカイウェイがあるわけではないし、横断歩道だって一つもないのだが。とにかく、フォーン・クリークが時代に取り残されているのは、町が存在理由を失っているからなのだ。

この町は、かつては覇権争いをしていた大規模な自営農家と林業家が衰退したとき、すでに滅びていてもおかしくなかった。酪農業にも農業にも林業にもソフトウェア産業にも、この町に投資しようとする者はおらず、製造業者が工場を建設するという話もいっさいない。この町で利益を上げている会社といえば、ケン・ホルムバーグのホッケースティック工場だけだが、実際の額となると怪しいものだ。そう、フォーン・クリークは、残酷なほど進行の遅い不治の病の末期患者に似ている。この病人が法律にも正義にも高齢者医療保険制度《メディケア》本部にもただちに息の根を止められずにすんでいるのは、単にここが郡庁所在地だからというだけのことだ。

いや、理由はもう一つある。住民たちがこの町に根を下ろし、離れたがらないのだ。男性がここにいたがる理由ならわかる。特に、ケン・ホルムバーグのようなホワイトカラーの男性であれば無理もない。中年の中流ホワイトカラー男性にとって、フォーン・クリークは夢のような場所だ。狩りをして、魚を釣って、酒を飲む。〝地元民〟であれば月に二度の夕食会に参加し、親友の女房の尻をこっそり触ったあと、仲間と順番に裏のテラスからリスを撃つ。ケンはこの〝狩猟〟の記録保持者だった。

けれど、まともにものが考えられる女性にとって、この町の魅力とは何だろう？　あるはずがない。だからといって、フォーン・クリークの女性が全員愚かなわけではない。そんなふうにはとても見えなかった。となると、彼女たちがこの町に留まり続ける理由はただ一つ。恐怖だ。

町を出るのが怖いのだ。外に広がる未知の世界、未開の地に出ていくことが不安で、身がすくむのだ。

その気持ちはジェンにもよくわかった。恐怖なら自分にもある。失敗への恐怖。これまでの努力の成果がとつぜん奪われることへの恐怖。これで成功しなければチャンスは二度とやってこないのだという恐怖。こつこつと業績を重ね、お金を貯め、成功を積み上げていくことで、少しずつ保証に近づいてきた。ただ誰かが歩いてきただけで、自分が持っているものがポン、と奪い去られることはないという保証。

AMSの仕事をすることで、その保証が手に入るのだ。

確かに最近疲れすぎている気もするが、仕方のない話ではないか？　二〇年以上の間、一日一八時間働き、出会う人間のことはすべて調べ上げ（この先何が起こるか、どこにきっかけがあるかは、当てずっぽうではわからない）、笑顔を振りまいて、振りまいて、家庭生活らしきものはすべて打ち捨て（つかのま結婚の喜びに手を出したことはあった。性格もよかったし、ベッドの中でもよかったが、むこうみずな男だった）、目標だけに集中してきた。

でも、ただ、こう……肩の力を抜ける日があってもいいのではないか？

いや、今はだめだ。ジェンは注目を浴びる立場にある。いつでもどこでも、他人の目にさらされている。ジェン・リンドがだるだるのスウェットとTシャツ姿でいるところを人に見られてはいけない。ジェン・リンドがしみのある素顔を写真に撮られてはいけない。ジェン・リンドが悪態をついているところをマイクで拾われてはいけない。風紀課の警官が銃を携えるように、ジェン・リンドはつねに笑顔を携え、いつでも敵を倒せるようホルスターから抜いておかなければならない。粗探しが好きなメディア、気まぐれな視聴者、冷酷な評論家という敵を。

そう、確かに疲れる人生だ。もうくたくたかもしれない。でも、だから何？

「死んだら肩の力も抜けるわよ」つぶやいて脚をだらりと伸ばすと、コーデュロイのズボンが一カ所すり切れているのがぼんやりと目に入った。

ジェン・リンドという外面についたこの一つの傷に、ジェンはかすかな胸騒ぎを覚えた。

だが、すぐに今いる場所を思い出した。フォーン・クリークなのだ。ここでは誰もジェンに理想を抱いていない。老女は胸骨に穴を空けようとするし、ジェンがどんな格好をしようと誰も気にも留めない。なぜなら、ジェンの本当の姿を知っているからだ。ここではジェンは、ジェン・ハレスビー以外の何者でもない。ジェン・リンドという虚像など誰も信じていない。世界中をだませたとしても、フォーン・クリークはだませないだろう。この町の人は、誰一人として。ズボンに穴が空いていたから何？　どうでもいい。ここではどうでもいいことなのだ。

ジェンはベンチの背もたれに沿って腕を伸ばし、背後のれんがの壁に向かって首をそらした。

そして、肩の力を抜いた。

15

午前一〇時五分
同じ場所

黒のメルセデスのタウンカーが、メインストリートにすべり込んできた。フォーン・クリークで見るその車は、金魚鉢にまぎれ込んだ鮫のように場違いだ。美しき黒の鮫は尻を振りながら現れ、雪だまりの浅瀬を物色してポンティアックやシボレーを襲おうとしているかのように、右に左に荒々しく蛇行している。

ジェンが見ている前で車はブレーキをかけ、道の向こう側の雪だまりに後部をぶつけた。がたんと停まり、運転席のドアが開く。男性が出てきて車の前を横切り、金物店の前の歩道に積もった雪をよろよろと上っていった。ジェンには背を向けたままだ。

男性はこの町の人間ではなかった。

まず、ブーツではなく履き古したデッキシューズを履いている。上着はグレーのレザージャケットだけ、しかもファスナーが開いていて、下に着た白いシャツが見えている。妙な話だが、何もかもが白い――白っぽい食べ物を食べ、真っ白な肌をし、潔白さを好む――土地の住民は、白いシャツを着て人前に出るくらいなら死んだほうがましだと思っている。格子縞はいい。〝繊細〟なタイプであれば、いい具合に色落ちしたシャンブレーも着る。最近では、柔らかいフリースのプルオーバーが人気で、特に干からびた草地や干からびた沼地、あるいは干からびた草地や干からびた沼地に落ちている干からびた何かに似た色が好まれる。だが、この男性がよそ者である何よりの証拠は、あたりを見回しながら、まるでエメラルドの都に来たかのようににこにこしていることだった。

ここはモスグリーンの都よ、ブリキの木こりさん。

よそ者の男性は、さっきジェンに険しい目を向けていた男性を呼び止めた。ちょうど金物店から出てきたのだ。彼は何やら生き生きとした身ぶりをし、観光客である証拠リストに〝生き生きとした身ぶり〟が加わった。

フォーン・クリークの男性は立ち話をするはめになったとき、両手は必ず尻ポケットに入れ、絶対に前のポケットには入れない。というのも、前のポケットに手を入れれば、触れてはいけないものに触れてしまうかもしれないからだ。現に、そのフォーン・クリーク住民もジャケットにしわを寄せながら、手のひらを外にして尻ポケットに手を突っ込んだ。

このよそ者はわかりやすすぎる。ジェンは笑みをもらした。おれはスティーブ・ジャークスだ、ここの人間じゃない、と宣伝しているようなものだ。

そう、スティーブ・ジャークスなのだ。間違いない。撮影クルーやスーパーバイザーなど

AMSのスタッフであれば、集団でやってくるはずだ。それ以外に一五〇周年祭が始まる前から町に来ている人がいるとは思えない。それに、彼のたたずまいや身のこなしにはどこか見覚えがあった。

話をしようと体の向きを変えたおかげで、ようやく男性の顔が見えた。まぎれもなく、スティーブ・ジャークスの顔だ。

ジェンは感心した。彼には年月による衰えがほとんど感じられなかった。バーでけんかに明け暮れるアイルランド男のような印象も相変わらずなら、そのけんかに勝てそうなところも相変わらずだ。広い肩幅に、引き締まったお腹、筋肉。顔のほうは、体ほどの張りはない。ずいぶん風雨にさらされてきたようだ。悲しげな犬のような目の下はたるみ、肌は茶色がかっている。若い頃にアイルランド系の色男のイメージを作っていたくしゃくしゃの黒い縮れ毛は短く切られ、でたらめな向きに突き出していた。それに、もはや真っ黒とは言えない。それは遠くからでもわかった。

話し相手の男性がジェンのほうに顔を向け、スティーブもきょろきょろしてこっちを見た。その顔に満面の笑みが浮かび、ジェンの心臓は跳び上がった。冷凍室で一緒に過ごした数時間のことが思い出される。カリスマ。二〇メートルという距離と、二〇年以上もの歳月を隔てていても、その部分が変わっていないことははっきりわかった。

スティーブは手を振って雪だまりを乗り越え、通りを渡ってジェンのほうに向かってきた。近づいてこられるのは少し迷惑な気もした。せっかくゆったりくつろいで老後の生活を楽しく想像していたというのに、スティーブがこっちに来れば、またいつものジェン・リンドの仮面をかぶり直さなければならない。不快というほどではなかったが、快適さという点では今身につけているものに勝るはずもなく、というより今は何も身につけていないのだが……。いや、そんなことはどうでもいい。

ここはフォーン・クリークだ。カメラは回っていない。スティーブにはこのままの自分を受け入れてもらうしかない。少なくとも、撮影クルーが到着するまでは。

「やあ！」スティーブは声をあげ、つるつるすべりながら近づいてきて、通りのこちら側にある雪山を乗り越えた。「ジェンだよね？　どうも」

「どうも」

スティーブは両手をひざに置いて身をかがめ、顔をくっつけんばかりにして、まじまじとジェンを観察した。明らかにジェンのパーソナルスペースに侵入しているが、そのままにさせておいた。はっとするほど青い目。この目もよく覚えている。宝石のようにきらきら輝く目。ブルーの模造ダイヤのようだ。カラーコンタクトかもしれないが。

「久しぶり。おれが想像していたとおりの外見じゃないか。頰の皮膚の感じ、唇に、あごのライン……何もかも。思ったとおりの年の取り方だよ」そう言うと、体を起こした。

「年の取り方、ね」

スティーブは肩をすくめた。「ああ。ほら、成熟したってこと。大人になった。年を重ね――」

「ええ、ええ。わかったわ」

彼は顔をしかめた。「でも、髪だけは予想外だな。てっきりもう地毛に戻していると思ってたけど」

「これが地毛よ」

スティーブの笑みが深くなった。「だと思った」

ときどき、アルミホイルを使ってハイライトを入れてもらうが、それは髪を染めているうちには入らない。どうもこの人はたいしたカリスマではないような気がしてきた。「どうしてこんなに早くから来てるの？」

「おれのこと、わかるんだ？」スティーブは驚いたように目を見開いた。「覚えてくれたの？」

これにはジェンも笑ってしまった。「とぼけないで」

スティーブは作ったような表情を消し去り、見破られたことに悪びれるどころか、嬉しそうな顔になった。「わかったよ」

「質問に答えてくれていないわ」

彼はまたも肩をすくめた。「休みたかったんだ。休暇が取りたかった。きみもそんなときはあるだろう？」

いや、ない。最後に休暇を取ったのは、一九九〇年の新婚旅行のときだ。ジャマイカに行った。いや、コスメル島だっただろうか？　留守にする間の『すてきなご近所さん』の放送分を撮りためるために一日の仕事量を二倍に増やした結果、どこだかわからないが目的地に着くまでの飛行機の中と、新婚初夜以外の現地での二日間ずっと眠りこけていた。ただ、窓の外にあったビーチのことは覚えて……いない。とりあえず、窓の外にビーチがあったことだけは確かだ。

「それで、フォーン・クリークが休暇にぴったりの場所だと思ったの?」ジェンは疑わしげにたずねた。

「そうだよ」スティーブはどうしてそんなことをきくのかという顔をしている。「ミネソタで過ごした日々は本当にすばらしかった。ここがどんなにいいところか、きみにはわかってないんだ。携帯電話も通じない――」

「のどかな田舎のイメージを壊して悪いんだけど、ここもいちおう電波の入るエリアよ。いちおうっていう程度だけど」

「本当に? なあんだ」

「でも、電波がとぎれる望みは捨てないで」

「携帯は持ってないんだ」

「じゃあ、なんで――」

「やあ!」スティーブはジェンの背後に目をやり、甲高い声で陽気に言った。

ジェンが振り返ると、〈喫茶スメルカ〉で食事をしていた二人の男性が店から出てきたところだった。

二人は正気とは思えないほどにこやかに笑うスティーブをちらりと見て、自分たちに向かってほほ笑んでいるはずがないと判断し、このうさんくさいほどの親愛の情を向けられている相手を探して後ろを振り返った。だが、背後には誰もいないことに気づき、ぽかんとした顔で前に向き直る。

彼らはほぼ同時に、スティーブが自分たちに笑いかけているのだと気づいた。目をぱちくりさせながらぎこちなく前に進み、つんのめるように足を止めて、お互いに顔を見合わせてからスティーブを見る。驚いたことに、顔の筋肉にほんの少しだけしわが寄り、革のような顔にほほ笑みに見えなくもない表情が浮かんだ。けれど、その顔をお互いに見られる前に、二人は首をすくめてそそくさと立ち去った。

「シャイだな」スティーブはあっさり言った。「ときどきああいう反応をする人がいるんだ。おれみたいな人間に会うとは想像もしていなかったんだろう」

「あなたみたいな人間？」

「ああ。世界的に有名なアーティストってことだよ」スティーブはこともなげに言ってのけた。ありえないほど青いその目には、謙遜のかけらも浮かんでいない。「アメリカの偶像と言ってもいい」

仕方ない。飛行船のようにふくらんだスティーブ・ジャークスの自意識を破裂させるのは忍びないが……。「ミスター・ジャークス、ちょっといいかしら」

スティーブは首を傾げた。一瞬、それが以前住んでいた家の近所のブラッドハウンドがご褒美を差し出されたときの顔そっくりに見えたので、ジェンは言おうと思っていたことを忘れてしまった。大好きな犬だったのだ。

「スティーブって呼んでいいよ」意気揚々と愛嬌たっぷりの笑みを浮かべたまま、彼は励ますように言った。あまりに堂々として屈託のないその様子に、ジェンはフォーン・クリークにおける有名人の扱われ方を伝えようとしている自分が、他人の不幸を喜ぶ卑劣な人間に思えてきた。でも、仕方がない。

「ここはニューヨークじゃないの。ロンドンでもないし、パリでもない。ミネソタなの。ミネソタ北部なのよ。あなたが何を考えているかは知らないけど、期待外れになることだけは間違いないわ。ここはそういうところなの」ジェンは言葉を切り、言っている意味が伝わっているかどうか確かめた。スティーブは熱心に耳を傾けていて、その様子はまたも近所の犬が細かい指示を与えられている様子を思わせた。つまり、意味がわかっていないのだ。「この町の人は、有名人を相手にするときもいつもと変わらないってこと」

「おいおい、ジェン」スティーブは明らかにばつの悪そうな顔で目をそらした。「いいか？おれはここで地元の女を引っかけようと思ってるわけじゃない。そういうことをするのに名前を利用したことは――」

ジェンの喉元はかっと熱くなり、熱が頬まで駆け上がった。「そんなこと言ってないわ！」

「え？」

「有名人を相手にするっていうのはただ、文字どおりの意味よ。お相手ってことじゃなくて」ジェンの声は尻すぼみになった。

「え？」両者の違いがわからなかったらしく、スティーブはきょとんとした。だが、けげんそうな表情はやがて消えた。合点がいったのだろう。「ああ、なるほど」

自分の言ったことを恥じている様子はこれっぽっちもない。ただ眉をひそめただけだったが、ジェンにはすぐにそれが〝面白い！　お願い、もっと教えて〟という意味であることがわかった。自分がドワイト・デイヴィスとの会話で使うのとまったく同じ表情だったからだ。

「つまり」ジェンはつっけんどんに言った。「この町の人がちやほやしてくれると思っていたら恥をかくから、気をつけてって言いたかったの。わたしはもう二三年間この町に出入りしているけど、誰もわたしに――」

「サインもらっていいですか？」息を切らせた若者の声が聞こえたかと思うと、女の子の一団がジェンのそばを駆け抜け、スティーブを取り囲んだ。着ぶくれしたピンクのスキージャケットの下のジーンズが、脚にスプレーで吹きつけたようにぴちぴちであることから、一〇代だとわかる。「スティーブ・ジャークスさんでしょう？」

「ああ」スティーブは礼儀正しくほほ笑んだ。「そうだよ」

嘘だ。ありえない。こんなカップケーキちゃんたちが、スティーブ・ジャークスに興味を示すだろうか？　そんなはずがない。都会のメディアが熱狂的に騒ぐのを見て、波にのまれているだけ。そうに違いない。でも、とジェンの中で傷ついた小さな声が訴えかける。わたしだってメディアに騒がれているのに……。

「おい、きみたち、ミスター・ジャークスをそっとしておいてあげなさい。サインなんかねだって困らせるんじゃない。それに、学校はどうしたんだ？」

ジェンはあたりを見回した。ケン・ホルムバーグが通りをどすどす歩いてくるのが見えた。恰幅のいい体を黒のカシミアのコートに包み、赤らんだ顔に満面の笑みを浮かべ、はげ隠しにぺったりなでつけた毛先を風になびかせている。ケンの声に、女の子たちはうずらの群れのようにぱっと広がり、あとで落ち合うつもりなのか散り散りになって脇道や歩道沿いに逃げていった。

「ミスター・ジャークス？　またお会いできて光栄です」ケンは手を突き出し、スティーブと握手をした。「ケン・ホルムバーグです。八四年にフォーン・クリークの町会議員をやっていました。今もやっていますけどね。〈ミネソタ・ホッケー・スティックス〉の経営者でもあります」後半部分をさも重要そうに言う。

「覚えやすい社名だ」スティーブはうなずいた。

「あなたと一緒に冷凍室にいたんですよ。あなたがジェンの彫刻を完成させて……あっ、ジェン！　きみもいたのか。その、ええと、あなたが――」

「逮捕されたときだね」スティーブが代わりに続けた。「そうか、あのときの。覚えてるよ。知ってると思うけど、あれは無罪になったんだ。あの女が何も証明できなかったから。おれにはアリバイがあったし」

会話が妙な方向に向かい始め、ケンは困った顔になった。「知りませんでした。でも、よかったですね」

「ああ」スティーブはまたもうなずいた。「それで……ええと……あれはどこかな？　おれのバターの頭は」

　この世界は過去二〇年以上、バターの頭なしできわめてうまく回ってきた。その平和が乱されるのはとても残念だが、だからといってケンはもちろん、スティーブだってあれを自分のものにする権利はまったくない。「あれはわたしの両親のバターの頭よ」ジェンは言った。

　二人とも聞いていなかった。

「ああ、実にいい質問ですね、スティーブ」せいいっぱい〝成功者〟らしい声でケンが言っている。「その質問にお答えしたい気持ちはやまやまなんですが。実は、わからないんです。昨夜、何者かがハレスビー家の納屋に侵入して盗み出したんですよ。スノーモービルに乗っていたようです」

「何ですって？」ジェンは言った。

「何だって？」スティーブはさらに大きな声で言った。

　ケンは陰気な首振り人形のように、何度もこくこくとうなずいた。「そうなんです。目撃者もいます。昨夜、雪の小道を通っていた観光客がいて、泥棒の犯行を目撃したんです。すぐに雪の中、そのバカどもを追いかけたんですが、最後は湖の上に投げ出されてしまいました。しかも、ひどいけがを負ったんです。今は胴部にギプスをはめられて入院しています」

「でも、探してくれているんだろう？」スティーブはたずねた。「警察が泥棒の捜査をしてくれているんだよな?」

「この町に警察はいないわ」ジェンは親切に教えてやった。「保安官ならいるけど」アイナー・ハーンという、ジェンが高校の頃に淡い恋心を抱いていた男だ。

「じゃあ、保安官でいいよ!」スティーブは少し取り乱しているように見える。「保安官がそいつらを探してくれているんだろう? その観光客にも話を聞いてるんだよな? それで捜査を――」

ケンは一瞬にして、〝悪い知らせを思いきって伝える自分〟から〝優しく人をなぐさめる自分〟に変貌を遂げた。一般的には、ミネソタ州民は態度の振り幅が狭いはずなのだが。

「ミスター・ジャークス、この町には保安官と保安官代理が一人ずついるだけですし、祭りだの何だのですでに忙しくしているんです。でももちろん、その捜査もしてもらっていますよ」

「前装銃《マズルローダー》の解禁日だから、そっちに行ってるのね?」ジェンはとつぜん思いついて言った。保安官たちは鹿狩りに行っていて、ケンはそれを隠そうとしているのだ。最悪! フォーン・クリークではたとえ宇宙人が暴れ回ったとしても、それが一二月ならマズルローダーの解禁日のじゃまになるからと、最初から通報もしないのだ。

ケンは不機嫌そうにジェンを見た。「そうかもな」

「何の話だ? マズルって?」スティーブがたずねた。

「何でもないんですよ、ミスター・ジャークス」ケンは言った。「こんなのただのいたずらでしょう。一〇代の子供の仕業だ。よくあることだよな、ジェン?」鋭い目でジェンを見てきた。はいはい、わかりましたよ。

「ええ」ジェンはうなずいた。ケンが自分を見捨てることを心配したわけではない。二人は長年、共存関係を続けてきた。ケンはジェンが故郷に根づいた人間だという幻想を支えてくれたし、ジェンはことあるごとにケンの会社のホッケースティックをほめてきた。少なくとも、ケンの会社が作るスティックはケン自身よりほめられたものであることは間違いない。ジェンの両親は彼のことを〝湿地の俗物〟と呼ぶ。見かけだけは善良な父親像を演じているが、女性を毛嫌いしていることは半ば公然の秘密だ。彼の会社には女性の従業員は一人もいない。

だが、ケンの言うことにも一理ある。冗談でもなければ、いったい誰がバターの頭像を盗むだろう?「子供の仕業でしょうね」ジェンは言った。

「それで終わらせるつもりじゃないだろうな?」スティーブは信じられないという声を出した。「だって、泥棒に入られた人がいるんだぞ。この人の」手でジェンを示す。「この気の毒な人のご両親の家に、何者かが忍び込んだんだ!　これは重罪だ」

「ミスター・ジャークス、犯人は武器を持っていませんでした」

「目撃者がいるだろう。例の観光客はどうしたんだ?　その人の証言から犯人の手がかりがつかめるかもしれない」

「この町の人じゃありませんからね。カジノで開かれるポーカートーナメントのために来ていただけで。それに、あたりは暗かったし、にわか雪も降っていたし、全員ヘルメットをかぶっていました。あなたががっかりされるのはわかりますが」ケンは一瞬だけスティーブからジェンに視線を移した。「お二人とも。でも、そのうち出てきますよ」

スティーブの肩が上がり、深いため息とともにがくりと落ちた。

「ミスター・ジャークス」ケンは言った。「このせいで気が変わることはないと思いますが、もしすべて忘れてニューヨークに帰りたいとおっしゃるなら、お引き留めするわけにはいかないでしょうね」

「わたしは？」ジェンはたずねた。「わたしも逃げ出していいかしら、ケン？　だってバターの頭がないと……」

「ははは」ケンはスティーブを見た。「ですが、ミスター・ジャークス、それでもここにいてほしいとお願いしてよろしいでしょうか？」

スティーブはケンを見た。「冗談だろう？　帰ったりしないよ。その……パレードの主賓を」ジェンをちらりと見る。「主賓の片割れをやるって約束したからには、こっちもそのつもりだ。そっちが差し支えなければ……」

「もちろんですよ！　よかった！」ケンはスティーブの手を握って上下に振った。

スティーブはにっこりして手を引き抜き、背中を丸めてぶるっと震えた。「ううっ、寒い。気温はマイナス三五度くらいか？」

「マイナス五度よ」ジェンは言った。

「帽子を取ってくる」スティーブは言い、道の反対側の縁石に乗り上げているメルセデスのほうに向かっていった。

「そろそろきみも、自分の名声を利用して故郷の宣伝をしてくれてもいいんじゃないかな」しばらくして、ケンはつぶやいた。視線は雪の山をよじ登るスティーブに向けられたままだ。

ジェンは自分の耳を疑い、ケンを見つめた。彼は冗談や皮肉を言う人間ではないし、フォーン・クリークをジェンの故郷と表現するなど、冗談や皮肉以外の何ものでもないからだ。あるいは、ジェンをばかにしているか。ああ、そうか。ばかにしているのだ。

「ここはわたしの故郷じゃないし、お互いにそれはわかっているでしょう」ジェンはダッフルバッグをかき回しているスティーブににこやかな笑みを向けたまま、歯の隙間から言った。

ケンは驚いたようにジェンを見た。「ああ、そうかもな。でも、テレビ局のお仲間はそれを知らないんだから、わたしたちのほうもそういうことにしておいたほうが都合がいいんじゃないのか？」

わたしたち？　いや、要はジェンにそうしろと言っているのだ。不安定な足場の上にキャリアを築いているのは、ジェンのほうなのだから。なんと、この町に来て一時間しか経っていないというのに、もう町の俗物から暗に脅しを受けている。

ジェンは答えてなどやるものかと思いながら、スティーブが通りの向こう側から戻ってくるのを見守った。帽子はかぶっていない。しょぼくれた顔をしている。「帽子がいるとは思わなかった。考えが甘かったよ」

ずんぐりした鼻を寒さで真っ赤にしたケンが、スティーブの肩をたたいた。「大丈夫ですよ、ミスター・ジャークス。帽子ならこの町にはいくらでもありますから。とりあえず〈ヴァリュー・イン〉までお送りしましょうか？」

盗んだ彫刻をコートの下に隠して持ち去ろうとしている泥棒でも探しているのか、スティーブは通りに鋭い視線を走らせていたため、一呼吸遅れて返事をした。

「ホテルのこと？　あそこには泊まらないんだ。予約がいっぱいでね。おれが泊まるのは――」ジャケットのポケットを探り、紙片を取り出した。持ったまま腕を伸ばし、目を細めて見る。「〈ロッジ〉っていうところだ」

16

午前一〇時半
オックスリップ郡立病院
三二三号室

すべすべした冷たい手でそっと額に触れられ、ダンクは心地よいモルヒネのプールから泳ぎ出て白目をむいた。「母さん？」

ふわりとした手の感触が消えたので目を開けると、三〇センチほど上に丸顔の女性が見え、事務的な表情で頭の下の枕を引っ張るのがわかった。

どう見ても母親ではない。

今回は薬の量を減らされたのか、意識と無意識をさまよう間隔が短く、意識が戻っている間はいつもこの女性が病室で世話をしてくれている。

「目が覚めたのね」その言葉はどこか、ダンクを責めているようにも聞こえた。彼女は器用な手つきで枕をダンクの肩の下にずらし、頭の後ろにももう一つ枕を入れた。それから、腰から肩までを覆うギプスにかけられたシーツのしわを伸ばした。「気分はどう?」

「最悪だ」ダンクはつぶやいた。

「でも、よくなってきたみたいよ」彼女は後ろに下がった。「少しは」

「それはない」一気持ちのいいまどろみのプールに戻り、モルヒネの浮き輪に乗って浮かんでいたい。

「肋骨が二本折れて、骨盤にひびが入ったの。スノーモービルが頭の上に落ちてこなかったのは運がよかったわ」

「スノーモービル……」混濁した意識の中から、ゆっくりと記憶が浮かび上がってきた。雪片、木々。体の下にあったマシンがとつぜん飛び上がって、はるか下、はるか遠くの銀色の湖に落ち、はるか先にバターの頭が……バターの頭! あのバカどもがおれのバターの頭を盗んだんだ!

ダンクの背筋がぴんと伸びた。「うっ、痛っ!」

看護師が体を押さえつけた。「ええ、痛いでしょうね。そんなふうに跳び上がったら。じっとしていないと」ダンクの額に吹き出した汗を拭き取り始める。

「バターの彫刻」ダンクはあえぐように言った。「あれはどこにあるんだ?」

看護師は口をすぼめた。「あんなくだらないもの、どこかに行ってしまったわ。今のところ、見つかったっていう話は聞いてないけど」

ダンクは泣き声のような声をもらした。これが泣かずにいられるだろうか。ジャークスよりも先にバターの頭を手に入れなければならないというのに。ジャークスがあの中から鍵を掘り出してしまえば、生まれたばかりの経済的安定の望みが消えてしまう。

「でも、ろくでなしどもがあの彫刻を盗むのを止めようとしたのは、すばらしいことだと思うわ」何かの残り火のようなものが、看護師の茶色の目に浮かんだ。「あれが大けがをしてまで取り戻すほどのものだとは思わないけど、大事なのは信念だってわたしは思ってるし、あなたの行動には信念があるもの」

そんなことを言われたのは初めてだった。

「でも、バターの頭の彫刻のことなんか心配しなくていいの。ゆっくり休んで」

おれのことを英雄みたいに思っているんだ。そのことに気づき、ダンクはびっくりした。これは新しい展開だ。何かに使えるかもしれない。ともあれ、頭ははっきりしてきた。痛みを感じているときのほうが、考え事に集中できるようだ。

「わかってもらえると思うけど」真剣な面持ちで看護師を見つめる。「自分が何の意味もなく、大けがを負って入院するはめになったなんて思いたくない。だから、その……バターの頭、だっけ？　それがもとの持ち主に戻ってきたかどうか、どうしても確かめたいんだ」

彼女は同意するような視線を向けてきた。

「信念を貫くためにも」ダンクは続けた。「もし何かわかったら教えてもらえないか？　そうすればおれも安心できる」

「そのとおりよ《ユー・ベッチャ》、ミスター・ダンコヴィッチ」看護師はそっけなくうなずいた。「ところで、ご家族に連絡するわよね？　お財布の中に緊急連絡先が見当たらなかったから、まだ誰にも連絡できていないの。でも、もし起きて電話をかけるのがつらいようなら、わたしが代わりに連絡するわよ」

ダンクは看護師の訛りが気に入った。柔らかくて丸みを帯びていて、心地いい。ちょうど、水色の絞りひもつきズボンに包まれたお尻のように……。まずい、薬が効きすぎているようだ。痛みは完全には消えていないが、ぎりぎりレーダーに映らないところをさまよう程度にはやわらいでいるし、いつもの自分ならもっと若くてスリムで刺激的な女に惹かれるはずなのだ。こんなたくましい体にむっつりした顔、茶色に染めた髪の根元に白髪がのぞいている女など……。でも、肌はとてもきれいだ。血色がよくてすべすべしている。

「家族はいないんだ」ダンクは言った。

「そうなの？」看護師は唇の端をぴくりと上げたが、すぐに無表情に戻った。「じゃあ、何か欲しいものはある？」

「ないよ」これから難問に取り組まなければならないのだから。

「スポンジで体を拭きましょうか？」

「あとでいい」

「テレビでもつける？」

「ああ」

看護師はベッドのそばのトレーからリモコンを取り、反対側の壁の上方に据えつけられたテレビの電源を入れた。「何が見たい？」

「何でもいいよ」ダンクは考えをめぐらせ始めた。どうすればジャークスが町に来るより先にあの彫刻を手に入れることができる？　やつはそろそろ来る頃だろう。だが、そもそもどうやって彫刻を手に入れればいいのだ？

盗んだ人間がわかったところで、どんな手が打てる？　身動きさえできないというのに。協力してくれる人間が必要だ。

看護師に目をやると、相変わらず病室の中を動き回っていた。無理だ。〝信念が大事〟な彼女には頼めない。

ダンクが見ていると、彼女はとつぜんテレビに目をやった。視線の先では、ジェン・リンドの〝中西部のマドンナ〟顔が、温かく品のある笑みをたたえてブラウン管に映っている。

「――ミネソタを代表する女性パーソナリティ、ジェン・リンドは現在、ニューヨークでの『家庭のやすらぎ』の司会の仕事を前に、久々の休暇を取っています。故郷のフォーン・クリークの一五〇周年祭に協力し、パレードの主賓を務めることになっているのです。まさに〝ミネソタ・ナイス〟ですね」

ダンクの白衣の天使は鼻を鳴らした。かなりあからさまな反応だったし、顔には〝ほら、また始まった〟という表情が浮かんでいる。

「どうしたんだ？」ダンクはたずねた。

「別に」

「そんなはずない。どうして鼻なんか鳴らすんだ?」

「誰かがジェン・ハレスビーを理想的な女性として持ち上げるたびに笑ってしまうっていうだけのことよ」

「知り合いなのか?」なるほど。田舎町ならではのライバル意識か?

彼女はうなずいた。相変わらずどこかもったいぶったような、傲慢さを丸出しにした表情を浮かべながら、言葉少なに言う。「高校最後の年に同じクラスだったの」

ジェン・リンドのほうがこの看護師より五つは若く見える。「本当は理想的な女性じゃないってことか?」ダンクはさほど興味はなかったが、たずねてみた。かわいいジェンちゃんが何をしたんだ? アメフト部員でもはべらせていたのか? それは大事件だ。

「理想の定義にもよるけど」看護師は言い、意味深長につけ加えた。「女性の定義にもね」

これは面白そうだ。

「そうか、なるほど、なるほど」ダンクはラムジーの拘置所にいた男の話を思い出していた。これからジェンの雇い主になるドワイト・デイヴィスの人となりと、彼が厳しい道徳観で有名であることを。何か役に立つ情報が聞けるかもしれない。

「あの子を悪く言うつもりはないのよ。まだほんの子供だったんだもの。わたしたち、みんな子供だったのよ」看護師は赤くなった。

自分が握っているジェン・リンドの弱点が悪用されることがあってはならないと思っているようだ。それに顔を赤らめたところを見ると、自分もジェンに弱みを握られているのかもしれない。だが、ちょっとした噂話くらい誰でもするだろう？　特に、対象が有名人であれば。さらに、その有名人を自分が直接知っているとなれば。だから、少しだけ後押しをしてやればいい。

ダンクはせいいっぱい誠実そうな笑みを浮かべた。「面白いね。一般市民が知っているつもりになっていることと、メディアが事実だと思い込んでいること、実際に本人を知る者が知っていることはそれぞれ違うってわけだ」頭を振る。「だけど結局、自分がほかの人に知られるのを心配しているようなことはたいてい、ほかの人にとってはどうでもいいことなんだよ」

「もちろん」看護師はぶっきらぼうに言った。「わたしはそのことをどうこう思わないけど。でも、誰もがそんなに心が広いわけじゃないから」

ますます面白くなってきた。「そうだ、やっぱりスポンジで体を拭いてもらおうかな、ミスー――」保険外交員のような最高の笑顔を向ける。「おっと。まだ名前もきいていなかったね」

「エッケルスタールよ」彼女は言った。「カリン・エッケルスタール」

17

午前一〇時四〇分
ミネソタ州フォーン・クリーク
再びメインストリート

「ありがとう、乗せてくれて」スティーブは言い、使い古しのダッフルバッグをスバルの後部座席に投げ込んだ。少し前に〈フード・フェア〉の店主が現れて、駐車場の入口をふさぐ雪の山に通り道を作り、ジェンの車を解放してくれたのだ。

「いいのよ。乗って」ジェンは言った。スティーブの顔は寒さで真っ赤だ。本人は何も言わないが、布製の靴に包まれた足も痛いくらいに凍えていることだろう。ジェンは運転席に座ってエンジンをかけ、床暖房を全開にした。

レンタカーは縁石に乗り上げたときに車軸がずれてしまったため、スティーブは移動手段を失った。そのうえ目的地が同じとなれば、ジェンが乗せていくのは当然のなりゆきだった。

それに、〝ミネソタが誇るユニークで歴史ある北部の森の民宿〟を目の当たりにしたときの彼の顔も見てみたい。その後、五割の確率で三〇キロ離れた居留地のホテルに送っていくことになるだろうから、その運転も日が暮れないうちにすませたい。

バターの頭がなくなったことがわかって以来、ジェンは世の中に対して寛大な気持ちになれた。これで少なくとも、老けた今の自分と若いバターの頭の自分を比べられなくてすむのだ。それに、実を言うとこの二十一年間スティーブ・ジャークスに恋心を抱き続けていたので、年月のせいで彼の魅力に陰りが出たかどうかを確かめたい気持ちもある。これまでのところ、その兆候はなかった。

スティーブは車に乗り込むとすぐにデッキシューズを脱ぎ、吹きつける温風の下で靴下を履いた足を揺らした。ジェンに向かってにっこりする。「すごい雪だな。町外れに出れば、一メートルくらい積もっているんだろう？　それに、さっきの……ケンだっけ？　あの人がこのあと〝荒れる〟ってぞっとしたように言うから、どういうことかときいてみたら、これからもっと雪が降って交通が遮断されるかもしれないんだってね。それってすごいことだよ。まさに自然の地だ。きみも帰ってこられて嬉しいだろう」

冗談を言ったのかと思い、ジェンはさっとスティーブのほうを向いた。だが、冗談ではなかった。クリスマスの飾りつけがされたマディソン・アベニューのショーウィンドウを見る子供のような顔で、彼は通りを見つめている。

ステートフェアの酪農連盟の冷凍室でのことは何度も頭の中で再現してきたが、自分にとってこんなにも大事なことが、相手にとってはこんなにもどうでもいいことだとは考えてもみなかった。それが自意識というものなのだろう。けれど、あの数時間はジェンの人生だけでなく、スティーブ・ジャークスの人生にとっても転機となったのだ。少なくとも本人はそう言っている。ジャークスという詩の一部だと。ファビュローサと別れしのちに落ちし地獄より、バターの褒美を得て生還せり、というわけだ。

「嬉しい、ですって？」ジェンは言った。「冷凍室でわたしが言ったことをまっ、た、く、覚えてないの？」

スティーブは満面の笑顔のまま、ジェンを見た。「何言ってるんだよ、覚えてるわけないじゃないか」

ジェンはぽかんと口を開けそうになった。長年磨き上げてきた恋心が色あせていく。

「おい、そんな目で見るなよ」スティーブは言った。「あのときのおれはかなりひどい状態だったし、それまではもっとひどい状態だったんだ。ちょっと酔っぱらってた気もするし、正直に言って、きみは学校生活に文句をつけてる高校生にすぎなかった。そうだ、それがいちばんの理由だ」

ジェンは眉間にしわを寄せながら〈フード・フェア〉の駐車場から車を出し、メインストリートを走り始めた。

「頼むよ」スティーブは筋の通った主張を続けた。「もしきみがどこかの高校の運動部の男子と冷凍室に入れられて、アメフト部のコーチが一軍に入れてくれないんだって不満をこぼされたら、二〇年以上経ってその会話の内容を細かく覚えていると思うか？」

言い分に筋が通っている点が、何よりも気に入らなかった。しかも、言っている内容がどんなに失礼で、むしろ侮辱の域に達していようと、どういうわけか言っている本人は実に感じがいいのだ。スティーブには悪意のかけらもなかった。ジェンの愚痴を責めているわけではない。ただ、事実を述べているだけだった。

そのくせ、さっき〝覚えててくれたの?〟と謙虚そうにふるまったとき、ジェンが意地悪をして覚えていないふりをしていれば、ショックを受けていたに違いないのだ。自分が覚えていてもらえなかったことに対してではなく、ジェンが嘘をついたことに対して。なぜなら、スティーブは自分が忘れられるはずがないと確信しているからだ。確かに、スティーブ・ジャークスに会ったことを忘れられる人間がいるだろうか? だから、彼の言い分が正しいかどうかは関係ない。とにかく腹立たしいのだ。

「まあ、いいわ」ジェンはスティーブと同じくらいさりげない声を出そうと努めた。「あのとき、わたしはこの町が嫌いだし、この町もわたしが嫌いだって言ったの。だから、ここに帰ってきても嬉しくないわ」

「ああ、そうか。〝バターカップの大いなる裏切り〟だな。ほらね?」スティーブはいかにも満足げに言った。「おれも全部忘れたわけじゃない」

「まあ、すごい。感動したわ」スティーブは茶化している。茶化せるようなことではないのに。あれでジェンは傷ついたし、裏切られたと感じたし、長い時間をかけてようやく乗り越えたのだ。いや、まだ乗り越えられていないのかもしれない。

「なあ、ジェン……ジェンって呼んでもいいよな？　ジェン、おれはおれで悩んでいたんだ。今にも世界の果てから転げ落ちて、二度と戻ってこられない気がしていた。クリエーターとして終わったと思っていたんだ。でもそんなとき、きみが話を始めて、おれはようやくまともにきみを見た。きみが見えた。息が止まるかと思ったよ」

そう、そういうふうに言ってくれればいい。

「でも、おれはロリコンじゃないし、いやらしい目で見たわけじゃない」スティーブは言い訳するように続けた。「ただの子供だと思ってたから」

そこまで否定しなくてもいいのに。あの頃のジェンは彼が言うほど子供ではなかった。見た目も悪くなかったし、この内陸部にもれ伝わるわずかばかりのゴシップから判断する限り、スティーブが若い女性を好きなのは間違いない。美しい若い女性を。

だが、彼の顔を見れば、自分を偽る行為とはほど遠い人間であることがよくわかる。本当に、そういう意味でジェンに惹かれたわけではないのだろう。

「とにかく、おれは何かが見えた気がした。すばらしい何かが」スティーブは言った。「そんなことは二、三年ぶりだったよ。あの瞬間、その一瞬に、存在したきみという人間を視覚的に表現する方法を見つけ出そうとしていると、目の前のバターに光が射して、それが見えたんだ。きみの顔だけじゃなくて、これからの作品の方向性が。夕暮れの形態を借りて、光の吸収と屈折の非現実的な組み合わせで動きを表現する」

スティーブの声は低く震えるようになり、ジェンはダン・ベルカーが、彼は芸術の話になると詩人のような言葉づかいになると言っていたことを思い出した。ダンの言うとおりだ。鳥肌が立ちそう……。

「ところで」苦悩の芸術家モードはとつぜん終わり、スティーブはひざをぴしゃりとたたいた。「この町が好きじゃないって言ってたけど、どうして?」

唐突な変貌ぶりに、ジェンはすぐにはついていけなかった。

「すごくいい町に見えるけど」スティーブは言った。「住んでいる人も感じがいいし、親切だし。みんな笑顔じゃないか。きみは何が不満なんだ?」

きみは、ですって? 不満を感じるわたしが悪いわけ? こうなったら、はっきり言うしかない。「地理的に孤立した町はたいていそうだけど、この町は排他的なの。人の噂ばかりして、些細なことにいちいち目くじらを立てるし、独りよがりで、道徳に厳しくて、そのくせ陰で浮気を……」

スティーブに目をやると、きょとんとした顔でジェンを見ていた。

「こんなこと言いたくないけど、きみは〝魅力的なライフスタイル〟を紹介する番組の次世代スターにしては、あまり〝魅力〟を振りまくほうじゃないんだね?」

「この町にいないときはもっと魅力的よ。この町はわたしの最低な部分を引き出してくれるみたい」ジェンは言いながら、スティーブが〝次世代スター〟と呼んでくれたことに、ゆがんだ喜びを感じていた。評判がスティーブ・ジャークスの耳にまで入っているなら、今の自分は本当に上り調子なのだ。「それに、きかれたから答えただけ。本当のことを言ったまでよ。田舎町っていうのは本当にいやな場所だわ」

「それで、この町が大嫌いなのはどうして？」

やっぱり話を聞いていない。今、説明したばかりではないか。それに、フォーン・クリークのことが大嫌いなわけでは……。まあ、確かにナットにはしょっちゅうそう言っているが、あれは口癖のようなものだ。フォーン・クリークに対するジェンの気持ちは、実際に住んでいたせいで多少は苦々しさを帯びているが、基本的には私情抜きの客観的なものだった。フォーン・クリークの人々にも長所はある。何よりも、物事のよい面にちゃんと気づけるところ。次に、必要以上に人になれなれしくしないところ。もちろん、慎重な性質は遺伝による部分が大きいが……。

「スティーブ、わたしはこの町と個人的なつながりがあるわけじゃないの。今までずっとそう。あなたは覚えていないでしょうけど、冷凍室でもこの話はしたわ。わたしはこの町に二、三年しか住んでいないのよ。チャンスが来た瞬間、逃げ出したから。でも、世間にはフォーン・クリークはわたしの故郷だと思われている。そのほうが〝中西部のマーサ〟のイメージに合っているし、フォーン・クリークも少しは注目を浴びることになるから、町もわたしもそういうことにしているの。でも、お互いに本当のことはわかっているわ」

「本当のこと？」スティーブは興味しんしんにたずねた。認めるのはしゃくだが、この男は間違いなく聞き上手だ。

「わたしはこの町の一員じゃないってこと」

「でも、きみがこの町の一員じゃなくて、町のほうもきみを一員と認めていないなら、どうしてパレードの主賓をやることになったんだ？」

「また、とぼけて」

「違うよ」スティーブは否定した。「とぼけてなんかいない」

「ああ、そう。つまり町としては、わたしが地元の娘だろうとなかろうと、とにかく客寄せになればいいのよ。そのために芝居を続けてるの。もしかすると集まる客の中に事業家がいて、半径一五〇キロ以内に何もない死にかけた町に投資してくれるかもしれないっていう希望を抱いている。わたしのほうは、新しい上司たちのいわゆるご機嫌取りよ。新しいネットワークで新番組をやることになっていて、そこで決定権のある人たちが、主賓の仕事はわたしのイメージアップになるって決定したの。ドワイト・デイヴィスのことは知っているでしょう？　新たにケーブルネットワーク〈アメリカン・メディア・サービス〉を始めたことも。わたしはあの人の下で働くことになっていて……ええ、わかってるわ」スティーブに視線を向けられ、ジェンは言った。目の前に止まれの標識が迫っていたのだ。その標識はまさに町が終わる地点に立っていた。「決して心の広い人じゃないってことは知ってるけど、でも――」

「おれならやめる」スティーブは言った。「あんなやつの下では働きたくない。二、三年前、自分が買収した会社の部署を丸ごと首にしたことがあった。そこの女性社員たちがカレンダーでヌードになったというのが理由だったけど、そのカレンダーの売上は癌研究のために寄付されることになっていたんだ」

ジェンは一時停止を終えて発進しようとしていたが、スティーブの言葉に座席の上でくるりと横を向いた。「嘘よ」

「本当だ」

「どうして知ってるの?」

「噂は入ってくる。知り合いは多いから」スティーブは車の前を指さした。「行かないのか? おれはただ、一時停止してって言いたかっただけなんだけど」

「いいでしょ。停まってても渋滞が起こるわけじゃないし。それに、もしデイヴィスがそんなことをしたのなら、あと一〇〇〇回くらい訴えられていなくちゃおかしいわ」ジェンは反論した。

「あいつは根性が腐っているだけで、ばかじゃない。訴訟を避ける方法ならいくらでもあるんだ。自分以外の考えを認めない人間の中でも、あいつは最悪の部類に属する。偏った思想を押し通すために、表向きは世を憂えているふりをしているんだからな。ただ自分が気に入らないっていうだけなのに、それを許さないことが子供のため、隣人のため、地域社会のため、国のためになるんだって、一般市民に信じ込ませようとしている、そういう人間なんだ」

彼の言うとおりだった。確かにドワイトはそういう種類の偏狭者だ。だが、いくら何でも、癌研究のために裸になった女性を集団で解雇するとは思えない。「ううん、それは信じられないわ。カレンダーの話は」ジェンは言葉にとげがあるのが自分でもわかった。

「〝悪魔の晩餐会の席で、主人の顔を直視する者はいない〟」スティーブは歌うような調子で言った。

「どういう意味？」

「自分で作ったんだ。たった今。うまいだろ？」

塗装がはげた黄褐色のダッジのピックアップトラックが対向車線を走ってきて、すれ違いざまにスピードを落とした。運転席の女性が手動でウィンドウを下げる。「大丈夫？」彼女は大きな声で言った。

レオナ・アンガーだ。ジェンがウィンドウを下げると、とたんに冷たい風が吹き込んできた。「大丈夫です。ありがとう、ミセス・アンガー」

「ジェン・ハレスビーなの？　もう来てたのね？　ご両親によろしく言って……あら」レオナ・アンガーは窓から頭を突き出した。息子の一人から借りたと思われる毛皮のキャップをすっぽりかぶっている。「お隣はスティーブ・ジャークス？　まあ！　光栄だわ、ミスター・ジャークス。本当に光栄だこと」

スティーブはジェンのひざの上に身を乗り出し、首をすくめてレオナを見た。「ありがとう。こちらこそ、ミス――」

「レオナ・アンガーです」彼女は一〇代の少女のように顔を赤らめ、スティーブはもっとちやほやされようと、ジェンの体に覆いかぶさらんばかりになった。

ジェンはひじでスティーブの胸を突いた。「どいてよ」

「『フォーン・クリーク・クライヤー』でお写真を見たの」レオナは言っている。「それで、インターネットであなたの作品を検索したのよ。すばらしかったわ。中でも『ランタン・ダンス』がいちばんのお気に入り」

「本当に？」スティーブはたずね、話の続きをうながした。だが、彼女は何も言わない。

「どうして？」

レオナは顔をしかめて考え込んだ。フォーン・クリーク住民は質問に対して、社交辞令は返さない。「動きやふくらみ方に、ミサゴが羽を広げるときのような……どこか心ざわめく感じがあるでしょう？」スティーブはうなずいた。「それに、あの……あっ」

ありがたいことにもう一台車がやってきて、レオナの後ろでスピードを落として停まった。夏ならそのフォードに追い抜かすよう合図して、それで終わりだ。けれど、除雪車が積み上げた雪の山がある今、追い越し用のスペースはない。「行かないと」レオナは言った。「会えてよかったわ、ミスター・ジャークス。本当に。このあたりで有名人に会うことなんてないから」

スティーブはジェンの冷たい視線に気づき、そろそろと自分の席に戻った。レオナは走り去った。「〝アーティスト〟に会うことはない、って言いたかったんだと思うよ」

「違うわ」

「きみは結婚してるのか？」スティーブは唐突にたずねた。

「いいえ」

「一度も？」

「一度だけ」ジェンは定番の答えを返すことにした。といっても、ふつうはこんなぶしつけな質問をしてくる人はいないのだが。「長くは続かなかったわ。お互いに若くて、うまくいかなかったの」

「それはない」スティーブは冷静に言った。「だめになるには原因がある。どっちが悪かったんだ？」

「どっちも悪くないわ」

「それはない」

ジェンはスティーブを見つめた。彼は落ち着きはらっていて、自信が揺らぐ様子はない。

「絶対にどちらかが悪いわけ？」

「ああ、必ず」スティーブは答えた。「例えば、おれは三回離婚している。二度目と三度目は一〇〇パーセントおれの責任だ」

「ずいぶん離婚回数が多いのね、スティーブ。その割に、あまり傷ついているようには見えないけど」それを言うなら、ジェンだって離婚ではさほど傷ついていない。もしかすると、ロマンスを長続きさせることができないという点で、二人は似た者同士なのかもしれない。といっても、ジェンの男性遍歴にロマンスと呼べるほどのものがあるわけではなかった。セックスの面ではまああだったが。

そういえば、ずいぶん長い間セックスをしていない。

離婚してすぐに悟ったのだ。まともに恋愛をしようとすれば目標に集中しにくくなるが、遊びの関係はイメージ第一の職業に就く者には御法度だし、そもそもあまり興味もない。デートくらいはした。だが、一度か二度会って終わりというだけで、そこまでの関係、つまり〝深い関係〟になった相手はいない。だから、ジェンのセックスライフは、〝最高〟ではなく〝かろうじて合格〟といった程度だ。それに、数年前にドワイト・デイヴィスの部下による身辺調査が始まってからは、それらしいことは何もしていない。

でも、やっぱりセックスがないのは寂しかった。自分で想像しているよりもずっと、危険をはらんだ行為であることはわかっていても。

「傷ついてはいない」スティーブが言っている。「傷つくくらいなら、最初からだめになんかしないよ。だろう?」

「あなたにとっては、世界はそんなにも単純なの?」だとしたら、羨ましい話だ。

「誰にとっても、世界は単純なんだよ、ジェン。みんな自分を守るために、わざとややこしくしているんだ。おれは最低な男だ。だから妻たちは離婚した。離婚して正解だよ。こんな男、おれでも離婚してる」

「自分が最低な夫になることがわかってて結婚したの?」思わず興味が湧いて、ジェンはたずねた。

「違うよ!」スティーブはむっとしたようだった。

「でも、予想はしてたでしょう」ジェンはからかうように言った。

「まあね」

「じゃあ、どうして結婚したの？」

「子供が欲しかったんだ。家庭が」スティーブの目はまっすぐ前を見つめ、ブラッドハウンドに似た顔は憂いを帯びていたが、そこにつきまとう悲しみはとうの昔に慣れきってしまったもののように見えた。まるで、慢性の咳や関節炎のように。

「子供はいるの？」ジェンはそっとたずねた。

「いや」スティーブはジェンのほうは見ず、前を向いたまま答えた。「子供のいる家庭が一つ欲しいと思うだけで、子供のいる壊れた家庭をいくつも作りたいわけじゃないから。きみは？　ちっちゃなプリンセスはいるのかな？」

「いいえ」

「まだ〝白馬に乗った遺伝子さま〟が見つけられないのか？」

「時間が見つけられないのよ。しかるべき時がいつなのかを考える時間さえないわ」静かにつけ加える。「もう、その時は過ぎたんだと思う」

どうしてこんなことになったのだろう？　もうすぐ四〇歳になるというのに、ようやくスタート地点に立ったばかりで、やるべきこと、達成すべきこと、準備すべきことはまだまだたくさんあって、それが終わるまでほかのことを考えてはいけないのだと思ってしまう。もう思い出せないくらい昔から、何もかもを後回しにして、将来のことだけに集中してきない。犬、庭、北欧料理の本の執筆、肩の力を抜く術を学ぶこと。子供を産むこと。実際の生活を組み立てる作業にも入れた。安心できる将来が約束されてからでないと、実際の生活を組み立てる作業にも入れない。

「まだ妊娠はできるさ」

「無理よ。わたしは慎重すぎるから」それに、ごぶさただから。だが、それは口に出さないでおいた。このささやかな〝スバルでの告白大会〟で、そこまで言うのはやりすぎだ。「あなたも誰かを妊娠させられるわ」ジェンは言った。

「無理だ。おれも慎重すぎるから」

いかにも口からでまかせに聞こえ、ジェンはスティーブをちらりと見た。彼もごぶさたなのだろうか？　いや、それはない。天下のスティーブ・ジャークスなのだ。彼がグラビア雑誌を一〇分眺めた成果には、精子バンクも大金を払うだろう。

18

午前一一時一五分
郡道七三号線

車内には快い沈黙が流れ、スティーブはバターの頭のことをくよくよ考えないよう窓の外の景色を見ていた。ジェンに励ましを求めることも考えてみた。彼女の穏やかで冷静な話し声を聞いていると、納得できるだけでなく、事実は事実で受け入れようという気になる。だが、〝おれのバターの頭〟という、うっかり出てしまった本音を訂正されたことを考えると、それはやめておいたほうがいい気がした。

怪しまれるようなことはしたくない。

だから、ひたすら景色を眺めた。すばらしい景色だった。白にこんなにもさまざまな表情があるなんて、これほどたくさんの色と形と広がりがあるなんて、誰が想像できただろう？　硬くもあり、ナイフのように鋭くもあり、透きとおっているようにも、傷つきふさぎこんでいるようにも見える。ざくざくとしたきめの粗いところも、羽根のように柔らかくて軽いところもある。振りかけた塩のようだったり、泡立てた雲のようだったり。固まっているところもあれば、広がっているところもあり、濃い部分も薄い部分もある。これがすべて同じ雪なのだ！

吐息で窓ガラスがくもったので、袖でこすって拭き取った。一瞬たりとも見逃したくない。雪を見ていると、アイデアが湧いてくる。アイデアは決して軽んじてはならないものだと、五〇を過ぎた芸術家なら誰もが口を揃えて言うだろう。

誰もがというのは、スティーブの願望にすぎないのだが。

アイデアが湧かないなどという話は、ビールを飲みながら気楽にできるものではない。そんなことを言えば、不愉快な想像をされてしまう。あいつは燃え尽きただとか。ピークを越えただとか。もう終わりだとか。

スティーブはその考えを途中で打ち切り、旅の目的ではなく道中に集中することにした。それなら得意分野だ。

道は木立と開けた土地の中を縫い、子供用のゆるやかなジェットコースターのコースのように進みながら、やがて松林の中に入り込んだ。松の種類はわからないが、スティーブは自分の庭にも一本欲しいと思った。それが無理なら、せめてニューヨークで見られる場所を知りたい。

身を寄せ合ってたたずむ闇の女帝たちは、メデューサのような北方の光を前に凍りつき、枝を絡み合わせ、天高くに額を集めてささやき合っている。足元に暗闇のじゅうたんを敷きつめ、藤色の肌にエメラルド色の針をたくわえて。ああ、なんと詩的なのだろう。ジェンにも教えてあげよう。

スティーブはジェンを見た。鼻歌を歌っているようだ。内なるメロディに合わせるように、かすかではあるが確かに頭を左右に揺らしている。どんな音楽が好きなのだろう？　スティーブは最近フラメンコギターがお気に入りだったが、それを聴くにはジェンはきっちりしすぎているような気がした。フラメンコ好きはちゃらんぽらんと相場が決まっているが、彼女は服装からして一分の隙もない。

ジェンは何かのフェイクファーのコートを着ていて、下から明るい茶色のコーデュロイのズボンの裾がのぞき、そこからイタリア製の黒のカウボーイブーツのとがった爪先が見えていた。薄紫のフレームのついた大きなサングラスで目元を隠し、蜂蜜色の髪を黒貂色のシルクのスカーフでオードリー・ヘップバーン風に包んでいる。厚みのある羊皮紙にも似た、なめらかなアイボリー色の肌。豪華で、セクシーで、ひどく場違いに見える。それでいて、温かみのある女性だった。いろいろな意味で。スティーブはジェンを好ましく思った。向こうも自分に好意を持っているのがわかる。

だが、ジェンはスティーブに何も期待していないし、こっちが何かを仕掛けるとも思っていない。これは珍しい反応だった。女性はたいてい、スティーブのことを女にだらしのない男だと思い込む。

もっとも、本当はそうではないのだが。

スティーブはジェンの手も気に入った。服装全体を見れば革手袋をはめていそうなものなのに、そうではなかった。彼女がはめているのはミトンだった。子供っぽい赤と白のニットのミトンで、北欧の図柄らしきハートと鹿の模様がついている。とても意外だ。このミズ・リンドという人は、ほかにも驚くべきすてきな面を見せてくれるのではないだろうか？　そうに違いない。ちょうどこの景色と同じだ。冷たさというよりは、すがすがしく厳しい何か、ある種の苦難を引き受ける覚悟を決めた者にしか味わえない何かを持っているような気がする。

「この景色を見飽きることなんてあるんだろうか？」もっとジェンのことを探ってみようと思い、スティーブはきいた。

「あるわ」彼女は前を向いたまま答えた。「五カ月あればじゅうぶんよ」

「まさか、そんな」スティーブは車の外を手で示した。「見てみなよ。雪に、空に、木に……すごい！　見て！　狼だ！」

スティーブはジェンの体の前に手を伸ばして、運転席側の窓の外の道端に立つ灰色の狼を指さした。狼は大きくがっしりした体つきで、灰色と黒の毛皮を脈打たせながら、巨大な頭を両の肩甲骨の間に下げ、大きな耳を虫の触角のように前後に動かしている。

ジェンは何気なく窓の外を見たあと、一瞬遅れてぎょっとした顔になり、荒々しくブレーキを踏んだ。「なんてこと！」

きっとどこかにカメラがあるんだ、とスティーブは思った。ジェンは後部座席に上半身を伸ばし、そこらじゅうをかき回している。カメラがあるならありがたい。言葉で言うだけでは、フェリーは信じてくれないだろうから。

狼は車のすぐそばで、さらに頭を下げた。口がゆがむ。垂れ下がった大きなしっぽがゆっくりと規則的に動き始めた。〝いいぜ、ベイビー。かかってこいよ〟とでも言っているようだ。

「まったく、もう」ジェンはつぶやいた。

「カメラはあきらめよう」スティーブはうっとりと狼を見つめながら言った。「でも、もう少しここに――」

ジェンはドアを蹴り開け、狼のほうにずんずん歩いていった。

「何やってるんだ!」スティーブは叫び、開いたドアに目をやった。「戻ってこい!」

答える代わりに、ジェンは狼の首根っこを片手でつかみ、もう片方の手で助手席の後ろのドアを開けて車内に放り込んだ。

「おい!」スティーブは座席から転がり落ち、床にひざをついて振り返り、ダッシュボードに背中を押しつけた。手探りでドアの取っ手を探しながらも、左右の座席の間からこっちを見つめる狼の大きな顔から目が離せない。

「待て!」ジェンが命令した。

「無理だ!」

「あなたじゃないわ。犬よ。待て、この甘えん坊!」ジェンは後部座席のドアをばたんと閉めた。

犬？　スティーブは毛に覆われた大きな顔をじっと見た。巨大なあごが開き、ピンクの舌が巻き笛のように伸びてきて、嬉しそうにだらりと垂れる。スティーブは半分振り返ってその動物を見たまま、そろそろと座席に戻った。本当にこれが犬なら、見たこともないほど大きな犬だ。

運転席のドアが開いてジェンが乗り込んでくると、動物は狂ったように後部座席の上で跳びはね始めた。嬉しさではちきれんばかりに体を揺らし、鼻を鳴らしながら、ジェンの後頭部にかみつく。このイヌ科らしい度を超した愛情に対し、ジェンはミトンを外して狼の、いや犬の頭をばしばしたたき、悪態をつきながらくすくす笑った。

「こいつは何がしたいんだ？」

「こいつなんて言わないで。この子よ。この子はおばかさんなの。さっき外にいたのを見たでしょう。怖くてたまらなくて、威嚇しようとしたのよ。でもわたしに気づいたから、虚勢を張るのはやめたの。ばかな子ね！」ジェンは再び巨大犬をばしんとたたいた。犬はいっこうに腹を立てた様子はない。そいつは、いやその子は急にこっちを向くと、嬉しそうにスティーブの顔をなめた。

「この子はきみのことを知ってるのか？　きみのほうも？」

「スティーブ、わたしは知りもしないエスキモー犬を手でつかんだりしないわ」ジェンはむっとしたように答えた。「そんなの無謀だもの。この子はハイディ・オルムステッドのそり犬で、ブルーノっていうの」言いながら車を発進させる。「ハイディは全国でも名の知れた犬ぞりレーサーなのよ」

犬は急に跳びはねるのをやめ、体を丸めてスティーブのダッフルバッグの上にうずくまった。

「その人の家に連れて帰ってやるのか？」

「いいえ。そもそも、ハイディは家にいないと思う。あとで迎えに来てくれるよう、留守電に伝言を入れておくわ。それに、もうすぐ着くから」

「わが家に？」

「いいえ。〈ロッジ〉に」

19

午前一一時半
民宿〈ロッジ〉

ジェンが言ったとおり、雪を跳ね上げながら急な坂道を上り始めると、スティーブが見たこともないほど奇妙な建造物が視界に入ってきた。ジェンは車から降りて後部座席のドアを開けた。ブルーノが飛び出し、あたりを見回す。スティーブもあとに続いた。ゆるやかな風にジャケットの襟がそよぎ、足元の雪がきしんだ音をたてる。フェリーの言っていたとおりだ。レザージャケットはミネソタの冬にはふさわしくない。ぼんやりとそんなことを考えながらも、スティーブの視線は目の前の建物に釘づけだった。

ミネソタ北部の伝統的な民宿を紹介するウェブサイトによると、〈ロッジ〉は〝斧で切り出した木材を使用した、本物の丸太造りの狩猟用ロッジ〟とのことだった。その言葉から思い浮かぶのは、バーモント州で「ホワイト・クリスマス」を歌うビング・クロスビーの姿だ。背後には、シナモン色の丸太造りのこぢんまりした四角い小屋。野石を積み上げた煙突から煙がちょろちょろと空に立ち上っている。

この建物はこぢんまりとはしていなかった。四角くもない。ただ、丸太は使われている。〈ロッジ〉には二階建てになっている部分もあれば、とつぜん一階の高さに落ちる部分もあった。ところどころ傾き、出っ張っていて、使われている素材もちぐはぐだ。形も大きさもばらばらな窓が一〇以上、丸太の壁にでたらめな間隔と高さで並んでいる。見上げると、建物の中央のいちばん高いところに、四メートル四方の箱のようなものが取りつけられていた。船のへさきのように突き出た一人用のバルコニーだ。二つ並んだ玄関のドアはそこだけが塗り直されたらしく、人工芝のような緑色をしている。メインの建物から五〇メートルほど奥に、風雨にさらされてはいるが、きわめてまともな外観をした納屋が見えた。

スティーブは建物をじっと見つめたあと、低く口笛を吹いて賞賛の意を表した。

「何だ、これ？」息を切らせてたずねる。

「〈ロッジ〉よ」ジェンは腰に手を当てて上を向き、濃い色のサングラスの奥から前を見据えた。建物の損傷を調べているように見えたが、実際にそうだったのだろう。「わたしなら、あの展望室に泊まれって言われても断るわ。安全とは思えないもの。眺めはいいけど」

「おれは泊まりたい」

「だめ、やめたほうがいいわ。床が抜けて落ちずにすんだとしても、こうもりがいるわよ」

こうもり？　おれのアトリエにはねずみがいる。「それでもいいよ。構わない」

ジェンはこっちを見て笑った。ブルーノがスティーブの背後に忍び寄り、だらりと垂らした手に巨大な鼻を押しつけてくる。無意識に手を伸ばして鼻面をかくと、犬は満足げにうなり声をあげた。

「どうも、ミス・ハレスビー」キルティングジャケットを着て耳当てをつけた三〇過ぎの痩せた男が、納屋のほうからだらだらと歩いてきた。「車が停められるよう、納屋の中を片づけておいたよ」

「ありがとう、エリック」ジェンは言った。「スティーブ、こちらはエリック・エリクソン。家がばらばらにならないよう、くっつけてくれる人。こちらはスティーブ・ジャークスよ」

男はうなずき、スティーブが差し出した手を無視して言った。「そうだな。それじゃあ……また」彼はすばやく歩き去った。

「中にはシャイな人もいるからね」スティーブは、目の前の建物に視線を戻した。「そもそも、ここはどういう建物なんだ？　誰が建てたんだ？　目的は？」

ジェンも振り返り、建物を眺めた。「元は曾祖父の隠れ家だったの。男同士の遊び場というか、狩猟用の基地ね。それを母が相続した」さばさばした口調で言う。「うちが〝没落〟したとき、手元に残ったのはここだけだった。それでこっちに移ることになって、両親はそのまま住んでいるの」

スティーブが横目でちらりと見ると、ジェンは視線に気づいた。「それ以来、両親はここから抜け出すためにいろんなことをしてきた。そんな目で見ないで。わたしだって何とか両親の力になりたくて、いろんな提案をしたし、お願いだからって頼み込んだこともある。でも、二人とも商才なんかこれっぽっちも持ち合わせていないのに、プライドだけは高いの」

「別に〝そんな目〟では見てないよ」

「あ、そう。とにかく、両親はにわとりの放し飼いだの、高級ハーブの栽培だのをしてきたわ。にわとりは全部ペットになっちゃったけど。母が家で〝食べ物の奇跡〟をでっち上げたこともある。〝奇跡の食べ物〟とは違うわよ。宗教的な絵が浮き出た食べ物って言えばわかる? フレンチトーストに聖母マリアを焼きつけたんだけど……」ジェンの声はどこかせつなげにとぎれた。「そのうち〈イーベイ〉（世界最大のネットオークションサイト。ここで聖母マリアの形に焦げたグリルドチーズサンドが高値で落札されたことがある）のスタッフが、ほかのオークションサイトで〝奇跡〟の類似品が出回っていることに気づいてしまったの。それで、最近思いついたのがゴルフコース」

「それは当たりそうだ」さっぱりわからなかったが、スティーブはとりあえずそう言っておいた。だが、ジェンの冷たい視線を見る限り、間違いだったらしい。

「とにかく」彼女は続けた。「今あなたの目の前にあるものも、一連の行き当たりばったりな計画の一つなの。一〇年くらい前に、母がここを民宿として登録することにしたのよ。そうすれば、そのうち客が来てくれると思って。その後も登録は続けているけど、今は主に税金対策。実際にここに泊まった人がいるのかどうか……わたしの記憶ではいないわ。父はあなたが予約を入れていることも知らないんじゃないかしら。そうに決まってる。どうしよう、きっと怒りだすわ。父は人を家に入れるのが嫌いなの」

ジェンはスティーブに前へ進むよう手ぶりで示した。「行きましょう。ざっと案内するから」

「頼む」

　スティーブは彼女について玄関に向かった。ノブは回ったが、ドアは開かない。ジェンは〝だから言ったでしょう〟とばかりに笑ってみせた。

「エリックがドアを塗り込めてしまったんだわ。さっき〝くっつけてくれる〟って言ったけど、あれは文字どおりの意味なのよ。確かにふだんは裏口を使うからいいけど……」ジェンは途中で言葉を切り、肩から突進した。ドアは内側に勢いよく開き、ブルーノが中に飛び込んで、ジェンとスティーブもあとに続いた。

　入ったところは吹き抜けの広間で、頭上にむき出しの垂木があり、古びたスキー板と古めかしい雪靴が吊されていた。右手には二階に続く階段があり、てっぺんのアーチの中へと消えている。アーチは左手にもあり、よく見えないが日当たりのいい部屋に続いているようだ。長年、ちぐはぐに並ぶ窓から日差しを浴び続けたせいで、木釘が打たれた松材の床とひび割れた丸太の壁は蜂蜜のような色にあせている。

　壁には何百という鹿の枝角が掛けられているが、二本一組になったものはなく、小さな飾り板の中央に取りつけられた角はどれも一本ずつだ。

　スティーブの視線をたどり、ジェンはにっこりした。「父は狩りはしないのに、大きな枝角を壁に飾るのが好きなの。だから、毎年冬に雄鹿が落とす角を集めてきて、そうやって飾っているのよ。趣味なのか、冗談のつもりなのか。いまだによくわからないんだけど」

「お父さんとは気が合いそうだ」

これだけなら、スティーブも感じのいい部屋ぐらいにしか思わなかっただろう。だが、見るべきものはほかにもあった。このような家にはふつう〈ハドソン・ベイ〉の暖かな毛布や、手編みの敷物、開拓時代風の椅子がつきものだが、ここにあるのはクリーム色の大きな組み合わせソファが二つと、そこにのせられた青のスエードのクッション、ガラスとクロームでできた巨大なコーヒーテーブルと、イタリア製の背の低いウェッジウッドブルーの革張り椅子なのだ。二つのソファのはす向かいの角には、優雅に弧を描くチーク材の先から日本のちょうちんがぶらさがっている。家具一式の下に敷かれているのは、毛足の長い大きな白のじゅうたんだ。いや、正確に言えば今はオフホワイトになっている。

部屋全体が一九七八年頃のインテリア雑誌から抜け出してきたかのようだった。

感じがいいどころではない。どうしようもないくらい、スティーブはこの部屋にすっかり魅了されてしまった。

ジェンのほうを向くと、コートを脱いでいるところだった。目に浮かぶ表情は楽しげだ。

「『農園天国』（ニューヨークから田舎の農場に移り住んだ夫婦と住民との騒動を描く六〇年代のコメディドラマ）みたいだ」スティーブはささやいた。

「そうそう、わたしも前から思ってたの！」ジェンは驚き混じりの歓声をあげながら、頭からスカーフを外した。

ブルーノが二人のそばを通り過ぎ、手前のソファにまっすぐ向かった。ひらりと飛び上がってクッションの真ん中にきれいに着地すると、三回ごろごろ転がってから下に落ちた。

「ジェン？」ぶかぶかの茶色のズボンとネルシャツをまとった老人が、左手のアーチの下から姿を現した。ふさふさした銀髪の上に老眼鏡をのせ、手にはたたんだ新聞を持っている。七〇代も後半に入っているようだが、顔は明らかにジェンに似ている。「ジェン、ここで何をしてるんだ？　それに、どうやって入ってきたんだ？　確かエリックがドアを塗り込めてしまったはず――」彼はスティーブに気づいた。「誰だ？　あんた、何者だ？」

老人には不思議な訛りがあった。ゆっくり引き伸ばすような南部の口調に、唇を丸めて母音を発音するミネソタ訛りが混じっている。

「お父さん、こちらはスティーブ・ジャークスよ。例のアーティストの方。スティーブ、こっちは父のキャズミア・ハレスビー、通称キャッシュよ」

「はじめまして」スティーブは前に歩み出て、キャッシュの手を握った。「お宅の内装はとてもすてきだと感動していたところです」

キャッシュはいぶかしげな目でジェンを見た。

「この人、冗談を言ってるのよ」彼女は言った。

「違う、冗談じゃない。娘さんはおれが茶化してると思ってるけど、違うんです。本当にすばらしい」スティーブはにっこりした。「バルコニーのついた部屋に泊まらせてもらってもいいですか？」

「きみは何を言ってるんだ？　ジェン、この人はいったい何の話をしているんだ？」

「ここに泊まるの。お母さんが部屋の予約を受けたのよ」

「何を言ってるんだ。うちは知らない人間は泊めない。そんなばかげたことはとっくの昔にやめたんだ」

「会計士はそうは思ってないでしょうけど」

キャッシュはいらだったように娘を見た。「それは税金対策でやっていることだ。うちが本当は泊まり客を取っていないことくらい、誰でも知っている」

「お母さんは泊めてもいいと思ってるのよ。現に予約を受けてるんだから」

「ジェン、おまえ、からかっているんだろう？」キャッシュはたずねた。

「そうかも」

「とにかくだめだ。町に連れ戻して、〈ヴァリュー・イン〉に放り出してこい。フレッドなら大喜びで迎えてくれる」

「予約がいっぱいなのよ。満室なの。祭りの一〇日間ずっと」ジェンは説明した。要点しか言わないこの面白い話し方は、どうやらミネソタ北部では当たり前のようだ。「泊めてあげるしかないわ。ほかに行くところはないもの」

スティーブはこのやり取りにおとなしく耳を傾け、せいいっぱい行儀よくふるまった。

「あの」頃合いを見計らい、取り入るように言う。「よかったらもう少し料金を払っても……」

この言葉にキャッシュは鋭い視線を向けてきたが、目には興味の色が浮かんでいる。「きみはどのくらい有名なんだ？」唐突にたずねる。「正直に言ってくれ」

「本物の有名人です」

　キャッシュはジェンを見た。ジェンはうなずいた。

　彼は目を細めた。「そうか。では、一泊一二〇ドルだ」

「それは――」ジェンが口を開いた。

「わかりました」スティーブは抗議の声をさえぎった。「バルコニーがついた部屋にしてもらっていいですか？」

「ああ、構わないが――」

「だめよ」ジェンが厳しい口調で言った。「生ける伝説を殺す気？　保険料が跳ね上がるわよ。お母さんはどこ？」

「にわとりのところにいる」キャッシュはソファの上の毛の塊に目を留めた。「これはハイディのところのワン公か？」

「にわとり？」スティーブは興味を引かれてたずねた。

　ジェンはこっちを見もしない。これも彼女の変わっているところだ。たいていの人は、スティーブが放っておいてほしいと思うときでさえ、じろじろと見てくる。だが、ジェンは何のためらいもなく無視するのだ。「ええ。母は観賞用のにわとりを育てていて――」

「観賞用のにわとり？　頼む、見せて――」

「ブルーノよ、お父さん」スティーブの質問にはもう答えたと言わんばかりに、ジェンは父親に向き直った。「ここから三キロほどの郡道の脇にいたから、連れてきたの」

　キャッシュの表情がやわらいだ。「かわいそうなやつめ。今年、ハイディに第一線を退かされた、本人は納得がいっていないんだ。いつも外に出て、仲間についていこうとする」

「そうだったの！　かわいそうな子」

「どうして？　どうして〝かわいそうな子〟なんだ？　第一線って？」スティーブは興味しんしんにたずねた。

「ブルーノはハイディの犬ぞりを先頭で引いていた子なの」ジェンは説明した。「犬ぞりの王さまってところね。でも年を取ってしまったから、ハイディはこの子を引退させたの。ブルーノ本人だけが、無理やり王位から引きずり下ろされたと思っているのよ」

スティーブは毛の塊を見た。いびきをかいている。「そりを見つけたらどうするつもりなんだろう？」

「自分に代わって先頭に立っている犬をぼこぼこにするだろうな」キャッシュが言った。

「なるほどね」スティーブはこの巨大な動物を、今までとは違う目で見始めていた。

「危ないわ」ジェンがそっけなく言った。「もう年寄りだもの。けがをするだけよ」

「年寄り？　何歳なんだ？」

「六歳」

スティーブが使っているモデルに、チワワをピンクの毛布でていねいにくるんでバスケットに入れ、アトリエに連れてくる子がいる。犬に詳しく、いろんなことを教えてくれるのだが、犬と人間の年の取り方の違いも説明してくれたことがある。確か、犬の一年は人間の七年に相当すると言っていたから、ブルーノは……。「おい、それは年寄りじゃない！　人間で言えばまだ四二歳じゃないか。ちょうど脂が乗ってきた頃だ」

ジェンは同情するようにこちらを見た。その視線に少しうろたえたことは否めない。

「わたしもそう思うよ、ミスター・ジャークス。でも、犬のことでハイディ・オルムステッドに口出ししても無駄だ」キャッシュの視線には共感がこもっていた。どうやら、高額の宿泊費の支払いに同意したことか、中年のそり犬をかばったことのどちらかで、キャッシュ・ハレスビーに認めてもらえたらしい。

「あら、この人の言ったとおりだったわ。来てたのね、ジェン」アーチの下から女性が姿を現した。コードレスホンを肩と首の間にはさんでいる。

きちんとなでつけられた髪のこめかみあたりに、慎ましやかに白い羽根がくっついているのを除けば、ジェンの母親はニューヨークの五番街のブランドショップをうろついている上流ミセスたちと何ら変わりがないように見えた。背筋の伸びたほっそりした体にぴったり合う、流行にまったく左右されない服をファッションモデルのようにまとっている。

「お母さん、こちらスティーブ・ジャークス、例の――」

「アーティストの方ね」ミセス・ハレスビーは言葉を継ぎ、手を伸ばしてさっそうと歩いてきた。スティーブはその手を取って、軽くおじぎをした。「もちろん、存じていますよ。ニーナ・ハレスビーと申します。お会いできて光栄ですわ、ミスター・ジャークス」その口調に訛りはいっさいなく、ニュースキャスターのように一定の調子が保たれている。「ようこそ」ニーナは魔法使いのように、頭の上でひらりと手を振って円を描いた。「〈ロッジ〉へ。

夫婦ともどもお待ちしておりました」

「夫婦ともども？」キャッシュがつぶやく。

「もちろんお部屋は用意していますよ。でもそちらにご案内する前に、みんなで熱いカモミールティーでもいただきません？」ニーナはすたすたとスティーブのそばを通り過ぎてソファに向かい、寝ている犬の首根っこをつかむと、きゃしゃな体つきからは想像できないほど軽々とソファから下ろした。

無理やり起こされて目をぱちぱちしているブルーノに向かって、ニーナは指を鳴らした。「ほら」

「おいで、ブルーノ。あなたにも食べ物を用意してあげるから。じゃあ、みんなでサンルームに移動しましょうか？」

「要するに台所のことよ」ジェンがスティーブの後ろからささやいた。

ニーナは答えを待たず、さっそうとアーチの中に入っていった。キャッシュが隣を歩く。

スティーブもついていき、ジェンがそのあとに続いた。

「もちろん、わたしたちはただの避暑客にすぎないんだけど」ニーナは言った。

「今は冬ですけど」ジェンはスティーブだけに聞こえるよう、声を潜めて言った。

まるで自分専用の吹き替えを聞いているか、肩に悪魔、もしくは姿の見えない語り手が座っているかのようだ。ジェンの口調は冗談めかしていながら、どこか悲しげだった。どうしてなのか、スティーブにはまだわからなかった。

「この北部の森の隠れ家での生活があまりに楽しいものだから、なかなか離れられないでいるの」ニーナは言っている。

「二三年間も」吹き替えが聞こえる。

台所には、広間ほど目を引くところはなかった。テーブルは円形の板に台座のついたオーク材の簡素なもので、椅子はすべてはしご状の背もたれがついた昔ながらのデザインだ。

「どうぞお好きな席にお座りになって。わたしは準備を――」

ニーナは唐突に言葉を切った。肩に電話をのせていたことを思い出したのだ。電話をジェンに差し出す。「ジェン、誰だかわからないんだけど、あなたが帰ってきてることをわたしより先に知っていた人よ。朝から何度もかけてきて、あなたに話があるの一点張りで、折り返し電話をしようにも番号は教えられないって言うの。一〇分ほど前にまたかけてきて、あなたは着いたはずだって言うから」

ジェンは電話を受け取り、耳に当てた。「もしもし？」

黙って耳を傾ける。

「もしもし、ジェンですけど」

またも耳を傾ける。

「もしもーし」

今度はしばらく黙っていた。

「お断りよ」ジェンは電話を耳から外し、通話をオフにした。

「誰だ？」キャッシュがたずねる。

「わからない。男の人よ」ジェンは言った。「バターの彫刻を持っているから、返してほしければ一〇〇〇ドル払えって」

スティーブは心臓が止まりそうになった。口を開いたが、すぐには言葉が出てこない。

「返してほしければ……」数秒後、ようやくそれだけ言えた。

ジェンはスティーブのほうを向き、したり顔でうなずいた。「そうよね」いかにもありえないといった口調だ。「信じられる？　一〇〇〇ドルも――」

とつぜん、ジェンの手の中で電話が鳴った。通話ボタンを押し、耳に当てる。

「もしもし？　あら、そう。それなら話は変わってくるわ」そう言うと、黙って耳を傾けた。

スティーブは電話に手を伸ばしたが、ジェンは指を一本立てて〝わたしに任せて〟とばかりに振ってみせながら、電話の向こうから聞こえてくる声にうなずいている。

「お断りよ」ジェンは言った。「確かにさっきはそう言ったけど、あれは嫌味よ。本当に。ええ、要するにお断りってこと」

スティーブがその返事の意味に気づいたとき、ジェンはすでに電話を切っていた。

「まさか――」

「もちろん断ったわ。今度は五〇〇ドル払えですって」

「同じ人だったの？」ニーナが叫び声をあげた。「昨日も、お父さんとわたしに五〇〇ドル払えっていう電話があったのよ」

「断ったんですか？」スティーブはささやくような声しか出せなかった。

「当たり前ですよ」ニーナは鼻を鳴らした。「ハレスビー家は脅迫には屈しません」

「でも、あれは……あれの価値は――」スティーブの言葉は尻すぼみになった。あれにどれだけの価値があるのかはわからない。

「価値はあまりないみたいだよ」キャッシュが言った。「以前、ニーナが鑑定に出したことがあるんだが、珍しさ以上の価値はないと言われた」

「でも……ピカソが落書きをしたカクテルナプキンは売れる」

「そうだね」キャッシュは優しく続けた。「でも、それは額に入れて飾れる。申し訳ないが、きみはピカソじゃないし、まだ死んでもいない。スティーブ、バターの頭像っていうのは額縁にも入れられないし、飾ることもできないし、最後は判別不能なくらい劣化するものなんだ。今はそんなにきれいな状態じゃないんだよ」すまなそうな目でジェンを見る。「ごめんな、ジェン」

「いいのよ、気にしてないから」ジェンは言った。実際、これっぽっちも気にしている様子はない。「『ドリアン・グレイの肖像』みたいで面白いじゃない。〝ジェン・リンドのバターの頭〟よ。わたしの罪が深くなり、魂が汚れていくにつれて、バターの頭も――」

「面白い考えね、ジェン」ニーナがさえぎった。「心配しないで、ミスター・ジャークス」励ますようにスティーブの手をたたく。「誰だか知らないけど、犯人もそのうち相手が悪かったと気がついて、どこかに放り出すわ。だって、フォーン・クリークのどこに、干からびたバターの塊に五〇〇ドルも払う人がいるの？」

20

午前一一時五五分
ソダーバーグ家のガレージ

「あの女、何て言ってた？」ネッドはたずねた。

「さっきとまったく同じだ」ターヴはネッドに携帯電話を放りながら言った。「お断りだってさ」

「くそっ、何だよ」ネッドは頭に手をやり、薄くなりつつある毛をかきむしった。母屋から離れた暖房の利かないガレージの中で、二つの駐車スペースの間を行ったり来たりする。一方には〈クレストライナー〉製の壊れた釣り用ボート、もう一方には後部座席にバターの頭が積まれたスノーモービルが置かれていた。ネッドはバターの頭をにらみつけた。

昨晩のスノーモービルでの運搬による損傷を調べるため、頭像を包んでいた袋は少し前に外してある。見たところおかしな点はないようだが、どうも座席の上で位置が変わったような気がしてならない。もちろん、現実にはそんなことはありえなかった。バターの頭を盗んで以来、ネッドはスノーモービルを外に出していないのだ。

「こいつに毛布か何かを掛けておいてくれ。気味が悪い」ガレージの端で冷凍ボックスの上に座っているエリックに声をかける。

エリックはジェン・ハレスビーがハレスビー家に到着したのがわかるとすぐに、ネッドの家、いや、正確にはネッドの祖母の家に駆けつけた。危うくハレスビー家の納屋から自分で電話をかけるところだったが、ミセス・ハレスビーが出たら声で正体がばれると気づき、どたんばで思い止まった。

「そいつ、昨日の晩と比べてちょっと変わったような気がしないか？」エリックは冷凍ボックスから飛び降り、バターの頭に向かって歩きだした。

「要するに……動いたとか？」ネッドはたずねた。

「いや。顔が……ほら……見てみろよ」

ネッドとターヴはまじまじと彫刻を見た。ネッドは首を横に振りかけて、はっとした。あごをかきながら、バターの頭を四角く照らす光がガレージの窓から差し込んでいることを確認し、彫刻に視線を戻して悪態をつく。「くそっ！　こいつ、溶けてるじゃないか。前髪は落ちそうだし、唇も垂れてきてる！　最悪だ！　おい、何をぼんやり座ってるんだ。スノーモービルを日陰に動かすのを手伝ってくれ」ネッドはエリックに向かって叫んだ。二人はスノーモービルを押し、何とか積み荷に直射日光が当たらない位置に移動させた。

「それ、やばいのか？」ターヴはこの危機にも腰を上げようとせず、壊れたソファに身を沈めたまま言った。ひまわりの種を手につかみ、口に放り込む。

「いや」ネッドは言ったが、自信はなかった。「おれたちが金を受け取る前に、近くでまじまじ見るやつはいないだろう。ただ、念のため……。ターヴ、おまえ中学で木工の授業を取ってたよな。こっちに来て直してくれ」

ネッドの予想とは裏腹に、ターヴは文句一つ言わずソファから立ち上がり、バターの頭のほうに向かった。歩きながら、尻ポケットに常備している鹿狩り用ナイフを開く。「いいぜ」

「この身代金計画は、おまえが考えてたほどうまくいきそうにないな」エリックはバターの頭の前で身をかがめるターヴを見ながら言った。「これに価値があると思ってるのはおまえだけみたいだし」

「まだいい買い手が見つかっていないだけだ」ネッドは言った。「あのジャークスってやつを試してみないか？　これを作ったやつだ」

「無駄だ」エリックは黙って考えてから続けた。「あいつがテレビで言ってたのを聞いただろう？　これに価値があるとすれば、ハレスビー夫妻の思い入れだけだって。ミセス・ハレスビーは優しい人だと思ってたんだけどな。にわとりとか大事にしてるし。でも、違ってたみたいだ」彼はむっつりした顔でうなだれ、ミセス・ハレスビーに対する失望をあらわにした。

「ターヴ、おまえ何やってんだ？」エリックの言うことにも一理あると思ったのもつかのま、ネッドが視線を動かすと、ターヴが腰を落とし、床に顔をつけんばかりにしてバターの頭を見つめていた。

「観察してるんだよ」

「そうか、じゃあ続けろ」ネッドはぶっきらぼうに言った。「ちょっと考えてみよう。ハレスビー夫妻もだめ、ジェン・リンドもだめなら、これを買ってくれる人間をほかに探さないと」

「こんなみすぼらしい、くさいバターの塊を欲しがるやつがどこにいるのかってことだな？」わかりきったことをわざわざ口にするのは、エリックの得意技だ。

三人はしばらくこの疑問について考えていたが、体を起こしてバターの顔をナイフの腹でつついていたターヴが口を開いた。「そういえば、ミセス・ハレスビーが頭像を持ってることがわかって大騒ぎしていたのも、パレードのために町に貸してくれと頼みに行ったのも、町長だったよな」

「ああ」ネッドはゆっくり言った。「ということは、町長ならこれを取り戻すためにいくらか払ってくれるってことだ。ジャークスってやつも、ポールがこれを主賓か何かにして喜んでるって言ってたもんな。テレビで。覚えてるだろ？」

ターヴは片目をつぶってバターの頭をにらみ、唇の端に舌を出したまま、額をほんの少し削り取った。ネッドの言葉は聞こえていないようだ。

「誰かが町長に電話して確かめないと」エリックがひまわりの種をほおばりながら言った。

数分後、エリックは町役場に電話をかけ、ケン・ホルムバーグの会社の工場長と名乗って受付係から町長の携帯番号を聞き出し、言われた番号を押してしばらく待った。四度目の呼び出し音で、ポール・ルデュックが出た。「もしもし?」

ポールと顔を合わせた回数が最も少ないという理由で電話係に選ばれたエリックは、通話口にハンカチを押し当て、裏声で言った。「町長?」

「スピーカーホンにしろ!」ネッドが小声で言った。エリックはボタンを押した。

電話の相手は黙っている。

「町長さあん」エリックは歌うように言った。

「ドット、頼むから」ポールは声を潜めて気恥ずかしそうにささやいた。「仕事中にこういう電話をするのはやめてくれって言っただろう。わたしは町長——」

エリックは顔を赤らめ、すぐに三オクターブほど声を落とした。「ドットじゃない」

「えっ?」

「バターの彫刻を持っている人間だ」

「で?」ポールの声は必死そうには聞こえなかったが、カナダ人は金を使うことには慎重なのだ。「どこにあるんだ?」

「一〇〇〇ドル出せば教えてやる」

「ばかばかしい」電話は切れた。

21

オックスリップ郡立病院
午後一二時

ダンクがしつこく言い張ると、町長はしぶしぶ木の上の見張り台で鹿を待ち伏せしていたアイナー・ハーン保安官を呼び戻し、ハレスビー家バター彫刻盗難事件の捜査を命じた。アイナーは筋肉隆々のスキンヘッドの男で、頬にはカムフラージュ用の縞模様をペイントしたままだった。ダンクが病室のベッドに寝たまま、足元に立つ保安官の〝事情聴取〟を受けていると、町長の携帯電話が鳴った。

町長はベッドから離れて小声で話していたが、三〇秒ほど経つと、ひどく不機嫌そうな顔で戻ってきた。どこかに電話をかけて数秒間耳を傾けてから、いらだたしげに鼻を鳴らす。

「やっぱりな。非通知だ」町長は携帯電話をコートのポケットに押し込んだ。

「誰だ?」保安官がたずねた。それにしても、子供に〝アイナー〟などという名前をつける親の気が知れない。

「例の」町長は言った。「泥棒の一人だ。図々しくも、バターの頭を返してほしければ一〇〇〇ドルよこせと言ってきた」

「それを断ったのか！」ダンクはぎょっとした。このまぬけどものせいで、またもおれの手からバターの頭が離れていく。

「そりゃあ断るさ」保安官は失望したような目でダンクを見た。「あんたのことは知らないが、おれは軍隊にいた。〝砂漠の嵐〟作戦に参加したんだ。テロリストの要求には断じて屈してはならない」

ダンクはぽかんとした顔で保安官を見た。「これはテロじゃない。どこかの連中が五〇キロのバターの塊を誘拐しただけだ」

「同じことだ」

挑むようにこわばったあごを見て、ダンクはこの男は本気なのだと悟った。「ミスター・ジャークスは？」唐突にたずねる。まだ来ていないことを願いながら。「もう来ているのか？」

保安官と町長がさっと視線を交わしたが、どういう意味かはわからない。「来ていますよ、ミスター・ダンコヴィッチ」町長が答えた。「とてもいい方のようです。きっと喜んでこちらにも立ち寄って、あなたにお礼を言ってくださるでしょう。よく自分の……頭を守ろうとしてくれたと」

くそっ、とダンクは思った。おれを有名人につきまとうストーカーか何かだと思っているんだ。今、何よりも避けたいのが、スティーブ・ジャークスに姿を見られることだというのに。ジャークスは勘のいい人間という印象がある。もしダンクの顔を覚えていれば、かつての同房仲間がこの町で何をしているのか、すぐにぴんとくるだろう。何しろ、バターの頭が発見された直後というタイミングで、その中に文字どおりお宝につながる〝鍵〟が隠されていることを打ち明けた相手が現れたのだから。

「だめだ！」ダンクは、二人がけげんそうな顔をしたのに気づいてつけ加えた。「こんな姿でミスター・ジャークスに会いたくない。その……立ち上がって握手ができるようになってからにしたい」言いながら吐きそうになった。

「わかりましたよ」町長が言った。

これはまずい。すでにジャークスが町に来ているのなら、彫刻を探しているに決まっているのだから、一刻も早く作戦を立てて行動に移らなければならない。一つだけこちら側に有利なのは、ジャークスはこの争奪戦にライバルがいるのを知らないことだ。さっき保安官も言っていたとおり、そのうち出てくるのをのんびり待っているに違いない。つまり、こっちはのんびり待っているわけにはいかないということだ。行動を起こさなければならない。それも、今すぐに。

「くそっ！」ダンクは声を殺して悪態をついた。

「アイナー、うちの患者を困らせる気？」患者の順調な回復を妨げるものは見逃さないとばかりに、ドアの向こうでエッケルスタール看護師が腰に手を当て、きつい口調で言った。昨日の実用一点張りの水色の服とは違い、今日は黄色い小さな赤ちゃんあひるの模様が胸にちりばめられたミントグリーンの服を着ている。何だか妙にぐっとくる服装だ。

「違うんだ。バターの頭を盗んだ連中が、わたしを困らせているだけだから」町長が言った。保安官はらせん綴じのノートを開き、何かを書きつけている。どうせ落書きでもしているのだろう。

ここは落ち着いて説得を試みるべきだ。こちらのほうが冷静だとわかれば、二人は驚くに違いない。ダンクはせいいっぱいおごそかな口調を作って言った。「その連中に一〇〇〇ドル払うと言えば、部下を動員して罠を仕掛けることができると思うんだが」

「部下がいればいいんですけどね。ここにいるのは、このアイナーと」町長は鹿ハンターに向かってうなずいた。「保安官代理だけで、彼は明日まで休暇を取っていますし、明日になれば一五〇周年祭が始まりますから、七〇〇〇人が見込まれる客の第一陣が来るでしょう。保安官代理も交通整理で忙しくなるでしょうね。罠を仕掛ける余裕はありません」

アイナーも町長に同調するようにうなずいた。「ああ、無理だ」

「でも、何か手を打たないと」

「ミスター・ダンコヴィッチ、あなたもおっしゃっていましたが、誰かの身に危険が迫っているわけではないんです」町長が言った。「そのうち見つかりますよ。鹿狩りをする人が見張り台に向かう途中に発見するかもしれません。それを持っている連中が面倒くさくなってきて、ハレスビー家に返してくれる可能性もある。電話の相手は根っからの悪人というよりは、頭が悪いだけという感じでしたから」

「でも――」

「いいか？」保安官はついに腹を割ることに決めたらしい。「ミスター・ダン、ダンクウィ、ッチ、」

「ダンコヴィッチだ」

「ああ、だからそう言っただろう。ダンコヴィッチ。あんたがバターの彫刻を取り戻すことにこだわる気持ちはわかる。おれだって何かを追っかけて大けがをすれば、たとえそれがただの削られたバターの塊だろうと、同じように思うだろう。でも現実には、バターの頭を取り戻すことに専念できる時間も人手もない。そこでだ」保安官はわざとらしくぱたんとノートを閉じてみせたが、ダンクは中に書かれているものを見逃さなかった。やっぱり落書きだ。「おれが目をつけている大物の雄鹿がどこかにいるから、二日間でそいつを仕留めなきゃいけない。そのうち七〇〇〇人の観光客が押し寄せてくるからな。だからって、バターの頭の捜索をやめるわけじゃない。聞き込みをするよ。ガソリンスタンドや〈喫茶スメルカ〉に話を通しておく。ここは小さな町だ、ミスター・ダンコヴィッチ。誰かがどこかで何かを言えば、おれの耳に入る。その間、あんたは治療に専念してくれ。いいな？」

町長は同意するように重々しくうなずくと、手を伸ばしてダンクの足の親指を親しげにつまんだ。

「いいですか」町長は言った。「泥棒どもが持ち逃げしたのが、高価な芸術品だった可能性もあったんです。実際にはバターでしたが、あなたが勇ましい行動をとったことに変わりはないんですよ」

「あれはジャークスのオリジナルの彫刻作品だ」ダンクは言った。「あんたたちはそこに価値は感じないのか？」

町長は首を横に振った。「よく言えばそうですけどね。あれはバターなんです。もし価値があるものなら、ハレスビー夫妻はとっくに売っていたでしょう。現金のほうが使い道がありますから」同情するように、整った顔をしかめる。「だから、どうかあなたもお気になさらずに」

そう言うと、町長は病室を出ていき、すぐに保安官もあとを追った。

ダンクはその後ろ姿を見ながら必死に考えた。「カリン」しばらくして言う。「この町に〈キンコーズ〉みたいな店はあるか？」

「そうね、『フォーン・クリーク・クライヤー』紙のオフィスに行けばいいわ。コピー機もあるし、時間制でパソコンも貸してくれる。でも、どうして？」

あの二人のバカどもが鍵を取り戻すことに協力してくれないなら、あとは自分でやるしかない。

「町の電話帳を貸してくれないか？　二、三、電話をかけたいところがあるんだ」

22

午後一二時
〈ロッジ〉

「リダイヤルはできないのか？」スティーブはもう三度も同じことを繰り返している。

「無理よ」ジェンは諭すように言った。「不可能なの。非通知だったから。非通知の相手にリダイヤルすることはできないのよ」

「何か方法があるはずだ」スティーブは言い張った。「おれはもう一度あの娘に会いたいんだ」

　この人とあの彫刻の間にいったい何があったのだろう？　ジェンは不審げにスティーブを見た。二一年も前に、たった四時間で彫り上げたものにしては、この執着ぶりは異常だ。心の中で肩をすくめる。きっと精神安定剤を持ってくるのを忘れたのだろう。

「心配するな、スティーブ」父とスティーブはいつのまにかファーストネームで呼び合う仲になっている。「そのうち出てくるよ。誰も一セントも払わなくてもね」

どういうわけか、キャッシュはスティーブを気に入ったようだ。ブルーノも同じだ。もちろん、ブルーノがなついている理由ならまだわかる。スティーブはニーナがテーブルに出したレーズン入りオートミールクッキーをちぎって、テーブルの下の犬にこっそりやっているのだ。でも、父にクッキーをやっているところは見た覚えがない。だから、彼がスティーブの何に惹かれているのかは謎だった。

「もし連中がまた電話してきたら、どんな条件でものむと言ってください」スティーブは言った。「金はおれが払いますから」

「だが、脅迫犯の要求に従っていい結果が出たためしはない」キャッシュはまるで、脅迫犯の扱いにかけては玄人だと言わんばかりの口調で言った。

「間違ったことだわ」ニーナも同意し、クッキーの皿をスティーブのほうに押し出した。

彼は一枚取り、一口かじった。その手を下ろし、クッキーを持ったままひざに置く。「この状況が道徳的に見てどうかということには興味がないんです」悲しげに認める。「ただ、おれのバターの頭を返してもらいたいだけだから」

ジェンは黙っていられなくなった。「ねえ、ずっと〝おれのバターの頭〟って、まるで、その、自分のもののように言っているわよね」

スティーブは真剣な顔でジェンを見た。「それが？」

「あれはあなたのものじゃないわ」

「ジェニファー・リン・ハレスビー！」ニーナがあえいだ。

「そうだよ、ジェン」キャッシュも抗議するように言った。「スティーブはお客さんなんだから——」

〝〈ヴァリュー・イン〉に放り出してこい〟が、一時間も経たないうちに〝スティーブはお客さんなんだから〟に変わるとは。この人はカリスマ性をフェロモンのように発散しているのだろうか？

「いえ、いいんです」スティーブは手を挙げ、遠慮がちに目を伏せた。手からはクッキーが消えている。テーブルの下で、ブルーノがぺちゃぺちゃと音をたてた。「ニーナ、キャッシュ、ジェニーの言うとおりです」

ジェニー？

「おれが自分のものでもないのに、所有欲をむき出しにしてしまったのがいけないんです。ただ……その……芸術家は多かれ少なかれ、自分の作品を自分のものだと思ってしまうものだから」

「何言ってるのよ」ジェンは言った。「『ウォールストリート・ジャーナル』の記事を読んだけど、あなたは作品がアトリエから出たら、自分にとっては死んだも同然だって言ってたわ」

スティーブは少しもひるまなかった。「ああ、確かに。でも、あれはマスコミ向けの発言だから。偉そうに聞こえるだろう？　芸術家は偉そうに聞こえることを言いたがるものなんだ。きみだって表向きのキャラクターを作り上げるために、効果を狙って発言することはあるんじゃないのか?」

ニーナは値踏みするような目でジェンを見た。その目が有罪だと言っている。何という理不尽。お母さんならわたしの気持ちがわかるはずなのに。両親も自分たちの人生を聞こえのいい嘘で塗り固め、〝選択肢を検討しながら時機をうかがっている〟だの〝計画が固まりしだいここから出ていく〟だの言っているのだから。〝時機をうかがい〟〝計画を固め〟始めて二三年、フォーン・クリークを出ていく気配はいっこうにない。

ジェンはこれまで何度となく、両親がここを出られるよう手を尽くしてきた。あとで返してくれればいいからと、お金を渡そうとしたこともある。仲介業者を通じて二人の事業に投資し、そこから引っ越し費用になる程度の利益を上げてくれればと考えたこともある。その利益となるぶんまで、自分が出すことになろうとも。だがどんな形であろうと、両親は娘の援助は受け入れなかった。

〈ロッジ〉に足を踏み入れるたびに、威厳を保とうとするあまり、茶番の域に達している政治亡命者を見ているような気分になった。だが、何よりもつらいのは、長年ジェンが援助を申し出て両親がそれを断ることを繰り返しているうちに、お互いの間に壁ができてしまったことだ。二人がどうやってここを出るか、ジェンがどう協力するか、本気で話し合わなくなってからずいぶん経つ。今では、誰もが型どおりの役割を演じているだけだ。ジェンは両親がいつ引っ越し業者を呼んでもおかしくないのだというふりをし、両親は脱出の時を見越して短縮ダイヤルに業者の番号を入れているふりをしている。

二人がこの島流しに勇敢に向き合ってきたのは確かだが、ジェンは心のどこかで、勇敢と哀れは紙一重なのだと思わずにはいられなかった。

誰だって自分の両親を哀れだなどとは考えたくない。その言葉を思い浮かべてしまっただけで、ジェンはやるせない気持ちになった。

「もちろん、ジェンだってそうだ」キャッシュが言い、ジェンは不愉快な物思いから引き戻された。「だけど、みんなが聞きたがっていることを言うのも、有名人の務めだからな。人はあらかじめ抱いているイメージを裏づけてもらうのが何よりも嬉しいんだ。たとえそれが嘘だろうと」

「そのとおりです」スティーブは同調した。「そう考えれば、おれがあのバターの彫刻を自分のものだと言うのも、ある程度、ある意味ではわかってもらえますよね。だから、つい〝おれのバターの頭〟と言ってしまっても気にしないで……ただ、心の中でそう思っているっていうだけなんです」

彼は胸に手を当て、最高の笑顔でニーナとキャッシュを順に見た。二人ともほほ笑みを返した。決定的瞬間だった。

「まあ、感動的だこと」ジェンは言った。そんな子供だましのような勝手な言い訳で逃げおおせると思ったら大間違いだ。「でも、身代金を払って彫刻を取り戻したら、ここで感じるだけじゃなく、実際に所有権を手に入れた気がするんじゃないかしら?」心臓の前で両手を組み、目をぱちぱちしてみせる。

「ああ」スティーブは言った。「そうだな」

「ほらね！　思ったとおりだわ！」

「別に、だますつもりはなかったんだけど」

「それを信じろって言うなら――」

「スティーブ、クッキーをどうぞ」ニーナが割って入った。「このレシピはわたしのオリジナルなのよ。娘とは作る料理のタイプがまったく違うの。こんな言い方をして悪いけど」恐縮するようにジェンをちらりと見たが、その視線はすまないというよりは勝ち誇っているように見える。「わたしの料理は健康と心を重視しているのよ。このクッキーも発芽穀物と小麦ふすまと有機砂糖を使っているの」

スティーブはたじろぎはしなかったものの、ややにぶい動きでクッキーを受け取った。いい気味だ。

「とにかく」かつてローリーで半ダースものNPOを仕切っていた頃の声音で、ニーナは続けた。「戻ってきたあとのバターの頭の所有権は、必要ならそのときに考えましょう。今のところ、どこにあるにせよバターの頭はわたしたちのものよ」

「そうね」ジェンはゆっくり言った。この機会を利用して、あれがまだ――ほかに言い方がないのでこう言うが――〝生きている〟ことを知って以来、心に引っかかっている疑問を口にすることにした。「でも、どうして？」

「何が？」ニーナはたずねた。

「あれはわたしがルーテル兄弟団の人に、ほかのプリンセスの頭と一緒に溶かしてほしいって言ったはずよ。そういえば」スティーブをちらりと見る。「残りのプリンセスの頭を彫るために連れてこられた人は、ひどい腕前だったわ」

スティーブはこの情報を知って、満足げにうなずいた。ジェンは母親に向き直った。「なのに、どうしてそれがここの納屋にあるの？」

「わたし、あれが撤去される前に見に行ったの。どうこうするつもりはなくて、ただ見ておこうと思って」ニーナはテーブルに置いていた手を挙げたが、その手はジェンの記憶よりも細かった。「でも、一度あれを……あなたを見てしまったら、溶かしてもいいなんて言えると思う？」

「あれがおれの作品だってご存じだったんですね。あのときすでに」スティーブがしたり顔でうなずいた。

「えっ？　ああ、そうね。もちろんよ」いったいどうして、人はスティーブ・ジャークスの肥大した自意識を守ってやりたくなるのだろう？　二〇年以上前に、ニーナがスティーブ・ジャークスの存在を知っていたはずがない。

「どうぞ」ニーナはジェンを見たまま、だしぬけに次のクッキーをスティーブに渡した。「あなたがあれを嫌っていることはわかっていたわ。ほら、いやな思い出があるから――」

「おれのバターの頭には、いやな思い出があるのか？」クッキーを持ったスティーブの手が、ブルーノの開いた口の手前でぴたりと止まった。傷ついたような声だ。

「ジェン、そういうわけで」ニーナは言った。「あなたには言わなかったの。ちゃんと話しておけばよかったわね」

「いいのよ。ちょっと気になっただけだから」

とりあえず、溶かされてから何年後かの同じ日の真夜中に、どこかのとうもろこし畑の排水溝の奥から浮かび上がってきたわけではないことはわかった。

「ポール・ルデュックはどうしてそのことを知ったの？」ジェンはたずねた。

「エリック・エリクソンが言ったんだ」キャッシュが代わりに話し始めた。「便利屋だよ。草刈りや雪かきなんかをやっている」

「ええ。その人なら知ってるわ」

「今年の夏、うちの納屋を掃除してもらっていたんだ」キャッシュは言った。「そのとき冷凍庫を見つけた。たぶんビールでも入ってると思ったんだろうな。とにかく、エリックは冷凍庫を開けた。そして、あの娘が自分を見上げているのを見て、悲鳴をあげたらしい。後頭部を下にして置いてあったから――」

「あの娘って呼ぶのはやめない？」ジェンがさえぎった。「気味が悪いわ」

「おれはいつも、自分の作品を男か女かに区別して考えてるよ」スティーブが言った。

「それも気味が悪いわ」ジェンは言ったが、その口調は冷たくはなかった。

「とにかく」キャッシュは続けたが、調子よく話していたのを中断されてむっとしているようだ。「エリックがあれを見つけたことを町で話すと、そういえばモデルはおまえだったという話になって、それを誰かが町長に言って、町長がうちに連絡してきたんだ。その前に、ギネスブックと〈リプリーズ・ビリーブ・イット・オア・ノット!〉にも連絡したそうだ。知ってるか? もしかすると、あれは無傷で現存する最古の――」

「ええ」ジェンは最後まで言わせなかった。「知ってるわ。古いのよね。とってもとっても古いの」

そのとき電話が鳴り、いちばん近くにいたジェンが手を伸ばして受話器を取った。「もしもし?」

「二〇〇ドルでバターの頭を渡してやる」前置きもなく、むっつりした声がそう告げた。

「一〇〇ドルよ。それ以上は一セントも払わないわ」ジェンは冷静に答えた。

テーブルのまわりの会話がぴたりとやんだ。

「おい、それはひどいよ!」電話の向こうで男が大声を出した。「それじゃガソリン代にもならない。それに、おれたちが冒した危険はどうなる? あのいかれたスノーモービルの男のせいで――」男は口をつぐんだ。「おれたちは小道から外れそうになったんだ! その補償くらいしてくれたっていいだろう?」

「そっちが勝手にやったんでしょう」ジェンはぴしゃりと言った。「いい? あんたたちもちょっとはものが考えられるんなら、黙って一〇〇ドル受け取って、警察を呼ばれなかっただけでもありがたいと思いなさい」

「くそっ」男はつぶやいた。「待ってくれ。連れと相談する」

電話の向こうで通話口がふさがれるのがわかり、ジェンも通話口を押さえた。「泥棒よ。今、相談してるみたい」

「二〇〇ドルは譲れないって言われたら、そのとおりにしてくれ！」スティーブが言った。

「ねえ、今日はもう限度額いっぱいまで引き出してしまったの」ジェンは諭すように言った。

「わたしは今、二二〇ドルしか持ってない。残りはあなたが出せる？」

「マスターカードならある」出せないということだ。

「あら、よかった」ジェンはそっけなく応じた。「あの人、州税分も上乗せしてくるかしら？」

「皮肉は承りましたよ」スティーブは片方の眉をぴくりと上げた。

「お父さんとお母さんはどう？」

「あると思うが」キャッシュはそう答えたが、自信はなさそうだった。

「わかった。一〇〇ドルでいい」電話の相手は言った。「でも、おまえはとんでもない悪党だ」ジェンが謝るとでも思っているのか、男は言葉を切った。

「それで？」しばらくしてジェンはきいた。

「それで、何だ？」

「お金はどこに持っていけばいいの？　どこで受け渡しをするのかしら？」あきれ顔でスティーブに視線を送る。

「ああ。ちょっと待て」男は再び通話口を押さえた。

「アイナーを呼ぶか？」キャッシュが小声で言い、スティーブのために説明した。「アイナーというのは保安官だ」

「どうかしら」コードレスホンからの声に耳をすましたまま、ジェンは答えた。「呼んだほうがいいと思う？」

「やめたほうがいい」スティーブが言った。「保安官は罠を仕掛けるだろうから、泥棒たちが警戒して——」

「それはどうかしら」ニーナが口をはさんだ。「アイナーは今週末は狩りをしているでしょうし、バターの彫刻のために大物の鹿を仕留めそこねたら心底悔しがると思うわ」

「どうしてアイナーが狩りをしてるって知ってるの？」ジェンはたずねた。両親がなぜフォーン・クリークの事情にそんなに詳しいのか、つねづね気になっていた。

「おい！　もしもし！」手の中から大声が聞こえた。ジェンは通話口から手を離し、受話器を耳に当てた。

「はい？」

「お話し中すみませんけどね」明らかにいらだった声だ。「身代金の受け渡しの相談をしなきゃいけないからな。〈おとぎの国〉の跡地は知ってるか？」

「ええ」〈おとぎの国〉は子供の頃に行ったことがある。休暇に家族で〈ロッジ〉に来ていたときのことだが、あの頃は二週間の〝原始生活〟がずいぶんロマンティックに思えたものだった。そのテーマパークは経営に行きづまってずいぶん前に閉鎖され、今では町の北にある草ぼうぼうの森の中にコンクリートの像が大量に倒れているだけだ。

「そこに金を持ってこい。今夜七時だ。金は〈眠れる森の美女の城〉の中に置いておけ」

「で、バターの頭はどこにあるの？」

「出ていくときにわかる」

「その保証は？」

これは難しい質問だったらしい。電話の相手は長い間黙り込み、〝連れ〟と相談すらしなかった。相談してもろくな意見が出てこないとわかっているのだろう。

「とにかく言われたとおりにしろ」しばらくして、男はけんか腰に言った。「もう一度バターの頭に会いたければな」

23

午後一二時一〇分
同じ場所

「話はついたわ。〈おとぎの国〉に行って一〇〇ドル置いて、バターの頭を回収してくる」テーブルを立ちながら、ジェンは言った。

首筋できちんとまとめた小さなおだんごがほつれかけている。スティーブは彼女の見た目より発言の内容に意識を集中してはいたが、頭のどこかで、この人はきっちりした格好をしているときだけでなく、こうやって多少気を抜いているときもきれいだなと考えていた。いや、今のほうがいいかもしれない。「お父さん、ピックアップトラックを借りていい？」

「ああ」キャッシュは言った。「でもガソリンを入れなきゃいけないよ」

「いいわ。スティーブのマスターカードを使うから」ジェンはからかうような笑みを浮かべた。

「いいよ」

の意味を正確に察した。「保安官には言わないから。本当はあのおばかさんたちに泥棒って儲かるんだと思わせるのはしゃくなんだけど、どうやらわたしはここでは少数派みたいだから、みんなの意見に合わせる」

三人は同意のまなざしでジェンを見た。

「バターの頭を取り戻したらすぐ町長に電話して、ギネスブックに連絡を取るように言うわ。パレードにはマスコットが戻ってくるし、スティーブは愛しの彼女に再会できるし、それで一件落着よ」

「心配しないで、スティーブ」スティーブが眉間にしわを寄せているのを見て、ジェンはそ

んは何だか知らないけどあれと今までどおりのつき合いができるし、お母さ

「ありがとう」スティーブは言った。もっと胸が高鳴ってもよさそうなものなのに、長い間失われていた彫像を取り戻すための鍵が、徐々に手の届くところに戻りつつあるのだと思うと、どういうわけか落ち着かない気分になってきた。あの鍵が欲しいのは確かだ。バターの頭をもう一度見たいのも間違いない。なのに、どうしてこんな気持ちになるのだろう？

きっと何か食べたほうがいいのだ。

ビタミンと地球に優しいものがつまった、栄養たっぷりの自家製の何か。善良なミネソタ州民がふだんから食べていて、マンハッタンで食べれば一皿四〇ドルもするような食べ物。ニーナ・ハレスビーの手料理。彼女は料理がうまいに違いない。娘のジェンが食べ物のカリスマ的存在になっているくらいなのだから。このクッキーは例外なのだ。

「夕食はここでごちそうになっていいんでしょうか？　それとも町で食べてきたほうがいい

のかな?」スティーブはたずねた。

ニーナは顔を輝かせた。「もちろん夕食は用意させていただくわよ、スティーブ」

ジェンは一瞬顔をこわばらせたあと、ドアに向かって歩きだした。「荷物をほどいて、服を着替えてくるわ。ブルーノのことを心配しているといけないから、ハイディにも電話をしないと。だから、夕食のときに戻ってくるってことでいいかしら?」

ジェンが出ていくと、スティーブはすぐに立ち上がった。ひざに散らばっていたクッキーのくずがブルーノの頭上に降り注いだ。幸い、ブルーノはスティーブと違ってクッキーに不満は感じていないらしい。大きなピンクの舌で熱心に床をなめ始めた。

「展望室を使わせてもらってもいいですか?」ジェンが姿を消した今、スティーブがあの部屋を勝ち取れる可能性は一〇倍に跳ね上がった。彼女はどうも、自分が理性の声を代弁する存在だと思い込んでいる節がある。

ニーナが首を横に振った。「あそこは危ないわ」

「ニーナ、それは大げさじゃないかな」キャッシュが言った。「床を突き破って落ちたりするようなことはないと思うよ」自信はあまりなさそうだ。「でも、ジェンが言っていたとおりだ。もしきみに何かあったら、保険料が上がりすぎて払えなくなる」

「権利放棄書を書きますよ」スティーブは本気であの展望室に泊まりたかった。「見るだけ見せてもらってもいいですか?」

「まあ、いいだろう。おいで」キャッシュは折れた。椅子から立ち上がり、台所の裏にある廊下に向かう。ニーナはその場に留まったが、ブルーノはついてきた。スティーブの背後で、足が床板に当たる小さなカスタネットのような音が心地よく響く。

キャッシュが廊下にある小さなドアを開けると、はしごと呼んだほうがいいほど急な階段が現れた。彼はスティーブに先に行くよううながした。「先に上ってくれ。一階と二階のドアは通り過ぎて、それ以上行けなくなったら天井を押し上げるんだ。跳ね上げ戸になっている」

「跳ね上げ戸？　ディズニーみたいだ。いいなあ」スティーブが上り始めると、ブルーノがついてきた。「この子も来ていいんですか？」

「わたしなら行かせないけどね。まあ、上るのは問題ないだろうが、階段が急すぎて下りられなくなる可能性がある。そうなったら、きみが上で一生こいつの面倒を見なきゃいけなくなるぞ。エスキモー犬の糞ときたら、小型犬の体くらいの大きさがある」

スティーブはブルーノの頭を見下ろした。すぐ近くにいる。スティーブの腰のところだ。ブルーノは笑ったように見えた。「体重はどのくらいですか？」

「七〇キロはある」

「それなら大丈夫」スティーブはうなずいた。そのくらいなら、何とかなるだろう。再び階段を上り始める。「ここが終わったら、観賞用のにわとりを見せてもらっていいですか？　あと、納屋も」

「きみには変わった趣味があるみたいだな」キャッシュは言った。

スティーブは最初の踊り場まで半分ほど上ったところで、振り返って言った。「大学時代には冒険もしましたが、それは誰もが通る道ですから」

「いや、性癖のことではないんだが……。まあいい。あの上に見えるのが跳ね上げ戸だ。力を入れて押してくれ」

跳ね上げ戸はスティーブが想像したより重かった。何度か押してみたが開かないので、仰向けに寝転び、脚を曲げてから蹴り上げた。二組の目――男の目と雄の目が一組ずつ――が、若干がっかりしたような空気を漂わせて自分を見ているのがわかる。

跳ね上げ戸はようやく、障害となっていた何かを押しのけて勢いよく開き、部屋の中に跳ね上がって床に当たった。スティーブは両手の指を揃えて手招きするように内側に曲げ、〝ほら、拍手は？〟という仕草をしてみせた。ブルーノはスティーブの脇をすり抜けて階段を上り、下の踊り場で爪の甘皮をいじりながら待っていたキャッシュも上り始めた。

スティーブが展望室によじ登ると、すぐにキャッシュが入ってきた。ブルーノはすでに窓の下に立って前足を下枠にかけ、耳を立てて眼下に広がる土地を観察している。サラダ皿かと思うくらい大きな前足だ。

部屋に入ってまず目についたのは、窓の数の多さだった。あまりに窓が多いため、壁に真鍮のベッドの頭をつける隙間もない。そこで、ベッドは部屋の角から斜めに据えられ、両脇にサイドテーブルが置かれていた。壁にわずかにあるスペースいっぱいに幅の狭い平だんすが置かれ、すぐ左に船のへさきのようなバルコニーに続くドアがある。実用向きのロッキングチェアが二つ、目の前の窓から外の景色を眺められるよう室内を背にして、一・五メートルほどの間隔で並んでいた。間に置かれた低いテーブルには、双眼鏡が二つ並べてある。

スティーブは何気なく窓の外を見て、目を奪われた。

ジェンの言うとおりだった。景色は息をのむほどすばらしかった。空にはぶ厚い雲が低く垂れ込め、そこから降る雪が地平線を覆っているためにさほど遠くまでは見えないが、晴れた日にはカナダまで見わたせるような気がした。そっちの方向にカナダがあればの話だが。

眼下には一面に松林が広がり、巨大な銀盤のような湖までもがびっしりと森に取り囲まれている。湖の上では、おもちゃのコースを走るぜんまい式のミニカーのように、二台のスノーモービルが黒鉛色の小道で競争を繰り広げていた。それ以外に人の気配はいっさいない。

あそこには誰もいないのだ。

今自分たちがいかに人里離れた場所にいるかに気づき、スティーブはれんがで頭を殴られたような衝撃を覚えた。

「ここでは何もすることがないんでしょうね？」キャッシュにたずねる。

「衛星放送が入るよ。DVDのネットレンタルもあるし」

「外でってことです」スティーブは漠然と窓の外を指さした。

「あるよ、もちろん」キャッシュはむっとしたように言った。「スノーモービル、釣り、クロスカントリースキー。それに、投資家さえ見つかれば、わたしがすごいゴルフコースを作るつもりだ」

「そういう意味じゃありません。ここに住んでいる人たちのことです。旅行者じゃなくて。目新しいものが何もないでしょう。レストランも、劇場も、バーも、ダンスクラブも、画廊も、ショップも、展覧会も、新たにオープンするものは何もない。家や庭から出ても、新しいものは何もないんだ」

「確かにそうだな」キャッシュは同意した。その声に不満げな響きはなく、スティーブはふと思った。ジェンは父親がいかにこの島流し生活に満足しているか、知っているのだろうか？　キャッシュは慎重な足取りで、外側から徐々に内側へと円を描きながら部屋の中を歩き、床板の具合を調べている。

キャッシュはもう八〇歳近いはずだ。自分が八〇になったとき、よだれを垂らさずにいられれば上出来だとスティーブは思う。なのに、この人はあれほどの階段を上ることができ、しかも自分よりも息を切らさずにいられるのだ。

「平野で育った人間は、ここに来ると落ち着かないようだ」キャッシュが言っている。「木が道の両脇にびっしり生えていて、空間という空間を埋め尽くしているところに、密室恐怖を覚えるんだな」

スティーブは窓の外に視線を戻した。落ち着かないものを感じながらも、どこか惹きつけられてしまう。ホラー映画を見ているときのようだ。怖い思いをすることはわかっているのに、見ずにはいられない。

「バターの頭を売ってください」深く考える間もなく、言葉が勝手に出てきた。〝逃走か闘争か〝本能というやつだろうか。バターの頭を確保してさっさと逃げろ、というわけだ。

キャッシュはブルーノが立っている近くにぐらついた床板を発見し、片手でしっかり窓の枠につかまって、確かめるように板の上を行ったり来たりしている。答えはなかった。

「あなたがたが妥当だと思う値段でけっこうです。いや、妥当だとは思えなかったとしても、とにかく払います」

「それなら、早まったことをするな」キャッシュはひとかどの実業家として人生を始めたのだろうが、始まりがどうあれ、最後は立派なミネソタ州民として人生を終えるつもりなのだろう。訛りこそ北部と南部が混じり合っているが、言葉の選び方やリズムはミネソタ州民そのものだ。「わたしなら、そこまで熱心に買おうとする前に実物を見るよ。それに、ニーナが手放すかどうかもわからない」

「いくら払ってもですか？　どうして？」

「うむ」キャッシュはコーデュロイのズボンのポケットからすばやく油性鉛筆を取り出してしゃがみ、ぐらつく床板の上に黒々と大きなバツ印を書いた。立ち上がってから言う。「母親というのは、子供が作ったものを大事に取っておくものだろう？　手作りのカードだの、マカロニで作った絵だの、学校の演劇のプログラムだの」

そういうものなのか？

「だが、ニーナはジェンが子供の頃、あまりそういうことをしなかった。ほかのことで忙しかったからな。チャリティ活動。社長夫人としての客のもてなし。わが家はよく客を呼んでいたから。それ以上に旅行もしていたし。わかるだろう?」

「それがバターの頭とどうかかわってくるんです?」

「わたしもここでの生活が長くなりすぎた」キャッシュは気を取り直すように、すばやく頭を振った。「会話は本題から入るものだったな。つまり、ニーナはジェンが子供の頃のものを何も持っていない。あのバターの頭だけなんだ」

スティーブは口をはさまず、ニーナにバターの頭を手放してもらうための説得材料を探りだそうと熱心に耳を傾けた。

「ジェンがミス・フォーン・クリークに選ばれたとき、ニーナはものすごく喜んだ」キャッシュは続けた。「娘が美人だと思っていたからというだけじゃない。そう思うのはどこの母親でも同じだ。ジェンが目標を決めて、それに向かって必死に頑張ったからだ。わたしたちはあの子を誇らしく思っていた。この町になじもうとしながらも、自力で学費を稼ぐ方法も考えていたんだからね。結局、ここにはあまりなじめなかったんだが」考え込むような声で言い、顔を上げる。「とにかく、ニーナにとってバターの頭は、数少ない少女時代のジェンの思い出の品なんだ」

「でも、バターの頭を作ったのはジェンじゃありません」スティーブは抗議した。「おれです」

「ああ。でも、ジェンは卒業写真も撮ってないんだ。撮影のことを誰も教えてくれなかったんだろうな。だから、うちにあるものでそれにいちばん近いのが、バターの頭なんだよ」

「でも、あれは居間の壁に掛けられるようなものじゃない」筋の通ったことを言えば、キャッシュは認めてくれるに違いない。「どうするんですか？　週に一度納屋に会いに行くんですか？」

「そんなことはしない」キャッシュは言った。

「最後にあれを見たのはいつです？」

「四年ほど前かな」

「それなら、おれが持っていても変わりはないでしょう。ホログラムを作らせて、こちらに送りますから」スティーブは面食らっていた。一〇分前と変わらず、キャッシュがバターの頭を手放す気配はまったくない。

「ニーナはジェンのミスコンテストの記事を全部切り抜いて、アルバムに入れているんだ。でも、別におかしなことをしているわけじゃない。一晩中アルバムを見つめて目頭を押さえているとか、そういうのじゃないんだ」キャッシュは言い訳するように言った。感傷を嫌うのがいかにもミネソタ州民らしい。

「わかりました」自分がバターの頭を欲しがる理由をキャッシュに正直に話すべきか、スティーブはしばらく迷った。だが、ニーナにそれほどの思い入れがあるのなら、スティーブが頭を開くつもりだと知って、キャッシュがあれを手放す気になるとは思えない。それなら、芸術家として、制作者としてのふるまいに徹したほうがましだ。それに、たとえ後頭部を削り取るだけだとしても、先に実物を見たほうがいいことに変わりはない。だけど、本当にそこまでニーナが大事にしているのなら……。

ああ、道徳的な葛藤は苦手だ。

「とにかく」キャッシュはまたもぐらつく床板を発見して、悪人を見つけた怪傑ゾロのように勢いよく飛びかかり、バツ印をつけた。「ニーナが手放すかどうかはわからないが、きくだけきいてみればいいだろう。よし」

床板を調べ終えたキャッシュは、ほかに何かないかと部屋をぐるりと見回した。「で、この部屋はどうだ？」

スティーブは考えた。「寒いですね」

「そのとおり」キャッシュは淡々と言った。「それに、これ以上暖かくもならない。この建物は建築基準を満たしていないんだ。下からの熱は気まぐれにしか上がってこない。ここに暖房器具を置いたとしても、配線系統もおかしいから、建物ごと焼け落ちて終わりだ」

「予備の毛布をもらってもいいですか？」スティーブはたずねた。

「ああ。ただ」キャッシュはまじまじとスティーブを見た。「もしよければ、二階にある寝室のどれかを使ってくれ。そこならふつうの階段で行けるし、暖房も利いているし、居心地もいいし、カーテンも掛かっているし、窓も少ないし、家具も揃っている」

「いやです！　ここがいい」スティーブは真剣に言った。「お願いします」

「わかったよ。ただし、一筆書いてくれ。わたしがバツ印のついた床板は踏むなと言ったこと、きみがこの部屋の危険性を理解し、暖房器具を持ち込まないことに同意したこと、もしきみが死んでも遺族はわたしたちを訴えないことを明確にしてほしい」

「わかりました」

「それから、もしブルーノが床板をぶち破ったら、ハイディに知らせるのはきみの役目だ」

スティーブは嬉しくなってブルーノを見た。「この子と一緒に泊まっていいんですか?」

「ハイディが連れ戻しにこなければな。こいつはわたしのベッドには絶対に来ない。先約があるから。それに、ジェンは犬と一緒に寝るタイプじゃないから」キャッシュの最後の一言は、どこか悲しげだった。まるで、娘は人生の喜びを自ら拒否しているのだと言わんばかりだ。スティーブもこれまで犬と一緒に寝たことはなかったが、キャッシュの気持ちはわかるような気がした。

「夕食前に権利放棄書を書きますね」

24

午後五時四五分
〈ロッジ〉

「あの」スティーブは言った。「すみません。言うのを忘れてたんですけど、マッシュルームにはアレルギーがあるんです」

ニーナ特製の〝食物繊維たっぷりリゾット〟は、結腸洗浄を食事で行うつもりなのか、限りなく生に近い灰色の穀物の山の上に、角張った何かのかけらがばらばらとちりばめられ、それがほとんど味のない薄い汁に浸かっている。材料の中で唯一スティーブが正体を見破ったのが革のようなマッシュルームのかけらで、とつぜんアレルギー体質になったのもそのためだ。

ハレスビー一家は鉄の胃袋を持っているに違いない。ジェンは自分の山をていねいに崩しているし、キャッシュは皿を一目見たとたん決然とした顔つきになり、フォークで慎重に料理をすくって規則正しく口に運ぶ作業に没頭している。

「まあ! どうしましょう」ニーナは驚いて叫んだ。「大丈夫?」

テーブルの向こうで、ジェンが平然とナプキンで口を拭き、テーブルに置いてからたずねた。「アナフィラキシーショックを起こすの?」

驚いたニーナの顔に、動揺があらわになった。「救急車を呼んだほうがいい?」

ジェンが椅子を引いた。「フィリップおじさんの蜂刺され用の救急セットを――」

「待て!」やめてくれ。注射は大嫌いだ。「いや、そういうのは必要ないんだ。アレルギーといってもそんなのじゃない。ぶつぶつが出るだけだ。じんましんだよ。かゆいだけで、危険はない」

「ああ、よかった」ニーナが言った。「カラミンローションがあるわ。ジェン、カラミンを――」

「それもいい」スティーブはジェンの腕をつかんだ。母親の命令に従おうと立ち上がったのだが、どうも動きがすばやすぎる気がする。スティーブはこちらを向いた彼女の顔をちらりと見た。必死で笑いをこらえている。「反応が出るほどの量は食べてないと思うんだ」

ジェンはがっかりしたような顔で腰を下ろした。今朝会ったときの洗練された身なりのよい女性とは別人に見える。コーデュロイのズボンからジーンズに、シルクのブラウスから丈の長いいちご色のワッフルニットに着替えている。ゆるく波打つ髪を下ろしてあごの下まで垂らし、顔はすっぴんだ。肌は完璧とは言いがたかった。青灰色の目の脇には笑いじわがあり、鋭いあごのラインはほんの少したるみかけている。頬の上のほうにはかすかにそばかすが散っていた。鼻はわずかに左右が対称でなく、あごの下には小さな傷跡がある。

きれいな人だ、とスティーブは思った。冥界の王ハデスから娘を取り戻そうと立ち上がった農耕の女神、デメテルのようだ。力強く、女らしく、熟れているが、まだまだ成熟の余地がある。

こんなことを考えていることが本人に知れたら、きっと殺されるだろう。

スティーブの経験上、女性、特にセレブと呼ばれる女性は、成熟することを嫌う。何とも嘆かわしいことだ。スティーブは成熟した女性が好きだった。といっても別に、経験や知識、忍耐を備えているからという理由ではない。単に、青くて硬いよりも果汁たっぷりのほうがセクシーだと思うからだ。

「でも、それじゃお腹がすくわね」ニーナが言っている。「台所にひとっ走りして、何か作ってくるわ。すぐにできるから」

「お母さん」ジェンがおずおずと言った。「わたしが――」

ニーナは立ち上がり、ジェンの肩を手で押さえた。「いいのよ、ジェン。ここの台所の主はわたしだし、この家では味よりも健康を重視しているの。それに、味覚を慣らしていけば、油脂や砂糖や赤身の肉の味には魅力を感じなくなるのよ。でしょう?」最後の質問はキャッシュに向けられていたが、彼はひたすら食べ続けていた。

ニーナは自分の言い分が証明されたかのように、二人にほほ笑んでみせた。「そうね、おいしい塩漬け魚のオムレツを作ろうかしら? 魚は自分で漬けているの。一五分でできるわ」

　スティーブは自他ともに認める好き嫌いのない人間だったが、それでも直感的にこれは避けたほうがいいとわかるものがある。ブルーノも同じらしく、スティーブがいくら誘いかけても、フォークに残ったリゾットをなめてはくれなかった。

「ニーナ、お気づかいには感謝します」スティーブは言った。「でも、きのこのせいか、お腹の調子が悪くなってきたみたいで。だから、このままここでお話だけさせてもらってもいいでしょうか？」

「本当にいいの？」ニーナは疑わしげに言いながら席に戻った。

「大丈夫です」

　リゾットを片づけることに専念するあまり、スティーブのアレルギー騒ぎにすら気づいていなかったキャッシュが、最後の一口を食べ終えてフォークを置いた。顔を上げ、にっこり笑う。「どうしてみんな、びっくり箱みたいにぴょこぴょこしてるんだ？」

「何でもないのよ、お父さん」ジェンが言った。

「そうか？　ならいいが。ワインのおかわりはどうだ？」キャッシュはボトルを持ち上げた。

「ジェンは？」

「ありがとう」ジェンはグラスを差し出し、スティーブもあとに続いた。

　食べ物の不足分は、ハレスビー家のワインセラーが補ってくれた。

「今夜ネットショップで注文して、ワインセラーを補充しておくよ。〈バック・ラブ〉は閉店したんだ」キャッシュがジェンに言った。

「無理もないわ」ジェンは答えた。「あのぼったくり価格でよくここまで続いたと思うもの」

「それに〈よろず屋〉も閉まっている。冬の間だけだが」

「クリスチャンセン家はネープルズに家を買ったんでしょう?」ジェンはたずねた。「ダブは前からそうしたいって言ってたけど」

〝つながりがない〟と言う割には、ジェンはこの町のことをよく知っている。

「ジェン、こっちにはいつまでいられるの?」ニーナがたずねた。

「一一日間」

「と、一〇時間三二分?」キャッシュがつぶやいた。ちらりとジェンを見る。「もうアラームはかけたのか?」

「お父さん、そんな言い方はやめて。新番組の準備もあるし、ミネアポリスで片づけなきゃいけないこともあるの。忙しいのよ」

「お父さんはただ、あなたにそばにいてほしいだけなのよ」ニーナが言った。「〝愛は別れの時までその深さを知ることはない〟」

スティーブは興味を引かれてニーナに視線を向け、誰かがその名言にコメントするのを待った。だが、誰も口を開かない。「カリール・ジブランよ」結局、ニーナが言った。

ジェンとキャッシュは無表情のままお互いの顔を見ていた。妙な雰囲気だ。これは何かあると直感が訴えかけてくる。直感には自信があった。スティーブは子供の頃に両親を亡くし、その後は独身の大おばに面倒を見てもらったが、育てられたとは言えない。確かに、曖昧でぞんざいな形ではあったが、混じりけのない愛情は注いでもらった。それでも、大おばは年を取りすぎていたため、子供を〝育てる〟ことはできなかったのだ。つまり、スティーブは家族と深くかかわったことがないため、家族に関する直感を全面的に信用するわけにはいかないのだが、それでも……。

「マンションに戻らなきゃいけないの」しばらくして、ジェンが探るように言った。「荷作りも全然できていないし、月末には不動産仲介人《リアルター》が引っ越し先を見つけてくれるはずだから」

キャッシュは首を横に振った。「どうして実際に見たこともない家に住めるんだ？」

「どうしてって、とても評判のいい業者を雇って、厳しい条件を満たす住まいを探してもらっているから」

「でも、住み心地はどうなんだ？」キャッシュは食い下がった。「家の雰囲気だ。もし気に入らなかったらどうする？　わが家だという気がしなかったら？」

そういえば、〝わが家〟という言葉をジェンが使ったのは聞いたことがない。〝住まい〟〝マンション〟〝家〟とは言っても、〝わが家〟とは決して言わない。

「寝泊まりして、ときどき仕事をするだけだもの。次のところでも今のところと同じように過ごすなら、たいした時間じゃないわ。だから、そんなに心配しないで。人を雇って家を探してもらうなんて、ふつうのことなんだから」助けを求めるようにスティーブを見る。「スティーブ、あなたも家探しの業者を雇ったことはあるでしょう？」

「おれはアトリエで寝泊まりしてるんだ」スティーブは答えた。「使いもしない部屋がたくさんあっても意味がないと思ってるから」

「ほらね？」ジェンは勝ち誇ったように言った。でも、どうして勝ち誇っているんだ？　おれが彼女と同じくらい〝わが家〟を知らない人間だから？　二人はある意味お似合いなのかもしれない。

「本当にそれがあなたの望みなの？」ニーナが唐突にたずねた。

「何が？」ジェンはきき返した。

「その新しい仕事よ。負担が大きそうな気がするんだけど」

「でしょうね」ジェンはあっさり認めた。「でも、それが何？　テレビ界でも有数のライフスタイルの権威になれるのよ」

「それがあなたの肩書きなの？　〝ライフスタイルの権威〟？」ニーナはそっとたずねた。

その言葉が何を狙っていたにせよ、みごと命中したらしく、ジェンの喉元がみるみる赤くなった。「世間ではそういうふうに呼ばれているわ」こわばった口調で言う。「それがわたしの仕事なの」

「おまえはただ、自分が成功したと言いたいがために、仕事をしているんじゃないだろうな？」キャッシュがたずねた。「決めるのは自分なんだ。何をやっているかだけじゃなく、どうしてそれをやっているのか、時間をかけて考えることも大事だ」

ジェンの表情からは怒りが消え、こわばった様子もなくなっていた。顔には失意と悲しみ、そしてどこか気まずそうな色が浮かんでいる。キャッシュも同じ表情をしていた。相手とそっくり同じ不満と失望を抱いていることに、この父娘は気づいているのだろうか？

「ジェン、お父さんはあなたを自慢の娘だと思っているのよ」ニーナがとりなすように言っている。「ただ、ドワイト・デイヴィスという人の評判を聞いて、心配しているだけなの」

「いやなやつです」スティーブは言った。ハレスビー夫妻は視線を交わし、やっぱりという顔をした。二人も同じ意見なのだ。「本当に」スティーブは重々しく言った。だが、ジェンの刺すような視線に気づいて言い添える。「でも、人生にはいやなやつの下で働かなきゃいけないこともありますから」

キャッシュは少し考えてから言った。「実はジェンには――」

「あら！　もうこんな時間！」ジェンは父親の言葉をさえぎり、腕時計をテーブルの上に突き出してみせた。「雪ももう降りだしているし、七時に〈おとぎの国〉に行くなら、そろそろ出ないと」

スティーブも立ち上がった。「よし、行こう」

「あなたはいいわ」ジェンは言った。「外は暗いし、そんなに時間はかからないから。ついてきても退屈なだけよ」

「おれも行ったほうがいいと思う」バターの頭の行方など知ったことじゃないと思っている女性に、大事なバターの頭の回収を任せるわけにはいかない。「相手は誘拐犯だ。何をしてくるかわからない。きみが一人で外に出て、得体の知れない危険に身をさらしているというのに、ここでのんびり待っていることはできないよ」

「スティーブ、盗まれたのはバターの頭よ。凶悪犯罪でも何でもないわ」

「まあね」スティーブは言いながら、頭を忙しく働かせた。「それでもだ」

「それでも、何よ。心配してくれるのはありがたいけど、相手はただのおばかさんよ。筋金入りの犯罪者じゃないわ。だって、一〇〇ドルにしてって言ったら、それでいいって言うような人たちなのよ！　あなたさえ許してくれれば、ただにさせることだってできたかもしれないわ。だから、ここでブルーノの相手でもしながら待っていて。すぐに戻ってくるから」

正論だった。ジェンが正論ばかり言うことがどうも気に入らない。だが、彼女についていくための口実ならすでに考えてあった。「やっぱり行くよ。だって、連中があれを地面に置いたらどうする？　五〇キロもあるバターの塊を、きみは一人でピックアップトラックの荷台にのせられるのか？」

勝った。その証拠に、ジェンは目を細めて考え込んでいる。「あなたならできるの？」疑わしげに、彼女はたずねた。

「ああ」

「確かに、スティーブはブルーノを肩にかついで階段を下りてきたからな」キャッシュが保証してくれた。そのおかげで、明日の朝は鎮痛剤を一瓶ほど飲まないとベッドから起き上がれそうにないのだが、今それを白状するつもりはない。

「わかったわ。そこまで言うなら来てくれればいいけど、もしわたしがバターの頭を町のごみ捨て場に放り出してくるのを心配してるのなら、それはないから」

ジェンとは会ってからまだ一日も経っていないが、ここまでスティーブのことをわかっている人間は身近にもそういない。

25

午後六時一五分
ミネソタ州フォーン・クリーク
ガソリンスタンド〈ストップン・ゴー〉

「きみはお母さんに料理を習ったわけじゃなさそうだな」ガソリンスタンド〈ストップン・ゴー〉のアーク灯の下で、スティーブはジェンに言った。

雪は本降りになり、上から落ちてくるのではなく、横殴りに吹きつけていた。スティーブはジェンの父親に借りた〈ソレル〉の防寒ブーツを履いて襟を耳元まで引き上げ、レザージャケットのポケットに手を突っ込んで、必要もないのに外に出ていた。物だろうと人だろうと場所だろうと、彼の好奇心が尽きることはない。彫刻の腕に優れているのも、そのような好奇心と、見知ったものを三次元で表現する能力が相まってのことだろう。

「なんでわかったの？」ジェンはノズルを給油口に突っ込み、スティーブのクレジットカードをセルフサービスの機械に差し込んだ。

「どうしてきみは家庭料理の大家として知られているのに、お母さんの料理は……」失礼のない表現を探しているのか、スティーブは言いよどんだ。「あんな感じなんだ？」

ジェンは給油レバーを固定して車の側面から荷台の中に手を入れ、常備してある古いブラシを取り出した。フロントウィンドウの雪を払い始める。

「わからないわ」ジェンは言った。「母はわたしが子供の頃はまったく料理をしなかったの。料理を始めたのはこっちに引っ越してきてからよ。過去の罪滅ぼしと言いたいところだけど、実際にはただああいう料理を作るのが好きで、それが自分たち夫婦の健康のためだと信じているからでしょうね。それに、確かに二人とも健康なわけだし」運転席側の窓に移動する。

「もし、それが母の料理のおかげなら、二人はいつまでも生きられるわ」

「でも、犠牲が大きすぎるんじゃないか？」スティーブは声を潜めて言った。

ジェンは吹き出した。「父もわたしも家で同じようなことをよく言っているわ。もちろん母のいないところでよ。母から料理を取り上げようとは思わない。数少ない楽しみの一つなんだから」

「そうか」スティーブはその先を続けるのをためらっているようだ。髪に雪が積もり、つんつん立っていた髪が不思議な具合に縮れている。白髪混じりのくせっ毛。妙にセクシーだ。

「なあ、ジェン、きみが描く〝みじめでかわいそうな両親〟像は、おれにはどうもしっくりこないんだ。二人がそんなに不幸そうには見えなくて」

「まあ、確かに」ジェンは言った。「二人はあの状況でよくやっていると思うわ。それは否定しない。でも、考えてもみてよ。ローリーにいた頃の両親はまるで……ロックスターというか……その……」頭をめぐらせていると、ちょうどいいたとえを思いついた。「ニューヨークでのあなたみたいだったの。有名人よ。どんなチャリティパーティにも、どんなイベントにも、晩餐会にも招かれるような人。ある意味、そのせいでこの町から長い間抜け出せずにいるんじゃないかと思うの。こつこつと人生を立て直すっていう発想が受け入れられないのよ。父が言っているゴルフコースの話もそう。過去の貸しを利子つきで返してもらおうっていう、いつもの夢物語。実現することはないの」

スティーブは納得がいかないようだった。「人はふつう、やりたいことをやるものだよ。ご両親は好きでここにいるんだと思うけど」

そんなことがあるはずがない。ばかげた考えだ。両親はジェンと同じで、フォーン・クリークと永遠の愛は誓っていない。

「自由に選べるなら、誰だってやりたいことをやるわ。だけどたいていの場合、人はいちばん楽な道を選ぶものなの。両親にとっては、絶対に実現しない計画を立てているのがいちばん楽なのよ。現実を直視して、あきらめて死ぬよりは、そのほうがよっぽどましなの」

「うわあ。落ち込んでいるときはきみに連絡しないようにしないと」

「わたしは正直に言ったまでよ」ジェンは言ったが、自分の客観性が気のめいるものだという指摘には傷ついた。

「ご両親がそういう計画を立てるのは、必要に迫られてというだけじゃなくて、ただあれこれ考えるのが楽しいからっていうのもあるんじゃないかな。ほら、長い間持ち続けてきた目標も実現に近づくと、どうでもよくなってしまうことがあるだろう？　こんなことに時間も労力も注ぎ込んできたのかっていう気分になって」

スティーブは明らかに渋い顔をしている。何だか知らないが、彼にもこれまで目標としてきて、今になって努力が虚しく思えるものがあるのだろう。

「そうならないために、こまめに計画を変えるのかもしれない。そのときどきの必要に応じて」やはり苦しげに考え込んだ顔のまま、スティーブは言った。

「でも、それって」ジェンは彼に向かってブラシを振った。「敗北主義だわ。急に計画を変える人っていうのは、このままでは成功しないことに気づいて、面目を保つためにそうしてるんだと思う」

スティーブは唇の端をゆがめ、皮肉めいた表情を浮かべた。「でも、きみは違う」

「ええ。わたしは道をそれたことはないし、目指すものから目をそらしたこともない。一度も」ジェンは声に自信が満ちてくるのを待ったが、驚いたことにそうはならなかった。「二〇年以上、歩みは遅くても確実に、目標に向かって進んできたわ」

「氷河みたいに？」

またもジェンはスティーブの言葉に吹き出した。「ミネソタの氷の塊ってところね、わたし」

「きみの努力は買うよ」スティーブは足踏みをしながら言った。「そんなにも長い間、一つの夢に向かって頑張ってきた人は初めて見た」

夢？　ジェンはその言葉に心底驚いた。成功者になることは夢ではない。目標だ。どこが違うのか正確にはわからなかったが、両者に違いがあるのは明らかだし、自分が追っているのが夢のほうではないこともはっきりしている。反論しようと口を開いたが、何と言っていいのかわからなかった。そのとき、ガソリンスタンドの建物のドアから若い男性が自分を呼ぶ声が聞こえたため、何も言わずにすんだ。

「ミズ・リンド、こんな日にご自分で外に出てガソリンを入れることないんですよ！」防寒仕様のジャケットを着た痩せ型の少年が、建物からすばやく出てきた。片手にピンクのコピー用紙が入ったファイル、もう片方の手に大型のホッチキスを持っている。記憶に間違いがなければ、ケン・ホルムバーグの息子のはずだ。ビルだっただろうか？　ウィル？

「いいのよ。もうすぐ終わるから」いい子だ。「あなたは中に戻って！　帽子もかぶってないじゃない」

「おれも帽子はかぶってないよ」スティーブがあてつけがましく言った。

ウィルだかビルだかはジェンの言葉を無視した。「気がつかなくて本当にすみません。裏でホッチキスを探していたので……。ああっ！　スティーブ・ジャークスじゃないですか？」給油機のそばにすり寄ってくる。

「ああ、そうだよ」スティーブは〝謙虚なスター〟の笑みを浮かべた。

「うわあ！　ちょうどこれを貼ろうとしてるところだったんです。吹雪がひどくなる前にと思って」少年はコピー用紙を一枚取り出してみせた。「予報では大荒れになるらしくて。でも、予報っていつも大荒れになるって言ってますよね」生粋の北部人らしく、うんざりした口調で言った。

ジェンはスティーブの前に出て、告知文を読んだ。

お礼します！
スティーブ・ジャークス作、ジェン・リンドのバターの彫像を取り戻してくださった方に二五〇〇ドルお支払いします。
連絡は二一八ー八八八ー〇〇〇八まで。質問は受けつけません。

「何これ！」ジェンは叫んだ。「こんなの誰が出してるの？」神さま、お願い。わたしがバターの頭を取り戻すまで、あれを持ったおばかさんたちがこの話を聞きつけませんように。

ビルだかウィルだかは驚いた顔になった。「知りません。一時間前にどこかの女性が来て、貼るように頼まれたんです」

スティーブの顔を見ると、今にも取り乱しそうだ。「落ち着いて、スティーブ」ジェンは言った。「町が彫刻を用意できない状態で来賓をパレードに据えるのは外聞が悪いと思って、町長が町議会と相談して報奨金を出すことにしたんじゃないかしら」

「本当に？」スティーブの声音は〝おれを納得させてくれ〟と訴えていた。

「本当に」

「ミスター・ジャークス、お会いできて嬉しいです」少年は手を青い作業ズボンで拭いてから差し出した。スティーブは外国の高官に対するかのように、おごそかにその手を握った。

この点はジェンも評価せざるをえなかった。自分のファンに平等に接する彼の鷹揚さには、不思議なくらい心惹かれるものがある。

握手に舞い上がってしまったらしく、ぎこちなく動く油まみれの少年は数秒でフォーン・クリークの大使に変身した。「ミスター・ジャークス、この町にお越しいただいて光栄です」

「ありがとう」スティーブは少年の頭越しにジェンを見た。「どうかしたか?」

「別に」

「鼻を鳴らしてたけど」

確かにぶしつけな音をたてたが、この少年の前でそれを認めるわけにはいかない。「聞き間違いでしょ」満タンになっていることを願って給油ノズルを振ってみたが、まだ検知器は反応していなかった。まったく、ついていない。そう、ジェンは嫉妬しているのだ。でも、どうして嫉妬するのだろう? フォーン・クリークのことなどどうでもいいのに。

「質問してもいいですか?」ビルだかウィルだかはたずねた。

「いいよ」スティーブは車の側面にもたれた。襟の縫い目には雪が積もり、強さを増した風で顔は砂吹き加工でも施したように赤くなっているというのに、態度はいかにも自然で、まるでパーム・スプリングスでプールサイドに立って美術コレクターの一団と談笑しているかのようだ。

『酔っぱらいテトス』を作ったとき、素材は最初からアルミニウムに決めていたんですか？」

「いや」スティーブは顔をしかめ、真剣そのものの表情になった。「違ったんだ。最初は銀を使うつもりだったんだが、もろくて上の段が支えられないことがわかって、代わりにアルミニウムを使うことにした」

「やっぱり！」少年は宙でこぶしを振った。

ジェンは呆然と彼を見つめた。地軸がずれてしまったのだろうか？　ある晩何者かがやってきて、町の住民をすべて宇宙人とすり替えたのだろうか？　アメリカ美術研究の上級学位を持つ宇宙人と？

「わかったのか？」スティーブは言った。「すごいじゃないか。どうしてそれが――」

給油ノズルのレバーが外れた。「終わったわ！」ジェンははずんだ声を出した。「申し訳ないんだけど……ビル」

「ウィルです」

「ええ、ウィルね。申し訳ないんだけど、ミスター・ジャークスとわたしは大事な約束があって行かなきゃいけないから、そろそろ……」

「ああ。そうですか！」ウィルは後ろに下がった。「ミスター・ジャークス、あなたに会ったって友達に話すのが楽しみです。ありがとうございました。あ、運転に気をつけてください、ミズ・ハレスビー。一五〇周年祭のスターにけがをさせるわけにはいきませんからね？」

「ええ。そのとおりよ。乗って、スティーブ」ジェンはにこやかに言った。どうにか笑顔を貼りつけたまま車に乗り込み、窓の外でほほ笑む少年に目をやる。手を振る代わりにミネソタ流にハンドルから一本だけ指を離したが、そのときに中指を立てなかった自分の自制心に拍手を送りながら、反対の手でイグニッションキーを回した。エンジンがかかると、すぐにアクセルを踏み込む。

「おれの人気が気に入らないんだな？」スティーブが言った。

「違うわ」ジェンは道路から目を離さずに答えた。町から北に向かう道はカーブがすべりやすいのだ。「どうして？」

「知らないよ。でも、ときどきそういう人がいるから。それに、おれがサインを頼まれるたびに——」

「〝たびに〟？」ジェンはきき返した。「何それ。一回頼まれただけじゃない」

「でも、手元に紙とペンがあったらもっと頼まれていたはずだ」スティーブが本心を率直に語っていることはよくわかった。

ジェンは彼を見た。「みんながみんな、あなたのことを尊敬しているわけじゃないと思ったことはないの？　あなたのことを知らない人もいるし、知っていても興味がない人もいるでしょう？」

「そんなふうに思ったことはない」スティーブは即答した。「ただ、きみはおれに興味がないみたいだけど」

「気になるの?」このささやかな秘密を打ち明けるつもりはなかった。実は、大いに興味があるのだと。そんなことを言えば、スティーブの自意識を天高くで支えている、幻想だらけの土台を強化するだけだ。ただし、それが幻想ではなく現実だというのなら、話は別だ。いったいどっちなのだろう?

「いや、気にはならない」その言葉も本心のようだった。人がジャークスという祭壇にひざまずこうと、ひざまずくまいと、スティーブにはどっちでもいいのだ。彼はジェンの視線に気づいた。

「なあ、ジェン、さっきのガソリンスタンドの少年のことだけど。おれはどこに行ってもああいう反応をされるんだ。人は有名人に惹きつけられる。近くに寄って、どんなものか見てみたいんだ。感触はあるのか、味はあるのか、あわよくば魔法の粉が自分にも降りかかってこないかと思って。人がおれに何を求めているのかはわからない。おれが実際にそれを与えることができているのかどうかも」スティーブはにっこりした。「でも、そんなことはきみも経験から知ってるよな。ただ、この町は例外だっていうだけだから」

スティーブの言うとおりだと思った。

「その理由を考えたことはあるか?」

ジェンも考えたことはあるし、スティーブがどう考えているのかも知りたかったが、ここ数分間のうちに雪はますます激しさを増していた。雪に負けないようワイパーを強にしたが、ヘッドライトの中で雪片は枕投げの羽根のようにもうもうと舞っている。そこでジェンは車のスピードを落とし、ハンドルの上に身を乗り出して運転に集中した。

一〇分後、〈おとぎの国〉に続く曲がり角が見えてきた。

26

午後六時半

ヒルダ・ソダーバーグの家

一〇〇ドルぽっちかよ、とネッドは思った。スノーモービルスーツのチャックを引き上げ、ばかげたバターの頭をばかげたけちな持ち主に返しに行く準備をする。一〇〇ドルを三人で分けることになるとは。ばあちゃんのハーブ入りハム《ルールプルス》を賭けても絶対に三等分するつもりはないが、それでもせいぜい四〇ドルにしかならない。くそっ。

「ばあちゃん、ちょっと出かけてくる」ネッドは五部屋しかない小さなバンガローの台所に向かって声をかけた。

祖母はポリエステルの編み地に覆われた骨張った脚で、ぱたぱたと台所から出てきた。ひょろりとした腕に酵母のにおいがするおいしそうなものが入った大きなボウルを抱え、すばやい手つきでかき混ぜている。「こんな吹雪の中、どこに行くんだい？　シボレーにはスノータイヤがついていないよ」

「スノーモービルで行くよ。ターヴと待ち合わせしてるんだ。〈居酒屋ポーシャ〉に行って、ダディの手伝いをしてくる。ほら、あの店にはダディ一人しかいないから」

しわだらけの皮膚の奥深くで、祖母は疑わしげに目を細めた。「ネッド、何かよからぬことを企んでいるんじゃないだろうね？」

「違うよ！　ビールを一、二杯飲んで、〈ポーシャ〉の前の雪かきを手伝おうと思ってるだけだ」

「そうかい。でも、面倒なことになってもあたしを呼ぶんじゃないよ」

「わかってるよ、ばあちゃん」

「それより、みんなでダディの牛小屋の前の雪かきを手伝ってやったらどうだい？　うちの前の歩道も――」

誰かが玄関のドアをたたいたので、ネッドは尋問から逃れることができた。玄関ホールは掃除したんだから雪を落とす人は中に入れないでおくれ、という祖母の声にもごもご返事をしながら玄関に向かい、ドアを開ける。

ポール・ルデュックが戸口に立っていた。肩が耳につくくらい首をすくめ、ぴったりした帽子を赤くなった耳の上に引き下ろしている。凍えていて、みじめそうだ。その姿を見てネッドは少し気分がよくなったが、やがてポールが遊びに来たはずがないと気づいた。

「やあ、町長、どうした？」

ポールはてきぱきと言った。「ネッド、どこに行くつもりか知らないが、予定はキャンセルしてくれ」

「何だって？」ネッドは悲鳴をあげた。「どういうことだ？」

「きみは大雪警報が出たときは必ず雪かきをするという条件で雇われているってことだ。確かに最悪――失礼しました、ミセス・ソダーバーグ！　いらっしゃるのに気づかなくて。最高にいいにおいですね！　最悪なのはこの大雪です。だからきみに除雪してもらわないと」

何てことだ。「それを伝えにわざわざここまで来たのか？」ネッドは憤慨のあまり、ただでさえ少ない収入源が断たれる危険までは頭が回らなかった。「電話でよかったのに」

そうすればば、行けない口実をでっちあげることもできたのに。外出しようとしていたことがばれてしまった以上、急病になったという言い訳を町長に信じさせるのは至難の業だ。

「きみの車にはスノータイヤがついていないようだから、送っていったほうがいいと思って」

この町では、誰のどんな事情もすべて筒抜けなのか？

「それに」ポールは続けた。「わたしも途中まできみについていくつもりだ。前回、四四二号線を除雪するよう言ったとき、場所を忘れていたみたいだから」

こいつがついてくるって？　最悪だ！

「それはいいよ、ポール――」

「途中までだ」ポールはネッドの言葉をさえぎった。「帽子を取ってこい。行くぞ。わたしの電話を使っていいから、ターヴに途中で拾っていくと伝えてくれ」

最悪だ。とにかく……最悪だ。

27

午後六時五五分
〈おとぎの国〉

ジェンは郡道を曲がり、砂利道に入った。轍《わだち》に雪が積もってきている。道端には木が密集して生え、道路と森を隔てる堀の役目をする側溝もない。頭上で絡み合う枝がぶ厚い天蓋となるため、ほとんどの雪は地面までは届かないものの、断固として吹き荒れる風に運ばれた雪が松林の防御をすり抜けて地面を覆い、風倒木の上に盛り上がっている。

一〇〇メートルほど進んだところでジェンはぐいとハンドルを切り、トラックを方向転換させた。「ここからは歩いていくわ。身動きがとれなくなって、ここで一晩過ごすはめになったら困るから。そのほうが面白い、みたいな顔はやめて。あなただって困るのよ。冬のキャンプなんて楽しくないわ。しかもここはキャンプ場じゃないし」

「わかったよ」スティーブは助手席のドアを開けた。

「来なくていいわよ。本当に。ここから二、三分ほどだから」ジェンは彼のレザージャケットとジーンズに責めるような目を向けた。「はっきり言うわ、ハニー。あなたの服装はこの天候にはふさわしくない」

スティーブは目をしばたたいた。ゲイでもない相手に〝ハニー〟と言われたのは何年ぶりだろう？　しかもジェンの言い方はいかにも自然で、感じがよかった。

「大丈夫だ」スティーブは言った。「きみのお父さんに借りたブーツは温かいし、おれも行ってみたい。こんな場所に来るのは初めてなんだ。だから楽しくて」

ジェンは頭を振った。「わかったわ」

彼女は車を降り、道路に沿って歩いた。あたりは静かだ。このような種類の静けさがあることを、スティーブは生まれて初めて知った。柔らかな湿った雪では吸収しきれない音も、松の木に押しつぶされるか、木々の上で吹き荒れる風にあざ笑われて消える。

「おれたちは存在しないみたいだ」スティーブはささやいた。「幽霊になった気分だよ」

「それにしては大きな足」ジェンはささやき返し、キャッシュに借りたブーツが雪につけた足跡を指さした。手を伸ばして腕を組んできたので、スティーブは立ち止まった。雪に反射する光の中で、ジェンの顔は輝いて見えた。肌は青いうわぐすりをかけたようにつやめき、虹彩は陰を帯びている。雪片がスキー帽に当たり、肩章のように肩に積もっていた。

キスしたい。

だが、動けなかった。

「覚悟して」ジェンは楽しげに声をはずませた。「びっくりするから」ミトンをはめた手を挙げる。

スティーブは彼女が示した方向を見て、思わず吹き出した。

一〇メートルほど先に、大きなコンクリートの妖精《ノーム》が立っていた。塗装ははげて色あせ、ぐらりと傾いて三本脚の子鹿のお尻に寄りかかっている。ノームは『白雪姫』のこびとの一人、おこりんぼ《グランピー》に妙に似ているし、子鹿はバンビ風だが、著作権侵害で訴えられない程度には違いがある。それでも、似せてあるのは明らかだった。二体の像はいかがわしい行為の最中を見つかったかのような体勢だ。目を見開いたバンビの表情が無邪気というより驚いているようなので、よけいにそう見える。

「いつからバンビとグランピーが同じお話に出てくるようになったんだ？」スティーブはたずねた。

「一〇年ほど前に、暇を持て余した地元のひょうきん者がここに忍び込んで、残った像の配置を変えてからよ」

「地元のひょうきん者って誰だ？」

「誰も知らないわ」ジェンは再び歩きだした。

「冗談だろう？」

「ううん。本当よ、探そうとした人もたくさんいるんだけど」

「一〇年もあれば誰かが口をすべらせそうなものなのに」スティーブは興味しんしんに言った。「だって、どうしてそんな秘密を、そんなにも長い間黙っておけるんだ？」

「オロフ・オーマンとケンジントンの石の話は聞いたことある?」ジェンはたずねた。

その話なら知っていた。〈ヒストリー・チャンネル〉で特集を見たことがある。一九世紀末にどこかの農夫が文字の刻まれた石を発見したのだが、それはコロンブスがアメリカ大陸を発見する前にスウェーデンの探検隊が残したものだというのだ。研究者たちはいまだにその石が本物かどうかを議論している。

「あれは偽物で、その秘密がこれまでずっと守られてきたっていうのか?」考えただけで圧倒される思いがした。

「スウェーデン人はちょっとした秘密を持ちたがるのよ」ジェンの口調は楽しげだったが、本気で言っているわけではなさそうだ。「これも同じ」バンビのほうに向かってうなずく。

「人をあっと言わせるようなことをしておいて、それを誰にも言わないなんて……」スティーブは言った。「芸術家の仕業だよ」

「どうしてわかるの?」

「作者名を残していないから。作品そのものの価値で勝負したかったんだ。作者の人格や世間の期待にゆがめられることなく」

「スティーブ」ジェンは言った。「誰かがコンクリートの像を傾けて、情事にふけっているように見せかけただけよ。それは芸術とは言わないわ」

「ある意味では芸術……」スティーブの言葉はとぎれた。「あれは城か?」

「ええ」ジェンはグランピーとバンビのそばを通り過ぎ、かつては歩道だったと思われるところを進んでいたが、途中で道をそれ、スティーブが目にした小塔に向かって森の中を歩き始めた。

「子供の頃は、この一つひとつの場面は何キロも離れてると思ってたわ」ジェンは歩きながら言った。「奥に進んでいくと、ヘンゼルとグレーテルみたいに迷うんじゃないかと思ってた。あ、あの兄妹が何をしようとしていたのかは追及しないであげて。どうせいかがわしいことよ。わたしは八歳のときからあの話はうさんくさいと思ってたし、ここのコンクリートの像もいんちきだとわかってたけど、次は何が出てくるんだろうって思いながらこの曲がりくねった道をたどるのは、やっぱり楽しかった。お城はこの森の突き当たりにあるの。そこにたどり着く頃には、本当に魔法の森を歩いているような気分になってたわ」ジェンは言葉を切り、脇によけた。「ほら、あれ」

お城は一階半の高さしかなく、てっぺんの三分の一は崩れてぼろぼろのコンクリートの中から鉄骨がむき出しになっているが、もとは時間をかけて造られた建物のようだ。ぎざぎざの屋根の下には絵で描かれた窓が並んでいそうなものだが、意外にも本物の窓がはめ込まれていた。一階の入口についていたドアはかなり小型だったのだろうが、いずれにせよとうの昔にちょうつがいから外れている。それから数十年の間に、小さな入口の脇には薔薇が植えられ、それが建物を乗っ取っていた。今は枯れたつるが西側の壁を這い上がり、ドナルド・トランプのはげ隠しの髪型のように崩れた建物の上部を覆っている。

「魔法みたいでしょ？」ジェンは問いかけた。

その言い方に照れた様子はまったくなかったが、特におごそかな雰囲気もなかった。ジェンは魔法という言葉を当たり前のように口にした。すっかり慣れ親しんでいて、ファーストネームで呼び合う仲であるかのように。それは空から静かに舞い落ちてくる雪のせいかもしれないし、夜がすべての物から色を濾《こ》し取って、輝きだけを残しているからかもしれない。二人が打ち捨てられた小道を通って、打ち捨てられた場所を訪れているせいもしれない。理由は何であれ、確かに魔法のようだった。

スティーブは空に顔を向けた。雪に視界を奪われながら舌を突き出すと、雪片は猛烈な勢いで降り注いできた。

「うわっ！　この雪まずい」

「そう？」ジェンは面白そうに言った。スティーブがそちらを見ると、彼女も同じように上を向き、舌の上で雪を溶かしていた。降る雪の中で目を細め、体のバランスを保つために両腕を大きく広げている。「あなた、雪の味にはうるさいの？」

「違うよ。最後に舌で雪を受けようとしたときのことなんか覚えてない。ただ、もっと違う味だったような気がして。湧き水みたいな。純粋で、無垢で、神の涙のような。子供の頃はそうだったはずだ」

「スティーブ、あなたって本当にロマンティストなのね」ジェンは雪片を受けるのをやめ、城の入口の前でしゃがみ込んだ。「純粋で無垢だったのは雪じゃないわ。あなたよ」

彼女は持ってきた札を輪ゴムで留めると、腕をいっぱいに伸ばして城の中に突っ込んだ。

想像上の女神にも見えるし、実務的なビジネスウーマンにも見える。

ジェンは立ち上がり、鼻にしわを寄せた。「この城をよからぬことに使っていた人がいるみたい。マリファナのにおいがするわ」

「これからどうすればいいんだ？」スティーブはたずねた。魔法のせいかどうかは知らないが、体がひどく凍えてきたのだ。キャッシュの言うとおり帽子も借りてくればよかったと思いながら、足を踏み鳴らす。「ここで待っていれば、連中がバターの頭を返しに来るのか？　いったんここを離れて、あとで出直すのか？　何て言われたんだ？」

「出ていくときにわかるって」

二人は顔を見合わせた。

「ここに来てから車かスノーモービルの音を聞いた？」ジェンがたずねた。

「いや。でも、耳をすましていたわけじゃないから。きみは？」

「いいえ」ジェンは顔をしかめた。「聞き間違いだったのかしら。トラックの中に座って、相手が来るのを待っていればいいのかも」

「そうか。じゃあ座っていよう」

二人はトラックに戻り、中に乗り込んで席に座った。

それから一時間半、雪が窓をまずはベールのように、それから毛布のように包み、やがて完全に覆い隠すのを見ながら待った。交代で外に出て、お互いの顔が見える程度に光が差し込むよう、窓の雪を払って回る。ジェンは一五分ごとにエンジンをかけ、車内の温度が氷点下にならないようにした。だが、氷点下にならないくらいでは、さほど快適な温度とは言えない。

スティーブはレザージャケットをできるだけきつく体に巻きつけ、反対側の袖に手を突っ込んで、手の感覚が麻痺しないようにした。借りてきたブーツのおかげで足だけは温かい。尻は氷のようだった。

「体で温め合おうか？」一時間ほど経ったとき、スティーブはたずねた。自分がどんな顔をしているかは想像がついた。皮膚は真っ赤、鼻水が垂れ、耳も赤く、頬とあごは青黒い無精ひげで覆われている（ひげは今朝五時に剃ったきりだ）。「サバイバルの技術だよ。〈ディスカバリー・チャンネル〉で見たんだ」

ジェンは表情豊かな眉を片方上げた。「あなたが〈ディスカバリー・チャンネル〉を見てるのも意外だけど、テレビを持っているっていうのはもっと意外だわ」

「テレビは持ってないよ。ホテルの部屋で見たんだ。どこかの街で展覧会をやっているときは、ホテルでテレビを見て過ごすことが多いから。展覧会はよくやってるし」だから、ホテルに泊まることも多い。「そうばかにしたものでもないよ。テレビはいろいろと役立つ情報を教えてくれる。例えば、体温を保って極寒の環境を生き延びる方法とか。で、どうする？」

ジェンの視線がその答えを物語っていた。「別に凍死の危険にさらされているわけじゃないわ。スティーブ、帰りたければ帰ればいいのよ。あきらめて帰りたい？」

帰りたい。「きみは？」

「どうかしら。あと一五分だけ待ってみましょう」

一五分経つ頃には、スティーブの気分はさらに落ち込んでいた。バターの頭を盗んだ連中は町で報奨金の告知を見て割のいい申し出を選び、自分たちはこのままここで——体で温め合えば話は別だが——凍え死んでいくなんて。バターの頭を取り戻したくないわけではない。ここで凍え死ぬのがいやなのだ。スティーブはジェンに決断をゆだねることにした。

「おれ、凍え死にそうなんだけど」

「わたしもよ」ジェンはエンジンをかけてワイパーを動かし、新たにフロントガラスに降り積もった雪を払いのけた。「ちょっと考えてたの。おばかさんたちは郡道の脇に車を停めていて、わたしたちがここを出るのを確認してから入ってきて、お金を取ってバターの頭を置いていくつもりじゃないかしら。雪もすごいし、到着が遅れたのかもしれない。でも今頃はどこかでわたしたちを見張っていて、帰るのを待っているのよ。だから帰ったほうがいいと思う」

実務的な女性にしては、驚くほどまぬけな提案だった。「おれたちがいなくなってからここに来て金を取っていくとしたら、やつらがバターの頭を手放す理由があるか？」

「どこにもないわね」ジェンは認めた。「でも、町であのビラを見ていない限り、そのまま持っておく理由もないわ。わたしがお金を払うのは今回限りだってことは、態度で伝わっていると思うし」

「じゃあ、もし町であのビラを見ていたとしたら?」

「終わりね。あとにも先にもあの人たちがここに来ることはないし、これまでに費やしたわたしたちの時間とあなたのエネルギーはすべて無駄だったってこと」そんなに平然と言うことはないのに、とスティーブは思った。だがそもそも、ジェンはこの件に関係している誰よりも、バターの頭を取り戻すことに興味がないのだ。それでもここにいて、隣で震えている。

「もう、スティーブ、そんな悲しそうな顔をしないで。あの人たちが報奨金目当てにバターの頭を返したとしても、パレードであなたが隣に座れることに変わりはないのよ。終わりよければすべてよし。ただ」ジェンは数秒だけためらって続けた。「このしょぼくれた田舎町がお金を出さずにすめば、それに越したことはないけど」

28

午後八時半
同じ場所

ジェンはスティーブの返事を待たずに車を発進させ、郡道に出ると、降り積もった雪の上に慎重に乗り上げて道路を走り始めた。来たときよりも雪は増えていた。大量に。もともとよくなかった走行条件は、大幅に悪化している。郡道はヘッドライトに照らされた薄暗い川も同然で、かすかなタイヤ痕だけを頼りに曲線か直線かを判断しなければならない。ハンドルを握り締めるこぶしはミトンの中で真っ白になっている。ジェンはスティーブに目をやった。少なくとも、一人はドライブを楽しんでいる人がいるようだ。

今朝運転したのは、八〇年代にバングルスのコンサートに行ったとき以来だというスティーブは、待ちに待ったお出かけをしている六歳児のようにわくわくした顔であたりを見回していた。ときどき窓ガラスを袖で拭いては鼻を押しつけ、嬉しそうに叫びながら何かを指さしている。最初は雪の丘（「あれはボブキャット？」「違うわ」）で、次はヘッドライトに光る道路の反射板（「あれはボブキャットの目？」「違うわ」）、最後は道路を横切ったどこかの納屋猫（「あれは――」「違うわ」）だった。

ジェンはスティーブの望みをかなえてくれる何かが夜闇から出てくることを願ったが、手に余るほどの男性ホルモンに突き動かされたらしい大きな雄猫は別として、こんな猛吹雪の中に飛び込んでくる動物などいるはずがなかった。

こんな猛吹雪の中に飛び込んでいる自分たちがどうかしているのだ。

視界はホワイトアウト寸前で、フロントガラスにはクリスマスツリーを飾る人工雪のようにびっしりと雪がつき、道路と側溝の境目を示す手がかりは何一つない。強い突風が吹くたび、トラックは目に見えない溝のほうに押しやられ、ジェンは落ちてしまわないよう必死でこらえた。ハンドルの上に身を乗り出し、道路だと思われる範囲の中央から外れないよう頑張ったが、一方のスティーブはばかみたいに満足げな顔で座っている。

道路には人もまったく見当たらなかった。当たり前だ。みんな分別というものを持ち合わせているのだ。携帯電話で州警察を呼ぶことも考えたが、まだ溝には落ちていないし、警察はすでに落ちた人からの電話を大量に受けているだろうから、〝そうですか、では安全運転で〟と言われることは目に見えている。

だから、ゆっくり運転するしかなかった。郡道に出て三〇分ほど経ったとき、町に一台しかない除雪車が轟音をあげながら通り過ぎていった。ジェンたちが来た北のほうに向かっているが、あのあたりにはほとんど人が住んでいないのだから、行ってもあまり意味はないだろう。数分後にようやく町に戻ってきたとき、ジェンはあの除雪車の運転手がいかに常識外れであるかに気づいた。彼が〝除雪〟した街路はひどいありさまだったのだ。

ずっしりと盛られた雪で脇道はほとんどふさがれ、メインストリートの中央線沿いにも雪が積まれているため、Uターンをすることができない。除雪車が積み上げた雪はすでに風に運ばれて崩れ、この町唯一の信号機のそばに巨大な吹きだまりを作っていて、南に向かう車線がきれいに封鎖されていた。

といっても、ほかに南に向かう車がいるわけではない。北に向かう車もいない。それ以外の方向に向かう車も。

フォーン・クリークはゴーストタウンと化し、聞こえるのは激しい風の音と、交差点の道路標識がかたかた鳴る音だけだった。見わたす限り車は一台もなく、一面に積もった雪だけがメインストリートを水平に駆け抜けている。

「最悪」ジェンはつぶやき、左右をきょろきょろして入れる脇道はないか探した。「このまま雪に突っ込むわけにはいかないわ。ここは抜けられたとしても、南行きの道はその先も埋まってるに違いないもの」

「じゃあ、どうする?」スティーブはこれっぽっちも心配していない様子でたずねた。明かりの消えた店並みを指さす。「どこかの店のドアをたたいて、〝哀れな旅人を助けてください〟って頼んでみる?」

「店舗の上に人が住んでいればいいけど、ほとんどの店主は住宅街に家を持っているのよ」

「じゃあ、そっちに行こう」

ジェンは身をよじった。「いやよ」

「どうして？」

ばかなことを言っているのはわかっていた。でも、構わない。「助けを求めたくないの」

スティーブは両手を挙げ、昔ながらの〝お手上げ〟の仕草をした。「どうして？」

なぜなら、ミス・フォーン・クリークに選んでもらって以来、この町の人には何も頼んでこなかったから。この町に期待したことがそもそも大間違いだったから。ここの住民にはいっさい借りを作りたくないから。そう、あのときのことが今もこたえているからだ。当時のことをいまだに気にしている。理由はただそれだけだ。

「とにかく無理なのよ」

「じゃあ、凍死するか、このまま思いきって進むってことか？」スティーブは不安げにこちらを見た。今にもジェンが口から泡を吹くのではないかと思っているかのようだ。

ジェンは頑固で神経質なだけなのだ。愚かなわけではない。

「そんなはずないでしょ」ジェンは言った。「どこかの店に押し入るわ」

ジェンは〈喫茶スメルカ〉を選んだ。目の前にあったし、倹約家のグレタが防犯システムを入れていないことはわかっていたからだ。それにスティーブは今日、トラックを駐車した。といっても、クッキーを半分とリゾットをスプーン一杯しか口にしていない。ジェンはトラックを駐車した。といっても、単にトラックから降りてそのまま放置しただけだ。外に出た瞬間、あまりの風に息が止まり、襟から氷の手が差し入れられるのを感じた。ジェンは雪の中で目を細め、みぞれ混じりの突風が入らないようにした。

気温が下がってきたため、湿った雪は降る途中に凍り、つぶてのようになっている。ジェンはスティーブを見て驚いた。むき出しの耳を両手で覆い、相変わらず不安よりも興味の勝った顔であたりを見回している。つくづく弱音とはほど遠い人だ。

「こっちよ!」ジェンは風の中で叫び、喫茶店の方向にスティーブの袖を引いた。二人で〈喫茶スメルカ〉の前に立ちはだかる雪の吹きだまりを這い上る。田舎町ならではの無防備さを期待し、ジェンはドアの取っ手を引いてみた。開かない。田舎も昔のようにはいかないようだ。

ジェンは簡単に入れる方法はないかと思い、ドアをざっと眺めた。最悪、と思いながらトラックのほうに引き返す。

「どこに行くんだ?」スティーブが叫んだ。

「トラックに戻るの」振り向かずに叫ぶ。「ダッシュボードの中に何か鍵を開けるものがないか探して——」

ガシャン!

ジェンはさっと振り向いた。スティーブがさっきの位置に立ったまま、袖からガラスの破片を払い落としている。喫茶店のドアの窓がなくなっていた。「開いたよ」彼は言い、割れたガラスの縁の上からそろそろと手を入れてドアの錠を外した。ドアを開け、ジェンが身をかがめて入るのを待ってから、自分も入る。

「窓をふさぐものを探したほうがよさそうだな」スティーブは電気をつけた。「ここで一晩過ごすことになりそうだから」

彼の無邪気さには心がなごむ。

「スティーブ」ジェンは言った。「保安官事務所には今頃、五件は通報が入っているはずよ。田舎町では誰にも気づかれず、報告されず、噂されずに何かをすることは不可能なの。たとえ吹雪の夜だったとしてもね。だから、アイナーが溝にはまった人を全員引っ張り出してから事務所に戻って、留守番電話の容量いっぱいに〈喫茶スメルカ〉の押し込みの通報が入っているのに気づけば、わたしたちはここから出られるの」

スティーブもジェンが確信を持っているのがわかったようだ。「それはいつになるんだ？」

「だいぶ先ね」ジェンは窓の外に目をやり、れんが造りの二階建ての店が並ぶ通りの向こう側を眺めた。今も二階を住居にしている店があるとしても、どこがそうなのかはわからない。明かりがついた建物はなかった。もちろん、それは何の手がかりにもならない。明かりのついた部屋で窓に鼻を押しつけていれば、面目は丸つぶれだ。そして、フォーン・クリークのような町では、人はしょっちゅう窓に鼻を押しつけている。

「天井の電気は消さない？　明かりに気づいた人が、命の危険を顧みずに様子を見に来たら困るもの。といっても、危険にさらされるのはわたしたちの命のほうよ。ここでわたしたちが動き回っているのを見た人が、一二口径を持ってくるかもしれないから」

「冗談だろう?」スティーブはまたも顔を輝かせて言った。この町の何もかもが楽しくて仕方がないらしい。「面白いね」

「あなたって本当に変な人」ジェンは言った。「いいから電気を消して」

スティーブはスイッチを切った。

「あなたが割れた窓をふさぐものを探している間に、わたしは何か食べるものを作ろうと思うんだけど、どう?」

返事をする代わりに、スティーブはジェンの顔を見た。窓の内側に取りつけられたネオンサインに照らされ、顔がきれいな青に染まっている。もし前夫がこの半分も敬意のこもった目で自分を見てくれたら、今も結婚生活は続いていたかもしれない。

「それはありがたい」

ジェンはランチカウンターの中に入り、設備をざっと目で確かめてから、ガス台の奥に二つ並んだ扉に向かった。片方の扉を手前に開き、ウォークイン式の空間に頭を突っ込む。冷蔵庫というより地下貯蔵室のような雰囲気だ。じゃがいも入りソーセージと燻製ソーセージ《キルバサ》、長く連なった自家製のウィンナーが手前の壁のフックから吊され、奥の棚には卵の紙パックと、牛乳と生クリームのガロン容器がいくつか、そして大きなバターの塊が二つ置かれていた。棚の下に目をやると、にんじんと玉ねぎとじゃがいもがおがくずのつまった大きな箱からのぞいている。

ジェンは扉を閉め、隣の扉を開けた。こちらはふつうの貯蔵庫で、小麦粉、砂糖、米、マカロニ、乾燥豆の入った大きな缶が並んでいる。棚には食品の缶詰や箱が置かれていた。

ジェンは指の関節をぽきりと鳴らし、作業に取りかかった。

スティーブがダクトテープを見つけてきてぶ厚い段ボールを割れた窓に貼りつけ始めたときには、ソースパンではルーがぐつぐつ煮え、マカロニの鍋は沸騰していた。ジェンは玉ねぎとセロリとにんじんを手早くさいの目に切り、たっぷりのバターでソテーし始めた。

「冷蔵庫にビールがないか見てくるよ」スティーブは言い、ウォークイン式の貯蔵室の中に消えた。一分ほどして出てくると、カウンターの外に出てスツールに座った。

「ビールはなかったの？」ジェンはパンを二切れ、トースターの中に突っ込みながら言った。

「なかった。でも代わりにいいものを見つけたよ」

「じゃがいも蒸留酒《アクアビット》ね」細かくみじん切りにしていた二片のにんにくから顔を上げ、ジェンは言った。最後にアクアビットを飲んだのは高校最後の年、フォーン・クリークの学園祭のダンスパーティの前だった。酒の力を借りて大恥をかく覚悟を決めたのだ。ハイディを道連れに。

あのときは、ケン・ホルムバーグと町議会に、ミス・フォーン・クリークの任を解かせることで頭がいっぱいだった。ステートフェアでの大敗から一カ月も経たずに行われる学園祭は、彼らを動かすにはちょうどいい機会に思えたし、王冠を剝奪させる口実としてハイディはぴったりだと感じた。けれど、北欧系の人を思いどおりに動かすことなどできない。北欧文化そのものが、辞書で〝冷静〟と〝沈着〟という言葉を定義するために存在するのかと思うほどなのだ。それなのにジェンは、学園祭のダンスパーティではめを外せば、筋金入りの保守派でルーテル教会に属するこの町の人々の中では、目的が果たせるはずだと思っていた。だが、そうはいかなかった。

今思えば、神に感謝すべきだ。その数週間後、『すてきなご近所さん』へのレギュラー出演の打診を受けたのは、ジェンがまだミス・フォーン・クリークの地位にあったからだ。そして、そこから……ここまで来たのだから。

「そんなの飲んだら死んじゃうわよ」

「そうかも」スティーブは栓を開けた。「たとえ死ぬとしても、体はほかほかだ」カウンターに身を乗り出して頭を突っ込み、ジュースグラスを二つつかんでもぞもぞと体を起こす。スティーブはグラスを二つとも満たし、ジェンのほうに押しやった。「フォーン・クリークに乾杯」グラスを掲げる。

ジェンは鼻を鳴らし、グラスを上げてかちりと合わせた。「あなたがこの町に乾杯するのは、会った人がみんなちやほやしてくれたからだわ」

「それって最高だろ?」スティーブは認めた。

ジェンは酒をぐいっと一口飲むと、ルーに牛乳を加えながら手早くかき混ぜた。「ええ、あなたにとってはね。でも、わたしは二三年間この町に出入りしているけど」すり下ろしたチーズを一つかみ、ルーの中に入れる。「サインを頼まれたことは一度もない。お気づきのとおり、確かに少し嫉妬しているわ。ううん、怒ってるのね。嫉妬っていうのは、自分もそうなりたいっていう気持ちだもの。自分も同じはずだって思えば、それは怒りだわ」

ジェンはホワイトソースをコンロから下ろし、アクアビットを一口飲んでから、コンロの上のフックから鍋つかみを数枚取った。マカロニの入った鍋を流しに持っていき、あらかじめ置いておいた水切りボウルの上にひっくり返す。

「きみはここの住人だから」スティーブが言った。

ジェンは肩越しに彼を振り返ってからトーストしたパンを砕き、にんにくとバターがじゅうじゅう音をたてる小さな鍋に落とし始めた。「違うわ。わたしは両親に会いに来ているだけよ。そもそも町にはほとんど来ないし」

「そんなはずない」スティーブは言い、円を描くようにグラスを揺らした。「今日会った人とはみんな知り合いだったじゃないか。一人残らず」

そうだったかしら？　ジェンはその言い分を一蹴した。「偶然だわ。これから一週間、毎日メインストリートを歩いたとしても、ようやく一人知り合いに会う程度よ」

湯切りが終わったマカロニをボウルに移し、上からホワイトソースをかけて、金色に輝くなめらかな混合物をていねいに混ぜる。アクアビットをもう一口。

「でも、向こうはきみを知っている」

ジェンはじゅうじゅう音をたてている野菜の鍋をコンロから下ろしてボウルに加え、胡椒とマスタードと挽き立てのナツメグをかけた。「そうかもね。でもそれは、この町の人はお互いのことを何でも知ってるからっていうだけのことよ。〝人生は開かれた本のようなもの〟

っていう言葉があるでしょう？　それと同じで、田舎町はみんなが毎日読んでる仲間内のブログみたいなものなのよ」

ジェンは身をかがめて冷蔵庫に入り、皿に入ったスライスハムを持ち出すと、小さく切ってマカロニのボウルに加えた。あらかじめ見つけてバターを塗っておいた小型の耐熱鍋に、ボウルの中身をスプーンで入れる。仕上げにガーリックバターに浸したトーストの破片を散らし、耐熱鍋をオーブンに入れた。アクアビットのグラスを手に取る。

唇にグラスを持っていく。二一年前もこんなふうに、一口飲むごとにアルコールはすんなりと喉を通っていった。

「パレードの主賓を頼まれたじゃないか」

まだフォーン・クリークの話をしているの？　ジェンはなるほど、という顔でスティーブを見た。都会の住人によく見られる傾向だ。ジェームズ・スチュワート症候群。田舎には、あの俳優が演じるような善人しかいないと思っているのだ。まったく、もっと早く気づくべきだった。ジェンがキャリアを築いてこられたのも、その教えがはびこっているおかげなのだから。

「ねえ、ぼくちゃん……おっと！　ごめんなさい。今のは酔っぱらいのたわごとよ。言い直すわ」ジェンは慎重に口を開いた。「ねえ、スティーブ、あなたはずっとそれが一大事みたいに言ってるわね。でも、違う。わたしが思うに」言葉を選びながら続ける。「パレードの主賓というのは誰に頼んだって構わないの。人間じゃないものに頼むことだってあるわ。例えばあなたの……母の、バターの頭みたいに。実はね」口調が熱を帯びてくる。「あなたが主賓の片割れをやるって聞いて、ちょっと驚いたわ。気を悪くしないでほしいんだけど、あなたはスポットライトは一人で浴びたいタイプなのかと思っていたから」

スティーブはプライドを傷つけられたような顔をしたが、その表情はいかにも作り物だった。まったく、かわいい人だ。

「本当のところを言うと」ジェンは続けた。「町議会はこの町に投資家を連れてくるのに必死で、その材料の一つがわたしなの。注目を浴びるための最後の望みなのよ。ジェン・リンドの故郷、フォーン・クリークにようこそって。チコっていう、犬に乗る猿がいたじゃない？　あの猿がこの町の出身だったら、パレードの主賓に迎えていたでしょうね。わたしよりよっぽど客が集まると思うわ」

「じゃあ、おれは？」スティーブはたずねた。

しまった。今度こそ機嫌を損ねてしまった。ああ、この人の自意識は傷つきやすいのに。爆発事故を起こした飛行船のヒンデンブルク号と同じで、大きいばかりで耐性はないのだ。

「あなた？」ジェンはグラスの口をスティーブのほうに向けて催促するように振ってみせ、彼がお代わりを注いでくれるのを待ってから口を開いた。「あなたの話題にはメディアが飛びつくもの。あの美術界の世界的ヒーロー、スティーブ・ジャークスが北国で原始生活をしてるのかって。ローカルニュースはこぞって取り上げるだろうし、かわいそうなおじさまたちはそうやって報道されるのをあてにしてるのよ」

ジェンはオーブンの扉を開け、中をのぞき込んだ。マカロニの表面はいい具合にぷつぷつ沸き立っている。あと一分もすれば、黄金色のパン粉がさくさくに焼き上がるだろう。

「町の努力を全否定するつもりはないわ。うまくいけばいいと思ってる。でも、こんなことをしても無駄なことはわかりきっているの」

「どうして?」

「資金がないから。住民は年収が二万五〇〇〇ドルいかない人がほとんどよ。この町が生き延びるには、小規模な自営業に投資してくれる人を大勢連れてこなきゃいけない。そのためには、よっぽどお金を持ってる人を探すか、この町に投資してもいいと思える材料を示さないと。でも、そんなものはないのよ! 高速道路からは一五キロ以上離れてるし、魅力的な産業もない。ケンのホッケースティック工場ならあるけど」ジェンは秘密を打ち明けるように、左右を見てから声を潜めた。「噂では〈ミネソタ・ホッケー・スティックス〉は最近規模を拡張したのに、思ったほど経営状態がよくないらしいの。もしケンの会社が倒産したら、四〇か五〇の世帯も道連れよ。田舎町の経済は珊瑚礁みたいなものなの。ものすごく複雑に絡み合って、微妙なバランスの上に成り立っている。一〇世帯減っただけで、公立学校の州からの補助金やガソリンの売上まで、そこらじゅうに連鎖反応が出る。五〇世帯も減れば、恐ろしいことになるわ。仕事を失うのは会社の従業員だけじゃない。会社の駐車場の雪かきをしていた人も、製品を輸送するのに雇われていた地元の運送屋も、保守サービスの業者も、工場のほとんどの従業員が毎日昼食をとっていた喫茶店も、みんな影響を受けるの。カジノができて以来、町の観光産業がほとんど食われてしまったのも痛いわ。三年連続で雪が少なかったから、雪目当ての観光客も来ていないし」ジェンは酒を一口飲み、考え込むように言った。「ここにあるのは湖と森だけ。それにスティーブ、念のために言っておくけど、ミネソタでは湖は珍しくも何ともないの」

「じゃあ、町の人は外がこんなふうになって喜んでるだろうね」スティーブは言い、窓の外のホワイトアウト寸前の街路を指さした。

「本当にそう思う？」ジェンは小さくため息をついた。フォーン・クリークはどうしてこうも運が悪いのだろう。「せっかくの雪だけど、もっと早く降ってくれるか、あと少し待ってもらわなきゃどうしようもないの。このぶんだと、一五〇周年祭に来ようとしている旅行者が足止めされてしまうわ」

この町の将来など知ったことではないのに、こんな話を続けていると気分がめいってしまいそうだ。そろそろ話題を変えたほうがいい。

ジェンはオーブンを開け、鍋つかみを手にはめてから料理を取り出し、スティーブの前に置いた。金物類が入っている場所を見つけてフォークを渡す。皿に一山盛りつけ、目の前に差し出した。「どうぞ。でも冷ましてからじゃないと、口の中を火傷するわよ」

スティーブはぴんと背筋を伸ばし、たっぷり盛られた料理にフォークを突き立て、待ちきれない様子でフォークの上に息を吹きかけた。ジェンがうなずくと、フォークをぱくりと口に入れる。

顔いっぱいに幸せそうな表情が広がった。

スティーブは一口目を飲み込むとフォークで二口目をすくい、急いで息を吹きかけてから口に入れ、もぐもぐとかんで飲み込んだ。

「これ、何?」次の一口をほおばりながらたずねる。

ジェンは肩をすくめた。

「そんなあ。名前を教えてよ」スティーブは言い張った。「こんなの……今まで食べたことがないんだ。まあ、これに似たものはあったと思うけど、これは……これは全然違う」

言いたいことはわかった。ジェンもおいしいものを食べたときは同じように感じる。

「何ていう名前?」スティーブは食い下がった。

「さあ。ホットディッシュ?」ミネソタでは耐熱容器に入れ、オーブンで焼いた料理はすべてこう呼ぶ。

「ホットディッシュか」スティーブはささやくように、うっとりと言った。

29

午後一〇時
〈喫茶スメルカ〉

スティーブは記録的な速さでホットディッシュの一杯目をたいらげると、皿いっぱいに二杯目を盛りつけて食べ始めた。ジェンはアクアビットを飲みながら、彼が食べる様子を眺め、満足げにうなずいた。だから料理が好きだ、と思う。自分の作ったものを誰かがおいしそうに食べて、食欲に目覚め、快楽に溺れる己を発見する。今は手軽さと便利さを追求するあまり、味覚がにぶってしまっている人があまりに多い。スティーブには食欲がある。物も、人も、食べ物も、会話も楽しめる人だ。きっとセックスも心から楽しむのだろう。それを自分で確かめるつもりはない。それでも、女はあれこれ想像し、考えをめぐらせることができる。そのような想像をするのは久しぶりのことで、ジェンは後ろめたさを覚えながらもその楽しみに浸った。

あの白いシャツの下には、引き締まった筋肉が隠れているのだろうか？　ジムに通うタイプには見えない。でも、お腹はいい感じにぺったんこだ。がっしりした手首もいい。きっと彫刻をしているせいだろう。強そうで、張りがある。

「これがきみの仕事?」ジェンがみだらな妄想を楽しんでいると、スティーブの声が割り込んできた。「みんなにホットディッシュの作り方を教えているのか?」

だったらいいのに。ジェンは片手を頰に当て、スティーブに向かってにっこりした。「ホットディッシュにレシピはないの。手元にある材料と、その組み合わせ方で味が決まる。同じものは二度と作れない。その料理も、作ろうと思っても二度と同じにはならないわ」

「芸術だね」スティーブはきまじめな顔で重々しく言った。

「食べ物よ」ジェンは訂正したが、スティーブにほめられたのが嬉しかった。わかってくれたのだ。何を、かは別にして。キスはうまいのだろうか? アクアビットとホットディッシュの味がするに違いない。ジェンはさらにアクアビットを飲んだ。

「料理は誰に習ったんだ?」スティーブはたずねた。「おばあさん?」

ジェンはまたも鼻を鳴らしてから、なぜだろうと考えた。ふだんは鼻を鳴らすのは控えているのに。だが、ここはフォーン・クリークだ。それに、スティーブの前で女らしくふるまうつもりもない。といっても、女らしくふるまいたくないわけではない。どうもよくわからないが……まあ、気にするほどのことではない。「ううん、違うわ。祖母には使用人がいたもの」

「使用人、ね」

「ええ。わかるでしょ？　メイド、コック、家政婦、庭師。使用人よ。昔は両親も使っていたわ。わたしに料理を教えてくれたのも使用人なの。家政婦のティナ。ジャマイカ出身で、どんな料理も作れた」ティナは今どこにいるのだろう？　「母が失ったものはたくさんあるけど、いちばんはティナでしょうね」

「きみは？　きみは何を失った？」

とっさに一人の人物の顔が頭に浮かんだ。鮮やかな銅色の巻き毛に縁取られた、そばかすだらけの角張った顔。テスだ。今ではほとんどテスのことは考えなくなっていた。その傷だけは、時が癒してくれたのだ。けれど今、テスのことを思い出してみると、何かやり残したことがあるような気がした。どういうわけか、何かを忘れているような気がしてならない。例えば、葬式に行かなかったとか（実際には行っている）。おかしな話だ。それが何なのか、見当がつかなかった。

ジェンはアクアビットを飲み干し、思わずぶるっと身震いした。

「ごめん」スティーブがあまりに静かに言うので、ジェンは一瞬、自分が何か胸の内を明かすようなことを言ったのかと思った。顔を上げると、彼は何かを訴えるように、真剣な、心配そうな顔でこちらを見ていた。そんなふうに見てほしくはなかった。心配されると、自分に何か心配されるような点があるのかと思ってしまう。でも、そんなものは存在しないのだ。自分はすべてを把握している。あとは自動操縦で先を目指すだけだ。だから、この会話は無難な……今のような気まずさのない話題に戻したほうがいい。

ジェンはカウンターに身を乗り出した。部屋がわずかに揺れ、すぐに止まる。「スティーブ、ここで何をしてるの？　本当の目的は何なの？」

「おれの、いや、きみのバターの頭に会うことだよ」スティーブは答えた。

「嘘だわ」ジェンは彼の鼻の下で指を振った。「それだけじゃないはずよ」

「そうなのか？」

「ええ、あなたは何かを探してる。何かなくしたものを」

「ええっ！」スティーブは目をしばたたいた。「きみはそのジャマイカ人の家政婦から何を教わったんだ？　占いか？」

「おいしい鶏のスパイス焼き《ジャークチキン》の作り方よ」ジェンはカウンターの上から身を引きながら、自分はなんと小賢しく、年を取ったものかと感じていた。とはいえ、無邪気な乙女でいられないなら、最高にかっこいいばあさんになればいい。デルフォイの巫女のように。

本当のところを言えば、ジェンはスティーブが好きだった。彼の正直さも、愛嬌も、ほとんど何に対しても、自分にまつわる伝説にまで、素直に喜びを示すところも。彼の……手首も好きだった。かなり。だが、同じように感じる女性は大勢いるのだろう。そう思うと、少し気分が沈んだ。みんなきれいな若い女性に違いないし、スティーブのような有名人の男性は、若い女性にちやほやされるのを楽しむものだ。いや、違う。スティーブの場合、誰にちやほやされても楽しそうだ。「質問に答えて」

「わからないよ」スティーブはいかにも後ろめたそうな顔をしている。「インスピレーションじゃないかな。どうして?」

「じゃあアドバイスしてあげる」ジェンは即座に心を決めた。この時点で明らかに何かがおかしかった。これまでジェンが即座に心を決めたことはない。一度も。これは一大事だ……。

「わたし、あなたのキャリアをずっとたどってきて——」

「おれのキャリアをずっとたどってきた?」スティーブは嬉しそうに口をはさんだ。

「もう。またとぼけて」

「違うよ!」彼は否定した。

「あなたはスティーブ・ジャークスよ。美術界のカリスマなの。しかもわたしのバターの頭を彫ってくれた人だし、あの作品を作っている間に自分の才能を再発見し、進むべき方向を見出したって、そこらじゅうで言っているのよ。わたしがあなたのキャリアをたどらずにいられると思う?」

ジェンは自分でうなずいた。視界が揺れた。もううなずくのはやめよう。「あなたの作品は写真では全部見てる。実物もだいたい見たわ。個人のコレクションに入っている作品以外は」

スティーブの反応を待つ。だが、彼は何も言わない。「どう思ったかってきかないのね?」ついにジェンは言った。「感想を聞くのが怖いんでしょう。わたしの感想を。ただの素人なのに。ううん」形ばかりの謙遜は苦手なので言い添える。「名の知れた人間ではあるけど、ふだんはどう思われようと気にしない相手、って言ったほうがいいわね」

「おれは誰の感想も気にするよ」

本当に？　だが、彼が嘘をついているようには見えなかった。「まあ、それはつらいでしょう」

「ああ。きみには想像もつかないくらい」スティーブはささやくように言った。

「ほら、きいてよ」

「本気で言ってる？」疑わしそうな口調だ。

「ええ」

「わかった。きみはおれの作品が好きか？」

「昔の作品は最高よ。近頃のは最低」

スティーブはたっぷり五秒間ジェンを見つめたあと、手のひらをカウンターに打ちつけ、緑の怪物、スワンプシングのようにぬっと立ち上がった。ジェンの前に迫力満点にそびえ立ち、がなりたてる。「最初からそれが言いたかったのか！」

ジェンは急いで棚の下に手を伸ばし、最初に厨房の確認をしたときに見つけていた、セムラがのった皿からドーム型のふたを取った。クリームのつまった黄金色の小さな丸パンを新しい皿に移し、スティーブのこわばったあごの下に差し出す。あごの力は一瞬で抜けた。そろそろと席に腰を下ろす彼の顔からは怒りが消え、不本意ながらも興味深げな表情がのぞいている。食べ物とは、偉大な平等主義者なのだ。

「食べて」

どうしてスティーブ相手にこんな高飛車な言い方をしているのか、自分でもさっぱりわからなかった。ジェンは美術評論家ではない。ふだんは人に助言を与えることさえ好まない。いや、それは嘘だが、自分の専門外の領域で人に助言することはない。いや、それも嘘だ。とにかく、美術のことで誰かに助言したことはない。まあ、何でもいい。とにかく、意味不明の衝動だった。フォーン・クリークにいるため、ジェン・リンドからジェン・ハレスビーに戻っているからかもしれない。それとも、スティーブがやけに孤独そうに見えるからだろうか。

あるいは、酔っぱらっているからか。

スティーブはしぶしぶ、丸パンを少しだけかじった。

「どう?」今度はジェンがとぼける番だった。顔を見ただけで、彼がどう思っているかは明らかだ。

「うわっ……うわあ!」スティーブはもう一口食べて目を閉じた。中のクリームがパンの後ろからはみ出ている。「これ、何?」

「クリーム入りのパンよ」ジェンは彼の顔に浮かんだ表情を見て笑った。スティーブは一つ目を食べ終えると、二つ目を食べ始めた。「コーヒー飲む?」

「いや」スティーブは言い、もぐもぐと口を動かした。やがて動きを止め、せつなそうな目でジェンを見た。「きみの言葉には傷ついた」

「ねえ、スティーブ、今のあなたは芸術っぽいものを作っているだけよ。わたしでもわかるくらいだから、ほかの人もわかっているはずだわ。いちばん問題なのは、マネージャーかエージェントか知らないけど、そういう人たちが何も言わないこと」

「それはきみの考えが間違ってるからじゃないのか？」スティーブはアーモンドクリームをほおばりながら言った。

「ううん、それはない」ジェンは再びカウンターの上に乗り出した。「スティーブ、人はあなたの名前にお金を払っているのよ」

言ってしまった。ジェンは体を引き、スティーブの反応を待った。彼は指先についたクリームをなめただけだった。

「もちろん、もうすべてを表現し尽くしたってことかもしれないわ」ジェンは言った。「これ以上何を作っても、これまでのキャリアの墓碑銘にしかならない、そういう地点に達したのかもね。すばらしいキャリアだったもの」

「すばらしいキャリアは今も続いている」スティーブは言いながら、次のセムラに手を伸ばした。

「引退しようと考えたことはないの？」

「ない」

「考えたほうがいいわ」ジェンは優しく提案した。「もうすぐ五〇歳でしょう。もしかすると、まだ傑作は生まれていないのかもしれない。それとも、傑作はすべてバックミラーの中にあるのかもしれない。もし、今のあなたが『ピープル』誌に名前が載ることだけを目的にしていているなら……」最後までは言えなかった。「その、わたしは意地悪で言ってるわけじゃなくて——」

「うわあ、それじゃきみが意地悪を始めたら耐えられないだろうな」スティーブがもはや怒ってはいないのは明らかだった。その口調はどこか……喜んでいる？　何はともあれ、スティーブ・ジャークスがひどい変わり者であることは確かだ。

「厳しい人だ」彼はうっとりと言った。

「あなたに対してはね」ジェンは認めた。いったいどうしたというのだろう？　正義感にも似た衝動は消え、虚しさだけが残っていた。いったい何の権利があって、他人が名声にしがみつくことに文句をつけているのだろう？　自分こそがそのいい例なのに。「自分のことになるとマシュマロみたいに甘くなっちゃうわ」

「そうなのか？」

「そうなの。気づいてた？　わたしが二〇年以上かけて立派なミネソタ州民になろうとしてきたのは、ミネソタから逃れるためなのよ。すごい皮肉じゃない？」

「だから？　きみは一つのキャラクターを、イメージを作っただけだ。何も間違ったことはしていない」

この人はわたしよりよっぽど思いやりがある。ジェンは今もスティーブに恋している自分に気づいた。

「忘れちゃいけないのは、きみは自分が好きなことを仕事にしていて、その方面でとても、とてもすばらしい才能を持っているってことだ」スティーブは言った。「ドワイト・デイヴィスの目を引いたのも無理はないよ。あいつはいやなやつだけど、本物を見分ける目は持っている」

「下品な商業主義だわ」ジェンはそっけなく言った。

「なんでそんなこと言うんだ?」スティーブは今朝会って以来、初めて不快そうな顔になった。「きみは自分が好きなことを仕事にして、それで大金をもらっているんだ。それ以上何を望むことがある?」

「これはわたしの好きなことなのかしら?」ジェンは言葉を切って考え込んだ。「わからないわ。あなたはずっとアーティストのような仕事をしたかったんでしょうね。八歳くらいのときにはもう、はんだごてを持ってたんじゃない?」

「そうだよ。だから?」

「わたしはライフスタイルの大家だの料理の名人だのになろうと思ったことは一度もないし、田舎から家庭生活のたいまつを掲げて混沌とした現代社会を照らすべし、というお告げを聞いたこともないのよ」

スティーブの唇がゆがみ、笑みが浮かんだ。「じゃあ、何になりたかったんだ?」

「覚えてない」ジェンはどこか悲しげに、どこか酔い任せに言った。「弁護士かしら。野心に燃える郊外の女の子は、弁護士になりたいと思うものじゃない? でも、何になりたかったかはどうでもいいの。これではなかったことは確かだから。むしろ、何かになりたいと思ったことは一度もないような気がする。ただ、成功したかった。そして今、四〇歳を目前にしたわたしは、商業的成功という約束の地に向かって一直線に高速道路を飛ばしているの。バックミラーには何が映っていると思う？」

「マーサ・スチュワートの亡霊か？　違う？　何だ？」

スティーブは笑わせようとしてくれたが、ジェンは弱々しく笑うのがやっとだった。「何も映ってないの。バックミラーをのぞいても、通ってきた道には何もないのよ」

人には若く見えるとよく言われるが、それはほめ言葉ではなく、非難なのだという気がしてきた。

「四〇歳にもなれば歴史があるものでしょう」ささやくように言う。「過去にいろんなものが散らばっているはずよ。もつれた男女関係、失恋、ほろ苦い記憶、恥をかいたこと、ばか騒ぎ。生まれた家もどこかにあるはずだし、記念日や、シャンパンで乾杯したディナー、車を猛スピードで飛ばした思い出も」顔を上げ、スティーブの目を見た。「犬くらいはいてもいいと思わない？　だって、犬よ？　わたし、犬が大好きなの！　なのに、どうして一度も飼ったことがないの？」

なぜなら、つねに前を見ていて、何があろうと目標から目をそらさなかったから。何があろうと前進をやめなかったからだ。遠回りはしない。寄り道もしない。でこぼこ道を行くなんてとんでもない。慎重に人生の道筋を進んできた。安心という約束の地を目指して、一六歳のとき手に入れると誓った〝わが家〟に向かって一直線に。あのときジェンは〝わが家〟

を失ったが、いつのまにかその思い出すらも失っていた。後ろを振り返っていては前に進めないから。バックミラーをのぞいたときに何も見えないのは、そういうわけだ。

ジェンは皮肉めいた笑みを浮かべた。「でも、この最後の秘境、全国放送を制覇すれば、すべてが変わるわ」

「どう変わるんだ？」

「犬が飼える」

「どうして今は飼っていない？」

「必要な世話をきちんとしてやれることがわかってからにしたいから。そのための時間も確保したいし、環境も整えてやりたいの」なぜなら、いつ嵐が来るかわからないから。いつ家を失って、島流しに遭うかわからないから。

いつ友達が死ぬかわからないから。

目がちくちくしてきたので、ぼやけた視界をはっきりさせようとまばたきしてから、下を向いた。

スティーブが手を握っていた。どうしてこんなことに？　自分の手が彼の手にしっかり収まっている。スティーブは空いているほうの手をカウンター越しに伸ばし、ジェンの指のつけねを軽くなでた。信じられないほど青い目。ほんの少し、あと六〇センチほど身を乗り出せば……バックミラーに映るものができる。ジェンは唇をなめた。

スティーブの目が鋭くなった。立ち上がってジェンの髪に手を差し入れ、手のひらで後頭部を包む。そして身をかがめると、唇を重ねた。セーム革のように柔らかく、ためらいがちにそうっと。自信にあふれたところはまったくない。

ジェンはほとんど跳び上がるようにして、彼のシャツの前をつかんで引き寄せ、キスを返した。驚きと捨てばちな気持ち、恥ずかしさが入り混じる。だが、恥ずかしがる必要はなかった。スティーブはじゅうぶん積極的に応えてきたのだ。

彼はうめき声をあげると、ジェンの体に腕を回して持ち上げ、カウンターの上に引き寄せた。いや、カウンターの上にのせた。皿が飛び散り、がちゃがちゃと下に落ちて床の上でくるくる回る。スティーブは残った皿も払いのけると、合成樹脂板の上にジェンを押しつけ、背中の下に腕を差し入れて唇をぴったり重ねた。

ジェンは両手で彼のあごを包み、キスを返した。せっぱつまったように……いや、飢えたように。スティーブはアーモンドクリームとアクアビットの味がした。酒くさくて、甘い。唇の間から舌が潜り込んできて舌を探り当てられ、ジェンは開いた口から喜びのため息を送り込んだ。頭がぐるぐる回って霧と光が同時に飛び交い、酔っているのがキスのせいなのかアルコールのせいなのかもわからなかったが、そんなことはどうでもよかった。ただ、スティーブの唇と手が自分の上でうごめくさまに夢中になっていた。手はヒップをなで上げ、肋骨をたどり、そのまま胸へ……。そこでためらい、少し不安げに、ひどく慎重に動いた。信じられないくらいエロティックだ。いつまでもこうして、愛撫を交わしていたい。体を熱くほてらせ、どうしようもなく高ぶっていたい。

スティーブの低くせっぱつまった声に、ジェンは自分の体の位置が変えられ、彼のひざが自分のヒップのそばにあるのに気づいた。スティーブもカウンターに上がり、ジェンを組み敷いている。ためらいはもうなかった。

彼はとつぜん唇を離し、体を起こしてジェンの顔の両側に手をついた。どこか正気とは思えない目であたりを見回す。ジェンと同じくらい息を切らし、狼狽しているように見えた。

「ジェン。ここはランチカウンターだ……。どこか――」

とつぜんスティーブの顔と白いシャツが青い光に染まり、いったん元に戻ってから、再び青くなった。ジェンは横を向き、押し黙ったまま、保安官のパトカーの上で点滅する光をじっと見つめた。

「迎えが来たようね」ジェンは言った。

「最悪だ」スティーブは答えた。

30

一二月一〇日（土）
午前〇時五分
フォーン・クリーク町役場

真夜中過ぎだった。ネッドは町役場のガラス張りのロビーの中から、ターヴを見ていた。さっきネッドが除雪車を停めたプレハブのかまぼこ形ガレージにショベルローダーを停め、引き戸を閉めている。腕をぱたぱた動かし、冷たい夜気の中に白い息を吐きながら、小走りで駐車場を横切ってきた。半分凍りかけている割には嬉しそうな顔をしている。さっき仕入れてきた情報を伝えれば、もっと嬉しい顔をしてくれるに違いない。

ネッドがロビーのドアを開けると、ターヴは駆け込んできた。

「すごい雪だな」ターヴは言った。

「まったくだ」ネッドはうなずいた。

ターヴはバイク用手袋を外し、血流が戻ってくるよう手をこすり合わせた。「あの女はおまえの指示どおり、城に金を置いていたのか？」

「ああ。おれが取りに行ったのは、約束の時間より二時間遅れだったけどな。クソ町長が車でついてきて、自分好みにおれが除雪しているかどうか隣で見張っていたせいだ。城の中にはちゃんと一〇〇ドル分の札が輪ゴムで留めて置いてあった」

ネッドは仲間に対する自分の誠実ぶりを誰かに指摘してもらいたかったが、自分で言うしかないと気づいた。「まあ、いちばん上の二〇ドル札だけ抜き取っても、誰も気づかなかっただろうけどな」

「そんなことをするやつは最低だ」ターヴは言った。

言って損した。ターヴにおれの高潔さがわかるはずがない。

ターヴは眉をひそめ、額にしわを寄せた。「じゃあ、バターの頭を取ってきて返しに行く時間はなかったんじゃないか？」

「ああ」ネッドは言ったが、サプライズはもう少し自分の胸に秘めておくことにした。

「やっぱり。じゃあ、今から返しに行こう」ターヴは後ろめたそうにため息をついた。「だって、これ以上あんなものを持っている理由はないだろう？」

「いや」ネッドは言った。「あるんだ」

「どういうことだ？」

「ついに神がおれたちにほほ笑んでくれたってことだよ、ターヴ。エリックが町を出る途中にこんなものを見つけたんだ」ネッドはエリックが電話で教えてくれたのと同じピンク色のコピー用紙を掲げた。三〇分前、〈パーマイダ〉の地域用掲示板に貼ってあったのを見つけたのだ。

ターヴは報奨金の告知文を見つめた。「これはすごい」つぶやくように言う。

「だろう？」ネッドは言った。「この番号に電話して、どこかの森でバターの頭が捨てられていたのを見つけたと言って、二五〇〇ドルもらってくればいいんだ。それに」最高に気分がよかったので、寛大にもこうつけ加えてやる。「ターヴ、彫刻はおまえの天職だと思うよ。バターの頭は盗んできたときよりもよくなっている。アンジェリーナ・ジョリーみたいだ」

「ありがとう」ターヴはさらに額にしわを寄せた。「でも……ジェン・ハレスビーはどうするんだ？」

「ジェン・ハレスビーをどうするだと？」ネッドはかすかにいらだちを覚えた。「あいつにはチャンスを与えてやったじゃないか。欲を出さずに最初の要求どおり一〇〇〇ドル払っていれば、今頃バターの頭とご対面してるよ。自業自得だ。しかも、その金が出せないわけじゃないんだからな。欲ばりで、けちで、ごうつくばりな女だ」現代女性の欠点を嘆くように、頭を振ってみせる。

「で、報奨金を出しているのがジェンじゃないとしたら、誰なんだ？」ターヴはたずねた。

「知らないよ」ネッドは底抜けに明るい気持ちになって言った。「誰だっていいじゃないか」

31

午前七時半
〈ロッジ〉

一面の雪に反射した太陽の光が、映画のセットの照明のように部屋いっぱいに降り注ぎ、ジェンは目を覚ました。

〈ロッジ〉に引っ越して以来使っているシングルベッドの上で寝返りを打つ。いつものように、どうしてこんなに狭いベッドで寝ているのだろうといぶかったあと、服を探してあたりを見回した。服はすり切れた敷物の真ん中に積み重なっていた。とりあえず、フォーン・クリークの留置場の壁に掛けられていないことはわかった。アイナーから喫茶店の窓ガラスが割られたという連絡を受けたグレタ・スメルカは、ジェンとスティーブを留置場に入れてくれと言ったのだ。スティーブの名声をもってしても、グレタの怒りは収まらなかった。代わりに二人を救ってくれたのは、彼の小切手帳だった。スティーブは窓ガラス代に加え、割れた皿を買い替えてもじゅうぶんおつりが来る額を提示した。二人が……何だろう？　いちゃいちゃしていたときに割れた皿を。

ジェンはけだるく笑い、伸びをした。こめかみはずきずきしたが、気分は上々だった。もっと動揺してもおかしくないのに、そんな気分にはならない。〈喫茶スメルカ〉のカウンターの上でスティーブ・ジャークスといちゃついたことに、後悔はなかった。キスは最高に上手だったし、多少いい感じにいちゃついたところで、彼がどぎまぎするとは思えない。そんなの、まったくスティーブ・ジャークスらしくない。だから、自分も〝スティーブ・ジャークスの刹那的セレブ生活の教え〟に従い、この状態を楽しめばいいのだ。

リラックスした気分で、ジェンはベッドから起き上がった。胸は少女のように高鳴り、おかしいくらい気持ちが浮き立っている。この状態も受け入れることにした。カウンターで重なっている間に、昨夜はいていたジーンズにセムラがついていないか確かめる。大丈夫だとわかると足を入れ、ぶかぶかの玉糸織りの灰緑色のセーターを着た。刈毛のスリッパを履き、廊下に出てバスルームに向かう。

一〇分後、身支度を終えて自分の部屋に戻ろうとしていたとき、一階から話し声が聞こえてきた。一人は間違いなく父だ。もう一人は女性で、強いミネソタ訛りがある。ハイディだ！　ジェンはますます嬉しくなり、台所の裏に続く階段を駆け下りた。

ジェン本人を含む大方の予想に反して、ジェンとハイディ・オルムステッドの友情は高校卒業後も続いていた。最初ははみ出し者同士が寂しさから無理に一緒にいただけで、町のミスコンテストの優勝者と同性愛の犬ぞりレーサーという組み合わせもいかにも不つり合いだった。けれど、二人はやがてお互いを認め、尊敬し、本物の友情を育むようになったのだ。痛ましいほどに内気なハイディもいったん打ち解ければ、皮肉の利いたユーモアのセンスと、冷静な判断力、深い思いやりを備えていることがわかった。ジェンは彼女が自分のどこを気に入ってくれているのかわからなかったが、とにかく一緒にいると楽しそうなのでよしとしている。

変ね。台所のドアを押し開けたとき、ジェンは思った。世界でいちばん好きな人、愛する人たちがみんな、世界でいちばん嫌いなこの場所にいるなんて。

父はテーブルの前に座って新聞を広げ、片手に湯気の立つコーヒーカップを持っていた。隣には、つねにひび割れた唇に白髪混じりの黒っぽい縮れ毛をし、日に焼けたがっちり体型の女性が座っている。ハイディは昔と変わらずたくましく美しい手をテーブルの上で組み、靴下を履いた足を椅子の脚に絡めていた。そうやって自分をつなぎ留めておかなければ、飛び立ってしまうとでも思っているかのように。

「ハイディ！」ジェンは歓迎の声をあげた。「元気だった？」

「まあまあ」ハイディは椅子の上で体をそらしたが、足は固定したままだ。「留守電を聞いたよ。遅くなってごめん。昨日の晩は吐き気がひどくて」

ハイディが嘔吐？　そんなことは初めてのはずだ。これまでの長いつき合いの中で、彼女が体調を崩したことは数えるほどしかなく、そのときも自分から言い出したりはしなかった。この町では、嘔吐は自己管理がなっていない証拠だと見なされるのだ。ただし……。

「妊娠したんだ」ハイディは言った。「そう」ジェンが目を丸くしているのを見て、ハイディは言った。

「えっ？」

「人工授精よ」いつものハイディらしい、そっけない口調で言った。

これまでハイディが興奮しているところを見たのは、アイディタロッドの犬ぞりレースで二位になったときと、彼女いわく〝アラスカの女神〟、才能ある陶芸家マーセデスと恋に落ちたことを打ち明けたときだけだ。今は興奮している様子はまったくない。だが、近づいてみると、彼女はきらきらと光り輝いていて、極寒地方の風と太陽に長年さらされてきた四〇前の肌とは思えないほどだった。

「ハイディ」何と言葉をかけていいかわからず、ジェンは言った。「すごいわ。予定日はいつなの？」

「ほかの雌犬と同じで、四月」ハイディはにっこりした。女性らしい魅力とはかけ離れた人だ。どう見てもレズビアンの男役だが、それでも今日のハイディは美しかった。

ジェンは息をのんだ。ハイディが赤ちゃんを産む。妊娠したのだ。四〇歳を目前にして。ジェンはすでに子供を持つことはあきらめていた。これまでの人生の中で一度も、自分が子供を持てると思えたことがなかったのだ。いや、違う。最近では赤ん坊や小さい子供を見ると、失った機会を、ついえた可能性を思って陰鬱な気分になった。でも、もしかすると機会はまだあるのかもしれない。機会と呼べるほど確かなものではなくても、少なくとも可能性くらいは。

何しろ、これまで四本足以外の赤ん坊には少しも興味を示さなかったハイディが子供を産むというのだ。彼女がこうした変化を遂げている間、自分は何をしていたのだろう？　何かこれほどの変化が訪れたことはあるのだろうか？　撮影セットのデザインが変わること？　それも変化には違いない。こんなことを考えている自分に少しいらだちながら、ジェンは思った。そうに違いない。

キャッシュが立ち上がった。「何だかわけがわからなくなってきたよ。わたしには息子がいないから、ハイディのことを実の息子みたいに思ってきた。なのに、妊娠しただなんて」

「心配しないで、キャッシュ」ハイディはまじめくさった顔で言った。「いきなり真珠をつけ始めたり、マーセデスのことを〝うちの主人〟とか言ったりするわけじゃないから。彼女が妊娠できなかったから、わたしが産むことにしただけ」

「世界はかくも奇妙で美しい場所であることよ」キャッシュは笑った。「二人でおしゃべりしていなさい。ブルーノを連れてくるよ」

ジェンはキャッシュが座っていた椅子に座り、テーブルの上に手を伸ばしてハイディの手を握った。ハイディは気恥ずかしさと感動で顔を真っ赤にした。「いつ決めたの？」

「まあ、年は取る一方だからね。マーセデスと相談して、わたしたちもこれだけ長くつき合ってきたんだから、子供のトイレトレーニングにも耐えられるだろうってことになって」

「ハイディ、あなたってどうしようもなくロマンティックだわ」

「詩を詠んであげようか？」ハイディは言った。

ジェンは手を離し、椅子の背にもたれた。「それで、どこに引っ越すつもり？」

「どういう意味？」コーヒーにスプーンで砂糖を入れていたハイディは驚き、顔を上げた。

「引っ越しはしないよ。どうして引っ越すと思ったの？」

「だって、ハイディ。大変じゃない？　あなただけじゃなくて、子供も。同性愛のカップルが田舎町で子育てをするの？　フォーン・クリークはそこまで懐の深い、進歩的な町じゃないわ」

ハイディはコーヒーに砂糖を入れ終え、次に濃厚なクリームを四分の一カップほど入れた。物思わしげな目でカップの中を見つめながらかき混ぜているが、唇の端にはかすかに笑みが浮かんでいる。「あなたの言うとおり。でもジェン、ここはわたしたちの田舎町だから。わが家なんだよ」

「不安はないの？」ジェンは静かにたずねた。

「そこまでばかじゃないって」ハイディは答えた。「確かに、この町にもいやなやつはいる。だって、善人だらけの町なんてある？　でもこの町なら、いやなやつの名前がわかってるだけましだよ。それに、いい人だっている。じゃない？」

「ええ」ジェンは言ったが、声ににじむ不信感は隠しきれなかった。

「ジェン」ハイディはまじめな顔で言った。「ハニー、あなたはミス・フォーン・クリークの仕事が終わるとすぐに出ていってしまった。卒業証書を手にしたとたん逃げ出したよね。でも、わたしは違う。ここに留まった」

「わかってるわ」

「わたしも出ていくことはできたんだよ」

ジェンはうなずいた。ハイディは知性と才能に恵まれながら悲惨な環境から抜け出せない女性の典型例だ。

ハイディはジェンをじっと見てから、顔をしかめた。いらだたしげにため息をつく。「出ていくこともできたけど、そうはしなかった。信じられないかもしれないけど、わたしは自分の意思で留まったんだ。ほかの場所ではやっていけないと思ったからじゃなくて」ジェンが隠そうとしている疑念を読み取ったらしい。

ハイディはスプーンを置いた。「ジェン、正直言ってあなたの態度には少し失礼なところがあるから、わたしもほかの人もわざわざ言ってこなかったんだけど。でも……ジェン、親友として言うね。わたしは世界中のいろんな場所で犬を走らせてるし、一カ所に何カ月も滞在することもある。それでもここを離れないのは〝知らぬ仏よりなじみの鬼〟っていう理由じゃない。ここがわが家だと思うからなんだよ」

「あら」ジェンは落ち着かない気分になり、雰囲気を軽くしようとして言った。「わたしならもっとましなところをわが家に選ぶけど」

「わが家というのは選ぶんじゃなくて、受け入れるものなの」ハイディは身を乗り出し、ジェンの目を見つめた。「あなたのことは昔から知ってるけど、あなたが肩の力を抜ける場所、人からどう見られるかを気にしなくてすむ場所、普段着にノーメークでいられる場所、汚い言葉を口にできる場所はここだけだよね。どうして?」

「誰もわたしのことを気にしてないから」

「違う。みんなあなたのことを知ってるからだよ。本当のあなたを」

ジェンは納得がいかず、そっぽを向いた。そもそも〝本当の自分〟なんて自分でもわからない。それが、どうしてほかの人にわかるだろう? だが、ハイディの言い分に反論して彼女を傷つける気にはなれなかった。

少しの間、ハイディはまだ何か言いたそうな顔をしていたが、やがて椅子の背にもたれてあきらめたように笑った。「ところで、デビー・スタガードが妊娠パーティ《ベビーシャワー》を開いてくれるって」

ジェンの顔に浮かんだ表情を見て、ハイディはぷっと吹き出した。「あなたも招待するし、もちろん来てくれるよね。ね?」

「え……」

「来てくれるよね?」

「もちろんよ《ユー・ベッチャ》」

「笑わないでほしいんだけど、マタニティドレスを着ようと思ってるんだ」ハイディは穏やかに続けた。「そうすれば母も喜んでくれるし、マーセデスはわたしにそんな度胸があるなら背中を一時間マッサージしてやるって言ってるし。だから、モデルのハイディ・クルムが妊娠中に着てたような、ストレッチ素材のを着ようかと思って」

ハイディ・オルムステッドが母になり、郡選出の下院議員の中でも筋金入りの保守派の若手議員の妻に妊娠を祝われるうえ、ストレッチ素材のマタニティドレスを着ようとしているとは。父の言うとおり、世界はかくも奇妙で美しい場所なのだ。

ジェンは思いがけず、かすかな羨望の念に襲われた。「どうしてハイディ・クルムなの？」

「マーセデスが、ハイディが司会をしてる『プロジェクト・ランウェイ／NYデザイナーズバトル』を見てるんだ」ハイディは恥ずかしそうに言った。「愛のためには多少の歩み寄りが必要ってこと」

そう？　心の中で忍び笑いが聞こえた。ジェン・ハレスビーは違う。短い結婚生活の中で、相手に歩み寄ったことなどただの一度もなかった。ああ、なんて若かったのだろう。

「で、あなたはどうなの？」ハイディはからかうようにたずねた。首を傾げ、鋭く探るような目をしている。

「最高よ！」ジェンは熱っぽく言った。「『すてきなご近所さん』は去年、平均占有率が七三パーセントで、前年より一二パーセントも上がったの。感謝祭スペシャルの視聴率は四・二パーセントだったのよ」

ハイディの目から光が消えた。「すごいね」もぞもぞと背筋を伸ばし、テーブルの上に乗り出してジェンをじっと見つめる。「でも、聞きたいのはあなた個人のこと。あなたの番組じゃなくて。そのジャークスって人のことを教えて。マーセデスが言うには、表象主義の彫刻の再評価における先駆的存在だって」

ジェンは思わずにやりとした。ミネソタの犬ぞりレーサーらしいハイディの言葉づかいが、するりと芸術家のマーセデスに似た言葉づかいになる瞬間、いつも笑みがこぼれてしまう。

「ええ」ジェンは皮肉めいた口調で言った。「思っていたよりずっと有名な人みたいね。この町に来てから、何人の人に気づかれたと思う？　若い子まで寄ってくるのよ」

「ああ、それは先週『フォーン・クリーク・クライヤー』の一面に記事が載ったのと、高校で美術を教えてるキース・ブラムが、受け持ちの生徒全員にレポートを書かせたからだよ」

自分がそこまで有名だったわけではないと知ったら、スティーブはがっかりするだろう。

「それは本人には言わないでもらえる？」

ハイディは肩をすくめた。「いいけど。なかなかいい人みたいじゃない。あの人嫌いのキャッシュが気に入ってるようだし。どんな人か教えてよ」

「教えるほどのことはないわ。だってまだ――」ジェンはとつぜん言葉を切り、目をしばたいた。昨日会ったばかり？　本当に？　スティーブとは昨日会ったばかりなの？　そんなことってある？

「だってまだ？」ハイディが先をうながした。

「えっと……」ジェンは考えがまとまらず、額に手を当てた。「昨日会ったばかりだから。でも……顔を彫ってもらったときに会ってるわ。だから……」それで説明がつくだろうか？

二四時間前に会ったばかりとは思えないほど彼のことをよく知っている、深く知っているような気分になるのは、あのときに一度会っているから？

ハイディはテーブルに身を乗り出し、ジェンの顔のすぐ前で指を鳴らした。「起きてください、お姫さま。いったいどうなってるの？」

だが、その質問には答えずにすんだ。床につめが当たるこつこつという音のあと、ブルーノが姿を見せ、続いてキャッシュ、そして最後に大あくびをしながらスティーブが現れたのだ。彼は真っ先にジェンに目をやり、いかにも自然な様子でにっこり笑った。とたんにジェンの胸はどきんと音をたてた。空気中を漂う女性ホルモンがすべて、自分のところに集まってきたような気がする。

このままスティーブに、こんなにもあからさまに嬉しそうな笑顔で見つめ続けられたら、顔が……って、ちょっと！　顔はすでに赤くなっていた。これじゃばかみたいだ。しかもハイディとキャッシュは、二つ目の頭が生えてきた人間でも見るような目でこっちを見ている。

「おはよう」スティーブは言ってから、客の存在に気づいた。ハイディを見下ろす。彼女はスティーブをもっとよく見ようと、椅子を倒して後ろ二本脚で立たせていた。「ハイディだね？　やあ、ハイディ。きみの犬を買いたいんだけど」

ハイディはぎょっとしたようにジェンを見た。ジェンは肩をすくめた。

「ブルーノもおれに買ってもらいたがっていると思うんだ」スティーブはまじめな顔で続けた。

「そうみたいね」ジェンはブルーノを指さして言った。

親のない子供がお屋敷に引き取られる望みにすがるように、ブルーノはぴったりとスティーブにくっついていた。スティーブの右足の上に座り、緊張したような目でじっと彼を見上げている。

「恩知らずめ」ハイディはつぶやいた。ブルーノは彼女のほうを見ようともしない。

「ところで、スティーブ・ジャークスっていいます」スティーブはテーブル越しに手を伸ばしてハイディの手を握り、魅力たっぷりの笑みを浮かべた。

「ええ、知ってます！」ハイディは言った。「『クライヤー』で記事を読みました。わたしの彼女もアーティストなの。あの、もしよければ——」

「サインを頼んじゃだめよ」ジェンは警告した。「わたしとの友情を大事にしたいなら、この人にサインを頼んじゃだめ」

「頼まないよ」ハイディは取り繕うように言った。「ミスター・ジャークス、ブルーノをどうしたいの？」

「スティーブでいいよ。それに、きみの彼女のために喜んでサインさせてもらう。ジェニーはおれの名声にちょっと戸惑っているだけなんだ」彼は愛おしげにジェンのほうを見た。ジェンもほほ笑み返した。

ジェニー？　ハイディは口だけ動かした。

スティーブはハイディのほうに向き直った。「さっきの質問の答えだけど、ブルーノを伴侶にしたい。この子を引き取りたいんだ」

伴侶。思いがけずジェンはその言葉に打ちのめされた。マーク・コーンが昔歌っていた

「真の伴侶《トゥルー・コンパニオン》」という曲を思い出したせいだ。〝伴侶〟という言葉から連想されるのは、誓い、生涯をともに歩むこと、腕を組んで薔薇の舞い散る道を大いなる未知に向かってスキップすることだ。ハイディにはマーセデス、父には母がいて、今やスティーブまでもがブルーノを迎えようとしている。

でも、わたしにはテレビ番組がある。ジェンはそう思い、げんなりした。

スティーブは上を向いたブルーノの毛に覆われた顔を、まじめな顔で観察している。「この子もおれのことが好きだと思うんだ。それに、この子は最近、第一線から引退させられたばかりだろう？　それなら、再就職してもいいはずだ。おれの飼い犬になることを新しい仕事にすればいい」

「あなたが犬を飼えるはずないじゃない」ジェンは言った。スティーブが犬を飼えるはずがない。犬を飼えない生活をしているのは、自分とまったく同じだ。そして、自分は犬が大好きなのだ。スティーブは犬好きであることすら、昨日まで気づいていなかったではないか！

「どこで飼うの？　例えばプラハで展覧会を開くとき、この子はどうするの？」

「連れていくよ」スティーブは筋の通った答えを返した。「国外で展覧会を開くときは、必ずブルーノも連れていけるようにするっていう条項を契約に入れてもらう。それは何とかする。欲しいものがあれば、自分で何とかするしかないから」

「そう……」

反論のしようがなかった。ハイディはキャッシュを見た。

「スティーブはまともな男だ」キャッシュにしては、これ以上ないほめ言葉だった。

「お願いだ」スティーブは言った。「身元保証書も送るよ。きみの希望どおりの条件で権利放棄書にもサインする。この子が犬の王子さまみたいに扱われていないと少しでも感じることがあれば、ただちに返還要求ができるようにしてもいい」言葉を切り、できたばかりの親友に愛情たっぷりのまなざしを注ぐ。ブルーノもうっとりと見つめ返した。「ところで〝王子〟って呼んだら応えてくれるようにはできるかな？」

「だめ！」ハイディとジェンとキャッシュは同時に言った。

「わかったよ」スティーブはがっかりしたようだったが、それ以上言い張ることはしなかった。「それで、どう？」

「そうだね、まあ。いいかも。ただし、名前は変えないって約束してくれたら」

「契約成立だ」スティーブはブルーノの頭をくすぐった。

ジェンはその様子を見ながら、またも嫉妬のような妙な感情がこみ上げてくるのを感じた。いや、間違いなく嫉妬だ。ブルーノに嫉妬しているのだ。何これ、冗談じゃない。心の中で自分の耳に指を突っ込み、その感情を食い止めようとする。

ここはフォーン・クリークだ。この町では、物事は微妙にゆがんで見える。きっと目前に迫ったキャリアの飛躍に神経が張りつめ、心が不安定になっているのだろう。これまでずっと、自分が目指すべき場所に向かって迷いなく進んできた。だからといって、人生に豊かさが欠けているわけではない。それに、スティーブといちゃついたくらいで自分の人生が劇的に変わるはずもない。自分の人生のことなら何もかも把握している。自分を駆り立てているもの（子供時代を過ごした家の喪失）も、欲しいもの（安心）も、それを手に入れる方法（AMSで必死に働くこと）もわかっている。それ以外の……諸々はあとから考えればいい。

頭の中を整理すると、気分が落ち着いてきた。

「どうしてジェンはあんな顔をしてるの？」ハイディは自分の隣で心底満足げな顔をして座っているスティーブにたずねた。反対隣の席にはキャッシュがいる。「あんな陰気な顔」

「二日酔いのせいだと思うよ」スティーブは優しい口調で説明した。「何かお腹に入れればよくなる――」はっとして、ここそとあたりを見回す。

「心配するな、スティーブ。ニーナは朝は遅い。夜型なんだ」キャッシュが言い、立ち上がろうとした。「トーストでも食べるか？」

「トーストだけじゃだめ」ジェンは言い、テーブルから立った。料理はいつだって心をなごめてくれる。「わたし、ちゃんと食べたいわ」

テーブルのまわりの三人がこっそりと勝ち誇ったような視線を交わす中、ジェンは冷蔵庫を開けた。卵と生クリームを始めとして、恐ろしく〝不健康な〟食品がずらりと並んでいる。もしかすると、母はジェンが町に来るたびに〝体に悪い食べ物〟を買い揃えておくことで、ふだんお行儀よくしているキャッシュに（娘の）ごちそうというご褒美を与えているのかもしれない。ジェンが朝早く起きて父親に朝食を作るのは、長年の習慣になっているのだ。

〝朝食〟といってもまるで夕食のようになることが多く、デザートのようになることはもっと多い。ジェンがオートミールの準備を始めると、これから三〇分はかかることがわかっているキャッシュは新聞を小脇にはさみ、「自然が呼んでいる」とつぶやきながら姿を消した。

「――アクアビットのボトルを半分」ジェンがボウルと泡立て器を探し当てたとき、スティーブがハイディに言いつけているのが聞こえた。だが、気にはならない。ハイディに隠し事をしたことはないのだ。ジェンは果物箱の底から見つけた硬い緑のりんごをさいの目に切り始めた。

「そんなにはめを外すとは意外」ハイディが言った。「ジェン、だからそんなにお酒が残ってるような顔をしてるんだ。最後にアクアビットで酔っぱらったときのこと、覚えてるでしょ？　あんなことは二度とごめんじゃない？　今朝、AMSの人も着いたことだし」

「そうなの？」ジェンは泡立てていた卵白から顔を上げた。思ったより一日早い。あまりありがたい話ではなかった。ジェン・リンドを演じる準備はまだできていない気がする。

「最後にアクアビットで酔っぱらったとき、ジェンは何をしたんだ？」メディア到着の知らせなど意に介さぬ様子で、スティーブはたずねた。

「何もしてないわ」ジェンはハイディに答える隙を与えず言った。

「そんなこと言わずに」スティーブは甘えた声を出した。「教えてくれよ」

「昔のことよ」卵白をオートミールに絡めながら、ジェンは言った。「高校のときに酔っぱらって、かわいそうなハイディに恥をかかせてしまったの。今でも悪いと思ってるわ」

「わたしは屈辱にまみれながら生きてきたってこと」ハイディは淡々と言った。

「何をしたんだ？」スティーブがたずねた。「ハイディの秘密をばらしたとか？」

ハイディは彼を見た。「わたしが男に興味がないことは、高校最後の年にはほとんどの人が気づいていたと思う」ジェンを見て頭を振る。「だから、それはいいの。ジェンの狙いは、ミス・フォーン・クリークの座から追放されるよう仕向けることだった。その度胸をつけるために、酔っぱらうまで飲んだってわけ」

ハイディは笑いだし、ジェンもつられて口元がゆるむのを感じた。あれから二一年が経った今となっては、あんなにも芝居がかった必死な自分の行動を、深刻に受け止める人などいなかったのだとわかる。決意をみなぎらせたいかめしい顔つきで、正気とは思えない行動に出た自分を見て、家に帰って涙を流して笑わなかった町議が何人いるだろう？

スティーブは頬杖をつき、二一年前に冷凍室の中で見せたのと同じ熱意をこめてジェンのことを見ている。ジェンのほうも、あのときとまったく同じ気分になった。まるで、地上でただ一人の女性になったようだ。なぜこの世に、そんなことができる男性がいるのだろう？

「それで？」彼は続きをせがんだ。

「わたしは春休みにミネソタ大学に体験入学することになってたんだけど」ジェンはシナモンとメープルシロップと生姜を混ぜながら説明した。「町との契約で仕事を与えられていたから、一年間はフォーン・クリークを離れることができなかった。でも、向こうがわたしを追い出してくれるよう仕向ければ、うまくいくと思ったの」

オートミールとりんごを入れた鍋に少しだけバニラエッセンスを足し、オーブンに突っ込む。「秋の学園祭が近づいてきた頃、みんなはダンスパーティのパートナーを決めているのに、わたしとハイディだけいなかった――」

「理由は言うまでもなく」ハイディが口をはさんだ。

「だから、わたしはハイディにパートナーになってって頼んだの」

「もったいぶっておいて、そんなことか？」スティーブはあからさまにがっかりした声を出した。

「まだ続きがあるよ」ハイディが言った。

「わたしは朝早く会場に忍び込んで、学園祭のキングとクイーンの投票箱にわたしたちの名前を書いた紙を大量に入れておいたの」

「そういえば、『キャリー』にそんな場面があった」スティーブはやはりつまらなそうに言った。

「ええ。わたしもあの映画を思い出したわ。そんな目で見ないで。流血騒ぎにはなってないから。わたしはミス・フォーン・クリークの舞踏会用ドレスを着てティアラをつけ、ハイディは……」

「オーバーオール」ハイディは言った。

「オーバーオールを着た。そして会場に行く前に、アクアビットのボトルを三分の一ほど飲んだの」

「それじゃ、空を飛んでるみたいだったろう」スティーブは言った。

「成層圏まで飛び上がったわ」ジェンは同調した。「もちろん開票が始まってすぐに誰かが不正をしたことはばれたから、キングとクイーンの発表は中止になった。そこでわたしはハイディの手をつかんで舞台に引っ張り上げて、監視役として出席していた大勢の町議も含め、みんなが見ている前で、ハイディに覆いかぶさってぶちゅっとキスしたの」

ハイディはうなずいた。「舌は入れてこなかったけど」

しばらくスティーブは黙ってジェンを見ていた。やがて顔がゆるみ、笑みが広がり、ついに笑い声をあげた。ハイディもばかみたいにくすくす笑い始め、悔しいことにジェンも吹き出した。

「ジェン、それはひどいよ」スティーブは言った。「少しは舌を入れてあげないと」

「誰が舌なんか入れてもらいたいのよ」ハイディは怒った顔を作ってみせた。「ジェンはタイプじゃないんだから」

「それで、うまくいったのか?」ジェンがアーモンドをローストするためにトレーをオーブンに入れるのを見ながら、スティーブは言った。

「いいえ」ジェンは答えた。「学内紙がわたしたちの写真を載せたけど、先生たちがほとんど回収してしまったの。それでも、道徳に反する行為だって怒る人がもっといそうなものじゃない? 実際には、両親が校長に呼ばれただけで終わったわ」

「運がよかったよ」ハイディは言った。「ジェンがステートフェアでテレビ番組に出たことは知ってる？」

　スティーブはうなずいた。嘘に違いない。

「学園祭の一週間後、その番組にもう一度出てほしいって依頼があってね。そこから歴史が始まったわけ。あれ以来、かわいそうなジェンは自分の性的嗜好をひた隠しにして、みじめな人生を送っているんだ」

「女版『ブロークバック・マウンテン』ってところね」ジェンはまじめな顔でうなずいた。

「本当に？」スティーブはたずねた。

「嘘よ」

　だまされやすいところがかわいい。スティーブがここに下りてくる前にひげを剃っていたことに気づき、ジェンは驚いた。それでも、状況はあまり改善されていない。相変わらず髪はぼさぼさで、身なりはむさ苦しく、顔は揚げドーナツのようだ。ごつごつして、こんがりきつね色で、食べてしまいたくなる。でも、わたしの好みはこざっぱりした、やり手の経営者タイプの男性だから、とジェンは自分に言い聞かせた。アフターシェーブローションを使う男性がいい。スティーブは生まれてこのかた、一度もアフターシェーブローションを買ったことがないように見える。だけどいいにおいがする、とジェンは思い出した。〈ライフ・ブイ〉や〈ダイアル〉の石鹸のような、ぴりっとした清潔なにおい。それに、指に触れる頭皮は温かく、髪は冷たくてさらさらしていて……。やめなさい、ジェン。

　オーブンからアーモンドとオートミールがゆを取り出すと、お玉でていねいにおかゆをボウルに入れて上にアーモンドをまぶし、ハイディとスティーブの前に置いた。スティーブはクリスマスの朝の子供のような目でジェンを見上げた。

「料理を作ってもらったことがないの？」ジェンはたずねた。

「こんなのは初めてだよ」スティーブはうやうやしく答えた。いつ立ち上がって、キスをしてきてもおかしくない。ジェンがさっきからばかみたいに彼の前に立ちはだかっているのは、内心それを期待しているのかも……。

電話が鳴り、ジェンは母が目を覚まさないよう、すばやく受話器を取った。「もしもし、ハレスビーです」

「もしもし」男性の声が言った。「ジェン・リンドさんはいらっしゃいますか？」

ジェンは思わずため息をついた。ジェン・リンド。ハレスビーではない。フォーン・クリークの人は誰もジェン・リンドとは呼ばない。つまり、どこかの記者か、撮影クルーの誰かということになる。仕事に戻る時がやってきたということだ。

「ジェン・リンドです。どちらさまですか？」妙なことに、今朝は仮面がうまく貼りついてくれないようだ。だがそれを言うなら、フォーン・クリークでジェン・リンドを演じること自体が初めてなのだ。

「ああ、ミス・リンド！　ウォルター・ダンコヴィッチと申します」相手はジェンが名前を言えばわかると思っているのか、言葉を切った。

「ああ、おはようございます、ミスター・ダンコヴィッチ」ジェンは熱意を込めて言った。

誰？　必死で記憶をたどる。撮影クルーのディレクター？　ニュース雑誌の記者？　警戒したほうがいい相手？

「どうも」相手は満足げな声を出した。「実はちょっと頼みがありましてね。あなたの大ファンの者です」

ディレクターでないことははっきりした。記者という可能性もほぼ消えた。でも、大ファンの男性？　同性愛者だろうか。

「できれば……その、直接お会いできれば嬉しいのですが」

そもそも、どうしてこの電話番号を知っているのだろう？　「ごめんなさい、ミスター・ダンコヴィッチ。お会いしたいのはやまやまなんですけど、もう予定がつまっていて、スケジュール的にちょっと――」

「お願いです」相手は口をはさんだ。「その、わたしはバターの彫刻の持ち主には関係なくあの泥棒どもを追いかけたんです。連中が忍び込んだのがあなたのご両親のお宅だってことも知らなかったくらいで。だけど、ジェン・リンドがハレスビーご夫妻の娘さんだと聞いて、あなたのお役に立てたんじゃないかと思うと、少しだけ嬉しくなってしまったんです」

まあ、なんてこと。あの人だ。バターの頭を追いかけて、レンタルのスノーモービルで崖の出っ張りから湖に落ちて氷に激突した人。かわいそうなおばかさん。

「ふだんはほかのファンと同じように、あなたを遠くから応援するだけで満足しているんですが、実は少し弱っていましてね。おわかりいただけるかと思いますが」弱々しい笑いが、弱々しい咳に変わった。「でも、ご迷惑になるようでしたら、無理にとは……」

「ああ、ミスター・ダンコヴィッチ、ごめんなさい。お名前を聞き間違えていたみたい。もちろん、喜んでうかがいます。病院にいらっしゃるのよね？　いつがいいかしら」

「今日がいいです」彼は甲高い声を出した。「朝のうちに来ていただけると助かるんですが」

「午後はいかがでしょう？」ジェンは時計をちらりと見た。

「午前中に来ていただければ大変助かります。午後はまた手術が……」声はとぎれた。

「わかりました。道路の状態がかなり悪いですから、時間はかかると思いますが、できるだけ急いでうかがいます」

「ありがとうございます、ミス・リンド！　三二三号室です。では！」

電話は切れ、ジェンは立ち上がった。「崖の出っ張りから湖に落ちた人に会ってくるわ。バター泥棒の追跡者よ」

ハイディとスティーブはオートミールがゆのボウルから礼儀正しく顔を上げたが、いかにも興味がなさそうな表情をしている。すぐに下を向き、目下の作業に戻った。スティーブが満足げな声をもらす。「ふう」

「父にも残してあげてね。いい？」ジェンは着替えのために台所を出ながら声をかけた。二人の耳に届いたかどうかは怪しいところだ。

32

午前八時五五分
オックスリップ郡立病院
三二三号室

ダンクは少しがっかりした。

ここ数週間、テレビでジェン・リンドのニュースを五回は見て、『ツイン・シティ』誌で見開き記事を読み、今朝は番組の再放送まで目にしていたものだから、もっとハリウッドっぽい雰囲気を期待していた。

その女性はやり手の不動産業者のようだった。折り目のついたズボンにテーラードジャケット、のりの利いたシャツ、さらさらの髪。美人？　確かにそうだ。ぐっとくる？　いや。テレビで受けた印象ほど、めりはりのある体でもない。カリン・エッケルスタールのたまらないむっちり感のほうが三倍いい。

それに、ジェン・リンドといえば、親しみやすい雰囲気で有名ではなかったか？　だが、そんなものは見当たらない。どこか疑わしげで、いらいらと不機嫌そうだが、それを隠すためにうわべだけの明るい笑みを貼りつけている。ミネソタで長く暮らしている人間であれば、その手の策略は見抜くことができるのだ。この悪印象はダンクには好都合だった。カリン・エッケルスタールに世話をしてもらっているうちに、長い間眠っていた良心が頭をもたげてきていたが、良心はそのまま眠らせておきたかった。

向こうがそういう態度なら、こっちも遠慮なく脅迫することができる。そもそもこの女に金が払えないはずがないのだ。

それに、取引は迅速に終わらせなければならない。バターの頭を盗んだ田舎者どもが、スティーブ・ジャークスなら二五〇〇ドルを大きく上回る金を出すはずだと気づく前に。今朝電話をよこして、彫刻を〝見つけた〟から、報奨金を〝現金で〟支払ってほしい、〝金とバターの頭の交換は匿名で〟行いたいと言ってきた男が、自分をこの状況に陥れたバカどもの一人であることには間違いない。ダンクは直接バターの頭を持ってきてくれるよう、説得を試みた。保安官を張り込ませて哀れな野郎とその仲間を留置場にぶち込んでやろうと思ったのだが、男はかなり用心深く、説得は失敗に終わった。

くそっ。ギプスの中がまたかゆくなってきたのを感じ、ダンクはいらだった。何としてでもあいつらをとっつかまえてやる。

「ミスター・ダンコヴィッチ?」ジェン・リンドの声に、復讐に燃えていたダンクはわれに返った。彼女はベッドの足元に立っていた。「サインを差し上げたいんだけど、何に書けばいいかしら?」

「そうですね」ダンクは枕の上にずり上がってあたりを見回し、ベッド脇のトレーにのせられた昼食メニューの希望用紙を指さした。「あれはどうですか?」

ジェンは身を乗り出し、デザートの選択肢の上に飾り文字で名前を書いてから、体を起こした。「どうぞ。ミスター・ダンコヴィッチ、改めてお礼を言わせてください。泥棒を止めようとしていただき、ありがとうございました。こんなことになってしまってお気の毒だわ」

「ええ。そのことですが」ダンクは探るように言った。だてに長年、詐欺といかさまで生きてきたわけではない。詐欺というのは八割方、相手を観察して弱点を探り当て、それを自分の利益になるよう利用することから成り立っている。「わたしはぜひともあの彫刻を取り戻したいと思っているんです」

「そのことはどうかお気になさらないでください」

「でも、気になるんです」ダンクは言い張った。「このままあきらめたくない。そんなこと、わたしにはできません。返してくれれば二五〇〇ドル払うという告知も出しました」

ジェンははっとした。「あれはあなただったんですか?」

「はい」

「でも……どうして?」

ここからが腕の見せどころだ。「理由はどうだっていいんです。問題は、バターの頭を持っているという人間がすでにわたしに連絡を取ってきたことです。二五〇〇ドルと引き換えに、あれをここに持ってくると」

ジェンはこちらをじっと見たまま、本題に入るのを待っている。

「あいにく」ダンクはため息をついた。「ミス・リンド、悲しいことに、わたしは二五〇〇ドルという金は持っていませんし、相手も市民の義務から彫刻を返してくれるような人間ではなさそうなんです。意味はおわかりかと思いますが。むしろ、あれは泥棒本人じゃないかとにらんでいます」

「あいつら！」

ジェンの声音には、ダンクの言葉への反応としては大げさすぎるほど、悔しさがこもっていた。まるで、連中に出し抜かれたのがジェン本人であるかのように。おいおい、とダンクは思った。厚さ一センチのギプスに覆われてここに横たわっているのは、あんたじゃないぞ。それでも、口ではこう言った。「そういうことです」

「保安官を呼ばないと」ジェンは険しい口調で言った。

「どうでしょう。それよりも、あなたがお金を出すとおっしゃるんじゃないかと思いましてね」

ジェンはぎょっとした顔になった。ダンクが枕を投げつけても、ここまで驚きはしないだろう。「ええと……やめておくわ」

「それはだめだ」

ジェンの目はさらに丸くなった。だが後ずさりはせず、逆にベッドに一歩近づいた。なるほど、戦う気か。物事には正面から向き合うタイプらしい。「何ですって?」

「だめだと言ったんだ」ダンクは答えた。「保安官だの何だのとごちゃごちゃやっている暇はない。おれはあの彫刻が欲しい。今すぐ欲しいし、その理由はきいても無駄だ。これはおれの問題で――」

「どうしてバターの頭が欲しいの?」ジェンは口をはさんだ。

「今言っただろう。〝理由はきいても無駄だ〟って」ダンクはいらいらと言った。「芸術愛好家だから、ってことにしておいてくれ」

「いやよ」

くそっ。気の強い女は嫌いだ。彼女はまるでモハメド・アリのようにダンクの前に立ちはだかって、あごを突き出し、腰に手を当て、薄いブルーの目に冷たい光を浮かべている。ダンクが好きなのは女らしい女性だ。かっちりした服を着たレズビアンのような女はごめんなのだ。

「ミス・リンド、あんたはただ、おれがあの彫刻を手に入れるつもりだってことと、そのためにあんたが二五〇〇ドル出すってことだけわかっていればいい」

ジェンはすっかり憤慨している。「ミスター・ダンコヴィッチ、どうしてわたしがそのお金を出さなきゃいけないわけ?」

「それは、あんたがスターで、これからドワイト・デイヴィスの下で大スターになろうとしているからだ。アメリカ一頭が固くて、あんたがガールフレンドと顔をなめ合ってる写真を見た瞬間、首を切るような人間の下でね」

ジェンは平手打ちでも食らったかのように、びくりと体を引いた。文字どおり、ダンクの言葉にのけぞったというわけだ。ビンゴ。任務完了。

「どこで？　誰が言ってたの？　どこの人たち？」低く鋭い声で言う。

どこの人たち？　とっさに複数の人間だと思ったのか？　これは面白い。被害妄想に取りつかれているということだろうか？　ふうむ。こいつは予想外だ。しっかりした女性に見えるのに。だが、これは使える……実に都合がいい。

「フォーン・クリークのあんたのファンたちだ」声にわずかに加虐の喜びをにじませ、ダンクはさらりと言った。「あんた、実はあんまり人気者じゃないみたいだな。この町に来て四八時間で、もう〝中央部のハニー〟、ジェン・リンドの汚い噂が耳に入ってくるくらいなんだから」

ジェンは一言も言わなかった。何も言う必要はなかった。顔からは表情が消え、冷たく固まっている。体は怒りでぶるぶる震えていた。

「そんなことはどうでもいいんだ。あんたはあいつらに金を払ってくれればいい。それだけだ。そうすれば、すべてが丸く収まる」

「そうかしら？」ジェンの声からは氷が滴るようだった。「この町のわたしのファンはどうなるの？　その中の誰かが――」

「あんたのことをチクるかもしれないって?」ダンクは続きを言ってやった。「何言ってるんだ。この町のやつらがあんたを追い落とすはずがないだろう。あんたにはスターでいてもらいたいんだ。そのほうが何かと役に立つからな」

「じゃあ、どうしてあなたに言ったの?」レーザーブルーの目。

ダンクは肩をすくめた。「手の届かないところに行ってしまった相手の弱みを握っているのに、それを利用することもできないとなると、誰かに言いたくなるんだ。そんなものさ。おれに言ったのは、聞き流してくれると思ったからだろう。だが、読みは外れた。おれは二五〇〇ドルの価値があることは聞き流さない」

「それで、その写真もあるの?」

「今も残っている数少ない『フォーン・クリーク・クラリオン』の中の一枚だろうな」

「最悪。あなたはそれを種に、これから何度もゆすりに来るつもりじゃないの?」

「それはない。あんたが二五〇〇ドル渡してくれれば、おれもその写真を渡す」本当は写真など持っていない。カリンが知る限り、持っている者はいないようだ。二一年前の学内紙を保存するやつがどこにいる? ありがたいことに、ジェンはそうは考えていない。いつかジェンを傷つけることができるかもしれないというはかない望みのために、高校の学内紙を保存している人間がいる……。そんな話を疑いもなく信じようとしているのだ。この町の住民をそれほどまでに見下しているのだろう。ふとその理由が気になったが、すぐにどうでもいいと思い直した。ジェンに弱点があれば、それを利用するまでだ。

結局、いったん二五〇〇ドルを支払ってしまえば、ダンクが写真を持っていないことを知ったところで手遅れなのだ。彼女はどういう行動に出るだろう？　金を持ってくるのは間違いないとして、そのあと金を返せと要求し、これは脅迫だと責めてはこないだろうか？　ジェンの怒りの表情に隠れたかすかな動揺を見て、それはないとわかった。たった二五〇〇ドルのために、彼女がそんな危険を冒すはずがない。そこまで考えて、ダンクは思い出した。

「支払いは現金にしてくれ。今日の午後五時までに持ってこい」

「そんなお金はないわ。小切手帳も持ってきてないの。わたしのキャッシュカードの限度額では足りないし。どうやってその……その現金を用意すればいいの？」

「さあな。おれの知ったことじゃない。誰かに借りたらどうだ？」ダンクはそう言ったあと、さらに別のことを思い出した。きわめて重要なことだ。保安官の話が本当なら、スティーブ・ジャークスはジェン・リンドの両親の家に滞在しているはずだ。「それから、ミス・リンド。これから言うこともよく覚えておいてくれ。おれが泥棒と連絡を取っていることは、誰にも言うな。特にスティーブ・ジャークスには。わかったか？」

ジェンはダンクをにらみつけた。

「わかったか？」たたみかけるように言う。

「わかったわ」ジェンはぴしゃりと答えた。

看護師が戸口に現れた。カリン・エッケルスタールではないことに気づき、ダンクはがっかりした。看護師はジェンの顔を見たとたん、凍りついた。おずおずとほほ笑みを浮かべる。

「あら、まあ、ジェン」彼女は言った。「何かご用かしら？」

ジェン・リンドの目には涙がたまっていた。怒りの涙だ。彼女は顔をそむけて強く唇をかんだあと、くるりと向きを変え、ドアに向かって歩きだした。

「そこをどいて」かみつくように言い、あっけにとられた顔の看護師を押しのけて出ていく。

ペンシルで描いた看護師の眉が、髪の生え際につきそうなほど勢いよく上がった。「まったく、何をカリカリしてるのよ」

33

オックスリップ郡立病院の駐車場
午前九時二〇分

ジェンはぐっと感情を抑えたまま、長い廊下を通ってエレベーターに乗り、一階に下りてロビーを抜け、ようやく安全なスバルの車内にたどり着いた。色のついた窓ガラスの内側に身を落ち着けると、ミトンをはめた両手をハンドルに置き、その間に額をつけて泣き始めた。

こんなことがまた起こるなんて。あの人たちがまたこんな仕打ちをするなんて。

あのときと同じく必死に努力を重ねてきて今にも目標を達成しようというとき、またも同じことが起こったのだ。ステートフェアでの大敗のあと、何カ月も見続けたあの悪夢に似ている。夢の中で、ジェンは今度こそ名前を呼ばれて演壇に立ち、あと一センチで王冠が頭にのせられるというところで、どういうわけか集団で押し寄せてきたフォーン・クリークの住人たちに王冠を奪い取られるのだ。だが、今自分がいるのは、夢でなく現実の世界だ。それなのに、あの人たちは夢と同じことをやってのけたのだ！

なんてことをしてくれたの？　ジェンはハンドルにこぶしを打ちつけた。信じられない。こんなことで泣いている自分が信じられない！　あの人たちのことで！　だが、あまりにも思いがけない展開だった。さっきまで、スティーブ・ジャークスとの関係という楽しくも不可解な出来事で頭がいっぱいで、ありとあらゆる快い予感と少女じみた期待に取りつかれ、二人ともが驚いたこの思いがけない……状況（このことをそれ以上の名前で呼ぶつもりはない。もともと慎重な性格だし、過去の教訓もある）に単純な喜びを覚えていた。それがとつぜん、高校生の間つきまとっていた不快な感情の渦に突き落とされたのだ。

　大人になってまで、こんなことで悩むなんて。

　ジェンは深呼吸した。どうでもいいではないか。この町の住民にまたも裏切られたことなどどうでもいい。ギプスに覆われたあの変人がバターの彫刻を欲しがる理由もどうでもいい。だけど、あのばかげたバターの頭に何があるというのだろう？　スティーブでさえ、実際の価値はないと言っていたのに。いや、それもどうでもいい。とにかくお金を用意するのが先決だ。

　ジェンはハンドルの上部に強く額を打ちつけた。ようやく絶望は薄れ、焦りがつのってきた。これからのことを考えなければならない。

　ダンコヴィッチに写真を見せてくれと言えばよかったのかもしれないが、写真があろうとなかろうと何の違いがあるだろう？　彼がしかるべき相手に話をすれば、すぐにどこかの記者がやってきて、フォーン・クリークの住民に取材し、それが誰であろうとジェン・リンドのことを洗いざらいぶちまけるに違いない。フォーン・クリークはジェンの故郷ではないこと、ジェンはここの出身ではないこと、〈バターカップ〉で嘘をついて失格になったこと、そして高校時代にレズビアンだったこと。

なぜ、いったいなぜ、ドワイト・デイヴィスはあんなにもわからず屋なのだろう？　どうして自分はもっと寛大な資本家の下で働けないのだろう？　雇っている人間がカメラが回っていないところで何をしようと気にしない、国民に異性愛という〝まっとうな〟道を歩ませることを自らの使命としていない、自分の罪は気にかけても他人の罪には口出ししない、そういう資本家の下で。

それは、並外れた幸運をもたらしてくれたのがドワイトだったから。ただ、それだけ。つまりは、自分がその状況に慣れるのがいちばんいいのだ。

成功は安心を意味する。成功すればするほど、足場は揺るぎないものになる。だから今は目的だけを見据えて、どこまでも自分の人生を翻弄してくるように見えるフォーン・クリークのことなど、気にかけてはいけない。態勢を立て直し、欲しいものを手に入れるべく努力するのだ。

ジェンは鼻水まみれの鼻と涙で濡れた頬をミトンでこすった。フォーン・クリークに人生を台なしにさせてなるものか。こんなにも長い間、こんなにも頑張ってきたのだ。逃げ出すのは、せいいっぱい戦ってからでも遅くはない。

ジェンは次の試合に備えるボクサーのようにぐいと肩をそらし、今の状況を整理した。

手元に二五〇〇ドルはないし、まわりにそんな大金を借りられる相手もいない。スティーブに口外しないことを約束してもらい、助けを求めるという方法もあるが、彼を信用できるだろうか？　そもそもこんなことになったのは、フォーン・クリークで油断しすぎたせいではないか？　よそ見をしている間に後頭部にパンチを食らったのだ。この教訓を忘れてはならない。それに、スティーブ本人もバターの頭を欲しがっている。ほかの人にあれを譲るためにお金を出してくれるとは思えない。つまり、金は自力で調達しなければならないし、誰にも事情は話せないということだ。では、どうすればいい？

〝ちゃんとした〟街とは違い、この町では銀行はすべて土日には閉まる。昨晩の吹雪で大雪が積もっているし、このあとも降りそうだから、片道五時間もかかる街に行って戻ってくるなど不可能だ。それに今日の午後、ダコタのほうからまた吹雪が来るという話も聞いている。両親に頼めば二、三〇〇ドルは工面してくれるだろうし、可能性は低そうだがキャッシュカードを持っていれば、全部で一〇〇〇ドル近くは集めることができる。でも、ハイディとマーセデスに余分のお金はないだろう。これでは足りない。

何千ドルもの金を現金で手に入れられる場所がたった一つあるが……。だめだ。ジェンはその案を脇に押しやった。そんなのは狂気の沙汰だ。

ここ二〇年以上、まともにトランプはしていない。ときどきナットの八歳の姪とジンラミーをして遊ぶくらいだ。確かに、以前は家でトランプを切り、五セントや一〇セントの山をせしめていた。ジェンたち親子はポーカー遊びに熱中していて、ジェンが物心ついたときにはみんなで遊ぶようになっていた。だがそれも、一九八二年に両親がラスベガスに行くまでのことだ。あれ以来、ジェンはギャンブルをいっさいやめ、努力と熱意、専心を重んじ、先の見える、安心できる人生を送ることを心がけてきた。ジェンはギャンブラーではない。ギャンブルをするのは愚か者だけだ。あるいは、追いつめられた人間。

ジェンは今、追いつめられている……。

成功に続く一本道をたどるために自分に課した規律が、この数日間ですべて打ち捨てられようとしている。いったいどうしてしまったのだろう？ ギャンブルに手を出すなど、本気で考えているのだろうか？ 結局、なけなしの数百ドルを失って終わるのがおちだろう。けれど……二五〇〇ドルを用意できないのなら、三〇〇〇ドルほどあったところで同じことだ。

ギャンブル。ジェンは苦々しげにふっと笑った。家族がすべてを失い、ジェンの人生が今のような状況に置かれているのは、二五年近く前のカジノ旅行が原因なのだ。天はなんと痛烈な皮肉を用意したのだろう。北欧の神々は間違いなく、一人の女に苛酷な試練を与える術を心得ている。ジェンにギャンブルはできないというのに。

でも、ほかにどんな選択肢があるというのだ？

見込みは薄い。恐ろしく薄いが、この恐ろしく薄い見込みだけが、人生を元の軌道に戻せるたった一つの可能性なのだ。戦いもせずにAMSの仕事を手放すことはできない。もしここでキャリアが挫折してしまったら、自分に何が残る？ 確かに、老後にまともな暮らしを送れるくらいの貯金はある。けれど、これから四〇年、五〇年の間に思いがけない事態が起これば、とても切り抜けることはできない。

そう考えると新たな不安に襲われ、ジェンは決意した。カジノに行こう。もちろん慎重に行動する必要があるし、変装もしなければならない。周囲にジェン・リンドだと気づかれてはならないのだ。ドワイト・デイヴィスはどんな罪も大目に見ることはないし、彼の基準ではギャンブルは間違いなく罪に当たるだろう。

ジェンはスバルのエンジンをかけ、バックで駐車場から出ると、町を出る方向を目指した。

34

午前九時三〇分
〈ロッジ〉

「――クリッシー・ネーゲルはその写真を〈キンコーズ〉のネットプリントサービスにアップして、紙のテーブルクロスを作ったんだ。次にクリッシーの家で〈ファイブハンドレッド婦人同好会〉の集まりが開かれたとき、みんながトランプの勝負を終えて食堂に行くと、テーブルにはこのみごとなクロスが掛かっていて、その下にはヴァーンの靴下の引き出しの奥にあったリンジーの写真まで入れられていた。どんな写真かは想像がつくと思うが」キャッシュは言った。

「うわあ」スティーブは本気で驚いた。「因果応報だ。聖書の教えですね」

「ああ」キャッシュはうなずき、納屋の扉の前で足を止めた。「リンジーは泣き叫びながら家に帰って、一〇代の息子が盗み聞きしていることも知らず、夫にすべてを打ち明けた。次の日、息子は学校に行き、母親がヴァーン・ネーゲルにたぶらかされたと言いふらした。ヴアーンは家を追い出されて〈ヴァリュー・イン〉で寝泊まりするはめになっただけでも不機嫌だったのに、そのうえこの話を聞いたものだから、次の日曜に教会を出たところでダールバーグを見つけ、息子がこれ以上余計なことを言うようならその口をふさいでやると言った。もちろん息子を脅されたダールバーグはかっとなって、教会の駐車場で殴り合いのけんかが始まり、二人とも鼻を骨折したうえ、ヴァーンは歯が一本折れた」

「それはすごい。で、誰が出ていくことになったんです？」スティーブはたずねた。

「誰も出ていかないよ」キャッシュは言い、納屋の扉を引き上げた。「ダールバーグはリンジーと離婚し、世話をしてもらった看護師の一人と結婚して、リンジーはヴァーンと結婚した。クリッシーはヴァーンの仕事仲間の一人と結婚した。みんな三ブロックも離れていないところに住んでいる」

スティーブはびっくりした。「すべて水に流したってことですか？」

「そういうわけじゃない。お互いに憎み合っているし、町の住民の半数は誰かの味方についている。別に本人たちが頼み込んだわけじゃないようだけどな。言うまでもないが、リンジーは〈ファイブハンドレッド婦人同好会〉を抜けた」キャッシュの眉間にしわが寄る。「今はブリッジをしてるんじゃないかな」

思いがけない話だった。「でも、田舎町っていうのは一つの幸せな大家族みたいなものじゃないんですか？」スティーブはたずねた。「ほら、『ウォウビゴーン湖ニュース《ニューズ・フロム・レイク・ウォウビゴーン》』（ミネソタ州の架空の町を舞台にしたラジオ番組のコーナー）のネタみたいに」

「全然違う」キャッシュは言った。「わたしの考える田舎町というのを教えてやろう。田舎では、善も悪もすべてが誇張される。白か黒か、どちらかに決めたがるんだ。少なくとも、わたしの四半世紀の経験からはそう思えるよ」

キャッシュは前に進むよう、手でうながした。「ほら。ツアーの最終地だ」

脇によけ、スティーブを先に入らせる。ジェンのすぐあとにハイディも出ていったため、二人はさしあたってやることがなくなり、スティーブはキャッシュに家を案内してくれるよう頼んだ。キャッシュがちゃんとした上着を貸してやると言うので、スティーブはありがたく申し出を受け入れた。確かに、ダウンのつまった防寒素材とフェルトの裏地の効果は絶大だった。三人、キャッシュとスティーブとブルーノは、〈ロッジ〉の敷地内をくまなく歩き回った。森を抜け、湖の上に張り出した崖の上を進み、眼下の湖面に〝バター泥棒の追跡者〟の着地パターンを示す跡が見えると、しばしたたずんで思いを馳せた。それから平原を横切って〈ロッジ〉の裏手に向かうと、木造の屋外便所のような建物が見えてきたが、実はそれは便所ではなくサウナだった。そのあと着いたのはにわとり小屋で、ニーナの飼っている観賞用のにわとりがいた。

ブルーノはニーナかにわとりか、あるいはその両方に何かいやな思い出があるらしく、小屋の前から逃げ出した。残されたスティーブは、豪華な模様のついた鳥に対するニーナの熱意に大いに共感し、にわとりは恐竜の子孫かもしれないという話をキャッシュに聞かせた。これも〈ディスカバリー・チャンネル〉で仕入れた知識だ。

スティーブはキャッシュの先に立ち、薄暗い納屋の中に足を踏み入れた。キャッシュが隣で電気をつける。

そこは確かに納屋には見えたが、内壁は塗装の施されていない石膏ボードで、頭上にはむき出しの根太《ねだ》が並んでいる。奥にある作業台と、ぼろぼろのトラクター（「あれに乗ってもいいですか？」「壊れてるよ」）、最近までバターの頭が眠っていたと思われる大きな古めかしい冷凍庫以外、何も置かれていなかった。

「暖かいですね」スティーブは言った。

「ああ。民宿がうまくいったら納屋を改装して部屋数を増やそうと思っていたことがあって、断熱材を吹きつけて内壁を取りつけたんだ」キャッシュは頭上の根太を指さした。「二階も作ろうと思ってたんだよ。だが、毎週末に人が泊まりに来る生活を二カ月ほど続けてみて、わたしたちは宿の経営には向いていないんだとすぐに気づいた」頭を振る。「客は要求が多いんだ。つねにあれが欲しい、これが欲しいって」

スティーブはほとんど聞いていなかった。奥に置かれた傷のある大きな作業台のもとに向かっていたのだ。キャッシュが台の上に放り出したままのさびついた道具に手を這わせると、強烈な懐かしさがこみ上げてきた。万力、金槌、のこぎり、のみ……鉄梃《かなてこ》。

「鉄梃を持っているんですね！」スティーブは鉄梃を持ち上げ、手にかかる重みを楽しんだ。

「鉄梃がどうかしたか？」キャッシュは言った。

「『ミューズ参上』は鉄梃を使って作ったんです」スティーブは懐かしそうに言った。「鉄梃、金槌、アセチレンバーナー。それに、アルミニウム管」

「『ミューズ参上』?」

スティーブはうなずいた。「おれの原点となる作品です。離婚直前に元妻の家から盗まれたんですけど」

「それは残念だな」

スティーブは肩をすくめた。「そのうち見つかると思いますよ。偉大な芸術はいずれ世に出てくるものですから」

その言葉に、キャッシュは両手を尻ポケットに入れ、首を傾げてスティーブをまじまじと見た。「きみはそういうものを作っているのか? 偉大な芸術を?」

「はい。少なくとも、以前はそうでした」スティーブは鉄梃に視線を落とした。昨晩のジェンの言葉が頭の中で響く。その正直さと、スティーブの作品を心から気にかけている様子には、身が引き締まる思いだった。確かに耳には痛かったが、すがすがしくもあった。それに、ジェンの言うとおりだ。本当なら、そのようなことはフェリーが指摘するべきなのだ。だが、彼を責めるつもりはない。フェリーはこれまでスティーブがやってきたのと同じように、同じところをぐるぐる回っていることには気づかないふりをして、景色を楽しんでいるだけなのだ。

ジェンの批評はとても好意的とは言えなかったが、それは気にならなかった。好意的な批評なら、書類棚がいっぱいになるほど受けてきている。自分にないのは方向性だ。ようやくそのことに気づいた。これまではただ、名声という踏み車をぐるぐる回しているだけだったのだ。ジェンの指南は正しい。少なくとも、正しい道を暗示している。真実を伝えるほど自分のことを気づかってくれるとは、なんとありがたいのだろう。ジェンのような女性は初めてだった。名声に惑わされず、作品だけを見てくれる女性。メディアという虚飾の世界に住みながら、虚飾のない言葉を口にできる女性。名声そのものではなく、自分の身を守るために名声を求める女性。ある面ではひどく偏っているが、それ以外のほとんどの面でははっとするほど健全な人だ。創作意欲をかき立てられる。もっと深く知り、インスピレーションをもらいたくなる。その唇はセムラのように柔らかく、体はしなやかで……。

「スティーブ？」

しまった。まるでスティーブの心を見透かしたかのように、彼女の父親が鋭い目つきでじっとこっちを見ていた。

「はい？」

「〝以前は〟というのはどういう意味だ？」キャッシュはたずねた。

ああ、そうだ。スティーブは彼の目を見つめた。「魂を売ったんですよ」

「え？」

「長い間、名声を商売にしてきました。作品を創作するんじゃなくて、生産することで満足してきた。有名人であることが好きなんです。世間の人がおれの名前を知っていて、顔を見れば気づいてくれて、おれの作品を見たことがあるとわかっている、その状態が気に入っているんです。名声に魂を売ったってことですよ」

キャッシュは値踏みするような目でスティーブを見た。「何だか自慢げに聞こえるが」

「それに気づいたってことが自慢なんです。ある意味、ジェンのおかげですよ。キャッシュ、あなたは開眼の過程を目の当たりにしているんです」スティーブは重々しく言った。「こんな生き方はもうやめることにしました。おれが誰であるかじゃなくて、何をしたかで知られるようになりたい。ようやくそう思えるようになったんです」

「そうか」

スティーブは考え込むように目を細め、決意を検討してみた。まずは何から手をつければいい？　バターの頭を一度目とすれば、二度目となるスティーブ・ジャークスの再生はどうすれば実現できる？　どのように、どこから始めればいい？　偉大な芸術の例にならえば、過去に回帰することで未来を見出すのが妥当だろう。その出発点として、『ミューズ参上』以上にふさわしいものがあるだろうか？　あれを見つけ出し、解放して、今後の道しるべとするのだ。

それに、あの作品を自分のものにすることができれば、ファビュローサは心底悔しがるに違いない。

確かに、世間ではあまり高尚な動機とは見なされないかもしれない。だが、それがどうした？　別に博愛主義のイメージキャラクターにしてくれと頼んだ覚えはない。復讐はさぞかし気分がいいだろう。それでようやく二人の関係に均衡が取れ、ファビュローサのことも永遠に忘れることができるのだ。

スティーブは再びアセチレンバーナーに視線を落とした。バターの頭とこのバーナーさえあれば、五秒で過去への鍵をつかむことができる。だが内に潜む才能をよみがえらせるには、これだけでは不十分であることもわかっていた。根本的な何かが必要だ。商業的な縛りを断ち切り、名声へのこだわりを捨てさせる何か。重大な可能性を秘めた、具体的な何か。

「まずい」とつぜんキャッシュが言い、スティーブはわれに返った。「もう一〇時になるじゃないか。九時にニーナを起こすと約束していたのに。きみには言うなと言われているんだがね。毎日夜明け前に起き出す、健康的で勤勉な北部人というイメージを保ちたいんだ」

「でも、おれはもう起きてますよ」

「ニーナには勝手な思い込みが多くて、都会の住人は状況が許す限り昼まで眠るものだと思っている。きみが自分より先に起きたと知ったら悔しがるだろうな」

「自分の部屋に戻って、しばらくしてから下りていきましょうか？」

「いや」キャッシュはにやりと笑った。「思い込みはよくないと思い知らせてやろう」

キャッシュは先に納屋を出て、スティーブが出るのを待ってから扉を閉めた。どこからか現れたブルーノを先頭に〈ロッジ〉に戻ると、キャッシュはジェンが用意していたコーヒーの魔法瓶からニーナに持っていく分をカップに注ぎ、スティーブを残して台所を出ていった。

その後、あたりは驚くほどの静けさに包まれた。車はいない。飛行機もいない。街路の喧噪もない。話し声もない。ただ、ブルーノの静かな息づかいだけが聞こえていた。

キャッシュについてここに戻る途中に、スティーブは衰えつつある才能を呼び覚ます方法を考えついていた。

〈ロッジ〉を買うのだ。

思いついた瞬間、非の打ちどころのないアイデアだと思った。また、その数秒後、ジェンはあまりいい顔をしないだろうとも思った。口ではフォーン・クリークも〈ロッジ〉も、その二つの間に位置する物も人もすべてを毛嫌いしているようなことを言うが、態度はそこまで頑なではないし、時にはまったく違う気持ちがにじみ出ていることもある。スティーブは考え込んだ。

自分が求めているのと同じものを、ジェンに求められるのは都合が悪い。

不愉快なことに、またも道徳上の葛藤が襲ってきた。そのうえ、ジェンに対する気持ちが軽い興味以上のものになってきているせいで、余計に問題がややこしくなる。

自分には〈ロッジ〉が必要だ。ここで得られる聖域が必要だ。こんなにも静かで、退屈せざるをえない状況なら、想像力も存分に羽ばたいてくれるだろう。ここなら非の打ちどころがない。やることは何もなく、気を散らすものもなく、大衆の前で格好をつけることも、メディアにおもねることも、パーティに顔を出すこともない。あるのは森と、静かに住人を待つ空っぽの巨大な納屋だけ。

何としてでも手に入れなければ。

35

午前一一時二〇分
〈ブルー・レイク・カジノ〉

〈ブルー・レイク・カジノ〉の総支配人、エド・ホワイトはオフィスに立ち、広大なカジノ内部を望むマジックミラーの内側から客の人数を数えていた。隣では、副支配人のポール・ロドリゲスが仏頂面で同じことをしている。明日の晩、今年が第一回となるオールナイトのアマチュアトーナメントが開催されるというのに、今のところ予想している人数の四分の一も参加申し込みが来ていない。原因は雪だ。大雪のせいでアマチュアの賞金稼ぎも、観光客も、自称ポーカーの達人も、都市部で足止めを食らっているのだ。しかも天気予報が当たれば、今晩さらに一二から一五センチ積もることになる。この大会を大失敗に終わらせたくなければ、あとは何とかして地元住民を呼び込みつつ、〈フォーン・クリーク一五〇周年祭氷上魚突きトーナメント〉のために早めに来ている釣り人たちに金を落としてもらうしかなかった。

でも、どうやって？　町から人を呼ぶためには、何か客寄せとなるものが必要だ。

ロドリゲスが一人の女性を指さした。安っぽいポリエステルの黒髪のかつらをかぶり、さらに安っぽいラップアラウンド型のミラーサングラスをかけ、〝オールナイト・アマチュアトーナメント――優勝賞金一〇万ドル！〟と記された垂れ幕の下で、賭け金五ドルのブラックジャックのテーブルについている。エドもこの女性には気づいていた。妙な客を見つけ出すのがエドの仕事であり、この女性はどう見ても妙だった。

地元の人間であることは疑いようがない。なぜなら、彼女が着ているミニのドレスは、エドが先月一〇代の娘に〈パーマイダ〉に返品に行かせたものとまったく同じだったからだ。娘は体に合ったサイズを買っていたが、それでもじゅうぶん下品だった。この女性のように二つも小さいサイズを着るなど、もはや正気とは思えない。そのあまりの露出度の高さに、品のない女性なら見慣れているはずのエドでも、服装だけで銀行強盗か詐欺師だと決めつけてしまいそうだった。顔以外のところを見てほしい女性が着るような挑発的な服だ。確かに効果は抜群だった。女性のまわりには大きな人だかりができている。

「あれを見てください」ロドリゲスがぼそりと言った。

「ああ」エドは言った。「すごいな。でも、今はそんなことを考えている場合じゃない」

「違いますよ」ロドリゲスは舌打ちした。「あの勝ちっぷりを見てくださいってことです」

エドは女性を見た。ロドリゲスの言うとおりだった。彼女はチップをごっそり寄せてカジノのプラスチックのバケツに落とし、テーブルのまわりの人だかりをぐるりと眺めた。観衆の視線を浴びながら席を立ち、人ごみをかき分けて賭け金二五ドルのテーブルに向かう。テーブルを取り巻いていた一団も、ぞろぞろとあとをついていった。

「誰だ？」エドはたずねた。

「初めて見る顔です」ロドリゲスは答えた。「このあたりの人間であることに間違いはありませんが。でも、問題は正体じゃない。効果です。彼女には人が群がる。地元住民が。みんな彼女に惹かれているんです」

そのとおりだとエドも思ったが、一〇年以上カジノで働いてきた経験から、ファンがいかに移ろいやすいものであるかも知っていた。「勝っている間はな」

「確かに」ロドリゲスも認めた。「ですから、彼女から目を離さず、どこまで運が続くか見ていましょう」

運は続いた。むしろ彼女はますます調子を上げ、テーブルのまわりの人だかりもふくれ上がっていった。だが、脇に積み上がるチップが二〇〇ドルから二〇〇〇ドルに増えていっても、こちらから見る限り女性は冷静な満足感の漂う表情を崩さない。またも勝利をあげると、観衆からは自然と拍手が起きた。彼女は反応しなかった。不思議と彼らが腹を立てることはなく、むしろその平然と落ち着き払った様子が気に入ったようだった。彼女は自分を取り巻く観衆にも、自分の手札にも、そして何よりも積み上がるチップの山にもまったく関心がなさそうに見えた。

当然だ！　エドは心の中で指をぱちんと鳴らした。彼女が好かれるのは当然のなりゆきだった。ミネソタ州民らしい物腰を備えながら、手入れの行き届いたグラマーな年かさの娼婦のように着飾っている。この二面性に惹かれない者はいない。〝親切なミネソタ人《ミネソタ・ナイス》〟と〝お行儀の悪いネバダ人《ネバダ・ノーティ》〟の融合といったところだ。ようやくエドも彼女の存在価値に気づいた。人は勝者を好み、地元の勝者を愛する。そして何よりも、地元の人間は地元の勝者を愛するのだ。この女性は立派な客寄せになるし、雪の状態がどうなるかわからない今、使える餌はすべて使うしかない。

エドとロドリゲスは人ごみをかき分け、問題のギャンブラーのそばにたどり着いた。彼女はこちらを向いたが、目と眉は濃いサングラスに隠れていて見えない。鮮やかな深紅の唇が、にこりともせずに開いた。「何?」

「ご健闘をお祝いしたくて」エドはほほ笑んだ。

「あら、ありがとう」そう言うと、彼女はテーブルに向き直った。この女性は興奮に震える素人とはほど遠い。それだけは確かだった。また、戦いぶりは洗練されているが、それ以上の何かを持っている。もっと重要な何か。そう、幸運という、言葉では説明しがたい要素だ。

二〇分後、女性はとつぜん勝負をやめ、チップを数えてひざの上のプラスチックのバケツに入れて立ち上がった。小さな声で「失礼」と言い、テーブルを取り巻く輪の外に向かって歩きだす。人々は拍手喝采した。

「また来てもらわないと」せっぱつまった声でロドリゲスがささやいた。「あとで二、三、電話をかけてきます。〈ポーカー・ネットワーク〉を呼んでもいい。彼女を見てください。

実に風変わりな女性だ。人は風変わりな人物のギャンブルを見るためなら、はるばるここまでやってきますよ」

「わかってる」エドは小声で返し、カジノの中を歩いていく女性のあとを追った。彼女が精算窓口の前の列に並んだところで、二人は追いついた。「お客さま、ちょっとよろしいですか？」

女性は振り返った。「何かしら？」

「あなたは実に幸運な方だ」ロドリゲスが前置きを述べた。

「そう？」とつぜん携帯電話が鳴り、女性は手首に下げていた小さなハンドバッグから電話を取り出した。「もしもし？　ポール？　ポール、よく聞こえないわ。え？　え？　とにかく、三〇分くらいでそっちに行きますから。三〇分よ！　今おっしゃろうとしていることは、そっちに着いてからうかがいます！」彼女はそう叫ぶと、ぱちんと電話を閉じた。

「お気づきだとは思いますが、あなたのファンクラブができていますよ」エドはこれ以上ないほど愛想よく言った。

女性はうんざりしたように鋭く鼻を鳴らすと、前の女性が精算を終えるのを待って窓口に近づいた。バケツを二つ持ち上げて備えつけの棚に置き、用意してある大箱に中身を空ける。仕切りの裏側で、今度は精算係がこれを計数機に移した。

「あなたをご招待したいのですが、ミス……」エドは名前を言わせようと思い、言葉を切った。彼女は何も言わなかった。精算係が計数結果を印刷したので、エドはちらりと数字を見た。二五三〇ドル。

「個人的にご招待したいのです」精算係が札を数えて女性に手渡す間、ロドリゲスが説明した。「明日のトーナメントに参加していただけませんか？　参加費はたったの一〇〇〇ドルです」

謎の女性は振り返り、折った札をみごとな谷間に深く押し込んだ。「ありがとう。でもけっこうよ」そう言うと、二人の間に割り込んで出口に向かった。「ギャンブルはよくないことだから」

36

午後一二時半
フォーン・クリーク町役場

「湖の駐車場が町の中よりもちゃんと除雪できていることを願うよ」ケン・ホルムバーグがポールに言った。

ポールはうなずいたが、ケンが暗に自分を責めていることはわかっていた。二人はAMSのスタッフに会うため、町役場までの短い道のりを車で向かっているところだ。撮影クルーは吹雪の合間を縫って、今朝カジノの滑走路に到着したが、そこは個人の所有地であるため信頼できる除雪業者が入っている。自分の携帯電話は圏外だからとボブ・レイノルズに頼まれ、ポールはジェンと連絡を取って、すぐこっちに向かうという返事をもらった……ような気がする。電波が悪かったのだ。

「魚突き大会のことがちょっと心配なんだが」ケンが言った。

一五〇周年祭の開幕イベントである〈氷上魚突きトーナメント〉は、明日に予定されている。参加が見込まれる客の多くが昨晩の吹雪のためにまだ到着していないが、一部の客は吹雪が来る前に町に入っていた。湖面には一夜にして魚突き用の小屋の集落が現れ、ダディ・オルソンはすでに、ポールがネッド・ソダーバーグとジミー・ターヴォルドに命じて氷上の雪をどけて作らせた道を通ってピザを宅配し、かなりの売上を上げていた。

「思ったほど参加者は集まらないかもしれないな」ポールは同意した。

「今夜もまた吹雪が来たら、七〇〇〇人はとうてい無理だ。一〇〇〇〇人来れば御の字だろう」ケンは言い、頭を振った。「釣りの合間にうちの工場を視察したいという連中が、街から来ることになっていたんだ。でも、もう来ないかもしれない。くそっ。せっかくの……」

ケンはポールの顔をちらりと見て、自分が何を言おうとしたかに気づいたらしい。その先に続く言葉が〝金づるが〟であることを、ポールは見抜いていた。

ケンは咳払いをした。「実は、共同経営者を見つけようと思っていてね。年も年だし、ここらでゆっくりしたい。わかるだろう?」

「ああ」ぜひそうしてほしいとポールは思った。またも妻が仕入れてきた噂によると、ケンは銀行に融資を申し込んだが、調査の結果、会社の年金資金の不足額が九万ドルに上ることがわかり、融資は断られる見込みだということだった。自分で言っているほど金もなく、権力もなく、誠実でもないことが暴かれることへのストレスは、ケンの丸々とした赤ら顔にも表れてきていた。ぺったりなでつけた髪までもがみすぼらしく見える。彼がグッド・シェパード教会の台所を改装する約束をしていることを、ポールは知っていた。その約束を破らざるをえなくなれば、ケンは一生その屈辱を忘れることはできないだろう。

「工場を閉めてもいいかもしれないな」

ケンの表情はさらにくもり、ポールは答えにつまって胃がぎりぎりと締めつけられた。もしケンが会社をたためば、フォーン・クリークは終焉に向かってまっしぐらだ。そのことはケンもわかっている。彼は田舎町でふんぞり返っているだけの男かもしれないが、少なくともその役割を愛している。これまで大物としてふるまってきたのに、どこか別の場所でただの人になるのは耐えられないだろう。だが〝自分の町〟で信用を落とし、公然とペテン師扱いされるのは、もっと耐えられないはずだ。

「このごたごたからどうにか抜け出さなきゃならない」ケンはだみ声でつぶやいた。ケン・ホルムバーグとしては、自分が窮地に立っていることを認めるせいいっぱいの発言だった。

「この一五〇周年祭は、さっき言った街の連中にうちのビジネスを見てもらえる機会だと思って期待していたんだ。ほかにも投資してくれる人間が出てくるかもしれないし」

「あきらめるのはまだ早いよ、ケン」ポールは何とか声に自信をにじませようとした。「それに、これから会うAMSの人たちが、フォーン・クリークを全国に紹介してくれるんだから」

ポールは町役場の駐車場に車を入れ、速度をゆるめて専用の区画に入った。「そうだな」肩をいからせてケンは言った。そして、苦悩から回復したことを示すために、さっきまでの熱弁を再開した。「きみのところの連中に言って、湖の上の雪をどけて道を作るときはこれ以上源泉に近づかないようにさせないと、冬の間中、湖の底からオフロード車を釣り上げるはめになるぞ」

先日の調査の結果、ポールの不安が的中していたことがわかった。ネッド・ソダーバーグが釣り小屋の集落に向かって作った道のすぐそばに、源泉が湧き出すために氷が薄くなっている箇所があったのだ。

「ちゃんと言っておくよ」ポールは言ったが、心の中ではネッドに理由は説明するまいと思っていた。あまり認めたくはないが、ネッド・ソダーバーグは信頼できる人間ではない。あの男ならよそ者がわざと氷の薄い場所に行くよう仕向け、氷を突き破って落ちたところを引き上げて大金を請求するくらいのことはやりかねない。実を言うと、彼の祖母――特に彼女の作る段々ケーキ《クランセカーケ》――をここまで高く買っていなければ、ネッドなど最初から雇おうとも思わなかった。

「あと、駐車場もつねにきれいにしておくよう言ってくれ」ケンはトラックから降りてドアをばたんと閉めた。「念のために」

「もちろんだ《ユー・ベッチャ》」

ケンは小走りで駐車場から町役場に向かい、ポールはやっとのことであとをついていった。ケンは受付係のドリーにうなずきながら、ロビーを抜けていく。ポールも胸がわくわくしてきた。雪は移動には不便だが、絵にはなる。今はフォーン・クリークが最も美しい時季なのだ。ああ、もしAMSがこの新雪に覆われたフォーン・クリークと、釣り人たち、そしてスノーモービルに乗ってはしゃぎ回る人々の映像を使ってくれれば、停滞気味の観光産業が息を吹き返すきっかけになるかもしれない。

フォーン・クリークを魅力ある生き生きとした町に見せるために、ポールと町議会はあらゆる手を打っていた。地元の店主たちは町が栄えている雰囲気を出すため、現在営業していない店も含め、ネオンサインと看板のライトを毎日二四時間つけっぱなしにすることを約束してくれた。キワニスクラブとロータリークラブはメンバー全員に予定を割り振り、毎日数時間ごとに徒歩や車で町に出て、中心部の活気を演出することになっている。ウェンディ・ラーソンは老いた荷馬たちに馬具をつけて、ＡＭＳが撮影を始めたらすぐに湖の北の端で丸太を引かせることになっていた。

これは確実に撮影クルーの目を引くだろう。

ポールとケンは町長室の両開きのドアの前に同時に着くと、ポールが左、ケンが右を押し開け、最高に〝ミネソタ・ナイス〟な笑みで顔をぴかぴかに輝かせて中に入った。町長室には六人いて、それぞれコーヒーを飲んだり、壁に貼ってある郡の航空写真を見たりしながら待っていたが、二人の登場に顔を見合わせた。ミネソタ・ナイスに不意打ちを食らう人間は少なくない。

ポールのデスクの角に座っていた、黒いカシミヤのタートルネックに青灰色のコーデュロイのジャケットを着たハンサムなブロンドの男性が、スマートフォンから顔を上げて床に飛び下りた。前に進み出てポールの手を取る。

「町長さんですね？」彼はたずねた。

「そのとおりです！《ユー・ベッチャ》」

「よかった！　ようやくお会いできましたね。ボブ・レイノルズです」

ボブは、白髪混じりの痩せた髪を一つに結び、退屈そうな顔をした年かさの男性を手で示した。「こっちは番組ディレクターのディーター・ハルネーゲル、こっちが残りのスタッフです。カメラのジョン」地図のそばに立っていたぽっちゃり体型の若い男性がにっこりした。「照明のニック」アジア系の中年男性がうなずく。「メイクのベンジャミン」ひょろ長い髪を黒く染めたゴシックファッションの若者が目の横から指を二本突き出し、おどけたあいさつをした。「そして、雑用係のマンディです」ゴス男の隣の内気そうな女性がぼそりと言った。

「どうも」

ポールは一人一人に向かって順にうなずいてから言った。「こちらはケン・ホルムバーグ、祝典の準備を助けてもらっています。〈ミネソタ・ホッケー・スティックス〉のオーナーです」

「ホッケーチームですか？　聞いたことありませんけど」照明係が言った。

「いやいや」ケンはにっこりし、胸をぐいとそらした。「ホッケー選手が使うスティックを作っているんですよ。約八〇パーセントの――」

「それはすごい」ボブはケンをよけて進むと、ポールの腕を取って駐車場に面した窓のそばに連れていった。残されたケンは顔を赤くした。無視されることに慣れていないのだ。この調子だと、フォーン・クリークを離れたときには、どこか別の池の小さな魚としての暮らしをさぞかし不快に感じることだろう。

ボブは窓の外の上空を指さした。サファイア色の空に、ホイップクリームのような大きな白い雲が浮かんでいる。降ったばかりの雪の上に、太陽の光がきらきらと降り注いでいた。

「町長さん、この特殊効果でいくら請求しようっていうんですか？」ボブはたずねた。「冗談です。すごいですね。こんなにすばらしいなんて想像もしていなかった。みんなもだろう？」肩越しに振り返る。

「これじゃ照明が大変だ」アジア系の男性が言った。「白すぎる。どこもかしこも反射してしまうよ。リンドの顔の小じわが全部映り込むだろう」

「それはぼくが何とかするから」若者が自信たっぷりに言ったが、近くで見ると別に若者というわけではなさそうだった。「ジェン・リンドをまだ初潮も迎えていない頃のようにしてみせるよ」

ポールの後ろでケンがうめいた。

「われらのスターはどこです？」ボブがたずねた。「スターたち、と言ったほうがいいかな？　スティーブ・ジャークスももう来ていると聞きましたよ。それに、物言わぬスター……ミスター・ジャークスのバターの彫刻もですね。実を言うと、早く見たくてたまらなくて」

「わたしもだ」テーブルに足をのせてだらしなく座ったまま、ディレクターが言った。「どうにかしてクレジット映像に入れ込めないかと思ってね。ジャークスに像の写真を商業目的に使うことに同意してもらわなければならないだろうが」

ポールはAMSのスタッフの期待を裏切ることに気が進まず、どう切り出したものか迷っていたが、実際の影響についてはさほど心配していなかった。バターの頭像はただ珍しいだけで、ショーのおまけとしてぼんやり眺めてそれっきりという程度のものだ。主役は何と言っても、ジェンとスティーブなのだから。

「いい考えがあるんだ。ジェン・リンドの顔をバターの彫刻の写真に重ねて、彼女が実際にそこから進化してきたように見せる」ディーターが話している。「VH1が流しているミュージックビデオのようなものだ。音楽がないだけで」

自分の考えに夢中になっているディーターを見て、ポールはやっぱり今は何も言わないほうがいいと考えた。まだあれが見つからないと決まったわけではないし、病院でギプスに覆われているあの変人が二五〇〇ドルの報奨金を出している今、戻ってくる可能性はさらに高まっている。

「ところでミスター・レイノルズ、ジェンとスティーブは」ポールはさも呼び慣れたようにジャークスのファーストネームを口にし、ディーターがわずかに目を丸くしたのを見て気をよくした。「ジェンの両親の家にいます。町の北部で小さな民宿を営んでいて、そこに滞在しているんです」

「ぼくらもそこに泊まれますか？」すかさずボブがたずねた。

「いや」ケンはようやく声を出した。「あそこは満室だ。でも、ホテルは予約しておきましたよ。あなたの分も、スタッフの分も」最後の一言にわずかにばかにしたような響きを含ませる。見下されるのが我慢ならないのだろう。特に、〝スタッフ〟ごときに。

「ケーブルテレビは見られますか？」内気な雑用係が言った。

「さあね」ケンはぴしゃりと答えた。

「無理そうだな」ぽっちゃりしたカメラマンがため息をついた。

「ありがとう、ケン」ボブは〝失礼な態度は許さない〟とばかりにスタッフをにらんだ。

「町長さん、町長室から届いた予定表によると、ミズ・リンドが出席する行事はこの日曜の氷上魚突き大会から始まるということでしたよね」

「そうです」

「でしたら、大会の合間に湖の上で料理コーナーを撮らせていただけないかと思いまして」

「いいですね！」ポールは嬉しくなった。ウェンディに電話して、馬具に油を差すよう言っておかなければ。

「よかった！　では、その中でぜひともバターの彫刻も使わせていただきたいのですが」

ポールの笑顔は少しくもった。「そうですね、確認してみます」

そのとき町長室のドアがノックされ、ポールはそれ以上はっきりしたことを言わずにすんだ。「どうぞ！」

ドリーの脱色した頭がドアから突き出された。後ろでジミー・ターヴォルドが狩猟帽を手に、かしこまった顔でうろうろしているのが見える。ちょうどよかった。ターヴには話しておきたいことがある。

「町長、〈リプリーズ・ビリーブ・イット・オア・ノット!〉の使いだという方がいらっしゃってます」

メディア露出が増えた! 〈リプリーズ〉が誰かよこすかもしれないという噂は前から聞いていた。こうなれば、あとはバターの頭を探し出すだけだ。「二、三分で行くと伝えてくれ、ドリー」

「ロビーでお待たせすることはありませんよ、町長さん」ボブがにっこりした。「〈リプリーズ〉がここで何をしているのか、AMSとしてもぜひうかがいたいですから」

「そうだな」ポールが答える前にケンが言った。「入ってもらって」

「はい。あと」ドリーはちらりと横を見た。「ジミー・ターヴォルドも来ているんですけど」

「わかってるよ。やあ、ターヴ。手が空いたらすぐに行くから、ロビーで待っていてくれないか?」

ターヴはうなずき、ドリーはドアを閉めた。

一分ほどしてドアが開き、ドリーの案内でこれといって特徴のない痩せ型の男性が入ってきた。〝ボストンカレッジ〟という文字が入ったパーカーを着ている。彼は室内を見回し、八組の目が自分を見つめていることに気づいた。

「どうも。〈リプリーズ・ビリーブ・イット・オア・ノット!〉のルー・ウォールバンクですけど？」どうやらいつも疑問形で話す種類の人間らしい。「こちらにあるというバターの頭像のことでうかがったんですけど？　もし本物であることが証明されれば？　現存する最古のバター彫刻に間違いないということですが？」

記録破りのバターの彫刻！　ポールの想像は未来に向かっていっきに羽ばたいた。州の中央部に、世界最大のより糸玉を入れる特製の小屋を作った人がいる。バターの頭を入れるために回転式の透明な冷蔵庫を作ると言ったら、町議会は賛成してくれるだろうか？

「ジャークスの作品でもあることだしね」ケンがもったいぶった口調で割って入った。

「それもすごいと思いますよ？　でもわれわれが興味を持っているのは？　作者ではなく古さなんですけど？」ウォールバンクは申し訳なさそうに言った。

「それを伝えてくださるためにわざわざお越しいただいて、ありがとうございました」ポールは言った。ケンはまたもむげに扱われたことにむっとするだけで、商業的な可能性に気づいている様子はない。

「ええ、ありがとうございます？」ウォールバンクは言った。「でも、その、単にそれが最古であることを伝えるために来たわけじゃないんですけど？」

「というと？」ケンが言った。

「では、何のご用でしょう？」とつぜんボブがたずねた。ニューヨークの人間はせっかちだ。

「買うために？〈リプリーズ・ビリーブ・イット・オア・ノット博物館〉の展示品として？」ウォールバンクは言った。

「おいくらですか？」ポールはたずねた。カナダの人間は現実的だ。

「一万ドルです」

町長室の外で、暇つぶしのために壁に耳を押しつけて盗み聞きしていたターヴは、へなへなと床に座り込んだ。

37

午後一時一五分
同じ場所

ジェンは町役場の駐車場にスバルを停め、エンジンを切った。ここに来る前、上機嫌のダンコヴィッチの指示に従い、またも〈眠れる森の美女の城〉に金を置いてきた。バターの頭はどこにあるのかとたずねたところ——二四時間前にも同じやり取りをしていたが、そのことにはあえて触れなかった——バターの頭のことはおまえには関係ないと言われ、電話は切れた。現金をどうやって手に入れたのかは詮索されなかったが、ジェンもダンコヴィッチに言うつもりはなかったので助かった。いや、相手が誰だろうと言うつもりはない。絶対に。

ある意味、それは残念なことだった。ブラックジャックのテーブルでジェンが見せたツキは、まさにギャンブル神話そのものだった。誰も予想していないところで、前代未聞の信じられない幸運を発揮したのだ。なのに、ジェンにそれを楽しむ余裕はなかった。自分が脅迫されていること、犯人に脅迫材料を渡したのがフォーン・クリークの住民であること、そして一五〇周年祭の取材で町に来ている記者に近くで顔を見られて正体を見破られないよう、安っぽい娼婦のような格好をするはめになったことに、心底腹を立てていたのだ。〃中央部の健康的なハニー〃、ジェン・リンドがギャンブルをしていたという話は、魚の灰汁漬け《ルートフィスク》を五〇〇グラム作るのに必要な灰汁の量などより、よっぽど人々の興味を引いてしまう。ローカルニュースでおなじみの顔はまだ一人も見ていないが、二、三社は確実に来るだろうし、一五〇周年祭が始まるまで記者たちが時間つぶしをする場所も見当がつく。〈居酒屋ポーシャ〉ではない。カジノだ。

ジェンはすばやくあたりを見回して駐車場に人がいないのを確かめたあと、スバルの運転席で身をかがめ、〈パーマイダ〉のバーゲンコーナーで買った安っぽいプロム用ワンピースからもぞもぞと頭を抜いた。続いてすばやくトレーナーとジーンズに着替えると、車を出て、ポールの用事を確かめるため町長室に向かった。きっと、一五〇周年祭のことでまた何か面倒な仕事を押しつけてくるのだろう。明日、氷上釣りをさせられるだけでじゅうぶん面倒だというのに。

ジェンが今のところ、この町で唯一嫌っていない人物――もちろん、ハイディとマーセデス、それから両親は別として……あと、ガソリンスタンドで働いていたホルムバーグ家のあの少年……と、レオナ・アンガーと、まあ、たぶんミセス・ソダーバーグもだが彼女は保留するとして――は、スティーブだった。

スティーブには申し訳なく思っている。バターの頭との再会をあんなに楽しみにしていたのだ。彼には意味のあるものなのだろう。バターの頭の話をするとき目に浮かべる熱っぽい表情を見れば、あれがいかに大きな意味を持つものなのかがわかる。それに、かわいそうなスティーブは、ジェンが今立たされている窮地には何の責任もない。いや、今はもう窮地には立たされていない。終わったのだ。

泥棒たちは〝報奨金〟を受け取れるし、ダンコヴィッチはバターの頭を手にすることができそうだし、AMSでのジェンの未来も戻ってきた。これは心底ありがたいことだった。ジェンにはほかに何もないのだから。人づき合いも、わが家も、犬も……恋人も。つかのまだけ人生という道路の先に何かが見えた気がしたが、それも蜃気楼だった。わたしにはキャリアがある。すばらしいキャリアだ、とジェンは自分に言い聞かせた。ほとんど知りもしない男性が何十年も前に彫ったバターの塊を見たがっているという理由で、そのすばらしいキャリアを台なしにしてはいけない。

女は現実的であるべきだ。

町役場に入ると、玄関ドアを入ってすぐのところにある女子トイレに直行し、ラップアラウンド型のサングラスと、〈パーマイダ〉の安売りワゴンで売られていたかつらを外した。髪をとかし、トイレの鏡で顔を観察する。ひどいありさまだった。大泣きしたせいで目は腫れ――はい、あの場面は二度と繰り返しません――肌はいつもより三段階明るいファンデーションがこってり塗られているせいで青白く、口紅はプラスチックのピエロかと思うほど真っ赤だ。

でも、おあいにくさま。よそいきの顔をし続けることにはもううんざりだし、どうせフォーン・クリークはその努力を認めてくれないのだ。ジェンが何をしようと、どんな格好をしていようと、自分たちの一員として迎えてはくれない。そう、ジェンはこの町では永遠のよそ者で、それはこれからも変わらないのだ。それなら、ほんの少しでも努力する理由はない。それに、少なくともジェンにとっては、フォーン・クリークは現実の世界ではないのだ。それどころか、二度目の裏切りを受けた今では、ダンテの『神曲』に出てくる〝氷地獄〟の奥にさらに未解明の地獄圏があり、それがこの町なのではないかとすら思えてくる。だから、もしポールがジェンを見て裸足で逃げ出したとしても、放っておけばいい。

ジェンはトイレを出てロビーを横切り、受付係のドリー・マリクソン（思いきって二五ドル払って、まともな脱色をしてもらったほうがいいと切実に思う）にうなずきながら、町長室に向かった。そのとき、エリック・エリクソンの怠け者仲間がドアのそばの床に座っているのが見えた。

「どうも」ジェンは男性を見下ろし、ドアを鋭くノックした。

彼は口をぽかんと開けた。

ちょっと！　何それ！　わたし、そんなにひどい顔はしてないわよ。

「あっ！　ああ、ミズ・ハレスビー。いや、ミズ・リンド……どうも」

「どうぞ！」

ジェンはドアを開け、中に入った。「ねえ、ポール、何をそんなに大騒ぎして──」

今日という日は、すでに人生の中で最悪の部類に属する道筋をたどっていたが、この瞬間にどん底まで落ち込んだ。ボブ・レイノルズがこぎれいな、しゃれた身なりで魅力を炸裂させながらポールのデスクの角に腰かけ、片ひざを両手で抱えるという『GQ』誌のグラビアのようなポーズをとっていた。そのまわりに、それぞれの方法で退屈を表現した撮影クルーが立っている。全員、見るからに〝海岸〟的で——東海岸か西海岸かは知らないが——特に目につくのがストレートの黒髪を垂らし、眉を脱毛した男性だった。ジェンは目を閉じ、クルーの到着を忘れていた自分を心の中で責めた。

「ジェン！」ボブはデスクから飛び下り、足早に近づいてくると、ジェンを抱きしめて両頰にキスをした。肩に腕を回し、室内に向き直る。「みんな、われらのスターのご到着だよ！ジェン・リンド！」

一同は律儀に歓声をあげたが、ディレクターのディーターだけはだらしなく椅子に座ったままだ。ジェンは肩を下げてボブの友愛の抱擁から抜け出し、クルーのほうを向いた。「ごめんなさい。電波が悪くて、ポールの声がよく聞こえなかったの。その……用事があって」説明はなからあきらめた。「ひどい格好でしょう」

「はじめまして！」どこからどう見てもメイク担当の男性が声をあげ、近寄ってきてジェンの両手を取り、値踏みするような目で顔を眺め回した。「心配しないで！　そのためにぼくがいるんだから」

「ジェン、すまない」ポールが謝った。背後では、ケン・ホルムバーグがぞっとした顔でジェンを見つめている。「〈ロッジ〉にいると思っていたんだ。まさか」ジェンがこんな顔をしている理由を探すようにあたりを見回した。「用事があるとは思わなくて」

「いいんですよ」とにかく目の前の仕事を進めたほうがいい。「それで、撮影に使える時間は？」

「二日間だ」痩せぎすのディレクターが言った。「だから、もしボブが言っているコーナーを撮るなら、今すぐにでも撮影を始めないと」

「どんなコーナーでしょう？」

「ぼくが一〇〇年祭の間にワンコーナー撮ればいいなって言ってたのを覚えてますか？」

ボブがたずねた。

「一五〇周年祭ですね」ポールが訂正した。

「そうですか」ボブは彼のほうを見もせずに言い、ジェンはひどくいやな気分になった。ポールはいい人なのに。「ひゃく……その祝典の間に、『生活のチェックリスト』の第一回で流すコーナーをやってもらいたいんです」

「『生活のチェックリスト』というのは？」

「あなたの番組ですよ」ボブはこともなげに言った。

「あら、違います。わたしの番組は『家庭のやすらぎ』ですよ。ボブ、ここに来る間に何か悪いものでも吸ったのかしら？」

ボブは気まずそうに笑ってみせ、いきなりしゃべりだした犬を見るような目でジェンを見

た。なるほど、とジェンは思った。ボブが知っている〝ジェン・リンド〟が姿を消している
せいなのだ。急いで仮面をかぶり直さなければ、キャラクター設定が破綻してしまう。
「みんな、ロビーでコーヒーでも飲んできたらどうだ？」ボブは言った。〝みんな〟は飛び
上がって次々と部屋から出ていった。
「町長、少しの間、町長室を使わせていただいてもよろしいですか？」ボブはたずね、ケン
を見た。「それから、ミスタ……あなたも」
「ええ……構いませんが」ポールはその場を離れた。
「ホルムバーグです。ケン・ホルムバーグ」ケンはいらいらと言い放ち、ジェンをにらみつ
けた。〝ジェン、ステートフェアのミスコンテストのときみたいに、ばかなまねをして台な
しにしないでくれよ。これはきみだけの問題じゃないんだ〟とその目が言っている。彼は部
屋を出ていった。
本当にいやなやつだ。
ボブは再びジェンの肩に腕を回した。「少し歩きましょう」
少し歩きましょう？　何なのそれ……。あんなに感じのいい人に思えたのに。それでも、
この仕事ではボブは上司のような存在なので、ジェンは言われたとおり歩いた。
ボブはジェンを窓のそばに連れていった。「みんな、ここで撮影ができることを心から喜
んでいます。ディーターはすっかりご機嫌ですよ。この企画を気に入っているんです。あな
たのことも気に入っている」それはどうかしら、とジェンは思った。ご機嫌なディーターは、

首の後ろの吹き出物をつぶすことのほうが気になっているように見えた。

「面白いアイデアがいくつかあるんです。面白いアイデアが」ボブは続けた。「マーケティング班があなたと番組の新しい演出方法を徹夜で検討した結果、まずはタイトルを変えようということになったんです」

「そうですか」ジェンは聞き分けよく見えるようふるまった。「確かに『家庭のやすらぎ』というのは、ちょっと古くさい感じでしたしね。でも、ボブ……『生活のチェックリスト』ですって？ 何だか健康診断の一覧表みたい。マンモグラフィー、大腸内視鏡検査、コレステロール値」

「確かに」ボブはため息をつき、同情するような表情になった。「でも調査の結果、視聴者は家庭だの団欒だのという概念に飽き飽きしていることがわかったんです。彼らが知りたいのは生活を楽に、効率よく送る方法です。ほら、ハイテクツールに、ダウンロード素材、図、プラン、表」両手を挙げ、顔の両脇でひらひらと動かす。

陽気にふるまっているつもりなのだろうか？ ボブは手を下ろした。

「とにかく、あなたの番組名は『生活のチェックリスト』になりました。率直に言って、『家庭のやすらぎ』よりはしゃれてますよ」ジェンの顔に顔を近づけてささやく。「ここだけの話、あなたはマフィンを焼く番組をやるには、ちょっとセクシーすぎると思っていたんです」

いきなり甘ったるい表情になったボブを見て、ジェンは悟った。彼は男としてふるまおうとしているのだ。女らしい反応がまったく湧き起こってこない自分を隠そうともせず、ボブを見上げる。思いがけず、スティーブがすばやく顔を近づけてきたときの記憶に襲われた。まるで作為の感じられない、自然な表情。ジェンは衝撃を受けた。スティーブのキスを思い出したことにではなく——あれほどキスがうまければ、思い出してもおかしくない——ふだんのジェンの男性の好みをそのまま反映したような目の前の若い色男に、何の魅力も感じないことに対してだ。成功も、手入れの行き届いた身なりも、経済的安定も、洗練も、仕事の腕も、すべて備えているというのに。

ボブはジェンの肩から手を離した。「いい番組になりますよ、ジェン。毎回オープニングでその回のテーマに関するチェックリストを提示して、それを視聴者が番組サイトからダウンロードできるようにするんです。完璧なパーティの開き方、優れた育児の仕方、模範的なペットの飼い方、理想の恋愛の仕方……そのためのチェックリストです。人はリストが好きですから。面白くなるでしょうね」

チェックリスト？　人の生き方を指南するチェックリストを作れということ？　そんなばかな話、信じられない。

「田舎の価値観や、原点回帰のライフスタイルはどうなるんですか？」ジェンはたずねた。

「ああ。それはですね。マーケティング班によると、そういうのはもう時代遅れのようです」ボブはすまなそうにジェンの手を握った。「今は数字が大事なんです。人々は数字に夢中なんですよ。数は、頻度は、値段は……。ところで、来月は全国予防接種月間です。準備しておいてくださいね」

「何を？　わたしに必要な注射のリストを作って、一〇分ごとにテレビで流してくれるのかしら？」ジェンはぴしゃりと嫌味を言った。

「いえ……」

「ドワイト・デイヴィスの意見はどうなんです？」ジェンは殺気立ってきた。この人たちは本気だ。メインパーソナリティに何の相談もなく、番組を根こそぎひっくり返したのだ！「〝質にこだわった〟番組を作るという方針はどこへ行ったんですか？」

「ドワイトも賛成していますよ」ボブは力強く言った。「人々が必要なステップを踏み外さず生活する方法を伝授してくれるなんて、これほど質のいい番組はないでしょう？　ドワイトは言っていました。『人々は助けを必要としている。だからわれわれが助けよう』すばらしいじゃないですか」

ジェンは人々を助けたくなどなかった。料理がしたいのだ。たまには、観葉植物の手入れのこつを二、三教えるのもいい。といっても、ジェンの家に観葉植物はない。観葉植物も責任を持って育てようと思えば、今のジェンの手には負えないのだ。

「チェックリストの企画はうまくいきますよ」ボブは続けた。「人は前に進んでいくことが好きなんです。そのためにチェックリストほどいい方法がありますか？」

「でも、それはわたしの仕事じゃありません！　わたしの専門は料理です。たまには何かを漂白したり、引き出しの裏に蠟を塗ってすべりをよくしたりもしますけど」

理想の恋愛をするためのチェックリストなど作れるはずがない。失敗する恋愛のチェックリストですら作れないのだから！

「ああ」ボブは小さく鼻を鳴らした。「そのことでしたらご心配なく。専門は関係ありませんから。全部こちらで用意します。ジェニー、あなたの仕事は視聴者に魔法をかけることなんですから」

ジェニー？　これは悪夢だ。ナットを呼ばなければ。今すぐに。大ブレイクを目前に何が起きているのか、突き止めてもらわないと。

「さてと」ボブは一歩下がり、両手をこすり合わせた。「ここにベンジャミンを呼んで、そのかわいそうなお顔に魔法をかけてもらいましょうかね？　今まで何をなさっていたんです？　日焼けマシンにでも入っていたんですか？　肌が荒れて赤くなってますけど」

ジェンは頭がぼんやりし、どうしていいかわからなくなった。小さなパニックの粒が、胸の中でじりじりと焼けている。この手にしっかりつかんでいるつもりだったキャリアと人生の手綱は、今やタルカムパウダーのように指の間をすり抜けるばかりで、それを阻止する方法は何一つ見当たらない。まずはダンコヴィッチ、そしてAMS。

「撮影をしに行く準備はできましたか？　第一回のタイトルは『冬の不思議の国で週末を過ごすためのチェックリスト』です。これは面白くなりますよ」

38

午後五時一〇分
ソダーバーグ家のガレージ

「下界を見下ろしていた神さまがとつぜん、おれたちがこれまでひどい扱いを受けていたことに気づいて、その埋め合わせをしようと思ったのかも」城に突っ込まれていた札束をうやうやしく扇状に広げながら、ターヴが言った。

ネッドは金とたわむれるターヴを黙って見ていた。このくらい楽しませてやってもいいだろう。

ターヴは町役場から飛び出してネッドの家のガレージにやってきた。途中でネッドとエリックに電話をかけ、この愛しのきみ――ネッドは黄麻布に包まれたバターの頭を優しくぽんとたたいた――に一万ドルの値段がつけられたことを伝えてきたのだ。

不思議なことに、よい知らせにはよい知らせが重なるもので、その前に無職で暇を持て余しているエリックが早めに〈眠れる森の美女の城〉を偵察に行ったところ、入院中のあの男の約束どおり二五〇〇ドルが置かれているのを発見した。

ダンコヴィッチには、受け渡しは極秘のうちに進めたいと言っておいた。彼は、金は置いておくからバターの頭をどこかに隠して連絡してこいと言い、隠し場所は誰にも見つからないところにして、この〝取引〟のことは誰にも言うなと念を押してきた。

もちろん、ネッドたちはバターの頭を隠してなどいないし、だからダンコヴィッチに連絡もしていないし、この状況なら今後も連絡することはないだろう。バターの頭を買いたがっている人間は大勢いるのだ。

「神さまじゃないと思うな」エリックは〈クレストライナー〉のぼろぼろの釣り用ボートのへさきに座って側面から脚をぶらつかせながら、マリファナ煙草の煙を吐き出した。「〈おとぎの国〉の仕業だと思う」

エリックはハイになっていた。彼はここに戻る途中、城に置かれていた金の一部で祝い用のマリファナを買っていた。ネッドはそのような重大事をエリックが決めるのは気に入らなかったが、今は文句を言うつもりはなかった。自分もハイになっていたのだ。

「エリック、どういうことだよ?」ネッドはたずね、マリファナがつまったジップロックの袋を〈クレストライナー〉の操縦席の下に突っ込んだ。完全にラリってしまうのは困る。考えなければならないことがあるのだ。

「だから魔法なんだって」エリックは言い張った。「電話をすれば、妖精が〈眠れる森の美女の城〉に金を置いていってくれるのさ。だって、あの入院中のやつは肩から腰までギプスで固めてるんだぜ。ほかにあそこに金が現れる理由があるか？　妖精の仕業に決まってる」

彼はくすくす笑った。

「ターヴ、エリックからジョイントを取り上げろ」ネッドは言った。「やらなきゃいけないことがあるんだ。エリックが我慢できなかったせいで、こんなうまい話を台なしにされるのはごめんだからな」

ターヴは壊れたソファからよろよろと立ち上がり、エリックの唇からジョイントを引き抜いて自分が一口吸ってから、注意深く吸いさしの先を切り、残りをシャツのポケットに入れた。

「よし、じゃあ考えよう」ネッドは言った。「このバターのお姫さまを欲しがっているのは誰と誰だ？　まず、〈リプリーズ〉が非公式に一万ドルを提示している」

「〈リプリーズ〉は盗難品には金を払わない」エリックが言った。

「そうだ。だが、両親の手元に戻れば〈リプリーズ〉に一万で売れるからと言って、ジェン・ハレスビーに七五〇〇で売るという手はある。差額の二五〇〇は向こうの懐に入るわけだからな。次に、入院中のあの男だ。やつはすでに二五〇〇払っている。ほかから一万の提示を受けていると言ってやろう。バターの頭をあきらめるのがいやなら、それ以上払うしかなくなる」

「あいつが払うわけない」エリックが抗議した。興ざめなことばかり言うやつだ。「払う理由があるか？　〈リプリーズ〉に売れないのはやつも同じだ。あいつのものじゃないんだから」

「エリック、おまえ」ネッドは言った。「本気でダンコヴィッチがこれをハレスビー夫妻に返すと思っているのか？　バターの頭のために大けがをしておいて、それを誰かにやるためだけに二五〇〇ドルも出すか？　あいつには何か魂胆があるんだよ。でも正直言って、あいつがなぜこれを欲しがっているかなんてどうでもいい。問題はどれだけ欲しがっているかってことだ。もし自分のものにしたければ、そうとう欲しがってくれないとな」

「町長も裏取引に応じるかもしれない」だしぬけにターヴが言った。「あいつが〈リプリーズ〉のやつに、フォーン・クリークとしてはジェン・リンドの故郷にバターの頭を置いておきたい気持ちもあるって言ってたのを聞いたんだ」

「まじかよ」ネッドはターヴがこの情報を今まで黙っていたことにむっとした。「それなら、全部で四人だな」

「四人？」ターヴはたずねた。

ネッドは自分の手を見た。立っている指は三本だったが、正解が四本なのは確かだ。あと一人は……そうだ！

「四人だ」小指を立てて言う。「あのジャークスってやつだよ。テレビで見たときは買うつもりがあるようには見えなかったんだが、それを言うならほかの誰もこんなものに大金を出すとは思えなかった。でもそれは間違いで、実際にはこんなことになってるんだから、ジャークスもこのオークションに参加するって言いだすかもしれない」

「オークション？　いいアイデアだな、ネッド」ターヴが感心したように言った。

「ありがとう」ネッドは謙虚に答えた。「そういうわけで、おれの読みでは、最低でも一万ドルは簡単に手に入る。たぶん、それ以上になるだろうな」

ターヴはにんまりした。「じゃあ、電話をかけてみよう」


「町長か？」

ポールは受話器を肩と耳の間にはさんでデスクのいちばん下の引き出しを開け、保険証書のファイルをしまった。「そうだが？」

「バターの頭の盗賊だよ」相手はくすくす笑った。

こいつら、ハイになっていやがる。ポールは内心ため息をついた。想像どおり、バターの盗難はいたずらで、〝盗賊〟は騒ぎが大きくならないうちに持ち主に返そうとしているのだろう。

「そうか。じゃあ今夜、誰もいなくなってからここの駐車場に置いて、あとはおとなしくしていろ」

「おいおい、町長さんよ。おれたちは何も置いたりしないぜ。金をもらわないと」

ふざけたクソガキめ。「金？　何の話だ？」

しばらく沈黙が流れ、電話の向こうで声を殺して何やら話し合っているのがわかった。

「七五〇〇ドルの話だ」

「何だと？」ポールはかっとなった。

「いいか？　こいつに一万ドル払おうってやつが町にいるらしいんだが、合法的な所有者になるためには、相手が……その……つまり——」

「泥棒では困るということだな？」ポールは鋭く言った。

「ああ。で、どうだ？　おまえがおれたちから七五〇〇で買って、そいつに一万で売るってのは。二五〇〇の儲けになる。いい話だと思うが」

「断る」

「そうか。じゃあ、七〇〇〇は？」

確かに、バターの頭は欲しい。パレードのとき、あれをジェン・リンドの隣に置きたい。テレビで全国に頭像の写真を流してこの町に注目を集めたいし、町役場のロビーに冷凍機能つきの神殿を造りたい。だが、人生には自分がどんな人間であるか、あるいは、どんな人間になったかを思い知る瞬間がある。今このとき、ポールはついに自分が真のミネソタ州民になったことを悟った。国中の誰が何を思おうと、いくら金を払おうと関係ない。どこかのクズ脅迫犯から腐ったバターの塊を買う金など、一セントも出したいとは思えなかった。

「頭がおかしいんじゃないのか？」ポールは受話器をたたきつけた。

ジェンは『生活のチェックリスト』の一つ目のシーンの撮影を終え、車で帰路についていた。いらだちと悔しさ、怒りがつのり、そんな自分に動揺していた。こんなはずではなかった。どうしてボブ・レイノルズとAMSの指示に喜んで従えないのだろう？　特に理不尽なことや、過剰なことを要求されているわけではないのに。

『冬の不思議の国で週末を過ごすためのチェックリスト』シーン三〝雪に人型をつける〟を三度も撮り直したからどうだというのだ？　新雪の上をぶざまに歩き回り、手足をばかみたいにばたつかせて倒れ込んでからやっとの思いで立ち上がると、雪についた尻型が深すぎるからと三度も撮り直しをさせられたのは、誰のせいでもない。強いて言うなら、そこまでお尻を大きくしてしまった自分のせいだ。

なのに、どうして体中から反抗心が湧き起こってくるのだろう？

自分は協調性を重んじる人間だったはずだ。それが今、どうしてこんな思いに取りつかれているのだろう？　もしかすると、ナットに批判されたとおり、〝女王〟気取りなのかもしれない。時期は早すぎるが更年期障害の可能性もある。これも早いが、中年の危機というやつだろうか。原因は何であれ、このままでは手に負えなくなってしまう。

フォーン・クリークに着いてからこれまでに、泥棒が納屋に忍び込んだことを知り、料理の師匠に小突かれ、吹雪の中バターの頭を取り戻しに行かされ、今にもスティーブ・ジャークスとランチカウンターの上で重なり合ってタンゴを踊りそうになり、ギプスに覆われた男に脅迫され、お粗末な変装でブラックジャックをするはめになった。しかもここに着いたのは金曜で、今はまだ土曜の夜なのだ。同時に五〇方向に引き裂かれているような気がするのも無理はない。

自分は現実的で慎重で責任感があり、先を読んで熟慮したうえで決断を下す女だ。何か愚かなこと、取り返しのつかないことをしでかす前に、早くこの異常事態を解決しなければならない。ただ、元の道筋に戻りさえすればいいのだ。

着信音が鳴り、ジェンは携帯電話を開いた。「ジェン・ハレ……ジェン・リンドです」

「バターの頭の盗賊だ」電話の相手はものものしく言ったが、鼻を鳴らしてしまったせいで台なしになった。

「ハイになってるのね？」ジェンは不審げにたずねた。

「いや」

ハイになっている人間は声を聞けばわかる。「いいえ、ハイになってるわ」うんざりした口調で言う。「で、何なの？」

「バターの頭が一万ドル以上の価値があることはわかっている。だから七〇〇〇出せ」

「頭おかしいんじゃない？」あんたたちがすでに二五〇〇で売ったことはわかってるのよ、と叫びたかった。何しろ、その金を出したのはジェンなのだ。だが、やめておいた。ダンコヴィッチとのかかわりは誰にも知られたくない。

「そんなことはない」相手はまじめくさった声で答えた。

「すでに払った一〇〇ドル以上は一セントだって払うつもりはないわ。あれと引き換えにバターの頭を返してくれる約束だったでしょう。どこにあるか教えなさい」ジェンは強い口調で言ったが、バターの頭がすでにダンコヴィッチの病室にあることは見当がついていた。

「いい、おばかさん？」ジェンは続けた。「このがらくたのことで電話してくるのをやめないと、あんたの正体を突き止めてバターの頭を取り戻して――」

電話は切れた。

「あの女、何て言ってた？」エリックが興味しんしんにたずねた。

「感じがいいと評判の割には、ジェン・ハレスビーは本当にひどい女だ。バターの頭をおれのけつの穴に突っ込んでやるって言おうとしてた。町長にも同じように責められた」ネッドは言い、こうつけ加えた。「というか、二人ともほとんど同じ言葉を使っていたよ」

「あいつらはつながってるのかもしれないな。二人で手を組めば、おれたちもあきらめて格安で売ってくれると思っているんだろう」ターヴが言った。「たとえ金を払ったところで、おれたちがブツを返すはずがないと思っているのかも」

「どうしてそんなふうに思うんだ？」エリックがたずねた。「おれはあんなものいらないぜ」

「どうしてって、現に金を出させておいてブツを返していないからじゃないか？」ターヴが答えた。

もっともな意見だ。

「ジェンはおれたちを〝おばかさん〟と言っていた」ネッドは二人に言い、自分と同じように腹を立ててくれるのを待った。はたして期待は裏切られなかった。

「何様のつもりだ？　あの女こそ、昼からずっと、雪の上でお遊戯をしているところをカメラに撮らせていたじゃないか。まったく、いい年して……」

「そんなことはいい。問題は、あいつらがおれたちを見くびってるってことだ」ネッドは言った。「こっちは本気だし、これがバターの頭を取り戻せる最後のチャンスだってことを教えてやらないと」

「どうやって？」ターヴがたずねた。

「ここまで来たら」ネッドは重々しく言い、二人の目を順に見た。「最後の手段を使うまでだ」

39

午後五時半
〈ロッジ〉

ジェンがスバルを納屋に入れて外に出てきたとき、ちょうど父とスティーブが湖のほうからのしのしと坂道を上がってくるのが見えた。二人ともタオル地のバスローブを着て〈ソレル〉のブーツを履き、その間から父は痩せ細った、スティーブは毛に覆われたすねをのぞかせている。スティーブはバケツを、父はへちまのスポンジを持っていた。二人は同時にジェンに気づいた。

「おかえり！」スティーブは声をあげ、歓迎するように手を挙げた。「サウナに入ってきたんだ！」

「そうみたいね」

二人はにこにこしたまま、雪を踏みしめて裏口に向かい、ジェンはその後ろ姿を羨ましく眺めた。サウナに入りたい。よれよれのタオル地のローブを着て、今にも倒れそうな湖畔の小屋から戻ってきたい。二人で並んで歩き、仲むつまじい雰囲気の中……いや、ただなごやかなだけでいい。父、もしくはスティーブと。だけど、それはできない。やるべきことはほかにある。例えば、誰もが驚くほどの成功を収めること。ジェンはそう自分に言い聞かせ、納屋の扉を引き下ろして〈ロッジ〉に向かった。

成功は安心を意味する。そのことだけは忘れてはならない。

「ジェンなの？」

「そうよ、お母さん」ジェンは答え、裏口のホールにあるフックにジャケットを掛けた。スティーブと父の姿は見当たらない。どこかでさらに親交を深めているのだ。

ブルーノは男同士のつき合いに呼ばれなかったらしく、土間《マッドルーム》に置かれた父の古いスノーモービルスーツの上でいびきをかいていた。ジェンは犬のそばにしゃがみ、さらさらした大きな頭をなでた。かわいそうなブルーノ。一人ぼっちにさせられて……。

「ブルーノ！　どこにいるんだ？　おれの王子さま！」家の奥のほうからスティーブが叫ぶ声が響いた。それからふつうの声でこう聞こえた。「キャッシュ、今のは親愛の言葉です。名前じゃありません」

ブルーノはスイッチでも入ったかのように飛び上がり、ジェンをなぎ倒した。振り返りもせず、部屋を飛び出していく。大好きな新しいご主人さまのもとに急ぐあまり、角を曲がるときにしっぽがぶんぶんと左右に揺れた。

ジェンは床に尻もちをついたまま、両手で顔を覆った。何ばかなことやってるの、と心の中で声が聞こえる。感情的になりすぎよ。

「今朝出ていったときは、一日中帰ってこないとは思わなかったわ」ニーナが台所から言った。「AMSの人たちにつかまって、こんな時間になったのね？」

「そうよ」

「ねえ、ジェン、あなたにきこうと思っていたことが――まあ、ハニー！　どうしたの？　こんなところでしゃがみこんで」

顔を上げると、ニーナは目の前に立ちはだかり、白いふきんで手を拭いているところだった。なんてすてきなのだろう。まるでおしゃれなライフスタイル雑誌から抜け出してきたかのようだ。三段階のハイライトが入った赤褐色の髪に、チャコールグレーのズボン、エメラルドグリーンのツインニット。足には靴底を張り替えたプラダまで履いている。

お母さんはここにいちゃいけない。ローリーのカントリークラブのチャリティイベントでルーレット盤を前に大きな顔をしているべきであって、ミネソタのおんぼろ小屋で心と体にいい料理を作っている場合ではないのだ。ジェンはわっと泣きだした。

ニーナはジェンのそばにしゃがみ、娘を抱きしめた。「ハニー、何があったの？」

ジェンは最初に頭に浮かんだことを言った。「スティーブとお父さんがサウナに入っていたの！」

母は困惑するどころか、表情をやわらげた。「わたしたちもサウナに入る？」優しくたずねる。「ほら、ジェン。二人でサウナに入りましょう」

ジェンは嬉しくなり、涙でいっぱいの目をしばたたいた。「うん」

天井の低い、窓のないサウナの中、ジェンはむっつりとうずくまり、母が用意してくれたヒマラヤ杉の枝をときどきぞんざいに体に打ちつけた。熱い石が積まれた金属の皿が小さな薪ストーブの上に置かれ、そこからゆらゆらと蒸気が立ち上っている。ストーブはサウナの隅に据えられ、排気管は上に延びてから外に出ていた。体から吹き出す汗で、寝室の奥のクローゼットで見つけた小さすぎる水着がびっしょり濡れている。

このサウナに最後に入ったのは一〇年前のことだ。週末で町に来ていたのだが、ひどい鼻風邪にかかってしまい、蒸気で鼻の通りをよくしようとサウナに入ったのだ。小さなストーブに火を入れ、ぜえぜえあえぎながら鼻をぐずつかせていると、とつぜんドアがばたんと開いて、高校で同じクラスだったフォーン・クリークの女性が六人ほど転がり込んできた。酒瓶を掲げ、笑い声とげっぷを同じくらい盛大に発しながら。

ミッシー・エリクソンがエリック・エリクソンとの三年間の結婚生活に終止符を打った祝いだった。〈ロッジ〉がサウナと広間をパーティ用に人に貸していることなど、ジェンは聞いていなかった。

サウナに裸で座っているのがジェンだとわかると、〝女の子〟たちは一緒に飲もうと誘ってきた。元クラスメートは形も高さもばらばらな椅子に座って蒸気の中で目を凝らし、人工的に〝お直し〟した痕跡でも探すようにジェンの体を眺め回した。

それはきっと光栄なことだったのだろう。

ジェンにしてみれば、蒸気でまわりが見えないのがありがたいくらいだった。ここはミネソタ北部のサウナであって、スポーツクラブのサウナ室ではない。蒸気に隠されているのは、スナック菓子を控えている女性の引き締まった体ではなかった。ミッシーの体重は九〇キロに届きそうだったし、かつてはフォーン・クリークきってのセクシー娘で、専門店からブラジャーを取り寄せていたジュリー・ウィックときたら……。確かに、Gカップの胸に重力が加われば、あのようなことになっても仕方がない。

「ジェン、石にもう少し水をかけてもらってもいい？」ニーナの声に、ジェンははっとわれに返った。

手を伸ばし、バケツいっぱいに入れてきた雪をひしゃくですくって、すべすべした大きな川の石の上にかける。石は小さくじゅうっと音をたて、蒸気を上げた。

「話してちょうだい」ニーナは言った。慎み深い性質のため、裸にはならずタオル地のローブを着たままだ。髪にもタオルを巻いている。

「話すことなんて何もないわ」

母娘で心の内を打ち明け合うなんてまっぴらだ。

「ジェン、どうして引き受けたの？」ニーナは唐突に言った。「AMSの番組よ。理解できないわ。言っておくけど、ドワイト・デイヴィスの評判を気にしてるわけじゃないの。自分が幸せだと思えないことを、どうしてやるのかしらと思って」

幸せ。面白い言葉を使うものだ。

「わたしはじゅうぶん幸せよ」ジェンは言い、それを裏づけるように口角を上げてみせた。

「それに、番組に人気が出れば、ものすごい成功を収めることができるの。この番組には莫大なお金が投資されているのよ、お母さん。作品価値は最高だし……それに……」ジェンはせかせかと目をしばたたいた。ものすごい、莫大、最高。どんなに大げさな言葉で形容しても、少しもいい気分になれない。

涙をこぼさないよう、目を大きく見開いた。作り笑いを浮かべようとする。

「お母さん。番組のタイトルが『生活のチェックリスト』になったの。『生活のチェックリスト』よ」

ジェンの涙腺は決壊した。またしても。

『オズの魔法使い』の西の悪い魔女のようにどろどろに溶けてひざをつき、タオル地で覆われたニーナのひざに顔をうずめ、体にしがみついて泣いた。母がキスしてくれれば、たちまち元気になれるとでもいうように。

「お母さん、わたし、この町が大嫌い」

「ジェン……」ジェンの頭を優しくなでていた母の手が、ふと動きを止めた。

「本当よ！」ジェンは言いつのった。「何もかもうまくいっていたはずなのに、この町に来たとたんめちゃくちゃだわ。スティーブン・キングの小説に出てくるどこかの邪悪な場所みたいに、この町はわたしの人生を吸い取ってしまうのよ」

「ジェン。テレビ局の人たちがフォーン・クリークに来ようと来るまいと、番組の名前は変わっていたはずよ」ニーナは穏やかに言った。

「それはどうかしら。わからないわよ。この町には底知れない力があるみたいだから」生徒会が〈バターカップ〉の審査員にジェンの名前を告げ口したことにどれほどの威力があったか、両親はまったく理解できていないのだ。

「確かに頑なで神経質なところはあるけど、フォーン・クリークの人たちに世界を破壊する力があるとは思えないわ」

ジェンは体を起こし、濡れて顔に張りついた巻き毛をかき上げた。「お母さん、ここに引っ越してきた頃のことを覚えてる？　フォーン・クリーク高校の生徒会と〈バターカップ〉の審査員のこと」

「ジェン――」

「わかってるわ」ジェンは気恥ずかしげに母の言葉をさえぎった。「全部終わったことよね。もう忘れたわ。本当よ。忘れたと思ってたの。でも、今回ここに来ると、スティーブがいて、この場所に夢中になってる！　あの人は面白いところや風変わりなところばかりに目を向けるのよ。わたしもそんなつもりはないのに、影響されてしまうの！　知らないうちに、スティーブの目を通してこの町を見るようになっていて」お手上げの仕草をする。「ここもそんなに悪くないような気がしていたの。スティーブといると、もしかしたらいずれは町の人も……その……わたしをこの町の一員だと思うようになるかなって思えてきて。ばかみたい。

わたし、ばかみたいだわ」

「どうして？」ニーナはたずねた。

「だって、また同じ仕打ちをしようとしているのよ。あいつら、わたしの将来をじゃましようとしているの。ごめんなさい！」ジェンは嘆きのあまり大声を出した。「〝あいつら〟なんていう言い方はよくないわね！　でも、あいつら！　高校の学園祭のダンスパーティでのわたしとハイディのくだらない写真をメディアに見せるって脅してきた人がいるの」

「まあ、ジェン。この町の人はそんなことしないわ」

「現に、したのよ！　でも、思いどおりにはさせない。わたし、この仕事のために必死に頑張ってきたんだから」母がこの町をかばうのが信じられなかった。思いがけないことで、わけがわからない。お母さんはフォーン・クリークのこと、わたしと同じように思っていたんじゃなかったの？

「何のために？」ニーナはジェンと同じくらい、いらだちをあらわにしていた。「ジェン、新しい雇い主が、一枚の写真くらいであなたを解雇するような人間なら……その仕事にそこまでの価値があるのかしら？」

「何それ、冗談？」ジェンは啞然とした。

「いいえ、本気できいているの。どうしてこの仕事にしがみつくの？」

「成功のためかしら？　安心したいからよ。お母さんたち、いったいいつから安心をかなぐり捨てたのよ？　お母さんとお父さんの気持ちがわからない。わたしは二人が二〇年以上もないのよ！」

〝計画〟しているようなことを実際に行動に移しているのに、どうして失望されなきゃいけ

「失望なんかしていないわ」ニーナはつぶやいた。ジェンの目から視線をそらす。「ジェン」しばらくしてから口を開いた。「わたしが今のあなたよりたった五つほど上、四五歳のときに、キャッシュとわたしはビジネスチャンスに直面した。途方もないギャンブルだったわ。最初の投資でほぼ全財産を失ってしまったけど、もしうまくいっていれば、わたしたち夫婦の将来は安泰、それにあなたも、あなたの子供も、たぶん孫の代まで、物質的には何不自由ない暮らしができていたはずなの。自分たちと、自分たちの子孫の将来まで保証できると思った。それで賭けに出て、負けたのよ」

その短い一文から、延々と続く悲劇が始まったのだ。

「次の一年は悪夢のようだった。体裁を取り繕って、破産宣告を受けて、あなたに異変に気づかれないよう注意して、会社の買い手を探して……。そんなとき、お友達が毎年恒例のラスベガス旅行に誘ってくれたの。それまではよく一緒に行っていたんだけど、このときはそんな余裕はなかった。もちろん、派手なギャンブルをするお金はないんだとお友達に気づかれたくはない。本当は自分たちの名義のお金なんて数十万ドルしか残っていないのに、イメージを崩すわけにはいかないと思った。それで、ラスベガスに行ったの。着いてすぐに、二人で話し合ったわ……何もかも。その結果、すべてを賭けて勝負することにしたの。これで元の生活を取り戻せなければ、生活をすっかり変えてしまおうって」

ニーナは頭を振って笑みを浮かべたが、そこに苦々しい色はなかった。「あとはあなたも知ってのとおりよ」

「負けたのね」

「そして、ここに引っ越してきた」ニーナはうなずいた。「あなたが不満に思っていたことはわかってるわ。でも、わたしたちはローリーを離れることができてほっとした。悩みの種がなくなって、どれだけ気が楽になったか。体面を保つ努力はしなくていいし、請求書の支払いに怯えることもない。友達にどう思われるか気にする必要もなくなった。ここに引っ越して、二年間止めていた息がようやくできるようになった気がしたの」

ニーナは言葉を切った。ジェンは一瞬、母の言わんとすることが理解できなかった。

「ここでの暮らしが気に入っているってこと？」

ニーナはすまなそうに肩をすくめた。「最初は違ったわ。まだショックから立ち直れていなかったし、生活に慣れるのにも時間がかかった。それでも、わたしもキャッシュも少しずつわかってきたの。いつも二人一緒にいられることは、なんてすばらしいんだろうって。パーティに出るときや、庭のリフォームだの次に買うシーズンチケットだのの相談をするときだけじゃなくてね。自分たちがここでの暮らしを楽しんでいることに気づくまでには、ずいぶん年月がかかったわ。だけど、都会に行くことがだんだん不必要に思えてきて、楽しみよりはわずらわしさを感じることが多くなると、ここにいる幸せがわかってきたの。それはすべて、人生設計が狂ったおかげなんだってことも」

「どうしてわたしには何も言ってくれなかったの？」ジェンはたずねた。驚いてはいたが、その驚きは意外なほど小さかった。きっと、心のどこかで気づいていたのだろう。

いつも落ち着いて堂々としている母が顔を赤らめた。サウナの中でこれ以上顔を赤くするのは至難の業のはずで、それだけに感情の強さがうかがえた。「言えばよかったんでしょうね。でも、〝今までこの町とこの家のことでさんざん文句を言ってきたけど、あれは全部間違いでした〟なんて、どうやって口にすればいいの？　わたしたちにもプライドはあるわ。それに、心のどこかでこの町を好きになったことに罪悪感があったんだと思う。あなたが高校でいやな思いをしていたことはわかっていたから。でも、あれは高校時代の話なのよ、ジェン。それまでいやで仕方がなかったものが、とつぜんいい方向に向かうことだってあるわ」

「わたしもそんなふうになるって言いたいの？」ジェンは不信感をあらわにした。「これまでずっと頑張ってきたのに、ここですっぱりやめれば、もっと充実した、豊かで実りある生活が、魔法のように目の前に現れるって？」

「あなたもそういう生活がしたいんじゃないの？　誰だってそうでしょう？」

「そうよ」ジェンはぴしゃりと言った。「でも、誰かがそれを取り上げることは絶対にないという保証つきでね。わたしがＡＭＳの仕事に求めているのはそれよ。保証。わたしは安心したい。お母さんとお父さんが台なしにする前にうちにあったような安心感が欲しいの」

ジェンは言ったとたん後悔したが、ニーナは腹を立てた様子はなく、ただ悲しそうに頭を振り、痩せた手をジェンの前腕にのせた。「ジェン」優しい声で言う。「さっき言ったでしょう？　わたしたちがそれまで持っていたものを失ったのは、今のあなたと同じような目標を追っていたせいよ。安心なんてものはないの。あなたが言っているような意味ではね。保証もない。そんなのは幻想よ」

違う。狼狽のあまり信念がぐらつくのを感じながら、ジェンは思った。安心は実在する。努力さえすれば手に入るのだ。代償を支払う覚悟があればいい。わかっていないのはお母さんのほうだ。「わたしはただ、いやなの……」ジェンの言葉は尻すぼみになり、視線はひざの上のヒマラヤ杉の枝の上に落ちた。非難の言葉を最後まで言うことができなかった。

ニーナが代わりに続けた。「お母さんやお父さんみたいな人生を送るのが？」母はため息をつき、ジェンの腕からするりと手を離した。「ねえ、ジェン、わたしはあなたに失望されることに心底うんざりしているのよ」

ジェンはぎょっとして顔を上げた。ニーナはジェンが子供の頃よく見た、事務的な表情を浮かべている。

「わたしたちが悪いんでしょうね。来た当初は、見通しが立ちしだいここを出ていくつもりだったんだもの。何カ月も大っぴらにそう言っていたし、あなたは」ニーナはあざけるように短く笑った。「あなたは最初からはっきりと、能力のある人間はフォーン・クリークみたいな辺鄙な田舎町でくすぶっていられるはずがないっていう態度だったわね」

こんなにも冷ややかに怒っている母を見るのは初めてだった。「お母さん？」

「最後まで言わせて」ニーナは手を挙げ、ジェンの言葉をさえぎった。「もっと早くに言うべきだったわ。ジェン、わたしたちはフォーン・クリークを選んだわけじゃない。選ぶ余地があれば、選ばなかった。だけど、今はここで暮らせてよかったと思ってる。ふだんは自分たちが落伍者だなんて思っていない。そう感じるのは」ニーナは深く息を吸い込み、止めてからジェンの目を見た。「あなたに言われるときだけよ」

ジェンは母の顔をまじまじと見つめた。あごはこわばり、唇は固く結ばれ、つんと上げた顔は傲慢にも、頼りなげにも見えた。母の非難に対し、ジェンは反論の言葉さえ見つからなかった。「わたし……」

「ねえ、ジェン。スティーブが〈ロッジ〉を買いたいと言っているの。建物と土地で二〇〇万ドルを提示しているけど、必要なら三〇〇万まで出してもいいって」

「何ですって？」ジェンはあえぐように言った。頭がうまく回らない。〈ロッジ〉が人手に渡る？　いやよ。そんなのありえない。スティーブが〈ロッジ〉を買っていいはずがない。ジェンと同様、この町とは無関係なのだから。いや、ジェンよりも。ジェンよりずっと。

「どうしてスティーブはそんなことを言いだしたの？」

「自分にとってそれがいいことに思えるからって。自分の芸術にってことね。あなたも同じ意見だと言ってたわ」

「わたしはそんなこと言ってない！」きわめて穏やかに始まったこの一日は、おぞましいことが続いた挙げ句、ついに現実とは思えないところまで来てしまった。この八時間、次々と不幸なサプライズに見舞われ、一五分に一度は〝何ですって？〟とどなっている気がする。

「スティーブはそう言ってたわ」ニーナは言った。「自分の作品についてのあなたの意見をとても高く買っているみたい」

「ばかみたい」

酔っぱらいのたわごとを本気にしてるの？　もちろんそうだろう。スティーブはそういう人だ。そして〈ロッジ〉を買い、ここに生活拠点を移して仕事に没頭し、精神と創造力の再生を楽しむ計画を立てているのだ。それは実現するだろう。間違いない。いかにもスティーブ・ジャークスのやりそうなことだ。

なぜわたしにこんな仕打ちをするの？　それに、両親にも。今やっと……やっと雷に打たれたように、恐ろしい真実に目覚めたのに。両親がジェンの援助を頑なに拒んだのは、プライドのせいではなかった。ここを離れたくなかったのだ。そして、今も離れたくないと思っている。けれど、これほど莫大な額を持ちかけられれば、まともな人間なら断るわけにいかない。もちろん住む場所はほかに見つかるだろうが、それはここととは違う。それは……。

ジェンは立ち上がり、行き場を失ったヒマラヤ杉の枝は足元に落ちた。動揺と困惑、そしてスティーブに裏切られた気持ちでいっぱいだったが、理由はわからない。気前のいい申し出なのに。いや、気前がいいどころの話ではないのに。

だが、そうなるとここにいるのはスティーブであって、ジェンではなくなる。それはどうでもいい。こんなところ、来たくもないのだ。この家が焼け落ちたって構わない。いや、それはどうだろう？　ジェンの考えは千々に乱れた。

「引き渡しはいつ？」かろうじて聞こえる声でジェンは言った。

「引き渡しなんてないわ」ニーナの声は挑むようでもあり、いらだっているようでもあった。

ジェンははっとして振り返り、きゃしゃで優雅な母を見下ろした。あごをつんと上げ、娘をにらみつけている。

「ジェン、今まで何を聞いていたの？　ここはわが家なの。今もこれからも、ここを売るつもりなんてありません」

40

午後九時
〈ロッジ〉

スティーブは床に仰向けに寝そべり、胸の上にバローロの入ったグラスを置いてバランスを取っていた。王子、旧称ブルーノはスティーブとソファの間に入り込み、やはり仰向けになって宙で脚をぶらぶらさせている。そばでニーナがソファの端に座って広告からていねいにクーポンを切り抜き、隣ではキャッシュが新聞を読みながら緑の党の最近の立候補者について何やらつぶやいていた。

部屋の向こう側で、ジェンがここ三〇分も見ていたアルバムを閉じた。スティーブは一緒に見ようとは誘われなかったし、ジェンの態度——こちらに背を向けるような座り方や、曲げた首の張りつめた感じ——を見れば、見せてほしいと声をかけてはいけないこともわかった。だが、ジェンの写真が見たくてたまらない。彼女が何を大事にし、何を思い出に残したいと思っているのかが知りたい。つまり、自分もかかわりたいのだ。ジェンの人生に。過去に。すべてに。

〈ロッジ〉を買いたいという思いに取りつかれたのも、一つにはそれが理由なのかもしれない。ジェンはこの家の価値を軽んじているが、スティーブにはわかっていた。この家はジェンにとって重要なものだし、もし自分がここの持ち主になれば、彼女はこれからも戻ってきてくれるはずだ。〈ロッジ〉だけでなく、自分のところにも。

ある意味、ジェンにとって〈ロッジ〉はバターの頭のようなものだ。そのものにはたいした価値はないが、中には大事な鍵が埋まっている。ジェンはこの話を知っているのだろうか？　ニーナはジェンに話したのだろうか？　〈ロッジ〉丸ごとは無理だが、納屋とその下の一〇〇〇平方メートルの土地は売ってもいいとキャッシュが言ってくれたことを。ジェンはスティーブの意図に気づいているか、部分的にでも勘づいていて、それで腹を立てているのだろうか？

スティーブはため息をついて床から頭を上げ、ワインを少し口に注いでから、広い部屋の中の一同を見回した。

そのとき、台所で電話が鳴った。

「ジェン、出てくれるか？」キャッシュが顔を上げずにたずねた。

ジェンは黙って立ち上がり、台所に向かった。スティーブは寝返りを打って体を起こすと、小走りであとを追い、その様子をニーナが興味深げに眺めた。

台所のドアに着いたとき、ちょうどジェンがこう言っているのが聞こえた。「何を吸ってるのか知らないけど、やめなさい！　さっきも言ったはずよ。わたしは――」

ジェンは唐突に言葉を切った。その表情から、電話の相手を軽蔑していることがわかる。

彼女はスティーブをちらりと見てから続けた。「もう電話はしてこないで。放っておいてほしいの。もし――」ジェンは口をつぐみ、受話器を耳から離してむっとした顔で見つめた。

「切られたわ！」

「誰だ？」スティーブはたずねた。ここまで抑えてきた男らしい衝動が、堰を切ったようにあふれ出してくる。

「誰ってこともないわ。例のバターの頭を持ってる人たちよ」ジェンは顔をしかめてスティーブを見た。「もっと髪を伸ばせばいいのに。あなたみたいなくせ毛は貴重なんだから」不本意そうな口調だ。

「そう思う？」スティーブは嬉しくなった。「さっきのやつらは何を言ってきたんだ？　バターの頭はどこにある？」

「知らないわ。わたしがあれに二度もお金を出すと思うなんて、どれだけ頭が悪いのかしら。ちょっと前にも携帯に電話してきて、もっとお金を出せって言ったのよ。それを断ったから怒ってるみたい」

ジェンはスティーブの脇を通り過ぎた。

「どこに行くんだ？」スティーブは隣に並んで歩きだした。

「玄関前の階段を見ろって言われたの。もしかしたら本当にバターの頭が置いてあるかもしれないから行ってみるけど、ほかほかの牛糞が入った袋が置いてある可能性のほうが高いでしょうね」

ジェンはくっつけられた玄関のドアをぐいと引き開けた。目の前の地面に、より糸が巻きつけられた靴の箱が置いてある。少し離れたところに新しいタイヤ痕が見え、そこと玄関の間を男物のブーツの足跡が往復していた。

「あなたの王子は番犬失格ね」ジェンは箱を拾い上げた。耳元に持っていき、小刻みに揺すって中身を確かめる。スティーブは鼻を動かした。妙なにおいがする。腐ったようなにおい。ジェンもにおいには気づいているようだ。

「もし、あのバカどもがねずみの死体を送りつけてきたのなら」ジェンは糸をほどいていった。「手伝ってね。あいつらの正体を突き止めて――」ジェンは口をつぐみ、顔をしかめて開いた箱を見つめた。妙な形で、妙なにおいの、黄色っぽい何かが底に置かれている。三日月のような形で、平べったい。スティーブはすぐにその正体に気づいた。

「何これ？」ジェンは顔をしかめたまままたずねた。

「耳だよ」スティーブは言った。「バターの頭の耳」

ジェンは不快そうに鼻にしわを寄せた。箱から漂う古い冷凍庫のにおいに対してなのか、誰かがバターの頭の耳を切り取ったことに対してなのかはわからない。彼女を間近で見ながら、スティーブは思った。ふつうの状況なら、ジェンは笑い飛ばしていただろう。だが、今はふつうの状況ではない。

ジェンは何かに悩んでいる。バターの頭の耳が届けられたこととは別に。

スティーブも笑えなかったが、それは自分の彫刻を持っているバカどもが芸術作品を、自分の芸術作品を汚したからというだけでなく、もし連中がこのままバターの頭を切り落とし続ければ、中に鍵が入っている部分まで切り取ってしまうかもしれないと思ったからだ。運が悪ければ、切り落としたときに鍵が外に飛び出すかもしれない。

鍵はバターの奥深くに埋まっているわけではないのだ。急いで穴を掘って鍵を突っ込み、穴をふさぐようにバターを塗りつけたその瞬間！　賞金稼ぎ《バウンティハンター》が入ってきて、それ以上何もできなくなったのだから。

「バターの頭を取り戻さないと」スティーブは言った。

ジェンはこちらを見た。「どうして？　スティーブ、どうしてバターの頭がそんなに大事なの？　どうしてみんなあれを欲しがるの？」

「みんな？」スティーブは首を傾げた。

ジェンは赤くなった。「ええ。だってほら、町長も、報奨金を出している人もそうだし、〈リプリーズ・ビリーブ・イット・オア・ノット！〉なんて博物館に展示するために一万ドル出すって言ってるのよ。バターの頭の人気はちょっとふつうじゃないわ」考え込むように目を細める。「もしかして、何かわたしが知らないことがあるのかしら？」

「あれは大事なものだ。とても大事なんだ」スティーブは説明を始めた。「実は、あの中に――」

「スティーブ」ジェンにさえぎられ、スティーブははっとした。いつのまにか彼女が近くにいて、真剣な顔でこちらを見上げていたのだ。最後に女性にこんなふうに見られたのがいつだったか、思い出せない。期待ではなく、心配のこもったまなざし。

不安をあらわにしたジェンの表情を見て、バターの頭のことは吹き飛んでしまった。おれのためにこんな顔をするなんて。心配してくれているんだ。おれのことを。

「スティーブ」ジェンはまじめな顔で続けた。「あなた、ちょっとこのバターの頭のことに入れ込みすぎじゃないかしら？」

「そうかな？」ジェンは有能な女性だ。目的意識も高いし、客観性もある。スティーブはふだん、フェリーは別としてこうした性質はあまり評価せず、いつも夢のようなことばかり言っているどうしようもない人間のほうに共感を覚える。だが、その考えはいったん脇に置いておいて……いや、脇に置いたとしてもジェンがそういう人間であることに変わりはないのだが、彼女はそれだけの女性ではなかった。ジェンの別の側面ならすでに見ているし、感じてもいた。彼女はスティーブのキスに、堂々とひたむきに、遠慮も恥じらいも捨てて応えてくれる女性でもあるのだ。快楽主義的な面をのぞかせながらも禁欲的という彼女の両面性に、スティーブは魅了されていた。

「あれはあなたのものじゃないし、正直に言えば、今後もあなたのものになることはないと思うの」ジェンは言ったが、どこかばつが悪そうだ。「だから、あんまり期待しないほうがいいってこと」

そうか、ジェンもバターの頭が欲しいのだ。どういうわけか、彼女にとっても大事なものなのだろう。理由は……スティーブが彫ったものだから？　いや、両親のことを思ってのことかもしれない。理由は……二人が大事にしているものだから。この理由のほうがしっくりくる。

「お金を払ってもだめかな？」スティーブは提案してみた。首を傾げる。ジェンが逆方向に顔を傾けてくれさえすれば……一センチでいいから……何か合図をくれ。どんな合図でも構わない。なぜなら、急に怖くなったからだ。間違った行動に出たくないし、早まったことをしたくないし、彼女の気持ちを読み間違えたくない。こんな気持ちになったのは何年ぶりだろう。ジェンはこれまで出会ったどの女性とも違う。それでいて、何もかもがしっくりくる気がするのだ。世界が輝いて見えるほどに。

「無理だと思うわ」ジェンは首を横に振った。頭上の明かりで、髪がプラチナ色に染まった。

「ねえ、何でもお金を払えば手に入るわけじゃないのよ」

「わかってる」スティーブはうなずき、ジェンを見つめた。

ジェンはためらっていたが、唐突に人差し指でスティーブの胸骨を突いた。「この家も。あなたはわが家を……いいえ、両親の家を買おうとしたらしいじゃない」

「そうだ」スティーブはうなずいた。なぜジェンが詰問調になっているのか、正確な理由はわからなかった。「ここならすばらしい作品が作れる。おれにぴったりの場所に思えたんだ」

「両親に話を持ちかける前に、わたしに言ってほしかったわ」

「どうして？　きみは賛成してくれると思っていたんだけど」スティーブは言った。「ご両親がどんなにここを出たがっているか、話してくれたよな。きみの援助は受け入れてくれないってことも。だから、おれの申し出なら受けてくれるかもしれないと思ったんだ。お互いにとっていい話だよ。二人はフォーン・クリークを出られるし、おれはアトリエを手に入れられる」

「そのことだけど、わたしが間違ってたの。両親のこと。理由はともかく、二人はここを離れたがってはいない。すでに墓地の区画を買ってしまったのかもしれないわね」ジェンはぶっきらぼうに言った。

この家やこの町に対する好意的な感情は、いっさい認めるつもりはないようだ。だが、ジェンがそういう態度を貫くつもりなら、こっちも合わせてやればいい。

「これからもここに帰るはめになってしまって残念だな」

ジェンは肩をすくめた。「我慢するわ」

「また会えるよな」

「そうね、わたしもニューヨークに行くし――」

「ここでってこと」

「でも、母はこの家は売らないって言ってたわ」

「〈ロッジ〉と土地は無理だけど、納屋は売ってもらえることになった」

「何ですって?」ジェンは後ろ髪を指ですいた。「どうして誰も言ってくれないのよ?」

スティーブが言うべきだったのだ。だが、彼女の反応が怖かった。まったく自分らしくない。ためらうことも、こんなふうに不安がることも、こんなにも人からどう思われるかを気にすることも。妻の気持ちでさえ、さほど気にしたことはなかった。相手が自分のことを好きかどうかなんて。自分の仕事や、作品のこととは別に。

「きみがいやだと言うなら、やめてもいいけど」さりげなく言うつもりが、硬い口調になった。

ジェンはスティーブを見上げた。悲しみと困惑にしかめた顔は、スティーブと同じくらい不安そうだった。だが、ジェンが率直な、正直な人間であることは確かだ。スティーブに対しても、彼女自身に対しても。そのことは確信できた。

「いいえ」ようやくジェンは首を横に振った。「その必要はないわ」

おれも年を取ったのだろう。立ち去るジェンを見つめ、彼女の胸の内に思いを馳せながら、スティーブは思った。その短い返事に、心底ほっとした自分がいたのだ。

ダンクは寝つけなかった。

体が痛い。貞淑かつ官能的な看護師カリンが、モルヒネを打ってくれなかったのだ。今日は朝と午後の二回、ベッドから起きて、点滴スタンドを引いて廊下を歩くよう言われた。おかげで体が痛くなったのに、カリンがくれたのは鎮痛剤と睡眠薬だけだった。

だが、眠れないのは痛みのせいではなかった。ダンクのバターの頭を人質に取っている嘘つきどものことが頭から離れないせいだ。夕方のローカルニュースで、スティーブ・ジャークスの作品の人気ぶりが語られていた。この国で現代美術のコレクターと呼ばれる人は、必ず一つはジャークス作品を持っているらしい。

ダンクは最初、『ミューズ参上』のような古い作品だと、闇市場での相場はせいぜい一〇万ドルくらいだろうと踏んでいた。だが、今ではその四倍は値がつくと思える。その金が欲しい。どうしても欲しかった。そのための鍵は文字どおりここ、このちんけな田舎町のどこかにあって、ダンクが迎えに行くのを待っているのだ。ああ、その場所さえわかれば！

あのクソ泥棒どもときたら、金を受け取ったらすぐにバターの頭のありかを電話で伝えてくるはずだったのに、連絡はまだない。ジェン・リンドの目に浮かんだ狼狽の色を見ていなければ、彼女が脅迫を無視したのかと思っただろう。だが、あの女がうろたえていたのは確かだし、このダンク・ダンコヴィッチは、魚をとらえた感触だけは決して間違えない。ジェン・リンドは確実に網にかかっていた。

だからといって、問題は何も解決しない。

そばで電話が鳴り、ダンクはすばやく受話器を取った。可能性は二つしかない。クソ野郎どもからの連絡か、ジェン・リンドが実は金を置いていないのだと白状してくるか。

「誰だ？」ダンクはつばを飛ばしながら言った。

「バターの頭の盗賊だ」

「そんなひどいたわごとは初めて聞いた。おれの彫刻はどこだ？」

「おれたちが持っている」いかにもさりげなさを装った口調だ。素人め。

「で、それはどこなんだ?」

「だから、おれたちが持ってるんだって。計画に変更があってな」

ダンクは続きを待った。

「在庫品の価値を低く見積もりすぎてたことが判明したってところだ。それに、ほかにもこの商品を手に入れたいって野郎が出てきやがってさ」

こいつはタランティーノ映画の見すぎだ。「そうなのか? それで、おれから搾り取ろうってわけか?」

「そういうこと」クソ野郎は浮かれた声を出した。

「で、いくら欲しい?」

「よくわからない」

「はあ?」これはいったいどういう取引なんだ? 誘拐犯がおしゃべりのために電話をかけてきたのか? それとも、いくら要求すればいいか、おれに教えてくれと言っているのか? こんなふざけた話、聞いたことがない!

「まだ人をやって、商品の正確な価値を調べさせてるところだ」

「商品って言うのはやめてくれないか? たかがバターの頭じゃないか!」ダンクは受話器にがなりたてた。

「そうか、じゃあバターの頭でいい」男はぶすっとした口調で言った。「今回電話したのは、入札希望額を考えておけと言うためだ。だからよく考えろ。それから」男はわざとらしく声を潜めた。「電話のそばを離れるな。また連絡する」

「離れたくても離れられないよ」ダンクは鼻で笑ったが、電話はすでに切れていた。

二時間後、スティーブは台所のテーブルに着き、牛乳を飲みながら、ライスパフにニーナお手製の無塩ピーナッツバターを塗って食べていた。これなら得体が知れないということはなかったし、とにかくお腹がすいていたのだ。ニーナが作ってくれた食物繊維たっぷりの豆腐ローフもほとんど食べたが、あれでは腹はふくれない。どうりでニーナはあんなにも痩せているわけだ。

電話が鳴り、スティーブは跳び上がった。今日一日でわかったことだが、この家には電話が一つしかない。電話は再び鳴った。

これまで見てきた感じだと、今いる場所から――ジェンを始めとして、みんなが実際にどこにいるのかは見当もつかないが――急いで電話を取りに来る人はいないだろう。ハレスビー家の生活は、電話の呼び出し音や時計やテレビ番組を中心に回ってはいない。一家の態度が気高いものに思え、スティーブは顔をほころばせた。自分もここでしばらく暮らせば、気高い人間になれるだろうか？　きっとなれる。ジェンを手本にすればいい。

自分の未来図においてジェンが重要な役割を果たすのは、もはや疑いようもない。残る問題はただ一つ、どうやって彼女に同じ未来図を受け入れてもらうかだ。スティーブがそのことを考えていると、留守番電話が作動し、用意された文言を粛々と相手に伝えた。その後、スピーカーから男の声が聞こえた。

「もしもし」男は不機嫌そうな声で言った。「遅い時間だってことはわかってる。すまない。ただ、次にいつ電話するか伝えるのを忘れていたから、それを伝えようと思ってかけ直した。ちょうど、検討材料にしてほしい情報がほかにも出てきた。そういうわけで、こんな遅い時間に電話をしている」

おいおい、バターの頭を盗んだ連中じゃないか！

「じゃあ、本題に入る」男は続けた。「入院中の男がいるだろう？　スノーモービルでおれたちを追いかけて事故ったやつだ。ちなみに、あれはおれたちのせいじゃない。あいつが道を外れたのが悪い」

泥棒はドラッグでべろべろになっているようだ。

「とにかく」だらだらしたしゃべりは続いた。「そいつがあの彫刻に大金を払いたいと言っている。だから、もしおまえが自分のものにしたければ――」急に言葉が切れた。

「おい！」スティーブは叫び、受話器をつかんだ。「まだいるか？」受話器に向かって必死に話しかける。「いると言ってくれ。もしもし？　何か言ってくれよ」

受話口から小さな声が聞こえた。「誰だ？」

「ちょっと……」スティーブは目を閉じ、ほっと安堵のため息をついた。「スティーブ・ジャークスだ」

「ここにはいない。ジェンはどこだ？　いくら出せばバターの頭を返してくれるんだ？」

「それを仲間とその相談をしていたら、おまえが騒ぎだしたんじゃないか」

「いくら欲しいんだ？」

男は深呼吸した。「いくら出せる？」

「どうだろう。二五《にご》くらいか？」

「おいおい、頼むよ」男はうんざりしたように言った。「もっと出せるはずだ」

「わかった。三だ」

「へえ？」男は鼻で笑った。

どうやって金を調達するつもりなのか自分でもわからなかったが、ニューヨークからフェリーをチャーター機で来させてでも用意しなければならない。ハレスビー夫妻に支払う金も、美術品のコレクションの一部を売って作るつもりだった。バターの頭まで買うとなると、ジョアン・ミロの作品にも別れを告げることになるかもしれない。

「じゃあ、四だ」スティーブは言った。電話の向こうでせせら笑う声が聞こえたので、こうつけ加える。「とりあえず、金はいつまでに用意すればいいんだ？　どういう形で？　この町で四万ドルを用意するのはそう簡単なことじゃないぞ」

「四万——」誰かが受話器を落としたような音がした。

しばらく沈黙が流れた。それから送話口を手でふさぐ音がし、くぐもった声で興奮気味に話をしているのがわかった。

「もしもし！」スティーブはいらいらと言った。あと少しだ。あと少しであの娘《ミューズ》に会える。

あのほっそりした姿を目にすることができる。輝くばかりに美しく、優雅で、高貴な姿……

そして、それを知ったときのファビュローサの激怒した顔を。長い間報復を夢見てきたスティーブは、反射的にそう思った。だが、その想像はすぐに消え、代わりに鍵を取り除いてからバターの頭をジェンの両親に返したとき、尊敬のまなざしで自分を見つめるジェンの顔が浮かんだ。涙を流すかもしれない。いや、それは自分のほうだ。

「とにかく、金を渡す場所と、バターの頭を返してくれる場所を教えてくれ」

ようやく相手はしゃべり始めたが、その声はまるで首でも絞められているようだった。

「その前にほかのやつと相談する。また連絡するよ」

「でも、おれは携帯電話を持っていない」

「ジェン・ハレスビーに借りろ」男は早口で言った。「じゃあな」

41

一二月一一日（日）
午前九時五五分
フォーン・クリーク、湖

家族のアルバムに、父の強い希望で二月の丸一週間を〈ロッジ〉で過ごしたときの写真があった。父は氷上釣り小屋を借り、両親は毎朝起きると専門店から取り寄せた服を何枚も重ね着して、ジェンにも同じ格好をさせ、湖の上を歩いて形もにおいも配置も屋外便所そっくりの箱に向かった。氷は踏みしめるたびにみしみしとうなり声をあげるので、ジェンは怖くて仕方がなかったが、そのうち地元の人に凍った湖はそういう音をたてるのがふつうなのだと教えてもらった。

釣り小屋に着くと、ジェンはベンチの父と母の間に座らされた。それから一同は期待に息をつめて（ジェンはほとんど眠っていたようなものだが）、床とその下の氷に穿たれた穴に哀れな魚が迷い込むのを待ち、父が魚に向かって小型のやすを投げつけた。

父はうまく魚を突くことができなかった。ジェンもあとから知ったのだが、魚突きはやすをまっすぐに、狙いを定めて落とすのがこつで、投げつけると水中で回転し、魚を驚かせてしまうのだ。魚たちには気の毒だが、父ものちにこの技を習得することになる。だが、このときはまだ、自分たちで食料を調達するという試みはさほど盛り上がることもなく終わった。過熱気味で暗くてかびくさい釣り小屋の中、薪ストーブがたてるぱちぱちという音を聞き、足元の人工池のような穴が放つこの世のものとは思えない不気味な光を見ながら、ぼんやりと時を過ごすだけだった。

たまには、雰囲気が明るくなることもあった。魚が姿を見せたときだ。父がやすを突き立て、魚に逃げられ、悪態をつく間だけは活気づいたものだ。

とにかく、その写真は釣り小屋の中で撮られていた。誰が撮ったのかは見当もつかないが、釣り小屋の持ち主なのだろう。父はストーブの熱で顔を真っ赤にし、カメラのフラッシュのせいで目から異様な赤い光を放っている。母は主婦向け雑誌のグラビアのようにポーズを決め、料理も釣りもお任せの万能主婦を気取っている。ジェンはこの状況からできるだけ距離を置こうと、父の後ろのベンチの端で脚をこわばらせ、おぞましさとあきらめの混じったおなじみの表情を浮かべていた。

いい写真だった。釣り小屋での思い出があますところなく表現されていて、二度とこのときに戻るのはごめんだと思えた。なのに、数分後に〈フォーン・クリーク一五〇周年祭氷上魚突きトーナメント〉が正式に始まれば、あのときとまったく同じことをしなければならない。最新流行のアウトドアファッションを身にまとったジェンは、ジャケットのフードに打ちつける極寒の風に身をすくめながら、ポール・ルデュックの手からガソリン式のアイスドリルを受け取り、あらかじめ空けてある穴に突っ込んだ。

「釣りの開始です！」風とエンジン音に負けないようマイクに向かって叫ぶと、その声は祭り用に設置されたステージの両側の巨大なスピーカーから響いた。このあと天気がよければ、このステージ上でAMSのカメラを前に料理のコーナーをやることになっている。だが、黒っぽい雲が低く垂れ込め、猛スピードで動いているのを見る限り、その見込みは薄そうだ。

ジェンのかけ声で六〇〇人の釣り人が岸辺から飛び出し、湖の上に列や塊となって設置されている釣り小屋目がけて走っていった。本当ならこの一〇倍の参加者が見込まれていたのだが、カナダから押し寄せた時速三〇キロの風のせいで軟弱な参加予定者はやる気をくじかれたうえ、西行きの道路すべてと南行きの道路のほとんどが封鎖されてしまったのだ。

「吹き飛ばされる前に小屋に入って！」ポールが赤くなった耳の上で両手を打ち鳴らし、ジェンに向かって叫んだ。近くにある二・五×三メートルほどの小さな建物を指さしている。小屋の側面には〝ジェン・リンドに寄贈　ミネソタ州フォーン・クリーク、ハンク金物店〟と書かれた大きな看板がついていた。ジェンはポールとの約束で、ここから抜け出す前に最低一時間はふりでいいから釣りをすることになっていた。

ポールの言うとおりだ。今すぐあそこに向かったほうがいい。だが、そうするとスティーブ・ジャークスと二人きりになってしまう。一緒に釣りをしたいと言われているのだ。そのことに対する自分の気持ちがよくわからない。いや……正確には、その言い方は違う。自分の気持ちははっきりわかっているのだが、その内容が問題なのだ。こんなことがあっていいはずがない。スティーブと過ごす時間を心待ちにし、もっと一緒にいたいと思い始めているなんて。こんな気持ちを抱いたところで、これからどうするというのだ？　そう、彼が偉大な北部の森に引きこもって作品作りをしようとロンドンやパリから戻ってくるのに合わせて、ジェンもフォーン・クリークに来るはめになる。

問題は、今の気持ちのままだと、それを実行に移してしまいそうなことだ。こんな面倒くさいこと、必要ない……。いや、必要なのだろう。これぞまさにジェンが必要としていたものなのだ。生きている実感と興奮、そして少しばかりの不安を胸に、今この瞬間に没頭すること。

ジェンは目の端で主賓の片割れをちらりと見た。ステージから下りる三段の階段のいちばん上に座り、いつものように目を輝かせてあたりを見回している。チンパンジー研究の権威、ジェーン・グドールがタンザニアで初めてチンパンジーを見かけたときもこんな目をしていたに違いない。キャッシュが見つけてきたノルウェーのフィッシャーマンズセーターの上に、屋根裏にあった古いアーミージャケットを着て、毛皮の裏地のついたボンバーキャップをかぶり、〈ソレル〉の防寒ブーツと革のバイク用手袋を身につけている。毛皮つきの耳当ては引き下ろされ、風にぱたぱたとはためいていた。信じられないほどまぬけな姿なのに、こんなに惹きつけられてしまうなんて冗談じゃない。こんなの、ばかげている。いや、危険と言ったほうがいいかもしれない。

スティーブはジェンの視線に気づき、にっこりした。「これからどうするんだ？」風に負けないよう叫んでくる。

「行くわよ」ジェンは片手を差し出した。スティーブは伸び上がってその手を取り、自分の隣に引き寄せた。風の中をうつむき、小走りで釣り小屋に向かう間も、彼は手を離さなかった。

スティーブはドアを開け、一歩下がってジェンを先に入らせた。ジェンは身をかがめて入り、小屋の中を見回した。そこは本物のフォーン・クリークの釣り小屋だった。衛星放送が入るテレビやウォーターベッドなど過剰な設備で知られるミルラック湖の釣り小屋とは違い、隅に据えられた簡素な薪ストーブが狭い空間に熱を送り込み、壁際にベンチが置かれているだけだ。反対側の壁の前では、床と厚さ三〇センチの氷に穿たれた九〇×六〇センチほどの長方形の穴が、エメラルドグリーンの光を放っていた。

壁にはバルサム樹にとがった先端のついた小型のやすが立てかけられ、穴の上のフックからは糸のついた疑似餌が静かにぶら下がっている。あれはあのまま使わずにいたい。ジェンが最後に釣り小屋に来たとき、キャッシュはぶすりと魚を突くことに成功した。ジェンの悲鳴をかき消すような、父の勝利の高笑いが今も耳に残っている。魚はぴょんと跳ねてジェンの足の上にのったあと、穴に飛び込んで青い光の中に姿を消した。

スティーブは低く口笛を吹き、ゆっくりと円を描くように回った。ジェンはその様子を見ながら、彼の目には何が見えているのだろうと思った。この光景が自分とは違う形で映っているのかもしれない。もっとはっきりと見えているのかもしれない。あるいは、もっとぼんやりと。ジェンがスティーブのせいでぼんやりしてしまうのは確かだ。彼がいるだけで頭の中に霧がかかったようになる。三九年間、明晰な思考力を自負してきた身としては、これはひどく落ち着かない状態だった。

「すごいじゃないか」スティーブは大きな声を出すことを恐れるように、ささやき声で言った。

「悪くないわね」

「悪くない？ ストーブはあらかじめ誰かがつけてくれているし、ほら！」ベンチの下に手を伸ばし、〈サミュエル・アダムズ〉のビール瓶がつまったバケツを持ち上げる。「フォーン・クリークの人たちは、アメリカ一親切に思えるよ」

顔に平手打ちを食らったように、ジェンの耳にダンコヴィッチの声が響いた。〝フォーン・クリークのあんたのファンたちだ〟〝手の届かないところに行ってしまった相手の弱みを握っているのに、それを利用することもできないとなると、そんなものさ。誰かに言いたくなるんだ〟

頭の中の霧は晴れた。「そうね。まさに聖人だわ」

「ジェン、どうしてこの町を毛嫌いするんだ？」スティーブが隣にやってきてジャケットを脱いだ。手袋を外し、ボンバーキャップとともにドアの上の棚に放る。「どうしてこの町の人たちのことをそんなに嫌う？　おれがここに来てから、みんなとにかくよくしてくれた。〝赤ちゃん鹿の小川《フォーン・クリーク》〟っていう名前だって、最高にかわいらしいじゃないか」

「それは違うわ」ジェンはフードつきのジャケットを脱ぎ、フックに掛けた。肩越しに振り返ってスティーブを見る。彼はノルウェーのセーターを脱いでいるところだった。セーターの下にはおなじみの白いシャツを着ていて、裾がジーンズの上にだらりと垂れている。釣り用の穴から差し込む光が体を照らし、シルバーブルーの縁取りを施していた。逆光で白のシャツの下のシルエットが浮かび上がる。脂肪のない、引き締まった体だ。なんとセクシーなのだろう。暗闇に包まれた空間はあまりに親密で、誘惑されそうなほど暖かい。室温が三〇度くらいあるように思える。

「フォーン・クリークという名前の由来を教えてあげましょうか？」ジェンは頭を切り替えるために言った。「歴史の課題で、この町の調査をしているときにわかったんだけど」

「教えてくれ」

ジェンはベンチに座り、壁に頭をつけた。小屋の外に吹きつける風のためか、屋内にはどこかひそやかな雰囲気が感じられる。「言い伝えでは、この町の創立者はスウェーデンからの移民で、ダコタに向かって西に進む途中、湧水の小川《クリーク》が流れるこの小さな楽園を見つけてすっかり気に入り、離れがたくなってしまったそうよ。そこでここを自分たちの町として、フォーン・クリークと名前をつけ、そこから歴史が始まったとされているわ」

「でも、それは間違いだと言うんだな？」

「古い記録を調べたの。この町が創立された冬は、記録に残るほどの寒さだった」ジェンはブラウスのボタンを上から二つ外し、袖をまくり始めた。「それが一つ目の手がかりよ。手がかりはあと二つ。今日は一五〇周年記念日でしょう？　この町の誕生日よ。一二月だわ」横目でスティーブを見る。

「だから？」

「考えてみて。一二月には赤ちゃん鹿《フォーン》はいないし、小川も流れていないわよね？　凍っていたはずだもの」

スティーブは片方の眉を上げた。

「でも、スウェーデン語にも〝フォーン〟と発音する単語があるの」ジェンは一拍置いた。「〝クソ〟という意味よ」

スティーブは吹き出した。「まさか！」

「本当よ」ジェンはうなずいた。「わたしが考えるこの町の成り立ちはこう。そのスウェーデン人たちはここで進退きわまってしまったんだと思うの。小川を渡ろうとして氷を踏み抜いて、落ちてしまったんでしょうね。それで、その中の誰か、リーダーか……いえ、リーダーの妻が『こんなクソみたいな小川から先には行きたくない』って言ったのよ。そこからこの名前がついたの。町を創立したご先祖さまたちにも予感があったのかもしれないわ」

スティーブは笑うのをやめた。近づいてきて、ジェンを見下ろす。〝明暗法〟だ、とジェンは思い出した。明るいものと暗いものを対比させる手法。スティーブの顔は反射した光と陰に彩られ、魔法のような効果を生んでいた。

「きみとこの町の間にいったい何があるんだ?」探るような声で彼は言った。「なあ、教えてくれよ。おれもここに住むことになるんだ。少なくとも、一年のうち何カ月かは。だから、おれの仲間になる人たちのことを教えてほしい」

その声からは、興味と熱意がひしひしと伝わってきた。おめでたい人。ジェンは自分もフォーン・クリークに受け入れてもらえると無邪気に思い込んでいたときのことを思い出した。

「お願いだ」彼は言った。

いいだろう。「ねえスティーブ、どうしてみんなあなたに親切にしてくれるんだと思う?」

「きみが言いたいのは、おれは有名人だから親切にしてもらえるってことだろう? でも、おれが有名なのはどこに行っても同じだけど、ここの人たちは違うんだ。受ける印象が違う。だから、おれが誰かということは関係ない」

「そのとおりよ」ジェンは同意した。「あなたが有名なアーティストだってことは関係ないわ。ここの人があなたに親切なのは、いずれいなくなると思っているからよ」

スティーブはいぶかしげに首を傾げた。

「田舎町の人はふつう、訪問客には親切にするものなの。自分たちのことを何も知らないし、すぐに帰ってくれるから。長い間留まって……波風を立てるわけじゃないからよ」

「波風? 何だよ、それ」スティーブはまたも笑い声をあげたが、今度は少しぎこちなかった。

言葉の意味を理解するにつれ、楽しげだったスティーブの表情がくもっていく。ジェンは自分がひどく年を取った気がして、心底うんざりした。こんな自分がいやでたまらない。

「スティーブ、小さな池には簡単に波が立つの。田舎町に住めば、つねに波風に目を光らせることになるわ。そうせざるをえないの。なぜって、小さな池ではどんなさざ波もいずれ自分を直撃するから。だからどこで、誰が波を立てて、いつ、どの方向から自分のもとにやってくるのかを知っておくのが、身のためなの。何をしている人も、どれだけ長く住んでいる人でも、何か動きがあれば必ず影響を受ける。ここにいる限り、一生自分に跳ね返ってくるのよ。失敗してもごまかすことはできない。都会なら、立った波はいずれ吸収されるわ。だけど、ここで同じ波が立てば、自分が乗っている小さなボートがひっくり返ってしまうこともあるのよ」

スティーブはジェンの隣に座った。「少なくとも、ここでは何かをすれば何か反応が返ってくるってことだよ。よくも悪くも誰かの心を動かしたり、注意を引いたり、影響を与えたりできるってことだ。ジェン、きみが言ったように、都会では一生誰ともつながらずに生きることができてしまう。自分が立てた波も、岸辺はおろか、ほかの誰にも届かないことだってあるんだ」

「ありがたいことだわ」ジェンはぶっきらぼうに言った。「そんなつながり、わたしは欲しくない」

「みんな何かとつながりたいと思ってるよ」スティーブはジェンを見て、視線をそらした。

「誰かと」

ジェンは喉が締めつけられた気がした。ひっ、と声をもらしそうになる。こんなことを言うなんて反則だ。その純粋で単純な誘惑には、すてきな髪型やいいにおいのアフターシェーブローションよりもずっと強く心を惹きつける何かが使われていた。そう、共感だ。

スティーブは前かがみになってまっすぐ前を見つめ、前腕を自分の太ももに置いて、左右のひざの間から手を垂らした。「また〈おとぎの国〉に連れていってくれよ。どうしてあれからキスしてくれないんだ？」

ジェンが予想もしていなかった言葉だった。わたしが、スティーブにキスするの？ その権利が自分のほうにあったとは初耳だが、そもそもスティーブ・ジャークスはジェンがメディアの報道から抱いていた印象とはかけ離れた男性なのだ。どこか不器用で、傷つきやすいところがあり、それでいて信じられないくらい自信に満ちている。

「どうしてかしら。スティーブ・ジャークスが仕留めた獲物リストに名を連ねたくなかったから？」

「おれはきみを襲ったりしないよ。それはない。ああ、ここは暑いな」スティーブはボタンを外し始めた。一つ目を外し、続けて二つ目を外す。三つ目も。そして四つ目も。

そんなことをされても、ジェンはまだ自信が持てなかった。でも、キスしてきたのはスティーブのほうなんだから、と自分に言い聞かせる。

「あなたこそ、どうしてわたしを襲わないの？」ジェンはだしぬけにたずねた。

「おれは若い女しか襲わない」スティーブはまるでそれが嬉しい知らせであるかのように言った。

ジェンは開いたシャツの前からのぞく胸の筋肉から目をそらした。四〇代後半でこのような胸をしている男性はそういない。三〇代でもいない。仕方ない、認めよう。年齢とは関係なく、すばらしい胸だ。「どうしてそう決めてるの?」

スティーブは前かがみになったまま、顔だけ動かしてジェンを見上げた。「若い女が相手だと気が楽なんだ。期待されていないから」

「次のデートに誘わなくてすむってこと?」ジェンはそっけなくたずねた。

「いや。デートの内容に気を使わなくていいってことだよ。若い娘にとっては、交際を長続きさせることなんて、バングルスのメンバーの名前くらいどうでもいいんだ。相手がおれくらいの年齢の男の場合、ちゃんと元気になってそれなりに長持ちして、性的な関係が成立すればそれでいい。そんなの、小さな青い薬があればどうにでもなる」スティーブは四角い青の光に視線を落とした。「残念ながら、若い娘と精力剤の話はできないけど」

スティーブはジェンの目をまっすぐ見つめた。その目は釣り用の穴とそっくり同じ色に輝いている。彼は軽く会釈するように頭を下げた。「きみみたいな大人の女性は、機知や品格や……技巧を求める。おれにその条件が満たせるとは思えない。相手をがっかりさせてしまうだろう。きみみたいな女性にがっかりされたくはないんだ」

スティーブは手を伸ばし、手の甲でジェンの頬をなでた。とたんにジェンの背筋に震えが走り、爪先に力が入った。「ああ、でもきみがあんまりきれいだから、ジェニー」

「だから、大理石で彫らせてほしいって頼むつもり？」ジェンは軽口をたたこうとしたが、声がかすかに震えてしまい、大失敗に終わった。

「いや。材料が何であれ、またきみを彫るつもりはない。感じたいんだ……おれたちを。きみじゃない。おれでもない。おれたち二人を感じたい。きみと愛し合いたいんだ」

ジェンはスティーブを見つめた。こんなのロマンティックすぎる。猛烈にロマンティックだが、自分はロマンティックとは無縁の女だ。計画し、分析し、費用対効果を吟味する。目標を設定し、計画を立てる。断じてロマンティックではない。自分は違う。ジェン・リンドは違うのだ。

「どうして恋人を作らないんだ？　誰かそばにいたほうがいい。ジェニー、何か譲れない点があるのか？　技巧か？」スティーブはジェンをじっと見つめながら言った。その顔は真剣で、やけに無防備に見えた。

違う、ジェン・リンドは違う。でも、ジェニーは明日のことなんか考えない。ジェニーは痛みを感じれば泣く。ジェニーは夢を見て、空想をする。ジェニーは簡単になびく女だ。

「譲れないだなんて、誰が言ったのかしら？」〝ジェニー〟がささやいた。

スティーブがはっとするのがわかった。彼はベンチから立ち上がり、ジェンを引っ張り上げた。ジェンは服を脱ぎ始めたが、熱く濡れたキスを長々と、飢えたように浴びせられ、息が止まりそうになる。スティーブのシャツを肩――ああ、幅広でがっちりしたすてきな肩

――から外し、腕に沿って引き下ろすと、片方の袖口が手首に引っかかった。

スティーブは一瞬ジェンから手を離し、やみくもに腕を振ってシャツを脱いだが、その間も唇はしっかり重ねたまま、もどかしさと苦悶、そして満足の入り混じったうめき声をあげている。ブラのホックを外したものの肩ひもで手間取っているので、ジェンは彼の手を払いのけ、残りは自分でむしり取った。せっぱつまったようにスティーブに体を押しつけ、腹と腹、胸と胸を重ね、しっかりと両腕で抱きつく。決して放すものかというように。スティーブの体は温かく、どっしりしていて、なめらかで、毛に覆われていて、ジェンは延々とキスを続けながらため息をもらした。彼の手はむき出しのジェンの脇腹を芸術家らしい巧みさでふわりとすべり下り、腰の上を通ってヒップのふくらみをなで回した。体が持ち上がり、後ろ向きに歩かされる。やがて背中に釣り小屋のざらざらした壁板が当たるのがわかった。

ジェンがスティーブのウエストに両脚を巻きつけると……ああ、神さま！　さすがふだんから重金属を扱っているだけあって、彼は軽々とジェンの体を支え、壁に押しつけて中に入ると、太古から続くあのリズムで突き、ジェンは大いに乱れてむせび泣くような声をあげた。スティーブはジェンを、二人を、まだジェンの記憶に残っていた場所へと導き、そして……ありがとう、神さま！　まったく新しい喜びの世界へと連れていってくれた。

「わたし、あなたに猛烈に恋してたの」三〇分後、ジェンは白状した。

「それは悪いことか？」スティーブはたずねた。

「わたし、恋はしないもの」

「したほうがいいよ」彼はジェンの顔を両手で包み、軽くキスをした。「恋をして、のぼせ上がるんだ。うっとりしたり、ぼうっとしたり、有頂天になったり、みじめな思いをしたりしたほうがいい」

「そうなの?」

「そうだ。いや、違う」スティーブは唇の端にキスしながら、首を横に振った。「おれはどうしようもなく自分勝手な男だ。きみはおれにだけ恋してくれればいい」

ジェンは顔をそむけ、彼の言葉に思わずもれた笑みを隠した。こんなの、ばかげている。ロマンティックすぎて笑ってしまう。それに、確かに少しぼうっとしている……。こんなに暑い釣り小屋にいるのだから、当然だ。

「おれ、きみのことを愛しているのかも」スティーブは言った。

ジェンはさっと振り向き、彼を見つめた。驚きのあまり、シャツのボタンをはめようとしていた指がボタン穴から離れた。スティーブは釣り小屋のドアに肩を押しつけ、すばらしい上半身を今もむき出しにしていたが、ジーンズのボタンはすでに留めてある。

「いや、間違いない」

ジェンは顔全体がぱっと花開き――それ以外にぴったりの表現が見つからない――喜びがあふれてくるのを感じた。スティーブがこんなふうに言ってくれるなんて……。だが、喜びはしぼんだ。疑いの気持ちが湧いてくる。

「そんなこと、今まで何人の女性に言ってきたの?」ジェンはうつむき、シャツのボタンを留める作業に戻った。スティーブの顔は見ないほうがいい。彼のまなざしと、自分を見つめる表情を目にすると、頭がぼんやりしてしまう。

「数えきれないくらい」スティーブは認めた。

「じゃあ、わたしも長い列に並ぶわけね」そんなことを気にしてはいけない。子供ではないのだ。期待するほうが間違っている。ジェンはズボンに足を入れ、ヒップの上まで引き上げた。

「列はそんなに長くない」スティーブは不服そうに言った。「それに、今回は違う。きみは大人だ」

ジェンの頰はかっと熱くなった。あたりが暗いのが幸いだ。「じゃあ、わたしを口説いてみて」

答える代わりにスティーブは手を伸ばし、ジェンの後頭部を手のひらで包むと、顔を引き寄せ、永遠と思えるほどのキスをした。ようやく唇が離れたとき、ジェンは何も考えられなくなっていた。

「さっきも言ったけど」スティーブはきまじめな調子で言った。「おれは大人の女性が好きなんだ。きみの顔が愛おしい。これまでの年月がつけた美しい足跡も、苦労に刻まれたしわも、笑いじわも、一つひとつが愛おしくてたまらない」信じられないほどの優しさと欲望に満ちた目で、ジェンの顔をじっくり眺める。そしてほほ笑んだ。「もしかして、妊娠したかな？」

とたんにジェンは現実に引き戻された。やっぱりスティーブもほかの男と同じなのだ。二人の衝動的な行為が、今後の生活に影響を及ぼすことを恐れている。「大丈夫だと思うわ。もう生殖可能期間のピークは過ぎているもの」

「そうか」スティーブは言った。その声は悲しげだった。がっかりしているのだ。おかしなことに、ジェンもどこかで同じ気持ちを感じていた。

「それでも」さりげなく、かつ世慣れていて、成熟した口調を保たなければならない。「まさか、このわたしがこんなに無責任なことをするなんてね」

「病気の心配ならしなくていいよ。変なものは持ってない。汚れなき心というわけにはいかないけど、体はきれいだ。でも、心のほうもけっこうきれいだよ。だって……きみはかなり……久しぶりだから」スティーブの言葉は弱々しくなった。

そのあまりのぎこちなさに、ジェンは世慣れた口調などどうでもよくなった。笑みがこぼれる。彼は自分の言葉で話している。自分もそうすればいいのだ。「そんな調子で、よく三人の女性に求婚できたわね。ましてやベッドに誘うなんて」頭を振る。「あなたの前に列を作っていた女性は、悲鳴をあげて逃げ出しそうだわ」

「列なんかないよ」スティーブは静かに答え、ジェンに近づいた。

彼のにおいがした。温かな男の香りが、はっきりと感じられる。『現代心理学《サイコロジー・トゥデイ》』誌の記事によると、女性が恋愛感情を抱くと、嗅覚が研ぎ澄まされ、敏感になるらしい。だから、世にも繊細で刺激的、心惹かれるにおいを感じたら、それが意味することは一つ。もうどうしようもないということだ。

ジェンの携帯電話が鳴った。

42

午前一一時四〇分
オックスリップ郡立病院
三二三号室

「おれのバターの頭はどこだ?」ダンクは受話器に向かって低い声で言った。今朝七時にバターの頭を盗んだバカどもとの短い電話を終えた直後から、この電話をかけるのをずっと待っていた。なぜ今までかけられなかったかというと、ダンクの血圧が上がったことを心配したカリンが、午前中ずっとそばをうろうろしていたからだ。ようやく適当な用事を言いつけて追い払うことができたが、いつ戻ってきてもおかしくない。急いで用件を伝える必要があった。

「わたしのところにはないわ」ジェン・リンドは答えた。

「やっぱりそうか」ダンクは鼻を鳴らした。いらだちと焦りがつのる。「残念だったな。というのも、あいにくスティーブ・ジャークスが彫刻の値段を引き上げたところなんだ」

電話の相手は沈黙した。もしかして、とダンクは思った。スティーブ・ジャークスが自分から一枚かんできたことを考えると、ますます怪しい。「やつもいるのか？　あんたと一緒に？」

再び沈黙が流れたあと、答えが返ってきた。「今、氷上の釣り小屋にいるの。スティーブ・ジャークスも一緒よ」

「やつとぐるってわけか、ミス・リンド？　それは賢明とは言えないな」ダンクは辛辣に言った。

「違うわ」ジェンは即座に言い返した。

この取引はやり遂げなければならない。それも、今すぐに。バターの頭を持っているバカどもが、ジャークスがあの彫刻に今以上の額を出すつもりがあることに気づけば、もはやダンクの出る幕はなくなる。幸い、連中はダンクの提示額、五万ドルを上回る金を出す人間がほかにいるとは思っていない。それに、もし少しでも別の人間に再入札をつのる気配を見せれば、この金額は引っ込めると念を押してある。これは効果があったようだ。取引は町の外れで行う予定になっていた。泥棒たちは目印としてスキーマスクをかぶっていくと言った。ダンクはそんなことをしなくても、バターの頭を持っているのだからすぐにわかると言ってやった。

あとはジェン・リンドに、もう一度だけお抱え運転手として働くよう言いくるめればいい。

「わかってると思うが、やつと手を組んでもキャリアは台なしになる。いや、ジャークスにおれのことを言っただけでも、あとで後悔するはめになるからな」

「それはしてないわ。何も言ってないし」ジェンの声は硬く、小さかった。怯えているのだ。

これはいい。

「やつはあれを持ってる連中に、四万ドルを提示した」

ジェンは震える息を吸い込んだ。「それはすごいわね」

「そのとおりだ《ユー・ベッチャ》」ダンクは同意した。「じゃあ、今後の予定を説明する。おれはあのまぬけどもに五万ドルを渡すつもりだ。これは破格の入札額だ。やつらはこの値段で売ると言っているが、あんたがジャークスにこの話をして、やつがさらに入札額をつり上げれば話は別だ。でも、それがどれだけ愚かなことかわかるよな？　あんたはやつの提示額を上回る金を払うはめになるんだから」

「わたし……どうしていいかわからないわ」

「おれにもわからないが、まあ何とかしてくれ。急ぐんだぞ。明日の晩までに金が用意できなければ、キャリアとはおさばらだ、ねえちゃん」

「何とかするわ」

「あんたならやれるよ、ジェン・リンド。やらなけりゃ、ガールフレンドとぶちゅっとやってる写真がインターネットに出回ることになるぜ」

ダンクはにやにやしながら受話器を台に戻した。

カリン・エッケルスタールは、回復の早い、したがってじきに退院してしまうウォルター・ダンコヴィッチと少しでも長く一緒にいるため、自ら希望して昼夜通しの勤務に就いていた。彼の病室の前まで来て足を止める。コンパクトミラーを取り出し、さっとあたりを見回して誰にも見られず化粧ができることを確認すると、ダンクに頼まれた雑誌と一緒にドラッグストアで買ったリップグロスのふたを回した。ばかなことをしているのはわかっていたが、アイナーと離婚して旧姓に戻り、体重が増えてからというもの、ダンクのように賞賛のまなざしを向けてくれる男性は一人もいなかったのだ。ダンクはこの体型を気に入っている。枕を直そうと彼の上に覆いかぶさるとき、胸の上をさまよう視線を見れば明らかだ。それに、ジェン・ハレスビー、あら違った、ジェン・リンドに少しもでれでれしないところもいい。町にいる有名人好きのまぬけ男たちとは大違いだ。

カリンは小さな丸い鏡に向かって眉をひそめ、ぎこちない手つきでひび割れた唇にグロスを塗った。その途中で、ダンクがひどく険しく、意地の悪い、聞いたこともないような口調で誰かと話をしているのが聞こえたので、思わず手を止めて聞き耳を立てた。

カリンは真っ青になった。

43

午前一一時五〇分

フォーン・クリーク、湖

「誰？」スティーブは興味深げにたずねた。

ジェンは室内の暗さと、彼に背を向けているため表情を読まれないことに感謝した。よく考えて答えなければならない。「AMSのスタッフが料理コーナーのことで相談してきたの」

「ああ」スティーブの手が二の腕にかかるのを感じ、そっと振り向かされた。彼はまじまじと顔を見てきた。「ジェン、打ち明けなきゃいけないことがあるんだ」

打ち明けなければならないことなら、こっちにもある。だが、それに抗う気持ちもあった。ジェンの中の狡猾な部分が、まだすべてがうまく収まるチャンスはあるし、どんなに小さくてもチャンスはチャンスなのだから、今スティーブに言えば立場が悪くなるだけだと叫んでいる。おそらく、ジェンの立場が。

「昨日の晩、バターの頭を買ったんだ」スティーブは勢い込んで言った。「あれを持っている連中が、みんなが寝たあとで電話をかけてきた。おれは腹が減って台所にいたから電話に出たんだけど、相手はやつらで、金額を提示するとそれでいいと言われた」

ええ、でもすでに、次のカモがそれ以上の額を提示しているわ。ジェンは驚いたふりをした。「どうして今朝言ってくれなかったの？」

「きみの言葉が引っかかっていたから。バターの耳を見つけたときに言ってただろ。おれに売るつもりも、譲るつもりもない、みたいなことを。でも、おれにはあれが必要なんだ」

「必要？　どうして？　再生のきっかけになった作品だから、なんてたわごとはやめて。あれは二一年も前に彫られた、古いバターの塊にすぎないわ。みんなが言うには、バター彫刻の年齢としては、永遠とも言えるくらい長寿なんですってね。しかも、少なくとも片方の耳は欠けている」ジェンはいらいらと言った。あのいまいましいバターの頭のせいで、人生がめちゃくちゃにされかけているのだ。「どうしてみんな、あんなものを欲しがるの？」

スティーブはみじめな様子でジェンを見た。「ほかの連中があれを欲しがる理由は知らない。きみのご両親には思い入れがあるってことだけは、キャッシュに聞いて知っているけど。だから、ご両親には返すつもりだ」熱のこもった口調で言う。「あれを持ち逃げするつもりはない。ご両親のものなんだから、二人が持っていればいい。おれはただ、数分間一緒にいたいだけなんだ」

「そう」ジェンは言った。「気味が悪いわね」

「中に鍵が入っている」

ジェンはたじろいだ。「何の鍵？」

「霊廟の地下墓室だ」

ジェンはため息をついた。「ほら、やっぱり不気味な話じゃない」

「違う、本当に違うんだ」スティーブは言った。「離婚条件の一つとして、元妻のファビュローサは、おれが彼女をモデルにして作った有名な彫刻作品を要求した。おれはそれを元妻に渡すことを拒否した。おれへのいやがらせのためだけに、どこかの麻薬王に売り飛ばされてはたまらないからな。あの女はそのつもりだったんだ。自分でそう言っていた。そこで、おれは格安で仕事を引き受けてくれる男を見つけて、おれたちのタウンハウスに忍び込んで彫刻を盗んでもらったんだ。そのあと彼は霊廟の地下墓室を買って……ほら？　ほらな？　そんなに不気味な話じゃないだろう？　それで、その彫像を中に入れた。墓室代は現金一括払いにして、この先永遠に困らないほどの……何ていうんだ？　共益費？　も払い、ファビュローサの名義にした。元妻が雇った私立探偵はおれの名義になっているものはしらみつぶしに調べるだろうが、彼女の名義、ましてや本名で登録されているものを調べることは絶対にないだろうと踏んでね。それから、おれが雇った男は墓室の鍵を送ってきた。運悪く、おれはその鍵を持ったままきみをバターで彫っていたものだから、バウンティハンターが現れたとき――」

「バターの頭の中に隠したのね」ジェンは話を締めくくった。ようやく事情がのみ込めてきた。

ステイーブはジェンの察しのよさに、嬉しそうにうなずいた。「そういうことだ」

「ほかにその鍵のことを知ってる人は？」ジェンはたずねた。

ステイーブは首を横に振った。「いない。彫像を盗んでもらった男くらいだが、そいつは死んだ。おれが報酬を支払ってから少しして、盲腸が破裂したんだ。かわいそうに」

「本当に？　その……」

ステイーブは頑として首を横に振った。「間違いない」

「ウォルター・ダンコヴィッチという人を知らない？」

「いや」

そんなはずはない。賭けてもいい……いや、賭けは嫌いだが、もし賭けるとしたらの話だ。賭けてもいいが、ダンコヴィッチは間違いなくその鍵のことを知っている。

「昨日の晩、フェリーに電話した。今日お金を持ってきてくれることになっている。それに、あれにはそれだけ払う価値があることは間違いない」

「そんなに価値があるの？　その墓室にある彫像が？」

「売るつもりはない。おれの原点となる作品なんだ。あの頃のおれには表現力があった。純粋さ、物語性、無防備さ、優しさ、彼女のそういう……」その声はとぎれ、ステイーブは肩をすくめた。「もちろん、全部嘘っぱちだったんだけど。しばらくはそのことで悩んだりもした。でも、やっぱりあれは売れないよ」

「だけど、もし売ったとしたら？」ジェンは食い下がった。

「さあな。六〇万ドル？　七〇万ドル？　でも、それは現実味のない議論だ。おれがその鍵を使うか、ファビュローサが新しい鍵を作る手続きをして自分で墓室を開けるかしないと、あの彫像は消えたも同然なんだ。おれが手に入れない限り、ファビュローサの手に渡ることは絶対にない」

「あなた、その元奥さんのことにこだわりすぎてない？」ジェンはたずねた。

「あの女には離婚ですべてを持っていかれたし、それから何年間も搾られ続けた。確かに、恨んでるよ」スティーブは言った。その声に恨みがましい調子はない。むしろ楽しそうだ。「復讐は蜜の味ってわけさ、ジェン。それに、復讐が必要なときもある。最後の一つまで借りを返さなければ、前に進めないこともあるんだ。わかるだろ？　そいつのせいで長い間さんざんな目に遭って、自分のアイデンティティも価値も、自分に対する認識をすべて覆された、そういう相手に償わせるチャンスがあれば、きみも同じことをしないか？」

もちろん、そうする。ケン・ホルムバーグに。二一年前のステートフェアのとき、ケンはジェンのやったことは〝いんちき〟で、もう少しで〝スキャンダル〟になるところだったと責め立てた。数日前には、この町がジェンの故郷だという設定は偽物で、ジェンのキャリアは幻想に基づいたものにすぎないのだとほのめかした。あのくだらない写真のことをダンコヴィッチに教えたのがケンでも不思議はない。心が狭く、独りよがりで、自己満足。ジェンが嫌うこの町のすべてを体現する存在だ。

「そうね」ジェンは素直に認めた。顔を上げると、スティーブが食い入るようにこちらを見ている。彼はジェンを信頼してくれている。あの鍵を手にする権利がある。まあ、ある程度は。少なくとも、ダンコヴィッチよりは。「スティーブ、実は――」

ドン！　ドン！　ドン！

誰かが釣り小屋のドアをたたいた。

「ねえ、ジェン。開けてください！　わたしです、エージェントのナタリーです！　このまじゃ凍え死んじゃうわ」

ジェンは仰天してスティーブと顔を見合わせながら、ドアを開けた。そこには、ダンテの地獄の第九圏、氷地獄からのおしゃれな使者が立っていた。いつにも増して、ナットはゴーリーの絵本のキャラクターにそっくりだった。全身をデザイナーズブランドの黒のキルティング素材の服で包み、真っ白な顔にシルバーフォックスの帽子をすっぽりかぶっている。ぶ厚い重ね着の上からでも、ぶるぶる震えているのがわかった。

「ナット！　こんなところで何してるの？」ジェンが叫んでドアを大きく開けると、大柄でがっちりした肩の、カシミアのコートを着た中年男性が見えた。非の打ちどころのない身なりをしているが、風のせいでヘアピースがにわとりのとさかのように立っている。一目でドイツ系とわかる雰囲気があった。

「こちらはフェリー・モイヴィッセンです」ナットは歯をかちかち鳴らしながら言った。「ミスター・ジャークスの代理――」

「フェリー！　来てくれたんだね！」スティーブはシャツこそ着ていたが、ボタンは留めておらず、裾が風にはためき、みごとに割れた腹となだらかな胸を外界にさらしていた。強風のせいで、外界といってもナットとフェリーしかいないのは幸いだった。スティーブは釣り小屋の中から飛び出し、熊のような大男を迎えて抱きしめた。

ナットは目を丸くして、スティーブの裸の胸からジェンへと視線を移した。

「ありがとう！」スティーブは友人に言っている。「金を持ってきてくれた？」

「こんなところで何してるの？」ジェンはもう一度ナットにたずねた。

「わたしたちも中に入っていいですか？」ナットは言い、羨ましそうに釣り小屋の中を見た。

「ここじゃ窮屈だと思うんだけど」ジェンは言い、フェリーをちらりと見た。

「じゃあ、行きましょう」ナットは言った。「〈ヴァリュー・イン〉とかいうところに部屋を予約してありますし、話さなきゃいけないことがありますから」

「ねえ、きみ、わたしたちもそうしよう」いまだに嬉しそうに笑っているスティーブに向かって、フェリーが歌うように言った。

ナットの言うとおりだ。話さなければならないことがある。それに、ナットが五万ドルを持っていない限り、彼女が眉をひそめるような提案もしなければならない。

44

午後一時五〇分
フォーン・クリーク、〈ヴァリュー・イン〉

「さてと、魚釣りの仕事も、昼食も、地元の人たちとの交流もぶじ終えましたが、ここに来たからにはちゃんと説明してください。ジェン・リンドにいったい何があったんです？」ナットはたずね、〈ヴァリュー・イン〉の客室のほとんどを占めるダブルベッドにジャケットを放り投げた。

ジェンは手で髪を後ろに払い、何から話そうか、どこまで言えばいいのか、頭の中で考えをめぐらせた。

「何なんですか、その髪は？」ナットはいつもどおりのきつい口調で言った。「何というか……全部下りているし……ぼさぼさじゃないですか。シャロン・ストーンもどきに見えます。いいえ」彼女は言い直した。「釣り小屋でスティーブ・ジャークスとおいしい思いをしたように見えますよ！　スティーブ・ジャークスって！　頭は大丈夫ですか？　猿みたいにセックスしたいなら、相手は誰も知らない男にしてくれません？　人に言いふらしても誰も信じないような男に」

「スティーブは人に言ったりしないわ」ジェンはもごもご言い、言い訳がましくつけ加えた。「それに、おいしい思いをしたのはスティーブのほうだと思いたいんだけど」

ナットは両手を挙げた。「あなた、酔っぱらっているんですか？　スティーブ・ジャークスはいつでも、誰にでも、何でも言いますよ。どうしようもなく正直な人なんですから。見ててください」ジェンに反応する隙を与えず、携帯電話のボタンを押し、耳に当てる。「フェリー？　ナットです。スティーブはいますか？　代わってください」

「ナット、何をするつもり？」ジェンはそわそわとたずねた。

「スティーブ、ナットです。あなた、釣り小屋でジェン・リンドとセックスしました？」

ナットは携帯電話を掲げ、スピーカーホンの音量を最大に上げた。

「ああ」どこまでも落ち着き払ったスティーブの声が大きく響いた。「したよ。おれはジェンを愛しているんだ」

我慢できない。ジェンは口角が上がるのを感じた。

ナットはジェンに冷たい視線を浴びせながら、携帯電話を閉じた。「わかりましたか？　ちょっと、何ですかその顔！　ばかみたいに笑うのはやめて……え？　まあ！　何てこと。あの人に夢中なんですね」

「違う」ジェンは言った。「違うわ！　スティーブは理想主義。わたしは現実主義。彼は女に切れ目がないけど、わたしは一匹狼。二人ですてきな時間を過ごした、ただそれだけよ」

「すてきって、どのくらいですか?」

「最高だったわ」ジェンはぶるっと体を震わせた。ナットには真実だけを伝えるつもりだ。少なくとも、自分で真実だと思えることを。だが、心の中で思うことは、真実である必要はない。客観的に見て、釣り小屋での……逢瀬はとてもすてきだった。今の自分に必要な冒険だったと思えるし、あとからほのぼのと振り返ることもできるだろう。だが、再び前に進まなければならない時が来ている。目の前に迫る障害に取り組まなければならない。バックミラーに映る景色にうつつを抜かしている場合では……。

ジェンは目を丸くした。信じられない。回り道をしたのだ。驚きのあまり、口がぽかんと開きそうになる。

「ジェン? ジェン!」

回り道をしてしまった。計画にも許容範囲にも入っていない、予想すらしていなかった道をたどったのだ。本当に久しぶりに道路地図を投げ捨て、目をつぶって、内なる望みに従った。そしてつかのま、長距離輸送の運転手ではなく、旅行者として旅を楽しんだ。回り道をしたのだ。この次はいったい、何をやらかすつもりだろう?

「ジェン、わたしの話を聞いてましたか?」ナットが怒ったように言った。

「いいえ」ジェンは首を横に振った。「それで、どういうわけであなたがここにいるの?」

「フェリーに頼み込んでチャーター機に乗せてもらったんです。快適なフライトとは言えませんでしたけどね。たぶん、わたしたちが離陸してすぐに空港は閉鎖された――」

「そういう意味じゃないわ」ジェンは口をはさんだ。「どういう理由でここにいるの、ってききたかったの」

「ボブ・レイノルズから連絡があって、わたしのクライアントとAMSの間に問題が生じたようだと聞いたからです」

「そうね、ボブの言うとおりよ」ジェンは力がみなぎってくるのを感じた。「確かに問題はあるわ。大きな問題よ。わたしのほうも、今日あなたに電話しようと思っていたの」

ナットは振り向いて一つきりのテーブルに座ろうとしたが、背が低すぎるため、ぴょんと跳び上がらなければならなかった。幅の狭い小さな胸の前で、短くきゃしゃな腕を組む。顔には何の表情も浮かんでいなかった。「説明してください」

「喜んで」ジェンは言い、ナットの前を行ったり来たりしたが、一歩踏み出すごとにいらだちがつのった。「あの人たち、何をしたと思う？　番組の構成を一から変えてしまったの。コンセプトを丸ごと。わたしには何の相談もなく！　それで、わたしが司会をすることになっている番組の改訂版に、どんなタイトルをつけたと思う？『生活のチェックリスト』よ！」

ナットはわずかに唇をゆがめたが、一言だけ言った。「続けてください」

ジェンは足を止め、ナットの顔をまっすぐ見た。「『生活のチェックリスト』よ、ナット。生活に関するカンニングペーパーが用意されるから、わたしは毎回それを紹介して、項目を一つずつ説明していくの。第一回のチェックリストが何だかわかる？」

ナットは首を横に振った。

「『冬の不思議の国で週末を過ごすためのチェックリスト』よ。チェックポイントその一は、〝賢く安全に移動しよう〟。メルセデスのＧＬクラスのオフロード車に、タイヤチェーンをつけさせられたわ」

ナットはまばたきもしない。

「その二は〝デザイナーズブランドの粋なアウトドアファッションに身を包み、おしゃれに楽しもう〟よ。花柄のピンクのストレッチ素材のズボンをはかされたわ。全国放送のテレビ番組で」ジェンの声は震えた。「わたしのお尻で花柄のズボンをはいたらどうなると思う？まるでおばあちゃんのソファよ」

「ジェン、それは――」

ジェンが片手を挙げると、ナットは口をつぐんだ。「ぱんぱんのお尻を世間にさらしたあとは、その三が待っていたわ。〝冬の不思議の国ならではの遊びをしよう〟ですって。この〝遊び〟っていうのは、死にかけたトドみたいに手足をばたつかせて、雪の上に人型をつけることよ。このシーンは三回も撮り直しをさせられた。毎回、花柄に包まれたお尻が雪に深くめり込みすぎて、お尻に腫瘍がある人の人型みたいに見えたから」

ナットの目は丸くなり、唇は小さくすぼめられ、きつくしわが寄っている。

「ナット、笑うつもりなら、エスキモー犬のえさにするわよ」

ナットは咳払いをした。「笑ってません」

実際、彼女は笑っていなかった。テレビ局や出版社の上層部と一戦交えるときに見せる、険しく毅然とした表情を浮かべている。テーブルから飛び下り、棒のような細い腕を腰に当てたナットは小型のマングースのようだ。彼女がボブ・レイノルズという蛇に立ち向かうさまを見守るため、ジェンはそばに寄った。

ところが、ナットはドアから出ていこうとはせず、ジェンの前で立ち止まって顔をにらみつけた。「あなた、いったいどうしたんですか?」

ジェンは仰天した。ナットにかみつかれたとしても、ここまで驚きはしなかっただろう。

「どういう意味?」

「ジェン、要するにタイヤにチェーンをつけたってことですよね。でも、まさかその作業を自分でやったわけじゃないでしょう? で、そのあと着せられた服が、お尻が大きく見えるような気がしたんですね? でも、それが何? 本当にそこまでひどい状態なら、お尻が映らないよう局側が編集するでしょう。提供した服があなたに似合っていなければ、スポンサーが黙っていませんから」

「それだけじゃないわ」いちいち説明しなければならないことに、ジェンは少し驚いていた。「チェックリストっていう企画も問題なの。『生活のチェックリスト』よ。ナット、わかるでしょ? いやな感じだわ」

ナットはジェンの言葉を無視した。「ジェン、ここで何をしていたんです? 評論家ごっこですか？　いいですか、あなたに現実のチェックリストを用意してあげます。その一、あなたはまだ全国区のスターではありません。その二、スターになりたいのなら、言われたとおりにやってください。その三、あなたがやれと言われたことは、ふつうは誰も不満を言わないようなことです。それをよくも文句ばかり」

ジェンはたじろぎ、わけがわからなくなった。みなぎっていたはずの力は消え去り、不安が押し寄せてくる。ナットはつねにジェンの側について、ジェンのために戦ってくれるはずだった。けれど、彼女はこれを戦いだとは見なしていないのだ。それに、ジェンの側にもついてくれない。ボブとドワイト・デイヴィスとAMSの味方をしているのだ。一〇年間一緒にやってきて、これまでナットがジェンを裏切ったことはなかった。それが、今になって裏切られるなんて信じられない。いや、そうではない。きっとナットのほうが正しいのだろう。

「いいですか、ジェン」ナットは表情をゆるめて言った。「ボブの話を聞いて、ここで急にあなたに変更を告げたのは、賢明な方法ではなかったと指摘しておきました。向こうもそれは認め、申し訳なかったと言っていました。ですが、肝心なのは、仕事は進めなければならないということです。ボブはここを発つまでに撮らなければならない映像があるから、あなたが撮影を続けてくれることを約束してほしいと言っていました。わたしは、お約束しますと答えました」

ジェンは顔にかかる髪を払いのけようとして手を止めた。頭の中で嵐が吹き荒れる中、ナットから離れて窓に向かう。

「ジェン、あなたほど努力を重ねて、今いる場所にたどり着いた人はほかに知りません」ジェンを説得しようと必死なのか、背後から聞こえるナットの声は震えていた。「そこまで懸命に頑張ってきた人が、なぜ番組のタイトルが気に入らないからという理由ですべてを放り捨てようとしているのか、わたしには理解できません。唯一思い当たるのは、恐怖です。ついに成功を目前にして、怖くなったんです。自分が成功を手にすることが信じられず、また も誰かに奪い去られるのではないかと恐れている……ローリーでの生活と同じように。あなたは恐怖のあまり、誰かに奪われるくらいなら自分から放り捨てたほうがいいと思っているんです」

ジェンは心底驚き、眉間にしわを寄せた。成功恐怖ってこと？　テレビの悩み相談に出てくる人みたいじゃない。わたし、そんなにもまぬけな状態なの？　きっとそうなのだろう。ナットの言うとおりなのだ。確かにこれまで二〇年以上、今いる場所を目指して頑張ってきたのだ。そう考えれば、妙に納得がいく。

「ジェン」ナットの声は静かで、力強かった。「誰もこの成功を奪ったりしません。台なしになるとしたら、それはあなたが自分から壊したときです。確かに、チャンスならこれからもあるでしょう。けれど」声が険しくなる。「今この仕事を降りれば、どこもあなたを使ってはくれませんよ。ええ、もちろん、二流のテレビ局や、四流のケーブルテレビ会社なら声をかけてくれるかもしれませんが、今回のチャンスは確実に手放すことになります。それでいいんですか？」

いいはずがない。当然だ。「いいえ」ジェンは肩越しに振り返った。ナットはさっきと同じ場所に立ったまま、胸の前で両手を組んでいる。「自分でもどうしたいのかわからないの」

「わたしにはわかります。あなたは成功したいんです。〝成功する必要性〟に突き動かされてここまで来たんじゃありませんか」ナットは皮肉めいた笑みを浮かべた。「ここ数日間、あなたがどれだけほのぼのとした霧の中をさまよっていたのかは知りませんし、確かにスティーブ・ジャークスはいい男です。でも、この町もスティーブ・ジャークスも……現実の世界ではないんです。あなたの現実はここにはないんですよ」

ナットの言うとおりだ。状況がこんがらがって、混乱していただけだ。誘導システムが一時的に機能しなくなっていただけなのだ。

「あなたは安心できる、安定した、保証ある将来が欲しいんじゃないんですか？　ＡＭＳの筋書きどおりに動けば、望みがかなうと約束しますよ」

そうだ。それこそがこれまでずっと求めてきたものだ。「そうね」

「では、ジェン、どうか気を取り直してください。将来のことだけを考えるんです。わたしのよく知る、愛すべき誘導ミサイルのようなあなたに戻ってください」

ジェンは愚かなふるまいをすることはあっても、愚かな人間ではない。今までも、これからも。「わかったわ」

「それでこそジェンです」ナットの小柄な体から力が抜けた。

「それがね、ナット」ジェンはゆっくり振り向いた。「問題はそれだけじゃないの」

「やっぱり！　今回のジェン・リンドの異変には、ほかにも事情があるはずだと思ってたんです」ナットは手首の内側を額に打ちつけた。「次は何ですか？」

「わたしにはドワイト・デイヴィスの機嫌を損ねそうな、ちょっとした過去があるのよ」

「あら、まあ。確かに、あなたはできすぎた人だとは思っていたんですよ！　わかりました。何とかしましょう。中絶？　薬物乱用？　未婚の母？」ナットはすらすら挙げ、ジェンをじっと見つめた。

「違う違う、そんなのじゃないわ」

「重罪？　懲役？　ギャンブル癖？」

「それも違うわ」

「あなたは煙草も吸わないし、飲酒運転もしない。同性愛者じゃないこともわかってますし。いったい何なんですか？」

ドワイト・デイヴィスが解雇の根拠とする違反事項を改めてリストアップされ、ジェンの胃はきりきりと痛んだ。本当にこんなにも聖人ぶった、尊大な人間の下で働けるのだろうか？　スケールこそ違うが、ケン・ホルムバーグと同じではないか。とはいえ、これは契約書にサインした時点でわかっていたことでもあった。「それは全部、番組を降板させられる理由になるのかしら？」

「程度によりますけど、ドワイトの虫の居所が悪い日なら、どれもアウトでしょうね。どうしてですか？　どれかに該当するんですか？」

「わたし――」

「だめ。言わないで」ナットがさえぎった。「聞きたくありません。知っている人数は少ないほうがいいでしょう。問題は、それを処理できるのかということです。永遠に隠し通すことはできますか？」

「何とも言えないわ。もしかしたら、誰かが……。噂を立てる可能性はあるから」

「噂？」ナットは鼻で笑った。「噂なら抑えることができるでしょう。ただ、具体的な証拠があるのなら話は別です。領収書、病院の記録、写真。こういうものは目をつぶりようがありませんから。証拠を破棄することはできますか？」

「お金があれば」

「この町の誰かに脅迫されているんですか？　ちょっと、なんてこと。あなたがこの町を毛嫌いするのも無理はありませんね。わかりました。お金は借りられますか？　ご友人やご家族は？　ジャークスは？」

スティーブ？　無理だ。自分も彫刻を欲しがっているうえ、ドワイトを軽蔑していて、彼の下で働けば神経がおかしくなると思っている。それでも、彼はジェンを〝愛しているのかも〟と言っていた。そんなことを正直に言えるのは、なかなかすごいことではないか？　スティーブに頼めば、自分が払うつもりだった金を貸してくれるだろう。だが、それでも足りない。きっちり五万ドルが必要なのだ。

そのような大金が手っ取り早く用意できる場所が、たった一つある。けれど、配られた札とほとんど忘れかけている子供時代の技能に、すべてを賭けてもいいのだろうか？　ジェンは深呼吸し、またもカジノに行くことを考えている自分に驚いた。これは今まで自分が信じてきたすべてに反する行為なのだ。ジェンは冒険もしないし、ギャンブルもしない、規律からはみ出すことのない人間だ。父もラスベガスに足を踏み入れたとき、こんな気持ちだったのだろうか？　そうだ。あの試みは失敗している。でも……本当にあれは失敗だったのだろうか？

ジェンは頭を振った。今はその疑問に対する答えを考えている場合ではない。今考えるべきは、自分の人生のことだ。

〈オールナイト・アマチュアトーナメント〉で優勝すれば、ゲームでの獲得金に加え、一〇万ドルの賞金が手に入る。無謀な挑戦だし、勝算があるわけでもない。だが、一度成功しているのだから、二度目も勝利の女神がほほ笑んでくれることはありうる。それに、しょせんアマチュアのトーナメントだし、吹雪のために遠方からの客は足止めされているはずだから、参加者はほとんどが地元の人間に違いない。

「ジェン。この問題を処理できる見込みはあるんですか？」ナットがたずねた。

「少しは」ジェンは答えた。「でも、まずは一〇〇〇ドル用意しなくちゃいけないわ。あなた、いくら持ってる？」

ナットは財布を開けた。これには彼女の将来もかかっているのだ。

45

午後三時五分
ヒルダ・ソダーバーグの家

ヒルダ・ソダーバーグは台所で、明日のジョアンナ・ニガードの葬式のために作ったさまざまな料理の仕上げをしていた。小さな四角い台所の中央に立ち、陸軍元帥が自分の軍隊を吟味するような目で、ずらりと並んだガラスやセラミックの耐熱鍋を見回している。リノリウムの天板がのった台所のテーブルには、長方形の大きなチョコレートケーキがどんと二つ置かれている。エスターがスポンジケーキを二つ作ってくることになっていたが、ヒルダのチョコレートケーキがあるのに、あえてそっちを食べる人はいないだろう。ただ、ジョアンナは老人ホームで人気のある女性だったから、参列者の人数が予想を上回れば……。とにかく、デザートは足りているということだ。カウンターの上には、ツナのホットディッシュと、あじゃがいものホットディッシュ、薄切りじゃがいもと鮭のグラタン風ホットディッシュ、あふれんばかりのミートボールが入ったホットディッシュが並んでいる。つまり、ホットディッシュもこれでじゅうぶんということだ。ハムとロールパンはネルズ・ヤングストロムが持ってくる予定だし、コーヒーとハワイアンパンチは教会の台所にたっぷり用意されている。あとはサラダだけだ。

となると、ゼリーの素が必要になる。流しの左側の二番目の引き出しにはいつもどおり、さまざまな味のゼリーの素が最低二〇箱は揃っているが、小粒のマシュマロは切れている。マシュマロがなければ、きちんとしたパイナップルとライムのゼリーサラダは作れないし、ジョアンナの旅立ちの日に、きちんとしたサラダを用意してやらないわけにはいかない。つまり、食料品店に行かなければならないということだ。

いつもなら店までの八ブロックの道のりを歩いていくところだが、今は歩道も車道もすっかり雪に埋まってしまっている。ネッドが除雪をさぼっているからなのだが、町に雇われた仕事が一年以上続いていることを考え、ヒルダは口から出かけた文句を引っ込めた。ネッドも最近はいくらかまともになったように見える。それに、激しい吹雪が続けざまに来たせいで、昨夜は一晩中郡道に駆り出されていたのだ。現に今もまだベッドの中にいる。だが、今日ばかりはたたき起こすのはやめておいた。ネッドが起きてきて、台所に入り込んでジョアンナの葬式の料理をつまみ食いされては困るのだ。ヒルダはやれやれと思いながら、またも音のうるさい、悪臭漂うネッドのスノーモービルを使うことにした。

裏口に向かう途中、ネッドの寝室の前で立ち止まって中をのぞき込んだ。誰かを連れ込んでいる心配はなかった。ネッドは根っからの不良ではない。怠け癖があるだけなのだ。ここ数日は態度を改め、テレビの前ではなく、屋外で過ごす時間が増えている。もうすぐ起きてきて、コーヒーの香りを楽しむことだろう。

明るい気分になったヒルダは、〈フード・フェア〉から帰ってきたら、ネッドにごちそうを作ってやろうと思った。クリスマス《ユール》ブレッド《ブロード》に、ディル風味のじゃがいも、自家製ソーセージ。いつになくネッドを愛おしく思い、ヒルダはほほ笑んだ。かわいいネッドは、食べることが大好きなのだ。

46

午後三時三五分
〈フード・フェア〉

「ねえ、きみ、どうしてまた食料品店なんかに寄ったんだい？」がっしりしたレジ係の女性が商品を袋づめしてくれているのを待っている間、フェリーが言った。

「いいからおれに任せてくれ」スティーブは言った。「〈ロッジ〉は二つとないすばらしい場所で、泊めてもらえるだけで幸運なんだ。客は泊めない主義だから」

「なんて斬新なマーケティング戦略なんだ。客を泊めない民宿とは」

「そうなんだ」スティーブは同意し、唐突に指をぱちんと鳴らした。「〈ドリトス〉を忘れた」レジ係にたずねる。「どこにあるかな？」

若いレジ係は店の反対側の隅を指さした。「ごゆっくりどうぞ。混雑するほどお客さんはいないから」

それどころかがらがらだ、とスティーブは思いながら、中央通路を進んだ。途中で気の毒にも一〇代の倉庫係が老婦人に胸骨をつつかれ、色つきの小粒のマシュマロはどこにやったと責められていた。スティーブは〈ポップターツ〉（ジャムなどが入った朝食用の薄いビスケット）の箱をつかんでから、スナック菓子売り場にたどり着いた。どういうわけか、すぐそばに薬売り場がある。〈ドリトス〉のクールランチ味か定番味か、立ち止まってじっくり選んでいると、裏側の通路の鎮痛剤が並ぶあたりから男性の声が聞こえてきた。携帯電話でしゃべっているようだ。

「もしもし、スタン、かけ直してくれてありがとう。前にも一度同じことをお願いしているし、日曜に自宅にまで電話して申し訳ないと思うんだが、銀行の調査をもう少し延ばしてもらえないだろうか？　金は確保した。ただ、現金化に少し時間がかかる。わかるだろう？」

その口調はあまりにみじめで、この哀れな男の額から滴る汗までもが目に見えるようだった。聞き耳を立てるべきではなかったが、棚の最上段から〈ドリトス〉の定番味の大袋を取ったとき、ちょうど裏側で男がこう言うのが聞こえてきた。「ああ、わかったよ。月曜にやるしかないなら、月曜にやってくれ。資金は補充しておく。ああ、全額だ。九万ドル。わかってる」さっきまでの媚はどこへやら、口調には悪意がみなぎっている。「あんたはわたしに謝りながら、融資を承認することになるさ。じゃあ」

哀れな男が角を曲がってきて気まずい思いをする前に、スティーブは急いで通路を引き返した。レジ係の前まで来ると、持ってきた箱と袋を渡し、ガムの包みを一つ取った。

フェリーはスティーブが買ったものを見た。「民宿はたいてい、滞在中に一食は用意してくれるよ。ふつうは朝食だ。だから〝ベッド《B》&ブレックファスト《B》〟っていうんじゃないか」

「きみもニーナ・ハレスビーのことは気に入るだろう。でも、彼女の料理は別だ。あそこに戻る前に、〈喫茶スメルカ〉にも行ったほうがいい」スティーブがポケットからくしゃくしゃの紙幣を取り出してレジ係に渡したとき、男性がレジの前に現れた。この町に着いた日に会った男だ。手には効能二倍の鎮痛剤の瓶を持っている。

「〈喫茶スメルカ〉ね」フェリーは言った。「スティーブ、すっかり地元民だな。毛皮の長靴はもう注文したのか？」

「ばかにするのはセムラを食べてからにしてくれ」スティーブは言い、ホームズだかハンバーグだかに会釈した。男はぱっと顔を赤らめ、会釈を返した。

「いらっしゃいませ、ミスター・ホルムバーグ」レジ係が言い、待ち構えていたスティーブの腕に袋をのせた。

袋を受け取って店の外に向かいながら、珍しくスティーブ・ジャークスらしからぬ思いにとらわれた。あの男は何らかの資金を補充しなければ、融資を承認してもらえないのだ。明らかに、彼はその融資を必要としている。そして、自分が陥っている窮地を恥と感じているようだった。確か、この町の産業界のリーダー的存在で……。ああ、そうだ。ホッケーステイックを作っていて、フォーン・クリーク最大の個人経営者だ。お気の毒に。

肩で店のガラスドアを押し開け、キャッシュのトラックに向かう。今朝、〝用もなく一日中湖にいなくてもすむように〟と彼が貸してくれたのだ。ジェンはスバルでエージェントと一緒にホテルに行っている。いつまでかかるのだろう？　早く帰ってくればいいのに。

ジェンにそばにいてほしかった。あのホルムバーグという男についての見解を聞かせてほしいし、元妻への復讐を画策することの正当性をもう一度説明したい。さっきはうまく説明できなかった気がして、どうも気分が落ち着かないのだ。とにかく自分が納得できていないのは確かだし、ジェンにつまらない男だと思われたくなかった。アーティストとしてではなく人間としての自分に対する評価がこんなにも、耐えがたいほど気にかかるのは、本当に久しぶりのことだ。愛は痛みを伴うものなのだ、と甘くせつない気分で考える。

フェリーが助手席側に回り込み、スティーブがトラックのドアを開けて買い物袋を突っ込んでいると、風にはためく茶色の布地が視界に飛び込んできた。駐車区画からバックで車を出してから、改めて視線を向ける。このトラックと燃費の悪そうなぴかぴかの大型オフロード車の間にスノーモービルが停まっていて、後部に黄麻布で覆われた大きな物体がくくりつけられている。そのとき突風が駐車場を吹き抜け、布地が中身にぴたりと張りついた。

スティーブは車を停めた。あの形には見覚えがある。自分がこの手で生み出したものだ。

「スティーブ、何をしてるんだ？」フェリーが車内から声をかけた。

「すぐ戻る」スティーブはそちらに向かった。まばたきをしたら消えてしまうような気がして、スノーモービルから目が離せない。激しく胸を高鳴らせながら手を伸ばし、黄麻布を固定している太いゴムひもを外して布を引き上げた。

それはバターの頭だった。だが、姿は変わり果てていた。おぞましいほどに変形し、ほとんど原型を留めていない。異様にかさかさになった〝肌〟の表面に、冷凍焼けの小さなしみがぽつぽつと浮き、垂れた目の上でかつてはきれいに伸びていた形のいい眉はへこんで、その上の部分が猿のように突き出している。にわとりのとさか状の前髪は切り落とされ、太い自転車のタイヤのような唇として再利用されている。左耳はない。

「かわいそうなバターの頭」スティーブはつぶやき、醜くなってしまった顔を軽くなでた。まさに〝ドリアン・グレイのバターの頭像〟だ。ただ、顔がジェン・ハレスビーなだけで。ジェンがここにいなくてよかった。もしいれば、今頃は灯油をぶっかけているだろう。そこまで考えて、スティーブは自分が公共の場にいて、盗難品のそばをうろついていることに気づいた。警察を呼ぶつもりは毛頭ない。この娘のかわいそうな姿を目の当たりにすると、みじめな状態から救ってやるのは無理だとしても、せめてジェンの名誉のために人目にさらすことは避けてやりたいと思ったのだ。そもそも、スティーブの望みは一つだった。鍵を取り出すこと。

一瞬目を閉じ、自分が手に入れたものを伝えたときの、ファビュローサの敗北の悲鳴を想像する。おかしなことに、彼女の怒りを想像したところで、予想していたような満足感は少しも得られなかった。とはいえ、それが現実になった暁には、期待が裏切られることはないだろう。

スティーブは急いでバターの頭の後ろ側に回った。まだちゃんと残っている。右耳の後ろの大きな巻き毛だ。あたりを見回して掘り出す道具を探すと、隣のオフロード車のダッシュボードに雪かきべらが置かれているのが見えた。

フォーン・クリークに幸あれ。スティーブは心の中で愛おしげにつぶやいた。この町では誰も車のドアをロックしない。

五分後、手には小さな金属の鍵がのっていた。鍵を一度宙に放り投げ、器用な手つきで受け取ってから、スティーブはトラックに向かった。

「スティーブ、実に非道な話に思えるんだが」フェリーはスティーブの隣の席で言った。車は上り坂に差しかかり、ゆっくり頂上を目指している。

「確かに」スティーブは言った。「でも、フェリー……『ミューズ参上』だぞ！」〈ロッジ〉に向かう道すがら、スティーブが事情をすべて話すと、いつもは落ち着き払っているフェリーもしだいに驚きをあらわにしていった。「あの作品は離婚条件には入っていないんだ。双方が持っていないものを差し出すことはできないからな。だから、あれから二〇年以上経ってからおれがそれを取り戻せば、法律的には九割方おれのものとして認められるらしい。闇市場で手に入れたファンがプレゼントしてくれたと言うつもりだ」

「誰も信じないよ」

「構わないさ！」スティーブは浮かれた口調で言った。「あの女に何ができる？ 自分の所有物を盗むやつはいないだろう？ 『ミューズ参上』がなくなったとき、まだ離婚は成立していなかったんだ」

〈ロッジ〉の前に着くと、スティーブはエンジンを切った。トラックから出て食料品の袋を抱え、玄関に続く坂道を上り始める。フェリーはわに革で縁取られたアンティークのスーツケースを荷台から下ろし、あとについて歩き始めた。

「おれ、ここでの生活が気に入ると思う」スティーブは言った。頭の中で納屋の扉が開いて、中でスチールが火花を散らし、炎を上げているイメージがむくむくと湧いてくる。それに寄り添うように、松の木の下のベンチでジェンと自分がホットディッシュを食べている映像が浮かんだ。

「ふうむ」フェリーはゆるい上り坂のてっぺんで立ち止まり、息を切らせながら〈ロッジ〉に目をやった。「この建物は安全なのか?」

「きみが泊まる部屋は大丈夫だ。おれと王子が寝ている部屋は危険だが」

「王子?」フェリーの顔が喜びに輝いた。「ねえ、きみ! いつになったらきみがカミングアウトしてくれるのかと思って——」

「王子というのは、おれの犬だ」

フェリーの喜びは消えた。「話がうますぎると思った。いつから犬を飼っているんだ?」

「ここに来てからだ」スティーブはノブを回し、ドアに肩を打ちつけた。

三度挑戦し、ようやくドアは開いた。スティーブが脇にどくと、フェリーは物陰に潜む敵兵でも警戒するように、おそるおそる足を踏み入れた。統一性のない内装と、そこから続く七〇年代様式の居間を一目見て、細めた目をスティーブに向ける。「面白い」

「スティーブ、きみか?」男性の声が聞こえた。

「キャッシュだよ」スティーブはフェリーに教えた。

まもなくキャッシュが姿を現した。王子もついてきて、スティーブに気づいたとたん喜びを爆発させた。フェリーはほぼ床の上で繰り広げられている感動の再会シーンから慎重に距離を取り、キャッシュに手を差し出した。「ありがとうございます」歌うように言う。「こちらに滞在させていただけて嬉しいです。実に理にかなった原則があるというのに、特例を作っていただけたそうで」

「きみはニーナと気が合いそうだな」キャッシュは言い、握手に応じた。それを合図に、ニーナが戸口に現れた。オードリー・ヘップバーン風のスキーパンツに、チロル柄のセーターという格好だ。

フェリーは完璧に自分の役割を演じきった。床の上をすべるように進み出て、ニーナの手を取る。指のつけねに軽く唇をつけ、お宅に〝魅了〟されましたと言った。ニーナも負けてはいない。威厳たっぷりの角度に頭を下げ、名だたる美術界の権威とお会いできて光栄ですわと言った。誰の目からも、ニーナは毎日のように外交官や大使から手にキスを受けているように見えた。スティーブの予想どおり、フェリーは驚きながらも嬉しそうな顔をしている。つまり、二人はすっかりお互いを気に入ったのだ。ニーナは家の中を案内すると言い、フェリーはそれならぜひわたしの腕をお取りくださいと申し出た。

二人は息もぴったりに歩き去り、スティーブとキャッシュはあとに残された。スティーブはようやく、いちばん気になっていた疑問を口にすることができた。

「ジェンはどこですか？」わが人生の光、わが家の女神は？　そうつけ加えたかったが、さすがに父親の前ではやりすぎだろうと思いとどまった。

「少し前に電話をしてきたよ。まだ〈ヴァリュー・イン〉でエージェントのナタリーと一緒らしく、今夜はそっちに泊まることになりそうだと言っていた。ＡＭＳのことで、二人で処理しなければならない問題があるらしい」キャッシュは不機嫌そうな顔で言った。

「一晩中？」スティーブも不満げにきき返した。ただ、彼女に会いたいというだけではなかった。ファビュローサに電話をすることが思っていたほど嬉しく思えないことについて、頭脳明晰で現実的なジェンの意見を聞きたかったのだ。もちろん、単に一緒にいたいという思いもある。ジェンのそばにいるのは楽しい。

「あとできみにも電話すると言っていた」キャッシュは肩をすくめた。「残念だな」

「まったくです」

ことづてを伝え終えたキャッシュは、スティーブが買ってきた新聞を手に広間に向かった。一人になったスティーブはポケットに手を入れ、墓室の鍵を取り出した。二一年間、この瞬間を楽しみに生きてきたなんて。いったい何を考えていたのだろう？　いや、それは違う。別にしょっちゅう考えていたわけではないし、たまに考えるときに楽しみにしていたのも、これから訪れる喜びの瞬間のほうだ。途方もない喜び。

そう。このあと途方もない喜びが待っていることに間違いはない。

スティーブは台所に向かった。電話をかけるつもりだ。

47

一二月一二日（月）
午前〇時一五分
〈ブルー・レイク・カジノ〉

雪と風のせいでギャンブラーたちは街に足止めされていたが、一五〇周年祭に参加している釣り人たちも、フォーン・クリークの湖や街路、スノーモービル用の小道に出られなくなった。フォーン・クリークには、ほかに夜遊べるような場所はほとんどない。そこで釣り人たちは北に向かい、フォーン・クリークの住民もぞろぞろとあとに続いた。町の有力者たちは大切な預かりものを見失うことを恐れるように、神経質な牧羊犬さながらに客をぴったりマークしている。ポール・ルデュックもその一人で、ポーカーテーブルの近くにあるスロットマシンのスツールに腰かけ、カジノのフロア全体を見回していた。

ポールがカジノに来た理由はただ一つ、責任のためだ。一五〇周年祭に対する、自分たちの町に対する、そしてこの町に住むたくさんの家族に対する責任。誰かがこの状況に目を光らせていなければならない。町長として、自分がその責任を負うのが当然だと思えた。

うまくいけば、このままぶじに明日を迎えられそうだった。だが、それは観光客や釣り人、そして町の住民……ポールの町の住民の大部分にとって、ということだ。あいにく、一部にはこの愚かなトーナメントに金を、それも大金をつぎ込んでいる愚か者がいた。いい例が、ケン・ホルムバーグだ。彼は正気を失っているように見えた。何かの中毒のように熱に浮かされた顔でカジノに入ってくるなり、受付テーブルにまっすぐ歩み寄り、トーナメントの参加費の一〇〇〇ドルをたたきつけたのだ。

ポールはケンのことが心配だった。心配でたまらなかった。トロールのようなケンの丸顔には脂じみた汗が光り、はげ隠しになでつけた髪が何度も頭から落ちてくる。熱に浮かされているのは肉体だけではない。ポールがギャンブルの愚かしさを指摘するようなことを言うと、ケンは震える指でポールの手首をつかみ、自分は〝神の裁きに従う〟のだと言い放った。どういう意味なのかは知らないし、知りたくもない。

今日、妻からさらなる情報を仕入れていたポールから見れば、ケンが運を天に任せようとしているのは、神意がどうというよりは単なるやけくそに思えた。町民を欺いていたことがばれ、恥辱のあまりこの町にいられなくなる前に、例の年金資金を補塡しようとしているのだ。

ただ、今のところケンはうまくやっていた。第一ラウンドは勝利に終わり、第二ラウンドもこのまま勝ちそうな勢いだ。自分もケンと同じように安心できればいいのに、とポールは思う。ケンは一勝負勝つごとに、自信を増していくように見える。最初ほど汗をかかなくなったし、さっきポールの前で見せた不安げで卑屈な様子も消えている。ふだんどおりの気取った、横柄な態度が急速に戻ってきていた。

ケンはポールの視線に気づいたらしく、ひけらかすようにツーペアをテーブルの上に広げると、ポールの目を見て満足げに肩をすくめ、親指を上に突き出した。〝神はおれの味方だ〟とでも言わんばかりだ。

ポールは首を横に振りたくなる衝動を抑え、スツールをくるりとひねった。〈リプリーズ・ビリーブ・イット・オア・ノット!〉の男がバーでハンバーガーを食べ、AMSのクルーがむっつりとスロットマシンに五セント玉を入れながらビールを飲んでいるのが見える。カジノの支配人のエド・ホワイトが、客に財布のひもをゆるめさせるために無料でビールをふるまっているのだ。といっても、地元住民の財布のひもは別だ。エドは基本的には善良な性質で、フォーン・クリークの住民にはギャンブルをさせたくないのだとポールに打ち明けていた。地域の慈善団体が営む〈匿名ギャンブル常習者更生会《ギャンブラーズ・アノニマス》〉に寄付金をはずまなければならなくなるからだ。

〈ポーカー・ネットワーク〉のカメラマンがフロアをうろつき、適当に映像を撮っている。エドはポールに、このカメラマンは副支配人に恩があるとかで来てくれたのに、今のところ番組のネタになるようなことが何もないのだとも言っていた。ところが、一人の女性の出現で状況は一変した。

ポールが受付テーブルのそばのブースに座り、妻と携帯電話で話していたときのことだ。カジノの喧噪の中から声を聞き取ろうと、テーブルの下に身をかがめていると、女性の声が聞こえた。「トーナメントに参加したいんだけど、名前を言わなきゃいけないのかしら?」

「ええ」エドが言った。驚きと興奮が入り混じった声だ。「税金やら何やらの申告に必要なもので」

ポールは興味を引かれ、急いで電話を終わらせた。そろそろと体を起こし、ソファ越しに女性を盗み見る。

「そう」彼女は言った。「ほかの人にも知られるの?」

女性は黒髪のかつらをかぶり、ラップアラウンド型のサングラスをかけていた。顔にはベージュのファンデーションがこってり塗られ、血のように赤い口紅が唇の輪郭からはみ出すようにして引かれている。つるりとした顔には、何の表情も浮かんでいない。まるでハロウィンの半透明のマスクをかぶっているようだ。ポールはさほど社交経験が多いほうではないが、こんなにみっともないドレスを見たのは初めてだった。服は体型に比べて小さすぎ、胸はまるで作りかけのカスタードクリームのように襟ぐりから流れ出ている。

「いいえ。わたしが言わなければすむことです。あなたとわたしと国家の秘密ということで」

「よかった」彼女はぱちんとハンドバッグを開け、ほとんどが一〇ドルと二〇ドル札からなるぶ厚い札束を取り出した。「どこに記入すればいいの?」

その女性の効果は絶大だった。彼女が入ってきた瞬間から大勢の顔がこちらを向き始めたが、中でもわかりやすかったのは〈ポーカー・ネットワーク〉のカメラマンで、女性を一目見たとたん吸っていた煙草をもみ消し、カメラを手にした。

それからずっと彼女を撮っている。

みるみるうちに、即席の〝謎の女〟ファンクラブが誕生していた。今や彼女がゲームをしているテーブルのまわりには人だかりができ、もっとよく見ようとお互いに押し合っている。だが、この女性が注目を集めるのも無理はなかった。ゲームの腕はプロ級で、完全な無表情のままゆっくりと、だが確実に、次々と対戦相手を打ち負かしていくのだ。

この調子なら、決勝では彼女とケンが対決することになりそうだった。

ポールはぐったりして手で顔をさすり、あごに朝の無精ひげが生え始めてきたことに気づいた。目は煙でちくちくし、口の中もねばねばしていて、口臭もひどそうだ。すでに疲れきっているというのに、腕時計を見たところ、トーナメントの終了まであと六時間はある。トーナメントが終わって客が町に帰らなければ、自分も家に戻れないし、明日の祭事が始まるまでの数時間だけ眠ることもできない。

そこまで考えて、ポールは思い出した。ネッドとターヴに電話して、雪かきをしに行くよう念を押しておかなければならない。

「はいはい、わかりましたよ、町長さん！」ネッドは電話をたたきつけ、エリックとターヴのほうを向いた。「町長が夜明けの一時間前から雪かきをしろって」

ターヴが立ち上がって伸びをすると、ひざからチーズスナックのかけらがばらばらと落ちた。マリファナを吸ったあとは空腹になるものだが、ターヴは特にその傾向が強い。「じゃあ、そろそろ寝ないとな」ターヴは言った。

「ああ。でも、考えてもみろよ。明日の朝九時には、ポール・ルデュックに除雪車なんか自分で運転しやがれって言えるんだぜ」その様子を想像し、ネッドは顔をほころばせた。「まあ、ジャークスに入札額を上げるチャンスを与えてやってもよかったんだけど、正直言ってそろそろこいつにうんざりしてきたんだ」バターの頭を手で示す。

実を言うと、ネッドは今朝の電話でダンコヴィッチに、ジャークスに交渉を持ちかけたら言葉にできないような目に遭わせてやると脅され、びびってしまったのだ。ターヴとエリックにはそのやり取りは報告していない。これからも言うつもりはなかった。

「それに、おれたちもそこまで欲深いわけじゃない」ネッドはそう言いながら、このはったりが通用するかどうか、視界の隅で二人の様子を確認した。大丈夫だった。「よし」ネッドはゆったりとした口調で続けた。「おれたちにも運が向いてきたんだ！　未来は金色に光り輝いている。二四金だ。もう誰にもじゃまはさせない」

「じゃあ、どうして今、ポール・ルデュックにクソ食らえって言わなかったんだ？」エリックがたずねた。

ネッドは哀れむような目でエリックを見つめた。こいつはときどきどうしようもなくばかげたことを言う。「どうしてって、エリック、注意するに越したことはないからだ」

48

午前六時五分
フォーン・クリーク
〈ロッジ〉

ハイディ・オルムステッドはブルーノが〝セレブの伴侶〟という新しい役割になじめているかどうか心配になり、珍しくつわりがなかったその朝、車で〈ロッジ〉に向かった。アイディタロッドの犬ぞりレースに五回も出場しているハイディにとって、吹雪などどうということはなかった。それに、ジェンはジェン・リンドとして忙しく働く日は夜明け前に起きているはずなので、早く着きすぎて彼女を起こす心配もない。

ハイディは勝手口に向かい、窓から中をのぞき込んだ。てっきりキャッシュが隠れて禁断のカロリーをむさぼっているものと思っていたが、テーブルの前にいたのはがっちりした大柄な中年男性だった。真紅のローブ姿で、銀髪をきれいになでつけ、頰がてかてか光るほどきれいにひげを剃り落としている。爪の手入れが行き届いた手にトーストを持ち、優雅な手つきでバターを塗っていた。

いったい誰なのか見当もつかない。

ハイディは床に視線を落とした。テーブルの反対側から、ジーンズをはいた脚が突き出している。それ以外の部分は見えない。テーブルの男が床の上の男を殺したのだと思った瞬間、テーブルの男が顔を上げてこちらを見た。男はにっこりし、バターナイフを振って中に入るよう示した。

ハイディはためらった。今は自分一人の体ではないのだという思いがある。その一方で、大好きなハレスビー一家が殺されてしまう前に、この男と対決しなければとも思った。もし、すでに一家がどこかで縛られていたらどうする？　フォーン・クリークではもっと妙な事件だって起こっているのだ。だが、男が重たげに椅子から立ち上がったのを見て、自分のほうがずっとすばやく動けることに気づいた。ハイディはドアを押し開けて中に入り、不安げに男に目をやった。

「はじめまして」彼の声は上品で洗練されていて、ドイツ人とわかる訛りがあった。「フェリー・モイヴィッセンと申します。スティーブ・ジャークスの作品を独占的に管理している者です」

「スティーブはどこ？」

フェリーは唇をすぼめ、例の脚のほうに顔を傾けた。ハイディは床に伸びている男を見ようと、少しずつ横にずれていった。それはスティーブ・ジャークスで、どう見ても生きていた。顔の上に前腕をのせているせいで表情は見えないが、胸はスムーズに上下している。上に巨大なエスキモー犬の頭がのっている範囲で、ということだが。

「おはよう、ハイディ」スティーブは言った。物憂げな声だ。ブルーノは目を開け、ハイディに気づいてばさりとしっぽを振ったが、体を起こす気はさらさらないようだ。つまり、新しい役割に難なくなじんでいるということだろう。

「おはよう」

「どうぞ」フェリーが言った。「お座りください、ミス……」

「ハイディ・オルムステッドだけど、ハイディでいいです」

「わかりました」フェリーは満面の笑みを浮かべ、ハイディのために椅子を引いた。何だかオズの国にでも迷い込んだような気分で、ハイディはその椅子に座った。フェリーはハイディが腰を落ち着けるのをじっと待ってから自分の席に戻り、布のナプキンを開いてひざに広げた。

「もちろん、情報はひそかに得ています」フェリーは言った。「こちらの食生活を生き抜くには、料理人が目覚める前に燃料を補給しておくのが賢明だと」トーストののった皿を持ち上げる。「トーストはいかがですか？」

ハイディは一枚もらった。

「コーヒーは？」

それもありがたくもらうことにした。

「あの人、どうしたんでしょう?」ハイディは言い、スティーブを目で示した。

フェリーはカップにコーヒーを注ぎ、ハイディに渡した。「昨夜、個人的に大きな発見をしたので、その衝撃をミズ・リンドに伝えたくてうずうずしていたんですが、彼女は電話をすると言ったきり姿をくらましてしまったんです。それでスティーブはいらだって、昨晩は一睡もせず……まあ、本人が言うには一睡もせずに、ここで電話を待っていたそうです。実際には、床の上で寝ていたんだと思いますけどね。とにかく何ともお恥ずかしい話ですが、わたしも彼の力になろうと思って、こうやって非常識な時間から起き出して一緒に朝食をとっているわけです」

「どうしてスティーブはそんなことをするの?」ハイディは興味しんしんでたずねた。

「ジェンを愛しているからだそうですよ。砂糖は?」

「えっ?」ハイディは声をあげた。確かに昨日、それらしい雰囲気はあった。でも、きっとスティーブの片思いだろう。ジェンが衝動的な判断や、計画性のない行動、愚かなふるまいをするはずがない。例えば、スティーブ・ジャークスと恋愛をするとか。「スティーブは女性にのぼせるたびに大騒ぎするの?」

「おれはのぼせてなんかいない」スティーブが床から言った。

フェリーはテーブルの上に身を乗り出し、ハイディを手招きした。「のぼせる時期は過ぎたようですよ」ささやき声で解説する。「プレゼントの交換はまだですが、体液は交わしたようです」

ハイディはのけぞった。

「ええ」フェリーは自信ありげにうなずいた。「まさにコーエン兄弟の映画の世界ですね。氷上の釣り小屋でそんなことが行われるとは」

「嘘！　釣り小屋でやったの？」ハイディには信じられなかった。ジェン・ハレスビーがろくに知らない相手と水平に重なり合ってタンゴを踊ったことも信じがたいが、ジェン・ハレスビーが魚突きトーナメントの最中に釣り小屋でセックスをしたとなると、それはもはや感嘆の域だ。

つまり、ジェンにもまだ望みがあるということなのだろう。それに、もしスティーブが本当に彼女を愛しているのだとしたら……。ジェン・ハレスビーは、本当ならみじめなまま終わっていたはずのハイディの高校生活最後の二年間を、ましな、いや、楽しいものにしてくれた。ハイディは誰よりもジェンに恋愛をしてほしかった。

「スティーブは惚れっぽい人なの？」ハイディはたずね、息をつめてフェリーの答えを待ちながら、そんな自分を面白いと思った。妊娠したことで、ロマンティックになっているのだろう。

フェリーはナプキンで口元をぬぐいながら、ハイディの質問について考え込んだ。「いいえ」彼はようやく答えた。「言われてみれば……」体を横に倒す。「ねえ、きみ、三番目の奥さんは何て名前だったかな？」

「マルゴーだ」

「ああ、そうだ。ありがとう」フェリーは体を起こした。「マルゴーが最後ですね。九年前のことです」

「じゃあ、本気でジェンを愛しているのかも」ハイディは言ってみた。

「そうかもしれません」フェリーも認め、トーストを取ってジャムを塗り始めた。

「おれがここにいないみたいに、おれの話をするのはやめてくれないかな」床の上からスティーブがむっとした口調で言った。

ふだんは控えめなハイディだが、ジェンのために図々しくなることにした。「わかったよ。じゃあ、スティーブ、ジェンを愛しているのはどうして？」

スティーブは答えなかった。目の上に腕をのせてじっとしている。あまりに長い間そうしているので、眠ってしまったのではないかとハイディが思い始めた頃、ようやく声が聞こえた。「おれは……彼女を満たすことができる」

ハイディは音をたててコーヒーカップをテーブルに置いた。「ちょっと、何それ……」うんざりした口調でつぶやく。

スティーブは顔から腕を下ろし、寝返りを打った。ブルーノの頭がどさりと床に落ちる。

「いや、だから」スティーブは立ち上がりながら言った。「おれは彼女のためになる相手だってことだよ。これまで、自分が誰かのためになっていると思ったことなんかなかった。きっと、女性がつき合うのにふさわしい男じゃなかったんだと思う。でも、ジェンにはふさわしい男だと思える。彼女がどこにいるか知らない？」

「いいえ。わたしはただ、ブルーノの様子を見に来ただけだから」

「その子の名前は〝王子〟かと思っていたよ」フェリーが言った。

「フェリー、それはただの親愛の言葉だ」スティーブは言い、後ろめたそうな目でちらりとハイディを見た。

「もしブルーノの名前を変えたら――」そのとき、電話が鳴った。

スティーブはあからさまにほっとした顔になり、手を伸ばして電話を取った。「おはようございます。〈ロッジ〉です。ハレスビー夫妻の民宿兼、彫刻家の将来のアトリエ――何？ジェン？　きみなのか？　どこにいるんだ？」

ブラッドハウンドに似た親しみやすい端整な顔にじれったそうにしわを寄せ、スティーブはフェリーのほうを見た。「よく聞こえないんだ。とぎれとぎれで――ジェン？　ああ。聞こえるようになった」受話器を耳に押し当てる。「いや。説明しなくていいから」

スティーブはしばらく黙っていたが、いらだたしげな顔を見る限り、電波状況はよくないようだ。やがて彼は言った。「それは違う。あれはすでにおれの手元にあるんだ。だからきみもそんなことをする必要は――だから、すでにおれの手元にあるんだ！　ジェン？　ジェン！」

スティーブはいらだちまぎれに、受話器を台にたたきつけた。

「ジェンはどこにいるって？」ハイディはたずねた。

「カジノだ。どこかのポーカートーナメントの決勝に進むらしい」

「えっ？　ジェンはギャンブルはしないよ。どうしてポーカートーナメントに出てるの？」

「ジェンが言うには、バターの頭の身代金を払おうとしているやつに脅迫されているらしい。おれが提示している額を上回る金をそいつに渡さなければ、学園祭できみたちのキスのことがAMSにばらされて、結果的にドワイト・デイヴィスの耳に入ることになるという話だ。それで、そのトーナメントの優勝賞金が一〇万ドルなんだ」

「なんてこと」

「まったくだ」

「キス？　ばかばかしい」フェリーが言った。

「そのとおり」スティーブは言い、片手で髪をかき上げた。「おれがあんな額を……くそっ」

「でも、どうしてジェンはあなたに電話してきたわけ？」ハイディはたずねた。

スティーブは後ろめたさと喜びが入り混じった顔でハイディを見た。「おれがあれを欲しがってることを知っていて、自分が本当にトーナメントに優勝しそうになってきたからだ。おれがバターの頭を手に入れられなくなることを、心から申し訳ないと思っているって」

「でも、あれはあなたの手元にあるって言ってたよね」ハイディは相変わらず事情がのみ込めず、おずおずとたずねた。

「バターの頭はない。バターの頭の中に隠してあったものなら持ってるけど、どっちにしてもジェンには聞こえてなかったと思う」スティーブの顔はくもった。「それから、ジェンが決勝で対決する相手を教えてくれたんだが、その中にケン・ホルムバーグがいた」

ハイディは椅子にもたれ、手のひらでぴしゃりとテーブルをたたいた。「それはいいね。どうせギャンブルをするんなら、あのいばった男をぎゃふんと言わせられるよう祈っておくよ」

「それはやめたほうがいい」スティーブの重々しい声に、ハイディの顔から笑みが消えた。

「今日、食料品店でケンが話しているのを聞いてしまったんだ。明日銀行の調査が入るらしいんだが、話の感じだと、その結果は誰にとっても思わしくないものになりそうだ。たぶん」言葉を選びながら慎重に続ける。「たぶん、あの男がトーナメントに出ているのは、優勝して賞金をもらい、不足している何かの資金を補塡するつもりなんだろう」

「最悪」ハイディは言った。「最悪だよ。もし〈ミネソタ・ホッケー・スティックス〉がつぶれれば、五〇人が仕事にあぶれることになる。そうなると、五〇世帯が収入も保険も、そのうえ年金までなくなってしまう。ほとんどがこの町を出ていかなきゃいけなくなるだろうね」頭を振る。「この規模の町で、五〇もの家族がいなくなったらどうなるかわかる?」

スティーブは裏口のホールに向かった。すぐにキャッシュのフードつきジャケットを持ち、手の中でトラックのキーをじゃらじゃら鳴らしながら戻ってきた。

「スティーブ、自分が何をしようとしているかわかってるのか?」フェリーがたずねた。

「これはきみの問題じゃない。きみの故郷じゃない。きみが口をはさむ問題じゃないんだ」

「今回ばかりは、そういうわけにはいかない」スティーブはまじめな顔で言った。「キャッシュにまたトラックを借りるけど、ガソリンは満タンにして返すからって言っておいてくれ」そう言うなり彼は出ていってしまい、残されたハイディは横目でフェリーを見た。

「でも、どこに行くつもり？」

フェリーは大げさにため息をついた。「この町を救いに行くんでしょう」

49

午前六時一〇分
ヒルダ・ソダーバーグの家の台所

ヒルダ・ソダーバーグは悪態をつきながら、ガレージの開閉ボタンを押した。七〇年間もボール形パンケーキ《エイブルスキーバー》を作ってきて一度もへまをしたことはないのに、今日は頭上の食器棚から鋳鉄の鍋を取り出したとき、手がすべって足の上に落としてしまった。痛みはまさに地獄《ヘルヴェテ》のようで、時間が経つにつれひどくなるばかりだ。どこかが折れたような気がするが、葬式の食事の準備を欠席するわけにはいかない。ギプスか何かをはめるのなら急いでほしいので、すぐに病院へ行くことにした。

そろそろネッドが戻ってくるはずなのだが、あまりあてにできる相手ではないし、ぐうたら仲間のところに寄っている可能性もある。たとえ地獄からの戻り道が暗かろうと、悪魔に明かりをくれとは頼まないのが、ミネソタ北部の人間だ。そこで、ヒルダは暖かい服を何枚も重ね着し、足を引きずって母屋から離れたガレージに向かった。ネッドは町役場のガレージにはシボレーで行ったから、スノーモービルは置いてあるはずだ。思ったとおり、スノーモービルはネッドが停めたままの状態でそこにあった。ヒルダはガレージの開閉ボタンを押したあと、ドアの脇のテーブルに置いてあるリモコンをポケットに入れた。病院までは八〇〇メートルほどなので、迷わずシートにまたがり、エンジンをかける。

ネッドがいまだに黄麻布をかけて後部にくくりつけてあるものの正体が気になったが、それどころではなかった。足の痛みがひどかったのだ。

ヒルダはエンジンをふかした。

ダンクは退屈と不安にさいなまれていた。たえず時計を見ながら、あと何分経てばジェン・リンドが金を持ってきて、バターの頭を手に入れられるだろうかと考えている。〈おとぎの国〉での取引は九時に行われる予定なので、ジェンには八時半までに現金を持ってくるよう言ってあった。今はまだ六時一〇分だ。

リモコンを手にし、ぱちぱちとチャンネルを替える。何もやっていない、何もやっていない、天気予報。この病院ではケーブルテレビは見られない。ダンクはテレビを消し、ベッドの中で体をよじった。

ぶ厚いギプスの下の皮膚がかゆくなってきた。ナースコールのボタンを押してカリンを呼び、あの何とかという竹の棒を首元から差し込んで欲しかったが、今日は非番だ。

いてくれればよかったのに。

これが全部片づいたら、町にぶらりと出てカリンとどこかで食事でもしよう。それからぶらりと彼女の家に行って、あわよくばあのあひる柄の服を着てもらい、それを脱がせるのだ。

そんなことを考えているうちに、カリンが〝早く元気になりたいなら〟できるだけ起き上がって動き回るようにと、何度もしつこく繰り返していたことを思い出した。あの言葉にはもしかして、裏の意味があるのかもしれない。

ダンクはベッドの脇に脚を出し、ゆっくりと立ち上がってみた。悪くない。全然悪くない。一歩踏み出すごとに、すぐにでも回復しそうな気がしてきた。彼はベッドのまわりをぐるりと回ったあと、窓に向かった。

なんと、まだ雪が降っていた。この町では、空が晴れ上がることはあるのだろうか？　すでに一・五メートルくらいは積もっているに違いない……。

窓の外を見たダンクは、目を疑った。バターの頭がスノーモービルの後部に堂々と鎮座し、慎み深くまとった茶色の黄麻布を風にはためかせているのが、病室の真下にはっきりと見えたのだ。ダンクは目をこすった。やはりそこにある。

それが意味することを理解し、ダンクは目を丸くした。あのまぬけどもに一セントたりとも払うことなく、霊廟の墓室の鍵を手に入れられるのだ。しかも、ジェン・リンドが約束どおり来るなら、その金も丸ごと自分のものになる。あれに乗ってきた人間よりも先にスノーモービルのところに下りることができれば、そのままどこかの森の中に乗っていき、あとで時間があるときにバターを溶かして鍵を取り出せるよう、やぶの中にでも隠しておける。今日はひとまずヒッチハイクで病院に戻ればいいのだ。

もし、あそこに下りることさえできれば。

ダンクは足を引きずりながら幅の狭いクローゼットに向かい、扉を開けた。底にブーツが揃えて置かれ、事故に遭ったときに着ていたスノーモービルスーツが上から吊されている。上出来だ。

一秒たりとも無駄にはできないため、注意深くスノーモービルスーツを着ている余裕はない。スーツをぐいと引き上げると、体に激痛が走った。ベッドの脇でぎこちなくバランスを取りながら、素足のままブーツを履く。体をかがめて靴下を履くことを考えただけで、冷や汗が吹き出したからだ。病室のドアから顔を突き出し、近くに誰もいないことを確かめたあと、足を引きずりながらできるだけ急いで非常階段に向かった。

階段を下りるのは決して楽ではなかったが、一〇分後には病院の駐車場に出て、バターの頭の隣に立っていた。幸運は続くもので、スノーモービルのキーはついたままだ。これでバッテリーを直結する手間も省けた。

ダンクはうめきながらバターの頭に黄麻布をかけ直し、ゆるんでいたゴムひもをきつく締めた。ギプスを太ももに食い込ませながらシートに座り、エンジンをかける。スノーモービルはぶるんと音をたてた。スロットルレバーをひねり、あたりを見回して誰にも見られていないことを確かめると、ゆっくりと駐車場を出た。道路にはまだ一〇センチ以上雪が積もったままになっている。

おれは神に愛されているんだ。ダンクはにやけながら、悠然と道路を走った。後ろでバターの頭ががたごとと心地よい音をたてている。道路も脇道もぎらぎら光る白い雪に覆われているため、その上をわざわざ通ろうという者は見当たらない。そのため、背後から重機のたてる力強い低音が聞こえてきても、ほとんど気に留めていなかった。ところが、低音はしだいに勢いを増し、どんどんスピードを上げて近づいてくる。

後ろを振り返り、二トンの除雪車が猛スピードで迫ってくるのを見たダンクは、ようやく身の危険を感じた。運転手の顔はほとんど見えなかったが、相手が怒っていること、そして自分を追っていることは間違いない。目的がバターの頭であることも、直感的にわかった。ダンクはうろたえながらも、覚悟を決めてスロットルレバーをぐいとひねった。スノーモービルはスピードを上げ、それに応えるように背後の車のエンジン音も高くなる。くそっ！

どうしていつもじゃまが入るんだ？

こんなことはありえない！　病院もみごとに抜け出したし、ここまではヒーローみたいにうまくやってきたのに。どうしてあいつは、おれがブツを手に入れるじゃまをするんだ？

でも、あと少しの辛抱だ。ダンクはスロットルを全開にし、数分後に町外れに出ると、まっすぐ湖を目指した。湖まで行けば、除雪車は簡単には追いつけないはずだ。

湖が見えてくると、除雪車を引き離せることがはっきりした。町が雪をどけて作った湖への連絡道路の真ん中に、フォード・ブロンコが停まっていたのだ。あの車の左側をすり抜ければ、除雪車とはおさらばだ。ダンクはにやりと笑い、スピードをゆるめて湖に近づいていった。ブロンコのそばに男が一人立ち、こっちに向かって腕を振りながら何やら叫んでいる。挙げ句の果てには、ダンクの進路に立ちふさがった。バカめ。ダンクは左に急ハンドルを切り、氷上に出た。背後で除雪車のきしんだブレーキ音が聞こえる。あばよ、まぬけ野郎。これで自由の身だ。

そのとき、氷が割れた。

スノーモービルの先端が氷にめり込んだ。ダンクのまわりで、湖面がスローモーションでひび割れていく。先が突っ込んでいる穴はぶくぶくと泡立ちながら広がり、車体はみるみるうちにのみ込まれていった。ダンクはぎょっとして顔を上げた。あたりの人々がいっせいにわめき、叫びながら走り寄ってくる。足首まで迫ってきた水は凍えるほど冷たいのに、熱湯のようにぼこぼこと泡を立てている。ダンクは立ち上がろうとしたが、脚は冷えきった水の中に沈んでいくだけだった。

このまま死ぬんだ。うろたえながら、ダンクは思った。助かるはずがない。おれは死ぬ。バターの頭のために。

いやだ、死にたくない。こんなの無駄死にだ。おれの人生は無駄なことばかり……。今、ようやくそれがわかった。生きたい。生きてまともな人間になりたい。カリン・エッケルスタールとデートしたい。年金なんかクソ食らえだ！

再び氷が割れる鋭い音が響き、ダンクは終わりを悟った。穴は広がり、スノーモービルは湖の底に沈んで、一三キロ分のギプスに覆われたダンクを道連れにした。

「おい、なんてことをしてくれたんだ、あのバカ!」ネッドは除雪車の運転席から飛び下り、みるみるうちに沈んでいくスノーモービルに向かって走った。あの男は、旗が立ててある源泉の真上目がけてすっ飛んでいったのだ。ブロンコに乗っていた男が近づかないよう注意したが、それでも停まらず、湖に突っ込んだ。

だが、ネッドのバターの頭はぶじなはずだ。バターは水に浮く。だから、バターの頭をつかまえてゴムひもを外せばいい。それでも、一刻も早く現場に着く必要があった。湖のあの地点はかなり深い。もしバターの頭がスノーモービルに引きずられて沈んでしまえば、二度と見つけることはできないだろう。

あと少しだ。あと数メートル。あと……。

氷が割れる音が鳴り響き、男とスノーモービル、そしてバターの頭は湖に吸い込まれていった。

「やばい!」ネッドは悲鳴をあげると、帽子と上着を脱ぎ捨て、頭から水に飛び込んでいった。凍えるような冷たさに、肺の中の空気がいっせいに出ていく。目を開けると、暗い水越しに自分を見上げるつるりとした白っぽい顔が、徐々に小さくなっていくのが見えた。ネッドは狂ったように水を蹴り、必死で手を伸ばした。あと少し……あと少しで手が届く。もう少し。もう少しだ!

そのとき、誰かに手をつかまれた。ごぼごぼと音をたてながら振り向くと、すぐ近くに男の顔が見えた。目を見開き、じっとこっちを見ている。男の下で、バターの頭がみるみるうちに小さくなっていった。このバカ、おれにバターの頭をつかませない気だ。ネッドは必死で男の手を振りほどこうとしたが、男は恐ろしいほどの力で手首をつかんでいる。

「は、な、せ！」ネッドは水中で叫んだ。男はこっちを見つめたまま、手を離そうとしない。

ネッドは下を向いた。バターの頭は消えていた。

心の中ではっきりと汚い言葉を吐いてから、ネッドは招かれざる客を引き連れたまま、足をばたつかせて水面を目指した。勢いよく水から顔を出すと、穴の周囲に人だかりができているのが見えた。隣で男がむせ、水を吐きながら浮かび上がってくる。

まわりで歓声があがり、ネッドは面食らった。いったい何を喜んでいるのかと、あたりを見回す。何人かがロープを投げてくれた。救命ブイを調達してきた者、毛布を取りに走っている者もいる。隣にいる男は、犬にたかるダニのように今もネッドにしがみつき、額を肩にうずめていた。

「ありがとうございます！　あなたは命の恩人だ！」

50

一二月一一日（月）
午前六時四〇分
〈ブルー・レイク・カジノ〉

「休憩してもいいですか？　トイレに行きたくて」オールナイトのポーカートーナメントの五人の決勝出場者の一人、セント・クラウド・ステイト大学の数学科の学生がたずねた。週末にフォーン・クリークの祖父母の家に滞在していたところ、吹雪のせいで南行きの道路が封鎖され、帰れなくなってしまったらしい。そこで退屈しのぎにトーナメントに出場したのだが、ここまで勝ち進んできたことに誰よりも本人が驚いていた。

「お願いします」泣きそうな声で言う。「もう二時間も休憩を取ってないじゃないですか。それに、一〇万ドルもの大金がかかっているんだから、膀胱のせいで集中できなくなるのはいやなんです。いいでしょう？」

「小便くらいさせてやりなよ」五人の中の別の一人が言った。魚突きトーナメントのために街からやってきたアジア系の男性だ。

「行かせてあげて」ジェンは母音を引き延ばすように言った。この二〇年以上、唇を丸めて発音するミネソタ訛りの陰に隠してきた、南部訛りだ。

隣でもう一人の女性の決勝出場者がうなずいた。でっぷり太った老婦人で、週の初めに全国各地のカジノのステッカーをべたべたと貼ったRV車に孫を満載し、こっちに来たのだという。決勝出場者の五人目、ケン・ホルムバーグは肩をすくめた。

ディーラーはカジノの支配人に問いかけるようなまなざしを向けた。エド・ホワイトという、整った顔立ちの大柄なネイティブアメリカンだ。エドはロープで仕切られたエリアのすぐ外側、全体を見わたせる位置からうなずいた。

「それでは皆さま、一五分間の休憩に入ります」ディーラーが言うと、二人組の警備員がやってきて、テーブルのそばの持ち場についた。大学生ははじかれたように立ち上がってトイレに走り、ジェンはゆっくりと腰を上げた。

ジェンにしてみれば、休憩を取ったところで結果は目に見えていた。あの学生が優勝する見込みはない。彼はペアが来るたびに、額に汗をかくのだ。あのように〝手がかり〟をあらわにしていては、ポーカートーナメントでは優勝できない。ミスコンテストで鍛えられ、ぎらぎらと照りつけるスタジオのライトにも慣れているジェンは、〝手がかり……いや、〝手がかり〟を与えなかった。ただ、ミスコンテストのときのような感じのいい表情を貼りつけ……いや、あまり感じはよくないかもしれないが、近頃は悩みが多いのだから仕方がない。とにかく、自然な表情を貼りつけ、ファッションモデルになったつもりでふるまっていた。

老婦人とアジア系の男性も、一〇万ドルを持ち帰ることはできないだろう。老婦人は運が尽きてきたようだし、アジア系の男性は慎重すぎる。このままの状態が続けば、最終的にはジェンとケン・ホルムバーグの一騎打ちになるだろう。正直言って、望むところだ。ケンはフォーン・クリークの悪い面を象徴する存在だ。思い上がっていて、田舎くさくて、恩着せがましい。

ジェンはケンに心底いらだっていた。

まず、ジェンのことをしつこく〝かわいこちゃん〟と呼び続けている。ジェンが賭け金を獲得するたびに椅子の上でのけぞってみせ、太鼓腹に張りついたシャツの上でまるまる太った短い指を組み合わせながら、にやりと笑って言うのだ。「あらあら、まあまあ。お嬢さんの勝利ですか。おめでとう、かわいこちゃん」

自分が勝つと椅子にふんぞり返り、ぱんぱんのお腹に食い込むベルトにずんぐりした親指を突っ込んで、大声でこう言う。「さてと。わたしの優勝は決まりだな。皆さん、降参するなら今のうちですぞ。神のお導きに従いなさい」まるで神から〝緑のラシャ張りテーブルの聖ケン〟にでも任命されたかのような口ぶりだ。まあ、そのうち神のお告げに憤慨することになるだろう。なぜなら、優勝するのはジェンだからだ。

このトーナメントに優勝して、『冬の不思議の国で週末を過ごすためのチェックリスト』をあと六シーン撮影し、フォーン・クリーク一五〇周年祭の魚の灰汁漬け《ルートフィスク》コンテストの審査員を務め、バターの頭なしでパレードの先頭を務め、ニューヨークに帰ってキャリアをスタートさせ、〝キッチン界のケイティ・クーリック（アメリカの人気女性キャスター）〟……かどうかは知らないが、とにかくボブ・レイノルズがイメージしているとおりの役割を果たすのだ。そうすれば、幸せになれる。最高に幸せになれるのだ。二年も経てば犬が飼えるだろう。名前は〝アルフレッド〟がいいだろうか。〝ニール〟でもいい。〝王子〟でも。

では、スティーブのことは？　彼のことを考えると、混乱と罪悪感が波のように押し寄せてきた。さっきの休憩のときに電話をしたのは間違いだったのだろう。だが、スティーブに隠れて行動していることが気になってゲームにも集中できなくなる始末だったので、電話して白状せずにはいられなかったのだ。人に言えないようなことはしない、というのはいかにもミネソタ州民らしい発想で、ふだんのジェンなら笑い飛ばしているところだ。けれど、この状況はふだんとは違う。携帯電話の電波が悪かったため、言葉はとぎれとぎれにしか聞こえず、スティーブの反応をうかがい知ることはできなかった。彼が理解してくれていることを祈るばかりだ。

二人の未来――仮に、たった数日間の関係が未来につながることがあればの話で、客観的に考えればありえないと思うのだが、客観性を捨てるならその可能性にすがりたいところだ――は、スティーブが元妻への仕返しをどの程度望んでいるかにかかっている。もし、ジェンのキャリアより自分の復讐のほうを重視するようであれば……一巻の終わりだ。それ以上、何をどう考えればいいのかわからない。そういえば、ナットはカジノについてきてくれなかったが、理由は何だっただろう？　ナットはジェンの理性を冷静に代弁してくれる存在だし、こんな不透明な状況にこそ彼女が必要なのに。ああ、そうだ。ジェンは身元を隠しているのだ。〝ミズ・ユーリ〟とジェン・リンドを結びつけるものはいっさいあってはならないのだった。

もともとストレスに弱い胃が、しくしくと痛み始めた。ジェンはロープで仕切られたエリアを出て、胃腸薬をもらうためバーに向かった。ロープのまわりに群がる観衆をかき分けて進むと、背後から拍手と歓声が湧き起こった。まるでジェンのことを、自分たちを代表する闘士とでも思っているようだ。おかげで、すでに調子の悪い胃の中心がきりきりと締めつけられた。ジェンが戦っているのは彼らのためではない。自分のためなのだ。

ジェンは金輪際、ポリエステルのかつらはかぶらないと心に誓った。暑いし、気が狂いそうなほどかゆい。だがこれも、外見による陽動作戦の一環なのだ。まさか、黒髪のかつらに肉がはみ出んばかりのドレス、がっちりガードルをはいて化粧を塗りたくった中年女が、主婦のお手本、ジェン・リンドだとは誰も思わないだろう。

バーは混雑していたが、ジェンは隙間を見つけて体をねじ込み、手を振ってバーテンダーを呼んだ。バーテンダーはすばやく笑みを返し、あと二分、というように指を二本立ててから、急いでほかの客の注文を取りに行った。

「──そもそも、どうして年増の田舎美人を使わなきゃいけないのか、いまいちわからないんですよね」

ジェンは動きを止めた。この声には聞き覚えがある。ボブ・レイノルズだ。ジェンのすぐ右側の席に座り、こちらに背を向けて、低い声で歯切れよく誰かに話しかけている。向こう側をちらりと見たところ、相手はディレクターのディーターだった。

「デイヴィスの希望だからな」ディーターは言い、飲み物をかき混ぜた。「あの優等生ぶりがたまらないらしい。彼女がいかにアメリカ女性の品位を体現する存在か、熱弁を振るっていた」

「ばかばかしい」ボブはうんざりしたように言った。「ぼくに一週間もらえれば、もっと若くてきれいで、バチカンに聖人のお墨つきをもらえる女を半ダースは連れてくるのに。デイヴィスがリンドに払うギャラの半分で喜んで働いてくれて、あんなにも肩に力が入っていない女を。まったく、たかだか料理番組なんだから、あの人もいいかげん目を覚ましてほしいですよ」

ジェンの胸がどきりと音をたてた。

「まったく」ディーターは同調した。「女王さま気取りだ」

「お待たせいたしました、お客さま。何になさいます？」バーテンダーの声にジェンは跳び上がり、後ずさりしてディーターにぶつかった。彼は振り返り、ジェンの顔をまともに見上げた。

ジェンはひっと息をのみ、ディーターが自分に気づいたそぶりを見せるのを待った。この変装はよく知らない相手が遠目に見るぶんには有効だが、ディーターは目の前にいるうえ、一日中カメラのレンズを通してジェンの顔を見ていたのだ。

「きみは！」

まずい。ジェンはごくりとつばを飲んだ。

「ポーカートーナメントに出ている人だね？」

濃い色のサングラスの奥で、ジェンは目をしばたたいた。ディーターは気づいていない。ジェン・リンドだとは思っていないのだ。まったくの他人を見るような顔をしている。

「ええ」

「一杯おごらせてくれ。きみを応援していたんだ」

「ありがとう。でも、わたし……戻らないと」ジェンは南部訛りを出して言った。きびすを返し、急いでバーから出る。

ようやくドアから出てほっと胸をなで下ろした瞬間、誰かに腕をつかまれて振り向かされた。目の前にあったのはスティーブの顔だった。ジェンは思わず笑みをこぼし、スティーブを見ただけで喜びがこみ上げてきた自分に驚いたが、やがて彼が笑みを返してこないことに気づいた。真顔のスティーブはいつも以上に、悲しげなブラッドハウンドを思わせた。

自分がバターの頭に出すと言っているより多い金額を、ジェンが出すことになったと知れば、彼が腹を立てることはわかっていた。だが、スティーブなら理解してくれるだろうという思いもあった。けれど、ジェンは満足に説明すらしていない。ただ……自分の気がすむようにしただけだ。

「話がある」スティーブは言った。

「ごめんなさい、スティーブ。でも、元奥さんの鼻を明かすというあなたの目的のために、わたしの将来を棒に振るわけにはいかないの。だから頼みは聞けないわ。お願い、わかって」

スティーブは首を横に振った。「話があるんだ」

「無理なのよ、スティーブ。話をすることもできないの。あなたとジェン・リンドが〈ロッジ〉に泊まっていることを知っている人は大勢いる。わたしたちが一緒にいるのを見れば、それとこれとを結びつけて考える人も出てくるわ」

スティーブは何も言い返さず、ジェンはそのことだけはありがたく思った。「わかった。来てくれ」彼はカジノを通り抜け、奥のトイレへとジェンを連れていった。女子トイレに着くとドアを開け、ジェンの腕をつかんで中に引っ張り入れた。ポリエステルの服を着た年配の女性が三人、洗面台の前でパッド入りの胸の大きさを比べ合っている。それ以外に人はいなかった。

「皆さん、少しだけお手洗いを使わせていただいてもよろしいですか？」スティーブはていねいな口調でたずねた。「それはそうと、そのカラーパンツ、とてもすてきですね」いちばん近くの女性に言う。「オレンジ色が本当によく似合ってる」

女性は喜んでいるのかむっとしているのか、顔を赤らめて口ごもった。「まあ、なんてこと——ええ、どうぞ。みんな、行くわよ」

「ありがとう」女性たちの背中に向かって、スティーブは言った。三人が出ていくとすぐに、清掃会社が使うためのストッパーをドアの下に入れた。

「スティーブ、いったい何をするつもり？」ジェンはたずねた。

スティーブは洗面台にもたれた。「大事な話が二つある」

「何？」

「一つ目、墓室の鍵が手に入った。おれが食料品店にいる間に、泥棒が駐車場にスノーモービルを停めたんだ。後ろにバターの頭がくくりつけてあった。だから、そこから鍵を掘り出した」

ジェンは目を見張った。ということは……いや、何も変わらない。ダンコヴィッチがバターの頭を欲しがっているのは鍵のためだと思っていたが、スティーブは鍵のことは誰も知らないと言っていた。となると、ダンコヴィッチはやはりバターの頭を欲しがるはずだ。

「ファビュローサに電話した」

ジェンはわれに返り、スティーブを見た。「それはさぞかし見ものだったでしょうね」

「いや」スティーブは首を横に振った。「話というのはそのことなんだ。実際には、見ものでも何でもなかった。まったくの無意味だ。むしろ、がっかりさせられたよ。おれは元妻に電話をかけて言った。『ファビュローサ、今おれの目の前には「ミューズ参上」を保管してある地下墓室の鍵があるんだ。どう思う？』すると、彼女はこう言ったんだ。『あら、それってうちのリビングのテーブルに置かれている彫刻のことかしら？　わたしの目の前にあるんだけど』って」

スティーブは『ロッキー&ブルウィンクル』のボリス・バデノフそっくりの口調で言った。

「どういうことかしら」

「おれが友達だと思っていた泥棒のティムが、彫刻を盗んだ三週間後に、ファビュローサに金をもらってブツのありかを教えていたんだよ。しかも、ティムは死んですらいなかった。おれが真相に気づいたら追い回されると思って、自分が死んだという手紙を書いておれに送っていたんだ」

「まあ、スティーブ、お気の毒に」ジェンはスティーブの腕に触れた。情けなさそうにしかめた顔が、どうしようもなく愛おしい。

「そのことはいいんだ」スティーブは言い、ジェンの手を取って口元に持っていった。指のつけねにキスをする。「ファビュローサがあの彫刻を売り飛ばしていないことを知って、感動したくらいだから。だって、長い間手元にあるのに売らなかったってことは、あれに何らかの意味を感じているんだろうし、それって彼女にも人間らしいところがあるってことだろう? ファビュローサにそう言うと、わたしはあなたが思っているほどいやな女じゃないわって言われた。だから、おれもきみが思っているほどいやな男じゃないって言ってやったよ」

スティーブは考え込むように眉間にしわを寄せた。「あの彫像を手に入れれば、人生のあの時期、あの離婚の埋め合わせができると思っていた。あれさえあれば、ファビュローサのことにけりがつけられると思っていたんだ。でも、ジェン、おれはきっと一生けりなんかつけられない。だって、現に彼女は存在しているんだから。ジェン、今までも、これからもずっと。おれはあの女にひどい目に遭わされた。さんざんな目に遭わされたけど、だからこそ今の自分があるんだし、おれは今の自分が好きだ。いつもってわけにはいかないけど」

「そう、よかった。でも、やっぱりわたしと関係があるとは思えないわ」

「それは、二つ目の話のほうだ。ケン・ホルムバーグはどうしてもこのトーナメントに優勝しなきゃいけない」

ジェンは鼻を鳴らした。「じゃあ、頑張ればいいんじゃないかしら」

「違うんだ、ジェン。あの人が話してるのが聞こえたんだけど、明日までに九万ドルを用意しないと困ったことになるらしい。これは深刻な事態なんだよ、ジェン。法的な問題が絡んでくるんだ」

「あらあら。今、線路の先を見てるんだけど、同情の列車は来ないみたいよ」

「いいか、おれは四万ドル持ってる――」

「わたしは五万必要なの」ジェンはいらいらと言った。「二時間以内にね。これしか方法はないの。それに、復讐は蜜の味だってあなたも言ってたじゃない。これほど甘美なる復讐がほかにある？　ケン・ホルムバーグは鼻持ちならないやつよ。どんな目に遭おうと自業自得だわ」

「だからさっき言ったじゃないか、ジェン。復讐なんて……時間の無駄だって。それに、きみの仕打ちに苦しむのはケンだけじゃない。会社の従業員はどうなる？　この町は？　ハイディが言ってたよ。もしケンのホッケースティック工場がつぶれたら、町全体がつぶれてしまうって」

ドミノ倒し。そんなことは百も承知だった。ジェンはミネソタに二〇年以上住んでいる。田舎暮らしの美徳にだけ注意を払い、田舎町の大半が直面している経済的な現実から目をそらして生きることなどできない。五〇世帯というのは一見たいした数には思えないが、微妙なバランスの上に成り立つ田舎町の経済にとっては、膨大な数なのだ。

だが、住民に同情するつもりはなかった。そんな義理がどこにある？　ジェンはスティーブから視線を外した。「それがどうしてわたしと関係があるのかしら。ケン・ホルムバーグが破産して店じまいすることになったらどうだっていうの？　この町の人がわたしに何をしてくれたっていうのよ？」

スティーブは手を伸ばし、指先でジェンのあごをつまんで、そっと自分のほうに向かせた。片頰だけでほほ笑む。「たくさんあるじゃないか。考えてごらん、ジェン。きみはこの町を無視している、いや、価値を認めていないと言ったほうがいいかな。とにかく、きみがこの町を、この町の意味を、この町がきみにしてくれたことを否定しているのはわかってる。でも、目をそむけるのはやめて、まっすぐフォーン・クリークを見るんだ」

彼はジェンの肩にそっと手を下ろし、ひざを曲げてジェンの目を正面からのぞき込んだ。

「この町はきみを作ってくれた。ジェン・ハレスビーがフォーン・クリークに来なければ、ジェン・リンドは存在しなかっただろう。ファビュローサがおれにひどい仕打ちをしなければ、今のスティーブ・ジャークスはなかったように。きみはこの町で料理を学び、おいしい食べ物のすばらしさを知ったんだろう？　きみの堂々と落ち着いた態度も、この町の人たちを見習ったんじゃないのか？　初めてテレビに出られたのも、この町のおかげだろう？　そのフォーン・クリークの運命が、きみの手にかかっているんだ」

こんな話は聞きたくなかった。フォーン・クリークの運命が自分の手にかかっているなんてまっぴらだ。そもそも、事実ですらない！　フォーン・クリークが崩壊の危機に瀕しているのなら、それは町自体の責任だ。ジェンは身をかがめ、ドアの下からストッパーを取ろうとした。スティーブが腕を伸ばし、ドアを閉めた。ジェンはこわばった顔で彼を見上げた。

「ジェン、きみは何がしたいんだ？」

「人生を軌道に乗せたいの。人生を安心できるものにしたいのよ」

「人生って、どんな人生だよ？」

ジェンは横面を張り飛ばされた気がした。実際に衝撃を受けたかのように、頭がわずかに後ろに傾ぐ。「やめて」

「しかも、安心したいだって？　それなら、罪を犯して刑務所にでも入ればいい。でも、きみが本当の意味での〝人生〟を望むなら、こんなことはやめろ。ＡＭＳの仕事もやめて、夢に向かって突き進めばいい。目標じゃなくて」スティーブはまるでジェンの心を読んだかのように、あの吹雪の晩にジェンが思っていたのと同じことを言い放った。ああ、なんてこと。

こんなのひどすぎる。でも、スティーブはそういう人なのだ。

「人生設計ならあるわよ。でも、夢はないわ」ばかにした口調で言うつもりが、途方に暮れたように響いてしまった。

「じゃあ、これから見つければいい」

「トーナメント出場者はテーブルに戻ってください」スピーカーから男性の声が聞こえてきた。「トーナメント出場者はテーブルに戻ってください」

「ジェン、人生は安心できなくて当たり前なんだ」スティーブは言った。「自分の思いどおりに生きることはできないし、保証なんてものも存在しない。人は生まれ、人は死ぬ。その間に、賭けに出る。成功をつかむこともあれば、失敗に終わることもあるだろう。でも、確かなことが一つだけある。人生には予想外の事態がつきものだ。だから、きみはおれに出会い、おれはきみに出会った。きみがどんな道を選ぼうと、その真理だけは変わらない」スティーブは笑顔を作ってみせた。

「最終のご案内です。トーナメント出場者はすみやかにテーブルに戻ってください。五分後にはゲーム開始です」

「行かなきゃ」ジェンは言った。

「おれはバーにいる」

テーブルに戻ると、ちょうどほかの出場者たちが席に着いているところだった。ジェンはベルベットのロープの後ろに立ち、ケンの世話を焼いている警備員が自分に気づいてくれるのを待った。そのとき、耳元で女性のささやき声が聞こえた。「ジェン、あいつをたたきのめしてやって」

思いがけない言葉に、ジェンははっと振り向いた。ミッシー・エリクソンが隣に立って、励ますようにほほ笑んでいる。ミッシーと話すのはサウナで会って以来、一〇年ぶりのことだ。

「何ですって？」ジェンはきき返した。

ミッシーは体を近づけ、ジェンにだけ聞こえる声で言った。「なんで変装してるのかは知らないけど、まあ何か事情があるんだろうから、それはいいの。ただ、わたしたちはあなたを応援してるってことが言いたくて。そろそろ誰かがホルムバーグの鼻をへし折ってやってもいい頃だから」

ジェンは驚きと絶望とで愕然とし、グッピーのように口をぱくぱくさせた。「わ、わ、わたしたち？」やっとの思いでそれだけ言った。

「そうよ」ミッシーは楽しそうな顔でささやき返した。「フォーン・クリークから来てる人はほとんどあなたの正体に気づいてるわ。当たり前でしょう？　昔から知ってるんだから。だから、あなたは目的を果たすことだけを考えて、自分勝手に、身のほど知らずにふるまえばいいの。ちょうどケンみたいに。何も言わなくていいわ。わたしはただ、幸運を祈ってるって言いに来ただけだから」そう言うと、彼女は人ごみの中に姿を消した。

ようやく警備員がジェンに気づき、急いでロープを外して中に入れてくれた。もしケンの負けが〈ミネソタ・ホッケー・スティックス〉で働いている自分の父親や、町の人々にどんな影響を及ぼすかを知っていたら、ミッシーはあんなふうに声をかけてくれただろうか？

ジェンは席に着くと、ひどい混乱状態のままあたりを見回した。観衆の中に見知った顔がたくさんあるのは、妙な感じだった。グレタ・スメルカ、アイナー・ハーン、ミッシー・エリクソン、レオナ・アンガー、ジョーゲンソンの双子、〈ハンク金物店〉の店主、それ以外にも一〇人以上いる。そして、ようやく気づいた。みんなジェンのことをよく知っている。店の奥で背の高いテーブルの前に座り、つまらなさそうに見物しているAMSのスタッフとは違うのだ。町の人々はにこにこ笑いながらジェンを見て、励ますようにうなずいている。すでにちくちく痛んでいた良心に、ぐさりと何かが刺さった。

「どうしたんだい？　かわいこちゃん」ケンの言葉に、ジェンはわれに返った。「怖じけづいたのかな？　降参するつもりじゃないだろうね？」

「まさか」ジェンは言い、気を引きしめた。

三〇分後、アジア系の男性と老婦人とセント・クラウド・ステイト大学の学生は脱落し、予想どおり、ジェンはケン・ホルムバーグと差し向かいで座っていた。ケンは〝蚊――ミネソタの州鳥〟という文字の入ったばかげた帽子を脱いでは、太ももをぴしゃりとたたき、帽子をかぶり直すという動作を続けている。そのあと、必ずジェンに作り笑いを向けるのだ。一度など「心配ないよ、かわいこちゃん。わたしが勝ったらちゃんとしたドレスを買ってあげるから」と言っていた。

ケンの前には二万ドル、ジェンの前には二万一〇〇〇ドル分のチップが置かれている。ゲームはポーカーの変形、テキサス・ホールデムだ。合計七枚のカードで手を競うのだが、まずは各プレイヤーに二枚ずつ裏向きでカードが配られる。次にディーラーが〝フロップ〟と呼ばれる三枚を表向きにテーブルに置き、最後にそれぞれ〝ターン〟、〝リバー〟と呼ばれるカードを一枚ずつ表に向ける。プレイヤーは配られた札と場の共通カードを組み合わせて、最も強い手を作り出せばいいのだ。

「よろしいですか？」ディーラーがフロップ前のカードを配った。ジェンは配られたカードの角をめくった。二枚ともキングだ。ケンはまず一〇〇〇ドルを賭けた。ジェンも同じ額を出した。

ディーラーは三枚のフロップのカードを表向きにした。スペードのキング、八、クラブの一〇。

昨晩のゲーム開始以来、ジェンの体が初めて手札に反応した。胸の中で心臓が暴れ回っている。勝てる。今すぐに。持ち金をすべてつぎ込めばいい。女のはったりに負けるわけにいかないケンは、やはり全額つぎ込んでくるはずだ（手持ちのチップをすべて出せば、相手より賭ける額が少なくてもゲームを降りなくてすむ。ただし勝っても全額はもらえない）から、そうなれば、ジェンの勝ちはほぼ決まりだ。あとは、カジノを出てダンコヴィッチに金を払い、今までどおりの暮らしに戻ればいい。

そして、フォーン・クリークは崩壊する。

ジェンは軽いめまいを覚えながら、顔を上げた。

「ミズ・ユーリ、チップを出してください」ディーラーがせかした。

「ええ、わかってるわ」ジェンは言い、もう一度手札を確かめた。ふうっとため息をつくと、〈ポーカー・ネットワーク〉のカメラが非難の目を向けるかのように、さっとこちらを向いた。

目を上げると、ポール・ルデュックが心労と不安のにじむ顔を手でこすっているのが見えた。そばにいるのは、レオナ・アンガーと金物店の店主だ。そして……なんとハイディも来ていて、ミッシー・エリクソンのすぐ後ろに立っている。ハイディが不器用な手つきで投げキスをしてきたので、ジェンはほほ笑み返したが、自分が今ここにいるのもキスが原因であることを思い出した。

ハイディとのキスを恥だと思ったことはない。大勢の注目を集めてハイディにばつの悪い思いをさせたことは申し訳なかったが、ジェン自身にとっては恥でも何でもなかった。ハイディとの友情を、今も昔も恥じていないのと同じことだ。けれど、その友情も今後は厳重に見張られることになるのだろう。これからずっと、ジェンはAMSとドワイト・デイヴィスの監視下に置かれるのだ。疑いを招くこと、いや、憶測を呼ぶことさえもしてはならない。釣り小屋でセックスするなどもってのほかだ。

ドワイト・デイヴィスのルールに沿って生きることを思い、ジェンは顔をしかめた。どうして先週までは、このことが気にならなかったのだろう？　それは、すでに妥協を重ねてきたからだ。安心という聖杯を手に入れるため、妥協の人生を送っていたからだ。ところが、数日前にこの町に来て以来、肩に入っていた力が抜けている。こんなにも怒り、驚き、くつろぎ、一生懸命になり、素の自分に戻れたのは、いったい何年ぶりのことだろう？　これは……これは、ある意味〝安心〟と呼べるのではないだろうか？

そういえば、ハイディがこんなことを言っていた。〝わが家というのは選ぶんじゃなくて、受け入れるものなの〟

ハイディの言うことは正しいのだろうか？　フォーン・クリークは本当にジェンのわが家なのだろうか？　陰口と噂話が好きで、田舎至上主義の聖人気取りでいっぱいの、このみすぼらしい小さな町が？

〝あなたのことは昔から知ってるけど、あなたが肩の力を抜ける場所、人からどう見られるかを気にしなくてすむ場所、普段着にノーメークでいられる場所、汚い言葉を口にできる場所はここだけだよね。どうして？〟

〝誰もわたしのことを気にしてないから〟

〝違う。みんなあなたのことを知ってるからだよ。本当のあなたを〟

ああ、そうだ。確かに、みんなジェンのことを知っている。ドワイト・デイヴィスよりも、ボブ・レイノルズよりも、ナットよりも。この町の人はジェンのことを知っている。いや、ハイディが本当に言いたかったのはそのことではない。この町の人は、欠点も何もかもを含めて、そのままのジェンを受け入れてくれているのだ。

「決心がつかないのかい、かわいこちゃん?」ケンは自信たっぷりの口調で言った。「プレッシャーに耐えられないのなら、降りてくれても構わないんだよ」

まるで自分が勝てると思っているような口ぶり……。濃い色のサングラスの奥で、ジェンは目を丸くした。ああ、なんということだろう。ケンは二三年前のキャッシュとまったく同じ道を歩もうとしているのだ。まるで、どこかの奇妙な世界に迷い込んでしまったような気がした。その世界では、誰かがいつも同じ間違いを犯し、ジェンがそれを目の当たりにする運命を負っている。もしケンに一〇代の娘がいたとしたら、その子も一家の引っ越し先を大嫌いになるのだろうか……。いや、ジェンはフォーン・クリークを嫌っているのではない。ただ、町に責任を押しつけてきただけだ。フォーン・クリークを言い訳に、思いきった行動をとることや、ほかの選択肢を検討することから逃げていたのだ。

この町のせいで親友を失ったと思い込んでいたが、この町は親友を与えてもくれた。両親もローリー時代よりも、この町に来てからのほうが生き生きとしている。それに、スティーブにも会えた……。

「ミズ・ユーリ?」

「今、考えてるの!」

フォーン・クリークは決してすばらしい場所ではない。偏狭で、男性優位で、田舎特有の好戦的な雰囲気がある。でも……これが自分の町なのだ。きっと、自分の故郷なのだ。だから、町を消滅させるわけにはいかない。そんなことができるはずがなかった。

ジェンは唐突に手を伸ばし、手持ちのチップの四分の一ほどをテーブルに出した。「五〇〇〇賭けるわ」

ケンは帽子につきそうなほど眉を上げたが、手札に自信があるのは見え見えだった。演技力がまったくないのだ。彼は大げさに迷うふりをした挙げ句、レイズしてジェンの賭け金を五〇〇〇上回る額を出した。ジェンも迷うことなく追加のチップをテーブルの中央に放り出した。これで残りは一万。ケンは九〇〇〇だ。

ディーラーが表向きにしたカードは、ダイヤのジャックだった。ジェンは七〇〇〇賭けた。

ケンも同じ額で応えた。観客がどよめく。コメントが飛び交った。

最後の一枚が表を向いた。キングだ。

キングが四枚。ジェンは唇をかんだ。爪でテーブルをたたき、様子見《チェック》の意思を表明する。

ケンは持ち金をすべてつぎ込んだ。ジェンも残りのチップの中から同じ額を出す。これで残りは一〇〇〇。次のゲームの参加料は払えない。ケンは手札を公開した。キングに続くストレート。

大げさなくらいうんざりしたそぶりを見せながら、ジェンはすばやく立ち上がり、カードを裏向きのままテーブルに置いた。「おめでとう」

観衆はいっせいに騒いだ。ケンは椅子から跳び上がると、ずんぐりした両腕を宙に突き出して、今にも駆け出さんばかりの勢いで「うおー！　うおー！」と妙な声をあげた。丸い顔はフェデラル様式のれんがのような赤茶けた色に染まり、はげ隠しになでつけていた髪は首の後ろにばさりと落ちている。ミッシー・エリクソンはがっかりしながらも、気づかわしげな目でジェンを見ていた。ポールはほっとした顔だ。ハイディはうなずいている。

ケンはばかみたいににやつきながら、ジェンの手札を見ようと手を伸ばしたが、ジェンはその手を払いのけた。「やめて」つばを飛ばしそうな勢いで言う。「あなたの勝ちよ。それは認めるけど、カードを見せるつもりはないわ。今回は先にあなたがチップを賭け、わたしが同じ額で応じた。その場合、わたしがカードを見せる必要はない。そうよね、ディーラーさん？」

ディーラーはレーザー光線のように鋭いジェンの視線に気づき、せかせかとうなずいた。

「そのとおりです」

「おいおい。頼むよ、かわいこ——」

ジェンは箱からカードの山を出すと、キング二枚を中に突っ込んだ。「いいかげんにしてくれないかしら、かわいこちゃん」ぴしゃりと言う。

ジェンの内心は打ち震えていた。頭がぼんやりし、今にもめまいを起こしそうだ。あとで悔やむことになるのかもしれないが、今は最高の気分だった。安堵と解放感でいっぱいだ。ついにやったのだ。もうバターの頭を買い戻すことはできない。ダンコヴィッチはどこかのタブロイド紙にあの写真を売るだろう。ドワイト・デイヴィスはジェンを解雇したうえ、業界のブラックリストに載せようとするだろうし、『すてきなご近所さん』の仕事も若い女性に取って代わられることは決定的だ。それでも、バックミラーに映る景色はこれまでにないほどすばらしかった。目の前の道にはどこに曲がり角やカーブが潜んでいるかわからないというのに、その道のりが楽しいものであることに疑いはない。

ジェンは満足げにため息をもらしてから、何気なくかつらを取ってポーカーテーブルに投げ出し、濃い色のサングラスもそばに放った。〈ポーカー・ネットワーク〉のカメラマンが迫ってくる。ジェンはハイディと自分を隔てるロープの前まで行くと、身を乗り出して、親友の顔を両手ではさんで唇にぶちゅっと盛大なキスをした。

「ありがとう、ハイディ」ドレスのスカートから突き出た脚でロープをまたぐ。

バーに向かって半分ほど進んだとき、誰かに呼び止められた。「ジェン・ハレスビー」

立ち止まって振り返ると、目の前に迫っていたのは誰あろう、カリン・エッケルスタールだった。毅然とした厳しい表情が似合う顔に、毅然とした厳しい表情を浮かべている。看護師の制服姿だ。

「何?」ジェンが返事をして歩きだすと、カリンは追いついて隣に並んだ。

「あなたに伝えたいことがあって来たの」

「何かしら?」

「わたし、病院でミスター・ダンコヴィッチを担当してるの。あなたとハイディが学園祭でキスをしたことを話したわ。誓って言うけど、悪気はなかったの。ただ、あの人はわたしに気のあるそぶりを見せていたくせに、テレビであなたを見てのぼせ上がっていて……」カリンの唇はきつく結ばれ、ほとんど見えなくなった。「だって、あなたはわたしからミス・フォーン・クリークの座を奪った人だから」

「だから、あの男まで奪われるのはいやだった」ジェンが続けた。

「そう。でも、手に入れる価値のない人だってことはもうわかったけど」カリンはぶっきらぼうに言った。「あなたを脅迫しているのを聞いてしまったの。それは……間違ったことだわ」

そして誰もが知ってのとおり、カリン・エッケルスタールは〝間違ったこと〟が許せないたちなのだ。

「じゃあ、写真は？」

「あの人が嘘をついたのよ。写真なんてないわ」

ジェンは怒りがこみ上げてくるのを待った。結局、この騒ぎには何の根拠もなかったし、自分は理由もなくキャリアを棒に振ったということなのだから。いや、違う。理由ならある。それは、あのばかげたバターの頭とは何の関係もないことだ。

ジェンは、みじめで後ろめたそうな顔で憮然と立っているカリンの腕をぽんとたたいた。

「ねえ、カリン。そんなこと気にしなくていいから」そう言うと、彼女を残してその場を去った。

ステイーブはバーにはいなかった。カジノの入口の外にキャッシュのトラックを停め、中でラジオを聴きながら待っていた。

ジェンが勢いよく車に乗り込むと、スティーブはにっこりした。王子、別名ブルーノが床からばさりと立ち上がり、ベンチシートの二人の間に飛び乗った。ジェンは巨大な首に腕を回し、犬を抱きしめた。

「ヒーローになったのか?」スティーブは何気ない調子でたずねた。

「ええ」

「でも、そのことは誰も知らない」

「そうよ」

スティーブは満面の笑みを浮かべた。「どうやら、フォーン・クリークのヒーローはきみだけじゃないみたいだよ。今、ローカルラジオで言ってたんだけど、スノーモービルで湖の氷をぶち破ったまぬけな男を追って、除雪車の運転手が命がけで飛び込んだらしい。おかげでその男は命拾いをしたそうだ」

「いちかばちかに賭ける。それがフォーン・クリークのやり方なのね」ジェンは言い、スティーブは車を駐車場から道路に出した。トラックのお尻がぶんと振れ、もう少しで溝に落ちそうになる。きっと道路脇に車を停めさせ、しばらくは運転を代わったほうがいいのだろう。でも、スティーブは見るからに楽しそうにハンドルを握っているし、あたりに車は一台も見当たらない。

「それで」ジェンはどんな声を出せばいいのだろうと思いながら言った。「あなたはいつこっちに引っ越してくるの? 公共心に富んだわたしとしては、あらかじめ州警察に知らせておきたいところなんだけど」

「ときどきこっちに来るだけだ」スティーブは言った。「住みつくわけじゃない。こういう場所にずっと住むのは、おれには無理だ。きみだって無理だろう。おれたち、頭がおかしくなってしまうよ」ごく自然な様子で、ジェンに視線を投げかける。自分が複数形を使ったことに対する反応を確かめているのだ。

いい、おれたち。ジェンはシートに頭をもたせかけた。いい感じ。いや、最高だ。「そうかもね。で、これからどこに行くの？」

「きみが行きたいところならどこでも」

「じゃあ、このままあてもなく走るっていうのはどう？」

「いいね」スティーブは目の前に続く道に向かってほほ笑んだ。

「そのあと」体中に幸せが満ち足りてくるのを感じながら、ジェンは言った。「そのあと、わが家に帰りましょう」

訳者あとがき

都会にしか住んだことのない人にとっては、田舎は自然に恵まれ、静かで、のんびりしていて、人情味あふれるすばらしい場所に思えるかもしれません。ですが、実際に田舎に住んでいる人、あるいは田舎から都会に〝逃れた〟人にとっては、田舎は退屈で、保守的な価値観に縛られ、過干渉で、住みにくい場所に思えることもあるでしょう。本書のヒロイン、ジェン・リンドが田舎から逃れたのも、まさにそのような理由からでした。

都会と田舎における価値観の違いはもちろん日本にもありますが、国土が広く多様なバックグラウンドを持つ人々から成るアメリカでは、そのギャップはずっと大きなものです。日本人はアメリカというと自由で進歩的、開放的なイメージを抱きがちですが、それはカリフォルニアやニューヨークなど、東西の海岸部を中心とした大都市圏での話。アメリカの内陸部、特に〝スモールタウン〟と呼ばれる田舎町では、キリスト教色の強い保守的な思想が主流で、生まれた町をほとんど出ることなく一生を終える人も少なくありません。アメリカにおける都会と田舎の間の壁の高さは、日本の比ではないと言えるでしょう。

本書の舞台となる架空の町、フォーン・クリークは、そのような田舎町の典型として描かれています。また、それが〝ミネソタ州〟の町であることも、この作品の大きな特徴です。ミネソタはアメリカ内陸部の北端、カナダとの国境に位置し、寒冷な気候と湖の多さで知られる州です。南部にはツインシティーズと呼ばれる二大都市（セントポールとミネアポリス）がありますが、北部は農業や酪農業を中心とする田舎町が多く、フォーン・クリークもその一つです。北欧系の住民が多いのも特徴で、文化には北欧の影響が色濃く見られます。〝ライフスタイル・コーディネーター〟であるジェン・リンドも北欧料理を専門とし、不遇な青春時代を料理に救われた過去を持っています。

日本でも県による住民の気質の違い、〝県民性〟はよく話題にされますが、アメリカにも〝州民性〟は存在します。ミネソタ州は本書にも出てくる〝ミネソタ・ナイス〟という言葉で知られるとおり、他人に親切な人々であるとされています。笑顔を絶やさず、争いを避け、相手の意見を肯定する――われわれ日本人に似た気質と言えそうですが、これもジェンに言わせれば偽善的ということになります。このような〝ミネソタ・ナイス〟への反感に、排他的、詮索好き、独善的という田舎に共通する気質への嫌悪が相まって、ジェンは町から出て二〇年経った今もフォーン・クリークによい感情を抱いていません。もちろん、それだけでは終わらないところに、この物語の面白さがあるのですが……。

著者のコニー・ブロックウェイはヒストリカルで人気を博してきたロマンス作家で、『恋のディナーへようこそ』（原題　Hot Dish）は初のコンテンポラリー作品です。ミネソタで生まれ、ニューヨークの郊外で過ごしたあと、高校時代にミネソタに戻ったというブロックウェイの経歴は、ヒロインのジェン・リンドに通じる部分があり、作品にも実体験が反映されていることがうかがえます。

本作品では、故郷や家族への複雑な思いと、仕事と私生活の間で揺れ動く〝アラフォー〟女性の葛藤に焦点が当てられているため、ヒーローも単なるときめきの対象に留まらず、ヒロインの生き方を根底から覆す重要な役目を果たしています。世界的な彫刻家であるスティーブ・ジャークスは、少年の無邪気さと大人の男のセクシーさを併せ持つ男性で、我が道を行く彼の率直な性格にジェンは時に心癒され、時に心を揺さぶられます。『恋のディナーへようこそ』は、一人で強く生きてきた女性が、愛する男性との出会いに安らぎを得て本当に大事なものを見出していく、大人のための成長物語なのです。

最後に、余談ではありますが、物語中にもちらりと名前の出てくるコーエン兄弟の映画『ファーゴ』を紹介させてください。わたしが本書を読んで真っ先に思い出したのが、この映画のことでした。タイトルになっているファーゴはお隣のノースダコタ州の市の名前ですが、映画の舞台はほとんどがミネソタ州に設定されています。一面に広がる雪景色や、ぶ厚い防寒着にブーツという登場人物の服装、〝ユー・ベッチャ（You betcha）〟という相手の発言を肯定する言い回しなど、ミネソタの特色をよく表した（ネタにした？）映画で、アメリカ国民にミネソタの州民性を広めた作品としても知られています。内容は好き嫌いが分かれるかもしれませんが、ミネソタの独特な雰囲気に興味を引かれた方は、この映画で『恋のディナーへようこそ』の世界を視覚的に体験してみてはいかがでしょうか?

二〇〇九年一〇月

ライムブックス

恋のディナーへ　ようこそ

著　者　コニー・ブロックウェイ
訳　者　琴葉《ことは》かいら

2009年11月20日　初版第一刷発行

発行人　成瀬雅人
発行所　株式会社原書房
〒160-0022東京都新宿区新宿1-25-13
電話・代表03-3354-0685　http://www.harashobo.co.jp
振替・00150-6-151594
ブックデザイン　川島進（スタジオ・ギブ）
印刷所　中央精版印刷株式会社

落丁・乱丁本はお取り替えいたします。

定価は、カバーに表示してあります。

©Poly Co., Ltd. ISBN978-4-562-04373-6 Printed in Japan